Veertien soorten eenzaamheid

Richard Yates

Veertien soorten eenzaamheid

Verhalen

Vertaald en van een nawoord voorzien door Marijke Emeis

Uitgeverij De Arbeiderspers · Amsterdam · Antwerpen

De vertaalster ontving voor deze vertaling een werkbeurs van de Stichting Fonds voor de Letteren.

Copyright © 1957, 1961, 1962, 1974, 1976, 1978, 1980, 1981, 2001
erven Richard Yates
Copyright Nederlandse vertaling © 2004 Marijke Emeis/bv Uitgeverij
De Arbeiderspers, Amsterdam
Oorspronkelijke titel: *The collected Stories of Richard Yates*
Oorspronkelijke uitgave: Henry Holt and Company, llc, New York

Omslagontwerp: Nico Richter
Omslagillustratie: John Baeder, *Shorty's Shortstop*, 1985, olieverf op linnen

isbn 90 295 5671 4/nur 300
www.boekboek.nl

Inhoud

Nergens last van

Myra rechtte op de achterbank haar rug, streek haar rok glad en duwde met dezelfde beweging Jacks hand weg.

'Oké, oké,' fluisterde hij glimlachend, 'rustig nou maar.'

'Hou jíj je maar liever rustig,' zei ze tegen hem. 'Ik méén het, Jack.'

Zijn hand gaf slapjes mee maar zijn arm lag nog lui om haar schouders. Myra deed of Jack er niet was en staarde uit het raampje. Het was vroeg op een zondagavond eind december en de straten op Long Island maakten een muffe indruk; vuile sneeuwkorsten lagen verschrompeld op het trottoir en kartonnen beeltenissen van de kerstman loerden wellustig uit gesloten drankwinkels naar buiten.

'Ik voel me nog steeds schuldig dat je me daar helemaal naartoe rijdt,' riep Myra uit beleefdheid tegen Marty, die achter het stuur zat.

'Dat zit wel goed,' bromde Marty. Toen toeterde hij en hij voegde er tegen de achterkant van een langzame vrachtwagen aan toe: 'Donder op met dat kreng.'

Myra ergerde zich – waarom moest Marty toch altijd zo mopperen? – Maar Irene, Marty's vrouw, wrong zich op de voorbank achterom en haar grijns was vriendelijk als altijd. 'Hij vindt 't best,' zei ze. 'Dat is goed voor hem, er op zondag es uit te gaan in plaats van thuis rond te hangen.'

'Hoe dan ook,' zei Myra, 'ik vind het heel aardig.' Maar eigenlijk had ze veel liever net als anders in haar eentje de bus genomen. Ze was in de vier jaar dat ze hier elke zondag bij haar man op bezoek ging aan de lange busrit gewend geraakt en op weg naar huis mocht ze graag in een cafetariaatje in Hempstead, waar je moest overstappen, blijven koffiedrinken met een stuk taart. Maar vandaag waren Jack en zij 's middags bij Irene en Marty gaan eten, en dat was zo laat geworden dat Marty wel moest aanbieden haar naar het ziekenhuis te rijden en zij het aanbod wel moest aannemen. En toen moest Irene natuurlijk ook mee, en Jack ook, en deden ze alle drie of ze haar daar een plezier mee deden. Maar ja, je moest beleefd blijven. 'Heerlijk, om zo met de auto te gaan in plaats van met de... Lááát dat, Jack!'

Jack zei: '*Ssst*, rustig nou maar, schatje,' maar ze schudde zijn hand weg en draaide zich schuin van hem af. Irene keek toe, ze stak giechelend haar tong tussen haar tanden, en Myra voelde zich blozen. Niet dat er iets was om zich over te schamen – Irene en Marty wisten alles over Jack en de rest; de meeste van haar vrienden wisten het en niemand die het haar kwalijk nam (het was toch eigenlijk bijna of ze weduwe was?) – maar Jack moest gewoon beter weten. Hij kon toch ten minste het fatsoen opbrengen om uitgerekend nu zijn handen thuis te houden?

'Zo,' zei Marty. 'Nu kunnen we opschieten.' De vrachtwagen was afgeslagen en ze meerderden vaart, en even later lieten ze de tramrails achter zich terwijl de straat een weg werd en daarna een autoweg.

'Hé, zal ik de radio voor jullie aanzetten?' riep Irene. Ze drukte op een van de keuzetoetsen en een stem spoorde hen aan vanavond nog televisie te nemen zodat ze gezellig thuis naar het scherm konden kijken. Ze drukte op een andere en een stem zei: 'Of je in noord bent of in zuid, bij Crawford ben je 't goedkoopste uit!'

'Zet dat kreng af,' zei Marty, en hij toeterde nog eens en zwenkte naar de inhaalstrook.

Toen de auto het ziekenhuisterrein op reed draaide Irene zich op de voorbank om en zei: 'Hé, mooi is 't hier. Ik méén het, mooi is 't hier, vinden jullie ook niet? Moet je kijken, ze hebben een kerstboom neergezet, met lichtjes erin en alles.'

'Ja ja,' zei Marty, 'welke kant moet ik op?'

'Rechtdoor,' zei Myra tegen hem, 'tot aan die grote rotonde, waar de kerstboom staat. Daar ga je rechts, om het administratiegebouw heen en rechtdoor tot het einde van de straat.' Hij nam keurig de bocht en toen ze de lange lage tuberculosebarak naderden, zei ze: 'Hier is het, Marty, deze barak hier.' Hij parkeerde naast de stoeprand, en ze pakte de tijdschriften bij elkaar die ze voor haar man gekocht had en stapte op de dunne grijze sneeuw uit.

Irene trok haar schouders op en draaide zich met haar armen om zich heen geslagen om. 'Pfff, kóúd is het buiten zeg. Moet je horen, hoe laat kan je ook weer weg? Acht uur, toch?'

'Klopt,' zei Myra, 'maar, hoor eens, waarom gaan jullie niet naar huis? Ik kan net zo goed terug met de bus, net als anders.'

'Hé, dacht je dat ik gek ben?' vroeg Irene. 'Dacht je dat ik zin had om met een kniezende Jack op de achterbank naar huis te rijden?' Ze knipoogde giechelend. 'Het wordt al moeilijk genoeg hem in een vrolijke bui te houden als jij hier bínnen bent, laat staan de hele weg naar huis. Nee, moet je horen, we rijden gewoon een beetje rond, misschien gaan we ergens een slokje drinken of zo en dan komen we je prompt om acht uur hier weer ophalen.'

'Ja best, maar ik ga echt net zo lief...'

'Precies hier,' zei Irene. 'Klokslag acht uur hier voor deze barak. En schiet nou es op: doe dat portier dicht voor we allemaal doodvriezen.'

Myra glimlachte terwijl ze hard het portier dichtsloeg maar Jack, chagrijnig, keek niet op om terug te glimlachen of te zwaaien. Toen reed de auto weg en liep ze over het pad en daarna het trapje op naar de tuberculosebarak.

Het wachtkamertje rook naar stoomverwarming en natte overschoenen en ze haastte zich erdoorheen, langs de deur waarop ZUSTERPOST – VERBODEN TOEGANG VOOR PATIËNTEN stond en de grote, lawaaiige, centrale ziekenzaal in. Er stonden zesendertig bedden in deze ziekenzaal, door een breed middenpad in twee helften verdeeld die door middel van schouderhoge tussenschotten waren onderverdeeld in open kamertjes van elk zes bedden. Alle lakens en ziekenhuispyjama's waren geel geverfd om in de ziekenhuiswasserij besmet en niet-besmet linnen uit elkaar te kunnen houden, en die combinatie met het lichtgroen van de muren vormde een kwijnend bleek kleurenschema waaraan Myra niet kon wennen. De herrie was al even afschuwelijk; elke patiënt had een radio en al die radio's leken op verschillende zenders te staan. Bij sommige bedden zaten kluitjes bezoekers – een van de nieuwe patiënten lag met zijn vrouw verstrengeld in een kus – maar in andere bedden maakten de patiënten een eenzame indruk, ze lagen te lezen of naar hun radio te luisteren.

Myra's man zag haar pas toen ze vlak naast zijn bed stond. Hij keek, in kleermakerszit, nadenkend naar iets op zijn schoot. 'Dag Harry,' zei ze.

Hij keek op. 'O, dag lieverd, ik had je niet zien aankomen.'

Ze boog zich naar hem toe en kuste hem snel op zijn wang. Soms kusten ze elkaar op hun mond, maar dat mocht eigenlijk niet.

Harry wierp een blik op zijn horloge. 'Je bent laat. Had de bus vertraging?'

'Ik ben niet met de bus,' zei ze, terwijl ze haar jas uitdeed. 'Ik kon met iemand meerijden. Irene, je weet wel, die bij mij op kantoor werkt? Nou, zij en haar man hebben me een lift gegeven.'

'O, aardig van ze. Waarom heb je ze niet meegebracht?'

'Ze konden niet blijven... ze moesten nog ergens naartoe. Maar ik moet je van allebei de groeten doen. Alsjeblieft, die heb ik voor je meegebracht.'

'O, dank je, geweldig.' Hij pakte de tijdschriften en spreidde ze op het bed uit: *Life*, *Collier's* en *Popular Science*. 'Geweldig, lieverd. Ga zitten en blijf nog even.'

Myra legde haar jas over de rug van de stoel naast het bed en ging zitten. 'Ha, mr. Chance,' zei ze tegen een hele lange neger in het bed ernaast, die knikte en tegen haar grinnikte.

'Hoe gaat het ermee, mrs. Wilson?'

'Prima, dank u, en met u?'

'Ach, wat zal ik klagen,' zei mr. Chance.

Ze tuurde over Harry's bed heen naar Red O'Meara, die aan de andere kant naar zijn radio lag te luisteren. 'Hi, Red.'

'O, hi, mrs. Wilson. Had u niet zien binnenkomen.'

'Komt je vrouw vanavond nog, Red?'

'Ze komt tegenwoordig zaterdags. Ze was hier gisteravond.'

'O,' zei Myra, 'nou ja, zeg maar dat ik de groeten heb gedaan.'

'Doe ik, mrs. Wilson.'

Daarna glimlachte ze naar de overkant van het hokje, de wat oudere man wiens naam ze nooit onthouden kon en die nooit bezoek had, en hij glimlachte nogal verlegen kijkend terug. Ze maakte het zich op het metalen stoeltje gemakkelijk en deed haar handtas open om naar sigaretten te zoeken. 'Wat heb je daar op schoot liggen, Harry?' Het was een withouten ring van zo'n dertig centimeter doorsnee, met een heleboel blauwe breiwol eraan die vastzat aan pennetjes op de rand.

'Dit?' vroeg Harry, terwijl hij het ding omhooghield. 'Punniken noemen ze dat. Ik heb het van bezigheidstherapie.'

'Pun-wát?'

'Punniken. Kijk, je wipt met dat haakje de wol zo'n beetje omhoog over het pennetje, zo, en dat doe je bij alle pennetjes, de hele ring rond en nog eens rond en nog eens tot je een sjaal of een lange gebreide muts hebt... zoiets.'

'O, nou snap ik het,' zei Myra. 'Het lijkt op wat we maakten toen ik een kind was, maar dan deden we het met een leeg garenklosje met spijkers erin geslagen. Je windt een draad om de spijkers en die trek je door het klosje en dan komt er een soort gebreid touw uit.'

'Is dat zo?' vroeg Harry. 'Met een klosje? Hm. Ja, zo deed mijn zusje het geloof ik ook, nu ik erover nadenk. Met een klosje. Je hebt gelijk, dit is in principe hetzelfde, maar dan groter.'

'Wat ga je maken?'

'Ik weet het niet, ik rommel maar zo'n beetje aan. Ik dacht misschien maak ik wel een lange muts of zo. Ik weet het niet.' Hij liet de ring in zijn handen ronddraaien om zijn werk te inspecteren, daarna bukte hij zich en legde hem in zijn nachtkastje. 'Ach, je hebt iets om handen.'

Ze hield hem het pakje sigaretten voor en hij nam er eentje. Toen hij zich vooroverboog naar de lucifer viel zijn gele pyjama open en zag ze zijn borst, ongelooflijk mager en aan de kant waar geen ribben meer zaten gedeeltelijk ingevallen. Ze zag nog net het uiteinde van het lelijke, nog maar net geheelde litteken van de vorige operatie.

'Dank je,' zei hij, terwijl de sigaret tussen zijn lippen bungelde, en hij leunde achterover in de kussens en strekte zijn sokkenvoeten op de sprei voor zich uit.

'Hoe voel je je?' vroeg ze.

'Best.'

'Je ziet er beter uit,' loog ze. 'Als je nu ook nog een beetje aan-
komt, ben je weer het haantje.'

'Betalen jij,' zei een stem boven de herrie van de radio's uit en
toen Myra omkeek zag ze over het middenpad een kleine man
aankomen, die zoals alle tb-patiënten zijn rolstoel met langzame
voetbewegingen voortbewoog om niet zijn borstkas te belasten
door met zijn handen aan de wielen te draaien. Hij was op weg
naar Harry's bed, met een grijns vol gele tanden. 'Betalen jij,' zei
hij weer toen de rolstoel naast het bed tot stilstand kwam. Uit een
soort verband op zijn borst stak een stukje rubberslang. Door een
veiligheidsspeld op zijn plaats gehouden, kronkelde het zich over
zijn pyjamasje en kwam uit in een flesje met rubberdop dat
zwaar in zijn borstzak hing. 'Vooruit, vooruit,' zei hij. 'Betalen
jij.'

'O ja!' zei Harry lachend. 'Dat was ik helemaal vergeten.' Hij
haalde uit de la van zijn nachtkastje een dollarbiljet en gaf dat aan
de man, die het met magere vingers opvouwde en in zijn borstzak
stopte, bij de fles.

'Oké Harry,' zei de man. 'Dan staan we nu quitte, zo is 't toch?'

'We staan quitte, Walter.'

Hij reed de rolstoel achteruit en draaide hem rond en Myra zag
dat zijn borst, rug en schouders verschrompeld en misvormd waren. 'Sorry dat ik zomaar stoorde,' zei hij, en hij richtte zijn onge-
zonde grijns op Myra.

Ze glimlachte. 'Dat zit wel goed.' Toen hij weer over het pad
was weggereden, zei ze: 'Waar ging dat allemaal over?'

'O, over de bokswedstrijd van vrijdag, we hadden een wedden-
schap lopen. Ik was het helemaal vergeten.'

'O. Heb ik hem wel eens eerder gezien?'

'Wie, Walter? Ja, moet wel. Toen ik op chirurgie lag heb je hem
gezien, dat kan niet anders. Walter heeft daar meer dan twee jaar
gelegen; ze hebben hem pas vorige week weer hier gebracht. Hij
heeft het zwaar te verduren gehad. Die jongen is echt verdomde
flink.'

'Wat is dat voor ding op zijn pyjama? Die fles?'

'Daar loopt het vocht uit zijn borstholte in,' zei Harry, terwijl hij weer tegen de gele kussens ging zitten. 'Walter is een goeie vent; ik ben blij dat hij terug is.' Toen dempte hij vertrouwelijk zijn stem. 'Hij is eerlijk gezegd een van de weinige echt goeie kerels die we hier nog over hebben nu er van de ouwe hap zo veel weg zijn, of op chirurgie liggen.'

'Mag je die nieuwen niet?' vroeg Myra, zelf ook met zachte stem zodat Red O'Meara, die relatief nieuw was, het niet zou horen. 'Ze lijken mij wel aardig.'

'O, ze vallen geloof ik best mee,' zei Harry. 'Ik wil alleen maar zeggen dat ik, nou ja, met jongens zoals Walter beter kan opschieten, da's alles. We hebben samen een hoop meegemaakt, zoiets. Ik weet het niet. Die nieuwen werken soms op je zenuwen, de manier waarop ze praten. Geen van die jongens heeft bijvoorbeeld enig benul van tb en ze denken er allemaal alles vanaf te weten; ze weten alles beter. Zoiets werkt op je zenuwen, wil ik maar zeggen.'

Myra zei dat ze min of meer begreep wat hij bedoelde en daarna leek het haar het beste om maar van onderwerp te veranderen. 'Irene vond het ziekenhuis heel mooi, met die kerstboom en zo.'

'O ja?' Harry stak heel voorzichtig zijn hand uit om in de smetteloze asbak op het nachtkastje zijn as af te tikken. Zijn gewoontegebaren waren nauwgezet en behendig van het al zo lang in bed wonen. 'Hoe gaat het op kantoor, lieverd?'

'O, wel goed. Weet je nog dat meisje over wie ik vertelde, Janet, die ontslagen werd omdat ze met de lunch te lang wegbleef en dat we allemaal bang waren dat ze voortaan iedereen zouden aanpakken die zich niet aan dat half uur lunchpauze hield?'

'Ja ja,' zei Harry, maar ze kon horen dat hij het niet meer wist en dat hij niet echt luisterde.

'Nou ja, dat lijkt dus allemaal paniek voor niks, want verleden week zijn Irene en nog drie meisjes bijna twee uur weggebleven en niemand heeft er iets van gezegd. En een van die meisjes, Rose heet ze, ziet al een paar maanden zo'n beetje aankomen dat ze ontslagen zal worden, en zelfs tegen haar hebben ze niets gezegd.'

'O ja?' vroeg Harry. 'Da's dan mooi.'

Het was even stil. 'Harry?' vroeg ze.

'Wat is er, lieverd?'

'Hebben ze al iets gezegd?'

'Iets gezegd?'

'Of je ook aan de andere kant geopereerd moet worden, bedoel ik.'

'Néé, lieverd. Ik heb toch gezegd dat er geen enkele hoop op is dat we daar de komende tijd al iets over horen – ik dacht dat ik je dat allemaal had uitgelegd.' Zijn mond glimlachte maar zijn ogen keken afkeurend om aan te geven dat ze een dwaze vraag had gesteld. Het was dezelfde blik waarmee hij haar, toen hij hier net lag, lang geleden had aangekeken als ze vroeg: 'Maar wanneer dénk je dan dat je naar huis mag?' Nu zei hij: 'Ik moet eerst nog van deze operatie herstellen, dat is het punt. Je moet bij deze ziekte de dingen stapsgewijs aanpakken; het vergt een lange postoperatieve periode voor je echt buiten gevaar bent, vooral als je in het verleden zo vaak bent ingestort als ik in de afgelopen... wat zijn het... vier jaar? Nee, ze wachten een tijdje af, ik weet het niet, een halfjaar misschien, misschien langer, om te zien hoe deze kant zich herstelt. Daarna beslissen ze pas over de andere. Misschien word ik weer geopereerd en misschien ook niet. Je kunt bij deze ziekte nergens op rekenen, lieverd, dat weet je.'

'Nee, natuurlijk niet, Harry, het spijt me. Ik wilde geen domme vragen stellen. Ik wilde alleen, eh, vragen hoe je je voelt en zo. Heb je nog pijn?'

'Nee, helemaal niet, niet meer,' zei Harry. 'Ik bedoel, als ik mijn arm maar niet te hoog optil of zo. Dan doet het wel pijn, en soms draai ik me in mijn slaap op die kant en dat doet ook wel pijn, maar zo lang ik... nou ja, dus eh... min of meer normaal zit of lig, nee, heb ik nergens last van.'

'Dat is mooi,' zei ze. 'Daar ben ik dan toch ontzettend blij om.'

Er leek een hele tijd voorbij te gaan zonder dat ze iets zeiden en hun zwijgen deed te midden van de herrie van radio's en het lawaai van lachen en hoesten uit de andere bedden vreemd aan. Harry begon gedachteloos met zijn duim de *Popular Science* door te bladeren. Myra's blik dwaalde af naar de ingelijste foto op zijn nachtkastje, een vergroot kiekje van hen tweeën vlak voor ze trouwden, genomen in haar moeders achtertuin in Michigan. Ze leek op de foto heel jong, langbenig, zo in haar korte rok naar de mode van 1945, onwetend hoe ze zich moest kleden of zelfs maar staan, nietswetend maar met een kinderglimlach voor alles in. En Harry – het was verbazingwekkend, maar Harry leek op de een of andere manier op die foto ouder dan nu. Het zou wel door zijn dikkere gezicht komen en dat hij breder was, en de kleren droegen natuurlijk het hunne bij – het korte, donkere Eisenhower-jack met versierselen en de glimmende korte laarzen. O ja, hij was knap geweest, met zijn strakke kaaklijn en zijn felle grijze ogen – veel knapper dan een te gedrongen, te zwaar gebouwde man als Jack. Maar nu hij zo afgevallen was hadden zijn mond en ogen iets weeks gekregen waardoor hij eruitzag als een mager jongetje. Zijn gezicht had zich aan zijn pyjama aangepast.

'Komt mooi uit, dat je die hebt meegebracht,' zei Harry over de *Popular Science* in zijn hand. 'Er staat iets in dat ik lezen wil.'

'Fijn,' zei ze, en ze wilde zeggen: kan het niet even wachten tot ik weg ben?

Harry legde het tijdschrift met de open kant omlaag om zich te verzetten tegen de neiging te gaan lezen en zei: 'Hoe gaat het verder, lieverd? Behalve op kantoor dus.'

'Gaat wel,' zei ze. 'Ik kreeg pas nog een brief van moeder, een soort kerstbrief. Ze doet je de hartelijke groeten.'

'Da's mooi,' zei Harry, maar het tijdschrift won. Hij draaide het weer om, sloeg het bij het artikel open en las heel terloops een paar regels – alsof hij alleen wilde vaststellen dat dit het goede artikel was – en ging er toen volledig in op.

Myra stak met de peuk van haar sigaret een nieuwe aan, pakte de *Life* van het bed en begon de bladzijden om te slaan. Ze keek zo nu en dan op om naar hem te kijken; hij beet onder het lezen op een vingerknokkel en krabde met de gekromde teen van zijn ene sokkenvoet over de zool van de andere.

Zo bleven ze de rest van het bezoekuur zitten. Tegen acht uur naderde over het middenpad een groepje mensen dat glimlachend een studiopiano op rubberen zwenkwielen met zich meevoerde – het zondagavondamusement aangeboden door het Rode Kruis. Mrs. Balacheck liep voorop; een zachtmoedige gezette vrouw in uniform, de pianiste. Dan kwam de piano, geduwd door een bleke jonge tenor die altijd natte lippen had, met erachteraan de zangeressen: een opgezwollen sopraan in een tafzijden jurk die onder haar armen te strak leek en een streng kijkende, magere alt met een aktetas. Ze reden de piano tot vlak bij Harry's bed, ongeveer in het midden van de zaal, en begonnen hun bladmuziek uit te pakken.

Harry keek op van zijn tijdschrift. 'Goeienavond, mrs. Balacheck.'

Haar brillenglazen keken hem glanzend aan. 'Hoe gaat het ermee, Harry? Zin om vanavond naar kerstliederen te luisteren?'

'Jazeker.'

De radio's werden een voor een uitgezet en het gepraat stierf weg. Maar vlak voor de handen van mrs. Balacheck de toetsen raakten kwam een stevige verpleegster tussenbeide, ze liep met bonkende rubberhakkenstappen over het middenpad, één hand voor zich uitgestoken om de muziek af te weren tot zij zelf een mededeling had gedaan. Mrs. Balacheck leunde achterover en de verpleegster strekte haar hals en riep: 'Einde bezoekuur!' naar de ene kant van de zaal en: 'Einde bezoekuur!' naar de andere. Daarna knikte ze mrs. Balacheck glimlachend vanachter haar gesteriliseerde linnen mondmasker toe en bonkte weer weg. Na een ogenblik gefluisterd overleg begon mrs. Balacheck met bibberende wangen aan een inleidend 'Jingle Bells' als dekmantel voor de beroering van vertrekkende bezoekers terwijl de zangers zich terugtrokken om rustig onder elkaar hun keel te schrapen; ze zouden wachten tot hun publiek tot rust kwam.

'Jeetje,' zei Harry. 'Ik had niet door dat het al zo laat was. Kom, dan loop ik met je mee naar de uitgang.' Hij ging langzaam overeind zitten en zwaaide zijn voeten naar de grond.

'Hoeft echt niet,' zei Myra. 'Blijf jij nou maar rustig liggen.'

'Nee, 't gaat best,' zei hij, terwijl hij zijn voeten in zijn sloffen wriemelde. 'Geef je me even m'n badjas aan, lieverd?' Hij ging rechtop staan en ze hielp hem in een ribfluwelen ziekenhuisbadjas die hem te kort was.

'Dag, mr. Chance,' zei Myra, en mr. Chance grinnikte tegen haar en knikte. Daarna zei ze hetzelfde tegen Red O'Meara en de wat oudere man, en toen ze in het middenpad langs zijn rolstoel kwamen, zei ze hetzelfde tegen Walter. Ze stak haar arm door die van Harry, ze schrok ervan hoe dun die was en maakte haar stappen angstvallig gelijk aan Harry's langzame passen. Ze stonden tegenover elkaar te midden van de kleine drom bezoekers die slecht op hun gemak in de wachtkamer bleven treuzelen.

'Nou ja,' zei Harry, 'pas goed op jezelf, lieverd. Tot volgende week.'

'Oo-oo,' zei iemands moeder terwijl ze met kromgetrokken schouders de deur uit liep, 'Wat een kóú vanavond.' Ze draaide zich om, zwaaide naar haar zoon, greep toen haar man bij zijn arm en liep de treden af naar het sneeuwbestoven pad. Iemand anders pakte nog net de deur vast en hield hem open om ook andere bezoekers door te laten zodat de wachtkamer volliep met een koude luchtstroom, en toen ging hij weer dicht en waren Myra en Harry alleen.

'Vooruit,' zei Myra, 'en nu ga je weer naar bed, naar die muziek luisteren.' Hij leek heel broos, zoals hij daar in zijn openhangende badjas stond. Ze bracht haar handen omhoog en trok de jas keurig over zijn borst dicht, toen nam ze de loshangende ceintuur en legde er resoluut een knoop in terwijl hij met een glimlach naar haar omlaag keek. 'Vooruit, ga nou maar weer naar binnen voor je kouvat.'

'Oké. Dag, lieverd.'

'Dag,' zei ze, en ze kuste hem, terwijl ze op haar tenen ging staan, op zijn wang. 'Dag, Harry.'

Bij de deur keek ze om hoe hij in zijn strakke badjas met te hoge taille terugliep naar de zaal. Daarna ging ze naar buiten, het trapje af, terwijl ze de kraag van haar jas opzette tegen de onverhoedse kou. Marty's auto stond er niet; op de weg bevonden zich alleen de kleiner wordende ruggen van de andere bezoekers, die nu onder een lantaarn door liepen op weg naar de bushalte bij het administratiegebouw. Ze trok haar jas dichter om zich heen en ging vlak bij de barak staan om beschut te zijn tegen de wind.

Binnen kwam, onder gedempt applaus, 'Jingle Bells' ten einde en even later begon het programma in ernst. Uit de piano schalden een paar plechtige akkoorden, toen klonken erdoorheen de stemmen:

'Stille nacht, heilige nacht,
Davids zoon, lang verwacht...'

Myra kreeg plotseling een prop in haar keel en de straatlantaarns werden wazig in haar ogen. Toen zat haar vuist half in haar mond terwijl ze vol ellende snikte en kleine mistwolkjes liet ontstaan die in het donker wegzweefden. Het duurde een hele tijd voor ze kon ophouden, elke snotterende ademhaling een hoog schel geluid dat klonk alsof je het kilometers in de omtrek zou kunnen horen. Ten slotte was het voorbij, of toch bijna voorbij; ze slaagde erin haar schouders in bedwang te houden, haar neus te snuiten en haar zakdoek op te bergen, waarna ze met een geruststellende, efficiënte klik haar tas dicht knipte.

Even later kwamen onderzoekend over de weg de koplampen van de auto aan. Ze rende het pad af en bleef in de wind staan wachten.

In de auto hing tussen kersenrode uiteinden van sigaretten de warme geur van whisky, en Irenes stem snerpte: 'Oo-oo! Schiet nou óp, doe dat portiér dicht!'

Jacks armen trokken haar dicht tegen zich aan terwijl het portier hard dichtsloeg. 'Dag schatje,' fluisterde hij met dubbele tong.

Ze waren allemaal een beetje dronken; zelfs Marty was opgewekt. 'Hou je vast, mensen!' riep hij, terwijl ze om het administratiegebouw heen, langs de kerstboom, zwenkten en weer vlak kwamen te liggen voor het rechte stuk naar het hek terwijl ze snelheid meerderden. 'Hou je vast!'

Irenes gezicht zweefde babbelend boven de leuning van de achterbank. 'Moet je horen, we hebben hier ergens langs de weg een ontzettend leuk café gevonden, een soort wegrestaurantje, maar dan heel goedkoop en zo. Dus nou wilden we er met jou ook iets gaan drinken, Myra, is dat oké?'

'Ja,' zei Myra, 'mij best.'

'Want we liggen een hoop op je voor wil ik maar zeggen en ik wil trouwens dat jij het ook even ziet... Marty, doe een beetje voorzichtig, wil je!' Ze lachte. 'Als iemand anders met zo veel drank op achter het stuur zat stierf ik van angst weet je dat? Eerlijk waar. Maar over Marty hoef je je geen zorgen te maken. Marty is de beste chauffeur van de wereld, dronken, nuchter, 't zal me een zorg wezen.'

Maar ze luisterden niet. Jack, verzonken in een kus, liet zijn hand in haar jas glijden en deskundig om en tussen alle kledinglagen glippen tot hij om haar naakte borst lag. 'Niet kwaad meer op me, schatje?' mompelde hij, tegen haar lippen aan. 'Zuwwe nog wat gaan drinken?'

Haar handen grepen in de massa van zijn rug en klemden zich eraan vast. Even later liet ze zich zo omdraaien dat zijn andere hand heimelijk langs haar dij naar boven kon kruipen. 'Goed,' fluisterde ze, 'maar we drinken maar één glas en dan...'

'Oké, schatje, oké.'

'...en dan, liefste, gaan we regelrecht naar huis.'

Een masochistisch trekje

Toen Walter Henderson negen jaar was, vond hij korte tijd dood neervallen het toppunt van romantiek, en een aantal van zijn vriendjes ook. Toen bleek dat doen of je neergeschoten was, met je hand naar je hart grijpen, je pistool laten vallen en ter aarde zijgen het enige echt dankbare van rovertje spelen was, lieten ze de rest van het spel – het langdradige gedoe van partijen kiezen en rondsluipen – al vlug voor wat het was en verfijnden het tot zijn essentie. Het werd een kwestie van individueel komediespel, bijna kunst. Ze renden een voor een op theatrale wijze over een heuveltop en op een bepaald punt lagen dan de sheriff en zijn mannen in een hinderlaag: het gelijktijdig trekken en richten van speelgoedpistolen en een koor van staccato keelklanken – een soort hees gefluisterd 'Pj-joew! Pj-joew!' – waarmee jongetjes het geluid van geweervuur nabootsen. De speler bleef dan staan, draaide zich om, verstilde even in elegante doodsstrijd, duikelde omver, viel met een werveling van armen en benen en in een prachtige stofwolk van de heuvel en bleef ten slotte onder aan de helling als een verfrommeld lijk, plat op de grond en met uitgespreide ledematen liggen. Als hij overeind kwam en zijn kleren afsloeg, bespraken de anderen kritisch zijn presentatie ('Lang niet slecht', of 'Te stijf', of 'Maakte onnatuurlijke indruk') en daarna was de volgende speler aan de beurt. Dat was het hele spel, maar Walter Henderson was er gek op. Hij was een tengere jongen met slecht gecoördineerde bewegingen en dit was het enige waarin hij uitblonk dat ook maar enigszins op sport leek. Niemand kon de overgave waarmee hij zijn slappe lichaam van de helling af smeet evenaren, en hij zwolg in het beetje bijval dat hij ermee oogstte. Nadat een paar oudere jongens hen hadden uitgelachen ging het de andere deelnemers ten slotte vervelen; Walter ging met tegenzin over op een gezonder soort spelletjes en het duurde niet lang of hij dacht er niet meer aan.

Maar op een namiddag in mei, terwijl hij bijna vijfentwintig jaar later in een kantoorgebouw op Lexington Avenue aan zijn bureau zat te doen of hij werkte maar wachtte tot hij ontslagen zou worden, had hij aanleiding het zich allemaal helder voor de geest te halen. Hij was uitgegroeid tot een ingetogen, geïnteresseerd kijkende jongeman met het soort kleding dat de invloed van een universiteit aan de oostkust verried en keurig gekamd bruin haar dat van boven net een beetje dun begon te worden. Jaren goede gezondheid hadden hem minder tenger gemaakt en hoewel zijn bewegingen nog steeds niet goed gecoördineerd waren bleek dat tegenwoordig voornamelijk uit kleinigheden, zoals het niet tegelijk kunnen opzetten van zijn hoed en wegbergen van zijn portefeuille, toegangsbewijzen en wisselgeld zonder dat zijn vrouw op hem moest blijven wachten, of zijn neiging krachtig tegen deuren te duwen waarop 'Trekken' stond. Zoals hij daar op kantoor zat leek hij in elk geval het toonbeeld van gezond verstand en competentie. Niemand zou hebben gezegd dat het koude angstzweet onder zijn overhemd sijpelde of dat de vingers van zijn linkerhand, weggestopt in zijn zak, langzaam een luciferboekje tot vochtige kartonpulp pletten en scheurden. Hij had het al weken zien aankomen en vanmorgen had hij vanaf het moment dat hij uit de lift stapte gevoeld dat het vandaag zover was. Toen een paar van zijn bazen 'Goeiemorgen, Walt' zeiden, had hij in hun glimlach heel vaag een zweem van bezorgdheid gezien; en toen hij vanmiddag naar buiten keek over het deurtje van de cabine waarin hij werkte, ving hij toevallig een blik op van George Crowell, de afdelingschef, die met papieren in zijn hand aarzelend in de deuropening van zijn privé-kantoortje stond. Crowell wendde zich snel af, maar Walter wist dat hij al die tijd naar hém gekeken had, zorgelijk maar vastbesloten. Walter wist zeker dat Crowell hem over een minuut of wat bij zich zou roepen om hem voorzichtig op de hoogte te stellen – met moeite natuurlijk, want Crowell was zo'n baas die er prat op ging een patente kerel te zijn. Er zat niets anders op dan de zaak op zijn beloop te laten en te proberen het zo elegant mogelijk op te vangen.

Toen kwam die jeugdherinnering opzetten – zo sterk dat zijn duimnagel diep in het verborgen luciferboekje kerfde – en liet hem niet los, want hij bedacht plotseling dat de zaken op hun beloop laten en tegenslag zo elegant mogelijk opvangen in zekere zin het patroon van zijn leven was. Het viel niet te ontkennen dat de rol van goede verliezer hem altijd buitensporig had aangetrokken. Hij had er zich zijn hele jeugd in gespecialiseerd – gevechten met sterkere jongens kranig verloren, slecht rugby gespeeld in de stiekeme hoop gewond te raken en op theatrale wijze van het veld te worden gedragen ('Je moet Henderson één ding nageven, jongens,' had hun trainer op high school grinnikend gezegd, 'hij heeft een masochistisch trekje'). Op college had hij zijn talenten verder kunnen ontplooien – je kon er zakken voor examens en nooit voor iets gekozen worden – en later had de luchtmacht hem in de gelegenheid gesteld eervol uit de officiersopleiding te worden ontslagen. En het zag ernaar uit dat hij ook nu, onvermijdelijk, weer geheel in stijl zou afgaan. Zijn vorige banen waren het soort werk voor beginners geweest waarin je moeilijk kunt mislukken; toen deze baan zich voordeed was dat, in Crowells woorden, 'een kapitale uitdaging' geweest.

'Mooi,' had Walter gezegd. 'Dat is net wat ik zoek.' Zijn vrouw had 'O, wat heerlijk!' gezegd toen hij haar over dat deel van het gesprek vertelde en ze waren op grond ervan naar een duur appartement aan de oostkant van Central Park verhuisd. En als hij de laatste tijd met een verslagen blik thuiskwam en somber verklaarde te betwijfelen of hij het nog veel langer kon volhouden, maande ze de kinderen hem met rust te laten ('Pappa is vanavond erg moe'), bracht hem een cocktail, kalmeerde hem met de zorgzame, geruststellende woorden van een echtgenote, terwijl ze haar best deed haar angst te verbergen, en had geen vermoeden, of liet daar toch niets van blijken, dat ze te maken had met een chronisch dwangmatig falen, een eigenaardig jongetje dat dol was op de poses van de ineenstorting. En het verbazingwekkende, bedacht hij – het hoogst verbazingwekkende – was dat hij dat zelf ook nooit zo gezien had.

'Walt?'

'Het deurtje van de cabine was opengezwaaid en in de deuropening stond, zichtbaar niet op zijn gemak, George Crowell. 'Kun je misschien even meekomen naar mijn kamer?'

'Natuurlijk, George.' En Walter volgde hem de cabine uit, over de afdeling, terwijl hij vele blikken in zijn rug voelde. Behoud je waardigheid, hield hij zich voor. Dat is het belangrijkste, je waardigheid behouden. Toen ging de deur achter hen dicht en waren ze alleen in de met vloerbedekking beklede stilte van Crowells privé-kantoor. Autoclaxons schalden in de verte, eenentwintig verdiepingen lager; de enige andere geluiden waren die van hun ademhaling, het piepen van Crowells schoenen terwijl hij naar zijn bureau liep, het kraken van Crowells draaistoel terwijl hij ging zitten. 'Schuif een stoel bij, Walt,' zei hij. 'Roken?'

'Nee, dank je.' Walter ging zitten en haakte zijn vingers stevig tussen zijn knieën in elkaar.

Crowell deed de sigarettendoos dicht zonder er zelf een te nemen, schoof hem opzij en boog zich voorover, zijn handen plat uitgespreid op het glazen bureaublad. 'Walt, ik kan je dit maar beter op de man af zeggen,' zei hij, en het laatste flintertje hoop verdween. Het grappige was dat het toch nog als een schok kwam. 'Mr. Harvey en ik hebben al een tijdje de indruk dat je het werk hier toch niet helemaal aankunt en we zijn met grote tegenzin tot de conclusie gekomen dat we je, zowel in jouw belang als in het onze, het beste ontslag kunnen verlenen. Dit doet,' zei hij er vlug bij, 'dit doet geen afbreuk aan je persoonlijke verdiensten, Walt. Ons werk is zeer gespecialiseerd en we kunnen niet van iedereen verwachten dat het hem nooit te veel wordt. In jouw geval in het bijzonder hebben we het gevoel dat je gelukkiger zou zijn in een organisatie die beter past bij jouw... kwaliteiten.'

Crowell leunde achterover en toen hij zijn handen optilde liet hun vochtigheid twee grijze, volmaakte afdrukken op de glasplaat achter, als de handen van een skelet. Walter bleef er gefascineerd naar staren terwijl ze verschrompelden en verdwenen.

'Tja,' zei hij, en hij keek op. 'Dat heb je heel vriendelijk gezegd, George. Dankjewel.'

Crowells mond plooide zich tot de verontschuldigende glimlach van een patente kerel. 'Ik vind het echt beroerd,' zei hij. 'Maar zo gaat het nu eenmaal.' En hij begon aan de knoppen van zijn bureauladen te morrelen, zichtbaar opgelucht dat het ergste voorbij was. 'We hebben een cheque uitgeschreven voor je salaris tot het einde van de volgende maand,' zei hij. 'Dan heb je nog een soort... ontslaguitkering, zeg maar... om je verder te helpen tot je iets vindt.' Hij stak een lange envelop naar Walter uit.

'Dat is heel royaal,' zei Walter. Toen viel er een stilte en Walter besefte dat hij geacht werd die te verbreken. Hij kwam overeind. 'Oké, George. Ik zal je niet langer ophouden.'

Crowell stond snel op en liep met twee uitgestoken handen om het bureau – de een om Walter een hand te geven, de ander om op zijn schouder te leggen terwijl ze naar de deur liepen. Het gebaar, vriendelijk en vernederend tegelijk, joeg het bloed naar Walters keel en hij dacht één afschuwelijke seconde dat hij zou gaan huilen. 'Nou joh,' zei Crowell, 'succes ermee.'

'Bedankt,' zei hij, en hij was zo opgelucht dat zijn stem niet trilde dat hij glimlachend nog eens herhaalde: 'Bedankt. Tot ziens, George.'

De afstand over de afdeling terug naar zijn cabine was ongeveer vijftien meter en Walter Henderson legde die stijlvol af. Hij was zich bewust van de strakke, rechte indruk die zijn vertrekkende schouders op Crowell maakten; en terwijl hij zich een weg zocht tussen bureaus waaraan collega's verlegen naar hem opkeken of dat zo te zien zouden willen, was hij zich bewust van elk subtiel spel van goed beheerste emoties op zijn gezicht. Het leek allemaal net een filmopname. De camera had de sequentie vanuit Crowells gezichtspunt geopend en was erna achteruitgereden om het hele kantoor als omkadering te nemen voor Walters gestalte op eenzame statige doortocht; nu naderde hij voor een lang aangehouden close-up van Walters gezicht, switchte naar korte beelden van de omdraaiende hoofden van zijn collega's (Joe Collins die ongerust keek, Fred Holmes die probeerde niet vergenoegd te kijken) en schakelde over op Walters gezichtspunt toen de lens het alledaagse, nietsvermoedende gezicht van zijn secretaresse, Mary, ontdekte die met een verslag dat ze had moeten typen bij zijn bureau op hem wachtte.

'Ik hoop dat het zo goed is, mr. Henderson.'

Walter pakte het aan en liet het op het bureau vallen. 'Laat maar zitten, Mary,' zei hij. 'Je kunt de rest van de middag eigenlijk wel vrij nemen, en ga morgenochtend bij de personeelschef langs. Je krijgt een nieuwe baan. Ik ben zojuist ontslagen.'

De uitdrukking op haar gezicht was eerst een vage achterdochtige glimlach – ze dacht dat hij haar voor de gek hield – maar toen trok ze bleek weg en keek geschokt. Ze was erg jong en niet erg slim; ze hadden haar op de secretaresseopleiding waarschijnlijk nooit verteld dat je baas ontslagen kon worden. 'Maar dat is toch verschrikkelijk, mr. Henderson. Ik bedoel... waarom dóén ze zoiets?'

'Ik weet het niet,' zei hij. 'Om een heleboel kleine redenen, denk ik.' Hij trok de laden van zijn bureau open en smeet ze weer dicht – hij haalde zijn persoonlijke bezittingen eruit. Het was niet veel: een handvol oude privé-correspondentie, een lege vulpen, een sigarettenaansteker zonder vuursteentje en de helft van een chocoladereep, in de wikkel. Terwijl ze keek hoe hij ze uitsorteerde en zijn zakken volstopte, was hij zich ervan bewust hoe aangrijpend al die dingen in haar ogen leken; en hij was zich bewust van de waardigheid waarmee hij zijn rug rechtte, zich omdraaide, zijn hoed van de kapstok nam en die opzette.

'Dit heeft voor jou natuurlijk geen gevolgen,' zei hij. 'Ze hebben morgenochtend een nieuwe baan voor je. Tja, wat zal ik zeggen.' Hij stak zijn hand uit. 'Succes ermee.'

'Dank u, en u ook. En tot...' – en ze bracht haar afgebeten vingernagels naar haar mond voor een onzeker giechellachje – 'ik bedoel, dag, mr. Henderson.'

Het volgende deel van de sequentie was een scène bij de waterkoeler, waar de ernst in Joe Collins' blik werd uitgebreid met medegevoel naarmate Walter dichterbij kwam.

'Joe,' zei Walter. 'Ik ga hier weg. Ik heb de zak gekregen.'

'Néé!' Maar de geschokte uitdrukking op Collins' gezicht was duidelijk uit vriendelijkheid; de verrassing kon niet erg groot zijn geweest. 'Jézus, zijn ze nou helemáál gek geworden?'

En Fred Holmes, doodernstig en medelijdend, merkbaar blij het nieuws te horen, viel hem bij: 'Jezus, joh, verdomde jammer.'

Walter ging de twee mannen voor naar de lift, waar hij op de OMLAAG-pijl drukte, en plotseling stormden uit alle hoeken van het kantoor nog meer collega's op hem af, hun gezichten strak van verdriet, hun handen uitgestoken.

'Verdomde rot voor je, Walt...'

'Succes ermee, joh...'

'Laat nog eens wat van je horen, oké Walt?...'

Walter zei knikkend en glimlachend en handenschuddend 'Bedankt' en 'Tot ziens' en 'Doe ik'; even later ging met een automatisch 'ting!' het rode lampje boven een van de liften aan en nog een paar tellen later schoven de deuren open en zei de stem van de liftbediende: 'Naar beneden!' Hij liep met zijn constante glimlach nog om zijn mond en een zwierige groet naar hun ernstige pratende gezichten achteruit de lift in, en de scène kwam tot een volmaakt einde toen de deuren dichtgleden, zich vastklemden en de liftkooi in stilte door de ruimte viel.

Hij stond de hele weg naar beneden te blozen en te stralen als een man die zijn vreugde niet op kan; pas toen hij met snelle stappen buiten op straat liep besefte hij hoe ongelooflijk hij zich had geamuseerd.

De enorme schok van dit besef vertraagde zijn pas, tot hij ten slotte het grootste deel van een minuut stil tegen de gevel van een gebouw bleef staan. Zijn hoofdhuid prikte onder zijn hoed en zijn vingers frunnikten aan zijn dasknoop en friemelden aan de sluiting van zijn jas. Hij had een gevoel alsof hij zich bij iets obsceens en schandelijks had betrapt, en hij had zich nog nooit zo hulpeloos of zo bang gevoeld.

Toen ging hij in een uitbarsting van activiteit weer op weg, zette zijn hoed recht, klemde zijn kaken op elkaar en stapte met zijn hakken stevig over het trottoir om te proberen een jachtige en ongeduldige en door zakelijke besognes gedreven indruk te maken. Een mens zou zich nog tot waanzin drijven door zo halverwege de middag, midden op Lexington Avenue voor eigen psychiater te spelen. Hij zou moeten zorgen dat hij iets om handen kreeg, een baan gaan zoeken.

Het probleem was dat hij geen idee had waar hij naartoe ging, besefte hij terwijl hij weer bleef staan en om zich heen keek. Hij was ergens in de buurt van de achtenveertigste of negenenveertigste straat, op een hoek die kleurig was van de bloemenwinkels en taxi's en krioelend van de goedgeklede mannen en vrouwen die in de heldere lentelucht liepen. Om te beginnen had hij een telefoon nodig. Hij stak haastig de straat over naar een drugstore en liep door de geuren van toiletzeep en parfum en ketchup en spek naar de rij telefooncellen achterin langs de muur; hij pakte zijn adresboekje en vond de bladzijde met bemiddelingsbureaus waar ze een dossier van hem hadden met ingevulde sollicitatieformulieren; toen legde hij zijn tiencentstukken klaar en sloot zich op in een van de telefooncellen.

Maar bij elk bemiddelingsbureau zeiden ze hetzelfde: op dit moment geen vacatures op uw gebied; persoonlijk langskomen vóór u gebeld wordt heeft geen zin. Toen hij ze allemaal had afgewerkt, zocht hij in zijn zakken weer naar het adresboekje, hij wilde het nummer opzoeken van een kennis die hem een maand geleden nog verteld had dat er binnenkort misschien bij hem op kantoor een vacature zou komen. Het boekje zat niet in zijn binnenzak; hij groef met zijn handen in zijn andere jaszakken en toen in zijn broekzakken, waarbij hij één elleboog pijnlijk hard tegen de wand van de telefooncel stootte, maar vond alleen de oude brieven en het stuk chocola uit zijn bureau. Hij liet de chocola vloekend op de grond vallen en zette er toen, alsof het een brandende sigaret was, zijn voet op. Door al deze inspanningen in de hitte van de telefooncel was zijn ademhaling nu snel en oppervlakkig. Hij voelde zich duizelig toen hij het adresboekje eindelijk, vlak voor zich, boven op het muntenkastje zag liggen, waar hij het zelf had neergelegd. Zijn vingers trilden in de kiesschijf, en toen hij graaiend met zijn vrije hand zijn boord losser van zijn zwetende hals trok en begon te praten, was zijn stem zwak en indringend als die van een bedelaar.

'Jack,' zei hij. 'Ik vroeg me zojuist af... ik vroeg me af of je nog iets over die vacature gehoord hebt, waar je het een tijdje geleden over had.'

'Over die wat?'

'Die vacature. Je weet wel. Je zei dat er misschien bij jullie op kantoor een...'

'O, dát. Nee, heb ik niets meer over gehoord. Ik bel je als er iets over bekend wordt.'

'Oké.' Hij schoof de vouwdeur van de telefooncel open en leunde met zijn rug tegen de wand van geperst metaal terwijl hij diep inademde om de koele luchtstroom te begroeten. 'Ik dacht dat je het misschien vergeten was of zo,' zei hij. Zijn stem was nu bijna weer normaal. 'Ik hoop niet dat ik je gestoord heb, Jack.'

'Ben je gek, da's best,' zei de hartelijke stem in de hoorn. 'Wat is er aan de hand? Zit je niet lekker waar je nu bent?'

'Integendeel,' hoorde Walter zichzelf zeggen, en zodra hij het zei was hij blij dat hij gelogen had. Hij loog bijna nooit en het verbaasde hem altijd weer te ontdekken hoe eenvoudig het kon zijn. Zijn stem werd vrijmoediger. 'Nee, ik zit daar bést, ik wilde alleen... je weet wel, ik dacht dat je het misschien vergeten was, da's alles. Hoe gaat het thuis?'

Toen het gesprek afgelopen was zat er niets anders op dan naar huis te gaan, veronderstelde hij. Hij bleef echter nog een hele tijd in de open telefooncel zitten, zijn voeten voor zich uitgestoken op de grond van de drugstore, tot er een slim glimlachje over zijn gezicht trok dat langzaam vervaagde en overging in een blik van normaal gehalte. Het gemak van de leugen had hem op een idee gebracht dat, hoe meer hij erover nadacht, uitgroeide tot een wijs en revolutionair besluit.

Hij zou het niet tegen zijn vrouw vertellen. Met een beetje geluk vond hij voor het einde van volgende maand wel de een of andere baan, en intussen zou hij zijn zorgen nu eens één keer in zijn leven voor zich houden. Als ze hem vanavond vroeg hoe zijn dag was geweest, zou hij: 'Ging wel,' zeggen, of zelfs: 'Prima.' 's Ochtends zou hij op de normale tijd de deur uitgaan en de hele dag wegblijven, en daar zou hij elke dag mee doorgaan tot hij weer werk had.

De uitdrukking 'je vermannen' schoot hem te binnen, en zoals hij daar in de telefooncel zijn tiencentstukken bij elkaar raapte, zijn das rechttrok en de straat op liep, getuigden zijn handelingen niet alleen van mannelijke vastbeslotenheid – ze hadden iets edels.

Er moesten tot de tijd dat hij normaal thuis zou komen nog een paar uur overbrugd worden en toen hij door de tweeënveertigste straat naar het westen bleek te lopen, besloot hij die uren in de openbare bibliotheek door te brengen. Hij liep met gewichtige stap de brede traptreden op en even later zat hij op zijn gemak in de leeszaal, bestudeerde een gebonden *Life*-jaargang van het vorig jaar en nam steeds weer in gedachten zijn plan door en breidde het uit en perfectioneerde het.

Hij was zich er heel goed van bewust dat de dagelijkse misleiding allesbehalve eenvoudig zou zijn. Er zouden de voortdurende waakzaamheid en geslepenheid van een vogelvrijverklaarde voor nodig zijn. Maar maakten niet juist die problemen het plan de moeite waard? En erna, als het ten slotte allemaal voorbij was en hij kon het haar eindelijk vertellen, zou dat een beloning zijn die elke minuut van de beproeving goedmaakte. Hij wist precies hoe ze naar hem zou kijken als hij het vertelde – eerst met onbegrip en ongeloof maar dan geleidelijk aan met het begin van een soort respect dat hij in geen jaren in haar blik had gezien.

'Je bedoelt dat je het al die tijd vóór je hebt gehouden? Maar waaróm, Walt?'

'Tja,' zou hij achteloos, zelfs schouderophalend, zeggen: 'Ik zag niet in waarom ik je ongerust zou maken.'

Toen het tijd werd om uit de bibliotheek te vertrekken bleef hij even in de hoofdingang staan, nam een paar lange halen van zijn sigaret en keek uit over het verkeer en de mensenmenigte van vijf uur 's middags. De aanblik had voor hem iets bijzonder nostalgisch, want hier had hij op een lenteavond vijf jaar geleden voor het eerst met haar afgesproken. 'Is het goed als ik boven aan de trap van de bibliotheek op je wacht?' had ze hem die ochtend aan de telefoon gevraagd en pas vele maanden later, toen ze al getrouwd waren, was tot hem doorgedrongen dat het een eigenaardige plek was om af te spreken. Toen hij ernaar vroeg lachte ze hem uit. 'Natúúrlijk was het onpraktisch... daar gíng het me om. Ik wilde daar als een prinses in een kasteel of zoiets boven aan die trap staan, zodat je al die prachtige treden op moest om me op te eisen.'

En precies zo had het hem toegeschenen. Hij was die dag tien minuten vroeger dan normaal van kantoor ontsnapt en was haastig naar het Grand Central gegaan om zich daar in een blinkende ondergrondse kleedkamer te wassen en scheren; hij had bijna een beroerte van ongeduld en het wachten gekregen terwijl een heel oude, dikke, langzame bediende zijn pak ging persen. Daarna, nadat hij de bediende een grotere fooi had gegeven dan hij zich kon veroorloven, rende hij naar buiten, de tweeënveertigste straat in, gespannen en ademloos terwijl hij met grote passen langs schoenwinkels en milkbars liep en zich met wiekende armen een weg zocht door zwermen onuitstaanbaar langzaam bewegende voetgangers die geen idee hadden hoe dringend hij ergens naartoe moest. Hij was bang om te laat te komen, zelfs een beetje bang dat het allemaal een soort grap was en ze daar helemaal niet zou staan. Maar zodra hij Fifth Avenue inliep zag hij haar hoog in de verte, alleen, boven aan de trap van de bibliotheek staan – een slanke, stralende brunette met een modieuze zwarte jas aan.

Daarna ging hij langzamer lopen. Hij stak slenterend, met één hand in zijn broekzak, de straat over en nam de treden met zo'n moeiteloze atletische nonchalance dat niemand had kunnen raden hoeveel uren van zorg en vrees, hoeveel dagen van doordachte en strategische planning dit moment hem had gekost.

Toen hij bijna zeker wist dat ze hem kon zien aankomen ging zijn blik weer naar haar omhoog, en ze glimlachte. Het was niet de eerste keer dat hij haar zo zag glimlachen, maar het was de eerste keer dat haar glimlach met zekerheid alleen voor hem bedoeld was, en het bezorgde hem genotzalige warme rillingen in zijn borst. Hij kon zich de woorden van hun begroeting niet herinneren, maar hij wist nog wel dat hij zeker geweten had dat ze in orde waren, dat het goed begon – dat haar wijdopen glanzende ogen hem precies zagen zoals hij het liefst gezien wilde worden. Wat het dan ook was dat hij zei, ze vond het geestig, en wat zij zei, of de klank van haar stem als ze het zei, bezorgde hem een groter en sterker en breder geschouderd gevoel dan hij ooit van zijn leven had gehad. Toen ze zich omdraaiden en samen de trap af liepen pakte hij haar bovenarm vast, eiste hij haar op, en voelde hij bij elke stap de lichte schokjes van haar borst tegen de achterkant van zijn vingers. En de avond die voor hen lag, die zich aan hun voeten uitspreidde en op hen wachtte, leek wonderbaarlijk lang en wonderbaarlijk rijk aan beloften.

Nu hij alleen naar beneden liep, gaf het hem kracht te kunnen terugkijken op één ondubbelzinnig succes – dan toch één keer in zijn leven dat hij de mogelijkheid van mislukking had uitgesloten en zijn zin gekregen. Toen hij overstak en de vage helling van de tweeënveertigste straat begon af te lopen, kwamen nog meer herinneringen in beeld: ze waren die avond ook door deze straat gekomen, ze waren naar het Baltimore gelopen om iets te gaan drinken, en hij herinnerde zich hoe ze eruitzag toen ze naast hem in het halfdonker van de cocktailbar zat, hoe ze zich vanuit haar heupen schuin vooroverboog terwijl hij haar uit de mouwen van haar jas hielp en hoe ze toen achteroverleunde, haar lange haar uit haar gezicht schudde en hem uitdagend van terzijde aankeek terwijl ze haar glas naar haar mond bracht. Even later zei ze: 'Kom, dan gaan we naar de rivier... ik ben dol op de rivier bij avond,' en ze waren het hotel uit, naar de rivier gelopen. Hij liep nu diezelfde weg, door het geratel van Third Avenue en vandaar naar Tudor City – de wandeling leek veel langer als je alleen liep – tot hij bij de kleine balustrade stond waar hij uitkeek over de drom gestroomlijnde auto's op de East River Drive en het trage grijze water dat zich daarachter bewoog. Daar op diezelfde plek, terwijl onder de donker wordende stadshorizon van Queens ergens een sleepboot kreunde, had hij haar dicht tegen zich aan getrokken en voor het eerst gekust. Hij wendde zich nu af, een ander mens, en begon aan de lange weg naar huis.

Toen hij de deur van het appartement opendeed was het eerste dat hem opviel de geur van spruitjes. De kinderen zaten nog in de keuken te eten – hij hoorde boven het gerammel van de afwas uit hun hoge murmelstemmetjes en erna de stem van zijn vrouw, vermoeid en overredend. Toen de deur dichtsloeg hoorde hij haar zeggen: 'Hoor, daar is pappa,' en begonnen de kinderen 'Pappa! Pappa!' te roepen.

Hij legde net zijn hoed voorzichtig in de gangkast en draaide zich om toen ze in de keukendeur verscheen; ze veegde haar handen aan haar schort af en glimlachte door haar vermoeidheid heen. 'Eindelijk een keer op tijd thuis,' zei ze. 'Heerlijk. Ik was al bang dat je weer moest overwerken.'

'Nee,' zei hij. 'Nee, ik hoefde niet over te werken.' Zijn stem klonk hem eigenaardig vreemd in de oren, versterkt, alsof hij in een echokamer praatte.

'Toch zie je er moe uit, Walt. Alsof je doodop bent.'

'Ik ben komen lopen, da's alles. Ongewoonte, denk ik. Hoe gaat 't hier?'

'O, best.' Maar ze leek zelf ook doodop.

Toen ze samen de keuken in liepen voelde hij zich ingesloten worden in de val van de klamme helderheid daar. Zijn blik zwierf somber langs de pakken melk, de potten mayonaise en blikken soep en dozen cornflakes, de perziken die in een rij op de venster-bank lagen te rijpen, de opvallende broosheid en breekbaarheid van zijn twee kinderen, met druk pratende gezichtjes waarover flauwe vegen aardappelpuree liepen.

In de badkamer, waar hij er langer over deed om zich voor het eten op te frissen dan nodig was, zag het leven er beter uit. Hier kon hij tenminste alleen zijn, verkwikt door opgespat koud water; de enige inbreuk op zijn privacy was de stem van zijn vrouw, die zich ongeduldig tegen de oudste verhief: 'Andrew Henderson. Als jij niet metéén al je pudding opeet wordt er vanavond voor jou geen verhaaltje verteld.' Even later beduidde het geschraap van stoelen en opstapelen van borden dat hun avondeten voorbij was en betekende zacht schoengeschuifel en een dichtslaande deur dat ze in hun kamer waren vrijgelaten om nog een uurtje te spelen voor het badtijd was.

Walter droogde zorgvuldig zijn handen; toen ging hij naar de zitkamer, installeerde zich met een tijdschrift op de bank en haal-de heel langzaam en diep adem om te bewijzen hoe rustig en be-heerst hij was. Even later kwam ze zonder schort en met pasgestif-te lippen bij hem in de kamer en bracht een cocktailbeker vol ijs mee. 'Pfff,' zei ze met een zucht. 'Goddank, dat hebben we weer gehad. Nu éven rust aan m'n hoofd.'

'Ik haal de drank wel even,' zei hij, en hij sprong overeind. Hij had gehoopt dat zijn stem inmiddels normaal zou klinken, maar er zat nog steeds een echokamergalm in.

'Niets ervan,' beval ze. 'Ga zitten. Je verdient het te blijven zit-ten en je te laten bedienen, als je er bij thuiskomst zo moe uitziet. Hoe was je dag vandaag, Walt?'

'Ging wel,' zei hij, en hij ging weer zitten. 'Prima.' Hij keek hoe ze de juiste hoeveelheden gin en vermout in de beker schonk, alles op haar keurige snelle manier omroerde, de beker en glazen op het dienblad zette en er door de kamer mee kwam aanlopen.

'Zo,' zei ze, terwijl ze vlak naast hem op de bank ging zitten. 'Schenk jij even in, lieverd?' En toen hij de gekoelde glazen had ingeschonken, hief ze het hare en zei: 'Hè, heerlijk. Proost.' Deze opgewekte cocktailstemming was een zorgvuldig nagestreefd effect, wist hij. Net als haar moederlijke strengheid bij het avondeten van de kinderen; net als de kwieke zakelijkheid waarmee ze eerder die dag te werk was gegaan in de supermarkt; en net als de tederheid van haar overgave in zijn armen, later die avond. Deze ordelijke afwisseling van vele zorgvuldig gespeelde stemmingen was haar leven, of liever gezegd, wat haar leven was geworden. Ze bracht het er goed vanaf en hij kon maar zelden, en alleen als hij van heel dichtbij naar haar gezicht keek, zien hoeveel inspanning het haar kostte.

Maar de alcohol was een reusachtige hulp. De eerste bittere, ijskoude slok leek hem zijn kalmte terug te geven en het glas in zijn hand oogde geruststellend diep. Hij nam nog een slok of twee voor hij haar weer durfde aan te kijken, en toen hij keek was wat hij zag bemoedigend. Uit haar glimlach was bijna alle spanning verdwenen en even later zaten ze knus als tevreden geliefden druk samen te praten.

'Hè, heerlijk, zomaar even zitten en je ontspannen, vind je niet?' vroeg ze, en ze liet haar hoofd achterover tegen de bekleding zakken. 'En is het geen zalig idee dat het vrijdagavond is?'

'Zeg dat wel,' zei hij, en hij doopte terstond zijn mond in zijn cocktail om zijn schrik te verbergen. Vrijdagavond! Dat betekende dat hij pas over twee dagen zelfs maar een begín zou kunnen maken met werk zoeken – twee dagen in milde gevangenschap thuis, of zich in het park met driewielers en ijslolly's bezighouden zonder enige hoop aan de last van zijn geheim te kunnen ontsnappen. 'Grappig,' zei hij. 'Ik was bijna vergeten dat het vandaag vrijdag was.'

'Hoe kun je zoiets nou vergéten?' Ze kroop genotzuchtig dieper in de bank weg. 'Ik kijk er de hele week naar uit. Schenk me nog een heel klein beetje bij, lieverd, dan moet ik weer aan de slag.'

Hij schonk haar nog een heel klein beetje bij en gaf zichzelf een vol glas. Zijn hand beefde en hij morste een beetje, maar ze leek het niet te merken. Zoals ze ook niet leek te merken dat zijn antwoorden hem steeds meer moeite kostten terwijl zij het gesprek gaande hield. Terwijl zij weer aan de slag ging – het vlees bedroop, het bad van de kinderen liet vollopen, hun kamer opruimde voor de nacht – liet Walter in z'n eentje op de bank zijn geest in lome benevelde verwarring wegglijden. Er kwam slechts één hardnekkige gedachte doorheen, een raad aan zichzelf die even doorzichtig en koel was als de drank die steeds weer naar zijn mond ging: volhouden. Wat ze ook zegt, wat er vanavond of morgen of overmorgen ook gebeurt, gewoon volhouden. Volhouden.

Maar toen spetterende badgeluiden van de kinderen de kamer binnenzweefden werd volhouden steeds minder eenvoudig; en toen ze eenmaal werden binnengebracht om welterusten te zeggen, allebei met een teddybeer in hun armen en een schoon pyjamaatje aan, hun gezichten glimmend en naar zeep ruikend, was het nog moeilijker geworden. Daarna kon hij het niet meer opbrengen om op de bank te blijven zitten. Hij sprong overeind en begon met stijve passen door de kamer te lopen terwijl hij de ene sigaret na de andere opstak en naar zijn vrouw luisterde die in de kamer ernaast helder en zangerig het verhaaltje voor het slapen gaan voorlas ('Jullie mogen naar de weilanden, of hier het laantje af, maar blijf úít de tuin van mr. McGregor...').

Toen ze weer tevoorschijn kwam, de deur van de kinderkamer achter zich dichtdeed, trof ze hem aan terwijl hij als een tragisch standbeeld voor het raam naar beneden, naar de donker wordende binnenplaats stond te kijken. 'Is er iets, Walt?'

Hij draaide zich met een brede, leugenachtige glimlach naar haar om. 'Nee, niets,' zei hij met zijn echokamerstem, en de camera begon weer te draaien. Naderde voor een close-up van zijn verstrakte gezicht, schakelde toen over op het observeren van haar bewegingen terwijl ze onzeker in de buurt van de salontafel bleef staan.

'Pfff,' zei ze. 'Ik rook nog één sigaret, daarna moet ik zorgen dat het eten op tafel komt.' Ze ging weer zitten – niet achteroverleunend of glimlachend nu, want dit was haar 'druk in de weer, zorgen dat het eten op tafel komt'-stemming. 'Heb jij een lucifer, Walt?'

'Natuurlijk.' En hij ging naar haar toe terwijl hij in zijn zak tastte alsof hij daar al de hele dag iets bewaarde om nu tevoorschijn te halen en aan haar te geven.

'Mijn God,' zei ze. 'Moet je die lucifers zien. Wat is dáármee gebeurd?'

'Die lucifers?' Hij staarde omlaag naar het verfrommelde, in elkaar gedraaide luciferboekje alsof het een bezwarend bewijsstuk was. 'Zeker aan zitten scheuren of zo,' zei hij. 'Is een soort tic van me.'

'Dank je,' zei ze, terwijl ze uit zijn trillende vingers een vuurtje accepteerde, en ze keek hem nu met wijdopen, doodernstige ogen aan. 'Walt, er ís iets, ja toch?'

'Natuurlijk niet. Waarom zou er iets...'

'Lieg niet. Is het iets met je baan? Is het... waar je vorige week bang voor was? Ik bedoel, is er vandaag iets gebeurd waaruit je opmaakt dat ze misschien... Heeft Crowell iets gezegd? Vertel.' De vage lijnen in haar gezicht leken dieper te zijn geworden. Ze zag er streng en competent en plotseling veel ouder uit, zelfs niet erg knap meer – een vrouw die in noodsituaties van aanpakken weet, klaar om de leiding te nemen.

Hij liep langzaam bij haar vandaan, naar een leunstoel aan de andere kant van de kamer en de vorm van zijn rug vertelde welsprekend over een naderende nederlaag. Aan de rand van het vloerkleed stopte hij en leek te verstrakken, een gewonde die zich overeind houdt; toen draaide hij zich met een zweem van een melancholieke glimlach naar haar om.

'Wat zal ik zeggen, liefste...' begon hij. Zijn rechterhand ging omhoog en betastte zijn middelste boordenknoopje als om het los te maken, daarna leegden zich zijn longen in een enorme zucht en liet hij zich ruggelings in de stoel vallen terwijl één voet voor hem uit over het kleed schoof en de andere onder hem dubbelsloeg. Het was het elegantste gebaar van die hele dag. 'Ze hebben me te grazen,' zei hij.

Iets leuks met iemand die je niet kent

De kinderen die in de derde klas juffrouw Snell zouden krijgen waren de hele zomer al voor haar gewaarschuwd. 'Die is stréng!' zeiden de oudere kinderen dan altijd, en ze trokken een scheef gezicht van boosaardig plezier. 'Die is echt stínkend streng. Mevrouw Cleary, die is aardig' (mevrouw Cleary had de andere helft van de derde klas, die het beter getroffen had) '...die is echt héél aardig, maar die Snéll... ik zou maar oppassen als ik jou was.' Zo kwam het dat het moreel van juffrouw Snells klas al op een dieptepunt was vóór in september de school zelfs maar begon en dat maakte ze er in de eerste weken zelf niet beter op.

Ze zal zestig geweest zijn – een grote broodmagere vrouw met een mannengezicht – en uit haar kleren, zo niet haar poriën, leek altijd het droge parfum van potloodslijpsel en krijtstof te komen dat de geur van scholen is. Ze was streng en humorloos, sterk gericht op het uitroeien van dingen die ze onverdraaglijk vond: mompelen, in je bank hangen, dagdromen, vaak naar de wc gaan en, het ergste van alles, 'als je op school komt je spullen niet in orde hebben'. Haar kleine oogjes hadden een scherpe blik en als iemand fluisterend en met een por van zijn elleboog een heimelijk noodsignaal uitzond om bij iemand anders een potlood te lenen, werkte dat bijna nooit. 'Wat moet dat daar achterin?' wilde ze weten. 'Ik bedoel jou, John Gerhardt.' En John Gerhardt – of Howard White, of wie het ook was die op fluisteren betrapt werd – kon alleen nog blozend 'Niks' zeggen.

'Mompel niet. Zoek je een potlood? Ben je nu alweer zonder potlood naar school gekomen? Sta op als ik iets tegen je zeg.'

En erna volgde dan een lange preek over Je Spullen In Orde Hebben die pas eindigde als de overtreder naar voren was gekomen om uit het voorraadje op haar tafel een potlood te ontvangen, 'dank u juffrouw Snell' had moeten zeggen en, tot hij zo hard praatte dat iedereen het kon horen, de belofte had moeten doen en herhalen er niet op te kauwen en niet de punt te breken.

Bij vlakgom was het nog erger, ze waren vaker dan potloden beperkt leverbaar omdat de wijdverbreide neiging bestond het vlakgommetje op je potlood eraf te kauwen. Juffrouw Snell had zelf een groot, vormeloos, oud vlakgom op haar tafel liggen en was daar blijkbaar erg trots op. 'Dit is míjn vlakgom,' zei ze vaak, terwijl ze het de klas vuistschuddend voorhield. 'Ik heb dit vlakgom al vijf jaar. Vijf jaar.' (En dat geloofde je zó, want het vlakgom zag er even oud en grijs en versleten uit als de hand die er dreigend mee zwaaide.) 'Ik heb er nooit mee gespeeld, want het is geen speelgoed. Ik heb er nooit op gekauwd want het is niet lekker. En ik heb het nooit verloren want ik ben niet dom en ik ben niet slordig. Ik heb dit vlakgom nodig voor mijn werk en ik zorg er goed voor. Waarom kunnen jullie dat ook niet met júllie vlakgom? Ik weet niet wat er met deze klas aan de hand is. Ik heb nog nooit een klas gehad die zo dom en zo slordig en zo kínderachtig met z'n spullen omging.'

Ze leek nooit boos te worden, maar dat was bijna beter geweest, want juist de eentonige, onbewogen, rustige herhaling van haar standjes werkte zo deprimerend. Als juffrouw Snell één leerling apart een speciaal standje gaf, ging die door een hel van woorden. Dan kwam ze op een paar decimeter van het gezicht van het slachtoffer staan, haar ogen staarden zonder te knipperen in de zijne en het grijze rimpelige vlees van haar mond verklaarde hem uitputtend, meedogenloos en vastbesloten schuldig tot alle kleur uit de dag verdween. Ze leek geen lievelingetjes te hebben; ze had het een keer zelfs op Alice Johnson voorzien, die altijd al haar spullen in orde had en bijna alles goed deed. Alice mompelde terwijl ze voorlas en toen ze na een paar waarschuwingen nog steeds mompelde ging juffrouw Snell naar haar toe, pakte haar boek weg en gaf haar een preek van een paar minuten. Alice keek eerst verbluft; toen liepen haar ogen vol tranen, trok haar mond in vreselijke vormen en bezweek ze voor het toppunt van vernedering, huilen in de klas.

Er werd in de klas van juffrouw Snell wel vaker gehuild, zelfs door de jongens. En ironisch genoeg leek het altijd in de stilte na een dergelijk voorval – als iemands langzame, half gesmoorde snikken het enige geluid in het lokaal waren en de rest van de klas gekweld door gêne recht voor zich uit staarde – dat uit mevrouw Cleary's klas aan de overkant van de gang het rumoer van een groepsgewijze lachbui bij hen naar binnen zweefde.

Toch konden ze geen hekel aan juffrouw Snell hebben, want de booswicht moet voor kinderen door en door slecht zijn, en het viel niet te ontkennen dat juffouw Snell soms op haar eigen onhandige en onzekere manier best aardig was. 'Nieuwe woorden leren is zoiets als nieuwe vrienden maken,' zei ze een keer. 'En iedereen maakt toch graag nieuwe vrienden? Toen dit schooljaar begon, bijvoorbeeld, waren jullie allemaal vreemden voor me, maar ik wilde jullie heel graag bij naam kennen en jullie gezicht onthouden en toen heb ik daar dus mijn best voor gedaan. Het was eerst verwarrend, maar het duurde niet lang of ik had met ieder van jullie vriendschap gesloten. En over een tijdje gaan we samen leuke dingen doen – misschien een kerstfeestje of zoiets – en stel dat ik niet zo mijn best had gedaan, dan weet ik dat ik daar erge spijt van zou hebben, want hoe kun je nu iets leuks doen met iemand die je niet kent?' Ze schonk de kinderen een pretentieloze verlegen glimlach. 'En zo gaat het met woorden ook.'

Het maakte de kinderen vooral verlegen, als ze zoiets zei, maar het gaf hun ook een vaag gevoel van verantwoordelijkheid tegenover haar en bracht hen vaak tot loyale zwijgzaamheid als kinderen uit andere klassen wilden weten hoe erg ze nu eigenlijk écht was. 'O, valt best mee,' zeiden ze dan slecht op hun gemak en probeerden van onderwerp te veranderen.

John Gerhardt en Howard White liepen meestal samen van school naar huis en hoewel ze probeerden het te vermijden kwam het nog wel eens voor dat twee kinderen uit de klas van mevrouw Cleary, die bij hen in de straat woonden, met heen meeliepen – Freddy Taylor en zijn tweelingzusje Grace. John en Howard waren meestal al ongeveer bij het einde van de speelplaats als de tweeling hen nog vanuit de drom kinderen achterna kwam rennen. 'Hé, wacht even!' riep Freddy dan. 'Wacht nou even!' En even later

kwam de tweeling dan, babbelend en met hun eendere schotsge-
ruite linnen schooltas zwaaiend, naast hen lopen.

'Raad eens wat we volgende week gaan doen?' vroeg op een
middag Freddy, met zijn hoge vrolijke stem. 'De hele klas, bedoel
ik. Raad eens. Vooruit, raden.'

John Gerhardt had de tweeling al eens eerder in duidelijke taal,
onomwonden gezegd dat hij liever niet met een meisje naar huis
liep en nu had hij bíjna gezegd dat één meisje al erg genoeg was
maar dat twee hem te veel waren, of woorden van die strekking.
Maar in plaats ervan richtte hij een veelbetekenende blik op Howard White en liepen ze allebei zwijgend door, vastbesloten niet
op Freddy's vasthoudend 'Raad nou eens' in te gaan.

Maar Freddy wachtte niet lang op antwoord. 'We gaan op excursie,' zei hij, 'voor de les Vervoer en Verkeer. We gaan naar
Harmon. Weet je wat dat is: Harmon?'

'Tuurlijk wel,' zei Howard White. 'Een plaats.'

'Nee maar ik bedoel, weet je wat ze daar dóen? Ze doen... het is
waar ze alle treinen die naar New York gaan van een stoomloco-
motief op elektrisch overzetten. Mevrouw Cleary zegt dat we gaan
kijken terwijl ze de locomotieven omwisselen en zo.'

'We blijven er bijna de hele dag,' zei Grace.

'Wat is daar zo leuk aan?' vroeg Howard White. Daar kan ik op
m'n fiets elke dág naartoe, als ik dat wil.' Dat was overdreven – hij
mocht op zijn fiets niet verder dan twee straten van huis – maar
het klonk goed, vooral toen hij er nog bij zei: 'Daar heb ik geen
mevrouw Cleary voor nodig,' met een aanstellerige, meisjesachtige
nadruk op 'Cleary'.

'Onder schooltijd?' informeerde Grace. 'Kan jij dat onder
schóóltijd?'

Howard mompelde slapjes: 'Natuurlijk wel, als ik dat wil,' maar
het was duidelijk één-nul voor de tweeling.

'Mevrouw Cleary zegt dat we een heleboel excursies gaan maken,' zei Freddy. 'Over een tijdje gaan we naar het Museum of
Natural History in New York, en nog veel meer. Jammer voor
jullie dat je niet bij mevrouw Cleary in de klas zit.'

'Kan me toch niet schelen,' zei John Gerhardt. En hij kwam op
de proppen met een citaat van zijn vader dat toepasselijk leek:

'Trouwens, ik ga niet naar school om te lanterfanten. Ik ga naar school om er te werken. Kom op, Howard.'

Een dag of twee later bleek dat de twee klassen de excursie gezamenlijk zouden maken; juffrouw Snell had alleen verzuimd het haar leerlingen te vertellen. Toen ze het vertelde had ze een van haar aardige buien. 'Ik denk dat het een bijzonder waardevol uitstapje zal zijn,' zei ze, 'want het wordt tegelijk leerzaam en een traktatie voor ons allemaal.' Die middag stelden John Gerhardt en Howard White met bestudeerde achteloosheid en heimelijke verrukking de tweeling op de hoogte.

Maar de overwinning was van korte duur, want door de excursie kwam het verschil tussen de twee onderwijzeressen alleen maar sterker uit. Mevrouw Cleary leidde alles met charme en enthousiasme; ze was jong en beweeglijk en zo ongeveer de knapste vrouw die de klas van juffrouw Snell ooit had gezien. Zíj regelde dat de kinderen naar boven mochten klimmen om rond te kijken in de stuurcabine van een reusachtige locomotief die ongebruikt op een rangeerspoor stond, en zij kwam erachter waar de openbare toiletten waren. De vervelendste feiten over treinen kwamen tot leven als zij ze uitlegde; de grimmigste machinisten en wisselwachters werden joviale gastheren als ze glimlachend naar hen opkeek, haar lange haar wapperend in de wind en haar handen zwierig weggestopt in de zakken van haar duffelse jas.

En al die tijd bleef juffrouw Snell ergens achteraf staan, naargeestig en nors, haar schouders opgetrokken tegen de wind en haar samengeknepen ogen waakzaam op zoek naar achterblijvers. Op een ogenblik moest mevrouw Cleary blijven wachten terwijl juffrouw Snell haar klas apart nam om te vertellen dat dit hun láátste excursie zou zijn als ze niet konden leren in een groep bij elkaar te blijven. Ze bedierf alles, en toen de dag voorbij was, wist de klas van gêne niet waar ze kijken moest. Ze had alle kans gehad zich die dag van haar beste kant te laten zien en nu was haar afgang even meelijwekkend als teleurstellend. Dat was nog het ergste: ze was meelijwekkend – ze wilden niet eens naar haar kijken, met haar onelegante, sombere zwarte jas en hoed. Ze wilden dat ze in de bus zou stappen en terugrijden naar school en zo snel mogelijk uit het zicht verdwijnen, dat was alles.

Alles wat er in de herfst gebeurde bracht een nieuw feestseizoen naar school. Eerst kwam *Halloween*, waarvoor een aantal tekenlessen aan kleurpotloodtekeningen van uitgeholde pompoenen met een mensengezicht en zwarte katten met een hoge rug werd gewijd. *Thanksgiving* was belangrijker; de kinderen schilderden gedurende een week of twee kalkoenen en hoorns van overvloed en in het bruin geklede Pilgrim Fathers met hoge hoeden met gespen en trompetvormige musketten, en bij de muziekles zongen ze steeds weer 'We gather together' en 'America the Beautiful'. En *Thanksgiving* was nog maar net voorbij toen de lange voorbereidingen voor Kerstmis begonnen: rood en groen hadden de overhand en er werden kerstliedjes gerepeteerd voor de levende kerststal die ze elk jaar opvoerden. De gangen raakten steeds dikker behangen met kerstversierselen; tot het eindelijk de laatste week voor de vakantie was.

'Krijgen jullie ook een feest in de klas?' informeerde Freddy Taylor op een keer.

'Vast wel, zeker weten,' zei John Gerhardt, hoewel hij dat eigenlijk alles behalve zeker wist. Behalve die ene vage toespeling, vele weken geleden, had juffrouw Snell nooit meer iets over een kerstfeest gezegd of laten doorschemeren.

'Heeft juffrouw Snell dat gezégd, dat jullie dat doen?' vroeg Grace.

'Nou ja, echt gezégd eigenlijk niet,' zei John Gerhardt cryptisch. Howard White liep sloffend, zonder een woord te zeggen mee.

'Mevrouw Cleary heeft het ook niet echt gezegd,' zei Grace, 'want het moet eigenlijk een verrassing zijn, maar we weten het best. Sommige kinderen die haar vorig jaar hadden, hebben 't zelf gezegd. Ze zeggen dat ze op de laatste dag altijd een groot feest geeft, met een boom en zo, en cadeautjes en dingen om te eten. Krijgen jullie dat ook allemaal?'

'Ik weet niet,' zei John Gerhardt. 'Vast wel.' Maar toen de tweeling later weg was werd hij een beetje ongerust. 'Hé, Howard,' zei hij, 'denk je dat ze het echt doet, of niet?'

'Moet je míj niet vragen,' zei Howard White, met een omzichtig schouderophalen. 'Ik heb niks gezegd.' Maar het zat hem ook

41

niet lekker, net als de rest van de klas. Naarmate de vakantie naderbij kwam en in de anticlimax van de weinige resterende schooldagen na het opvoeren van de levende kerststal in het bijzonder, leek het steeds onwaarschijnlijker te worden dat juffrouw Snell wat voor feestje dan ook voorbereidde, en het liet hen allemaal niet los.

Die laatste schooldag regende het. De ochtend verstreek zoals elke ochtend en na de lunch krioelde het, net als anders op regenachtige dagen, van de kwebbelende kinderen met regenjassen en overschoenen, die opeengepakt in de gangen liepen te wachten tot 's middags de school weer begon. Bij de klaslokalen van de derde hing een bijzondere spanning, want mevrouw Cleary had de deur van haar lokaal op slot, en het duurde niet lang of het gerucht ging dat ze in haar eentje binnen voorbereidingen trof voor een feestje dat zou beginnen als de bel ging en de hele middag zou duren. 'Ik heb naar binnen gegluurd,' zei Grace Taylor ademloos tegen wie maar luisteren wilde. 'Ze heeft een boompje met allemaal blauwe lampjes en ze heeft het hele lokaal mooi gemaakt en alle banken weggeschoven en zo.'

Anderen uit haar klas achtervolgden haar met vragen – 'Wát heb je gezien?' 'Allemaal blauwe lampjes?' – en weer anderen verdrongen zich bij de deur om te proberen door het sleutelgat een blik ervan op te vangen.

De klas van juffrouw Snell stond verlegen, meestal zwijgend, handen in hun zakken, stijf tegen de muur van de gang gedrukt. Ook hun deur was dicht, maar niemand wilde proberen of hij op slot zat, uit angst dat hij zou openzwaaien en juffrouw Snell daar aan tafel verstandig haar tijd benutte om proefwerken te corrigeren. Dus keken ze naar de deur van mevrouw Cleary en toen die eindelijk openging keken ze hoe de andere kinderen naar binnen stroomden. De meisjes gilden in koor 'Ooo!' terwijl ze naar binnen verdwenen, en de kinderen van juffrouw Snell konden zelfs vanaf hun plek zien dat het lokaal herschapen was. Er stond écht een boom met blauwe lichtjes – ja, het hele lokaal baadde in een blauwe gloed – en de banken waren aan de kant geschoven. Ze zagen nog net midden in de klas de hoek van een tafel waarop schalen met kleurig snoepgoed en cakejes stonden. Mevrouw Cleary stond in de deuropening, mooi en stralend, het welkom zacht blozend op haar gezicht. Ze schonk de reikhalzende gezichten van juffrouw Snells leerlingen een vriendelijke afwezige glimlach en deed toen de deur weer dicht.

Een seconde later ging de deur van juffrouw Snell open en het eerste wat ze zagen was dat het lokaal onveranderd was. De banken stonden allemaal op hun plaats, klaar voor gebruik; hun eigen kersttekeningen bespikkelden nog de muren en behalve armoedige roodkartonnen letters die de woorden VROLIJK KERSTFEEST vormden, en die al de hele week boven het bord hingen, was er geen enkele versiering. Maar even later zagen ze met een plotseling gevoel van opluchting een keurig stapeltje rood-witte pakjes op jufrouw Snells tafel liggen. Juffrouw Snell stond met een strak gezicht voor in de klas te wachten tot iedereen op zijn plaats zou zitten. Instinctief bleef niemand bij de tafel naar de cadeautjes kijken of zei er iets over. Uit juffrouw Snells houding bleek overduidelijk dat het feestje nog niet begonnen was.

Het was tijd voor het dictee en ze gaf opdracht potlood en papier klaar te leggen. In de stilte tussen het dicteren van elk te schrijven woord was het rumoer uit de klas van mevrouw Cleary hoorbaar – herhaaldelijk lachen en kreten van verrassing. Maar het stapeltje cadeautjes maakte alles goed; de kinderen hoefden er maar naar te kijken om te weten dat er achteraf toch niets zou zijn om zich voor te schamen. Juffrouw Snell had gedaan wat ze beloofd had.

De cadeautjes waren allemaal eender verpakt, in wit vloeipapier met een rood lintje, en de paar stuks waarvan John Gerhardt de vorm kon onderscheiden zagen eruit alsof het zakmessen zouden kunnen zijn. Misschien zakmessen voor de jongens, bedacht hij, en zaklantaarntjes voor de meisjes. Of aannemelijker, omdat zakmessen wel te duur zouden zijn, een nutteloos artikel dat met de beste bedoelingen in de kwartjesbazaar was gekocht, zoals een tinnen soldaatje voor de jongens en een heel klein poppetje voor de meisjes. Maar zelfs dat zou goed genoeg zijn – iets tastbaars en kleurigs om te bewijzen dat ze per slot van rekening toch menselijk was, iets om uit je zak te kunnen halen en achteloos aan de

Taylor-tweeling te laten zien. ('Nou ja, niet écht een feestje, maar we hebben allemaal een cadeautje van haar gehad. Kíjk maar.')

'John Gerhardt,' zei juffrouw Snell, 'als je alleen aandacht kunt opbrengen voor de... spullen op mijn tafel, kan ik ze misschien maar beter uit het zicht leggen.' De klas giechelde een beetje, en ze glimlachte. Het was maar een verlegen glimlachje, snel gladgestreken voor ze weer haar dicteeboek raadpleegde, maar het was genoeg om de spanning te breken. Terwijl de dictees werden opgehaald boog Howard White zich dicht naar John Gerhardt en fluisterde: 'Dasklemmen. Wedden dat het dasklemmen voor de jongens zijn en een sieraad of zo voor de meisjes?'

'Ss-st!' beval John, maar zei toen nog: 'Te dik voor dasklemmen.' Iedereen zat te schuiven op z'n plaats; er heerste algemeen de verwachting dat het feestje zou beginnen zodra juffrouw Snell alle dictees op haar tafel had. Maar ze vroeg om stilte en begon met de middagles Vervoer en Verkeer.

De middag kroop voorbij. Ze dachten steeds als juffrouw Snell een blik op de klok wierp dat ze zou zeggen: 'O, hemeltje... was ik bíjna vergeten.' Maar ze zei niets. Even over tweeën, toen de schooltijd nog minder dan een uur zou duren, werd juffrouw Snell onderbroken door een klop op de deur. 'Ja?' vroeg ze geërgerd. 'Wat is er?'

De kleine Grace Taylor kwam binnen met een half cakeje in haar hand en de andere helft in haar mond. Ze toonde uitvoerige verbazing dat de klas nog aan het werk was – ze deed een stap achteruit en sloeg haar vrije hand voor haar mond.

'Nou, wat is er?' wilde juffrouw Snell weten. 'Heb je iets nodig?'

'Mevrouw Cleary wil weten of...'

'Moet je ábsoluut met je mond vol praten?'

Grace slikte. Ze was niet in 't het minst verlegen. 'Mevrouw Cleary wil weten of u soms nog papieren bordjes heeft.'

'Ik heb geen papieren bordjes,' zei juffrouw Snell. 'En wil je zo vriendelijk zijn tegen mevrouw Cleary te zeggen dat deze klas lés heeft?'

'Oké,' Grace nam nog een hap van haar cakeje en wendde zich af om weg te gaan. Haar blik viel op de stapel cadeautjes en ze

44

bleef er even naar kijken, ze was duidelijk niet onder de indruk. 'Je houdt de les op,' zei juffrouw Snell. Grace liep door. Bij de deur schonk ze de klas een heimelijke blik en een geluidloos snel gegiechel vol cakekruimels, en glipte toen naar buiten.

De grote wijzer kroop omlaag naar half drie, ging er overheen en in slakkengang naar kwart voor drie. Eindelijk, om vijf voor drie, legde juffrouw Snell haar boek neer. 'Goed,' zei ze, 'ik denk dat we nu onze boeken wel kunnen wegbergen. Dit is de laatste schooldag voor de vakantie en ik heb hier een... kleine verrassing voor jullie.' Ze glimlachte nog eens. 'Ik denk dat jullie het beste op je plaats kunt blijven zitten, dan deel ik ze wel uit. Alice Johnson, wil je me even komen helpen? De anderen blijven zitten.' Alice ging naar voren en juffrouw Snell verdeelde de pakjes in twee bergjes, elk op een vel tekenpapier bij wijze van dienblad. Alice nam voorzichtig één vel vol pakjes op haar handen en juffrouw Snell het andere. Voor ze de ronde door het lokaal deden zei juffrouw Snell: 'Ik denk dat het wel zo beleefd zou zijn als jullie allemaal wachten tot de anderen ook gekregen hebben, daarna maken we dan allemaal tegelijk de pakjes open. Ga je gang, Alice.'

Ze gingen op weg door het middenpad, lazen hardop de naamkaartjes voor en deelden de cadeautjes uit. De kaartjes waren van de vertrouwde Woolworth-soort met een plaatje van de kerstman en GELUKKIG KERSTFEEST erop en juffrouw Snell had ze met haar keurige schoolbordhandschrift ingevuld. Op dat van John Gerhardt stond: 'Voor John G., Van juffrouw Snell.' Hij pakte het van het papier en meteen toen hij het pakje in zijn hand voelde, wist hij met een vage schok precies wat het was. Toen juffrouw Snell eindelijk terugliep naar haar plaats voor in de klas en 'Oké' zei, was er voor hem geen verrassing meer aan.

Hij wikkelde het papier eraf en legde het cadeautje op zijn bank. Het was een stuk vlakgom, van de nuttige soort, die tien cent kostte, half wit voor potlood en half grijs voor inkt. Vanuit één ooghoek zag hij dat Howard White, naast hem, net zo'n vlakgom uitpakte en een steelse blik door het lokaal bevestigde dat het allemaal dezelfde cadeautjes waren geweest. Niemand wist wat hij doen moest en het leek een volle minuut stil te blijven in het lokaal, op het ritselen van vloeipapier na. Juffrouw Snell stond voor de klas, haar in elkaar grijpende vingers kronkelden zich als opge-droogde wormen ter hoogte van haar middel, haar gezicht smolt weg in de trillende, schroomvallige glimlach van de geefster. Ze stond er totaal hulpeloos bij.

Ten slotte zei een van de meisjes: 'Dank u wel, juffrouw Snell,' en daarna zei de rest van de klas het in onregelmatig koor ook: 'Dank u wel, juffrouw Snell.'

'Geen dank,' zei ze, terwijl ze tot rust kwam, 'en ik hoop dat jullie allemaal een prettige vakantie zullen hebben.'

Gelukkig ging op dat moment de bel en hoefden ze in het ge-drang en geschreeuw van hun aftocht naar de garderobe niet meer naar juffrouw Snell te kijken. Haar stem steeg boven het lawaai uit: 'Willen jullie wél voor je weggaat het papier en de linten in de prullenbak gooien?'

John Gerhardt sjorde zijn overschoenen aan, pakte snel zijn re-genjas en baande zich met zijn ellebogen een weg de garderobe uit, het klaslokaal uit, en door de lawaaiige gang. 'Hé, Howard, wacht even!' schreeuwde hij naar Howard White, en eindelijk wa-ren ze dan allebei van het schoolgebouw bevrijd, renden ze spette-rend door de plassen op de speelplaats. Juffrouw Snell was achter-gelaten, ze lieten haar met elke stap verder achter zich; en als ze maar hard genoeg renden konden ze zelfs de Taylor-tweeling ont-lopen en hoefden ze over geen van die dingen nog na te denken. Met stampende voeten, druipende regenjassen, renden ze met de vreugde van de ontsnapping.

De BAR-schutter

Tot zijn naam in het arrestantenregister stond en de kranten haalde, had er eigenlijk nooit iemand zo erg over John Fallon nagedacht. Hij werkte op kantoor bij een grote verzekeringsmaatschappij, waar hij met zijn logge lichaam en plichtsgetrouw gefronste wenkbrauwen tussen de archiefkasten zat, zijn witte manchetten omgeslagen zodat aan de ene pols een strak zittend gouden horloge zichtbaar werd en aan de andere een ruime militaire identificatiearmband, souvenir uit een dapperder en luchthartiger tijd. Hij was negenentwintig, groot en grof gebouwd, met keurig gekamd bruin haar en een groot wit gezicht. Met uitzondering van momenten dat hij ze verbijsterd opensperde of dreigend halfdicht kneep stonden zijn ogen vriendelijk, en als hij zijn lippen niet straktrok om een stoere uitspraak te doen had hij een kinderlijk slappe mond. Als stadskleding droeg hij het liefst een opzichtig fosforblauw pak met dikke schoudervullingen en zeer lage knoopsluiting, en hij liep met de energieke galmende cadans van hakken met ijzeren plaatjes. Hij woonde in Sunnyside, Queens, en was al tien jaar getrouwd met een broodmagere jonge vrouw die Rose heette, aan sinushoofdpijn leed, geen kinderen kon krijgen en meer verdiende dan hij door zevenentachtig woorden per minuut te typen zonder één aanslag op haar kauwgom achter te raken.

Vijf avonden per week, van zondag tot en met donderdag, legden de Fallons thuis een kaartje of keken televisie en soms moest hij van haar sandwiches en aardappelsla gaan halen om voor ze naar bed gingen nog een hapje te eten. Vrijdag, het einde van de werkweek met 's avonds bokswedstrijden op de televisie, was zijn avondje uit met de jongens onder elkaar in de Island Bar & Grill, ergens vlak bij Queens Boulevard. De vrijdagse stamgasten waren meer vrienden uit gewoonte dan uit keuze en ze stonden er het eerste half uur altijd wat verlegen bij, beledigden elkaar en lachten iedereen uit die binnenkwam ('Jezus, kijk es wat er nóú komt!'). Maar als het boksen afgelopen was waren ze door het moppen tappen en de drank gewoonlijk in een uitgelaten stemming geraakt en vaak eindigde de avond om twee of drie uur 's ochtends met waggelende samenzang. Fallons zaterdag, na 's ochtends uitslapen en 's middags helpen met het huishouden, was gewijd aan het amuseren van zijn vrouw: ze gingen naar een bioscoop ergens in de buurt en na afloop naar een ijssalon en gewoonlijk lagen ze tegen twaalven in bed. Daarna volgde op zondag de slaperige krantenwanorde in de woonkamer en begon zijn week van voren af aan.

Er was misschien nooit ellende van gekomen als zijn vrouw op die bepaalde vrijdagavond niet absoluut zijn routine had willen doorbreken: die avond was de laatste voorstelling van een film met Gregory Peck en ze zei dat ze niet inzag waarom hij niet één keer van zijn leven op vrijdag zonder bokswedstrijd zou kunnen. Dat zei ze op vrijdagochtend, en dat was die dag het eerste van veel dingen die verkeerd gingen.

Bij de lunch – de speciale salarisdaglunch waarvoor hij altijd met drie collega's van kantoor naar een Duits eetcafé in Manhattan ging – praatten de anderen over het boksen van die avond, maar Fallon mengde zich nauwelijks in het gesprek. Jack Kopeck, die absoluut geen verstand van boksen had (hij had de wedstrijd van vorige week een 'verdomd goeie partij' genoemd terwijl het vijftien ronden clinchwerk en ouwelullenboksen was geweest met ten slotte de aanfluiting van een zege op punten), vertelde nu wijdlopig dat de beste all-round partij die hij ooit gezien had bij de marine was geweest. En dat leidde weer tot een hoop marinegesprekken aan tafel terwijl Fallon zich geen raad wist van verveling.

'Daar stond ik dan,' zei Kopeck, en hij prikte bij het einde van zijn derde langdradige verhaal een gemanicuurde duim in zijn borstbeen, 'mijn eerste dag op een nieuw schip en alleen maatwerk groot tenue bij me voor de inspectie. Bang? Man, ik trilde als een espenblad. Komt de ouwe, kijkt naar me, en zegt: "Waar denk je dat je hier bént, matroos? Op een gekostumeerd bál?"'

'Over inspecties gesproken,' zei Mike Boyle, en hij liet zijn ronde komediantenogen uitpuilen. 'Ik zal je zeggen, wíj hadden een commandant, die veegde met z'n witte handschoenvinger over de waterdichte schotten. Jezus man, als er daarna één spatje stof op die handschoen zat was je ten dode opgeschreven.'

Daarna werden ze sentimenteel. 'Toch is 't een mooi leven, bij de marine,' zei Kopeck. 'Een fatsoenlijk leven. Het mooiste van de marine is dat je d'r iemand bént, als je begrijpt wat ik bedoel. Iedereen heeft zijn eigen, persoonlijke taak. Bij de landmacht loop je van hot naar haar en lijk je net zo wezenloos als ieder ander, bedoel ik maar.'

'Zeg dat wel, man,' zei de kleine George Walsh, terwijl hij mosterd op zijn knakworst smeerde, 'zeg dat wel. Ik heb vier jaar bij de landmacht gediend, dus ik kan 't weten.'

Op dat moment raakte John Fallons geduld op. 'O ja?' vroeg hij. 'Bij welk onderdeel zat je dan?'

'Welk onderdeel?' vroeg Walsh, met zijn ogen knipperend. 'Nou, eerst zat ik een tijdje bij de intendance in Virginia, en daarna zat ik in Texas, en in Georgia – hoe bedoel je: bij welk onderdeel?'

Fallons ogen knepen samen en zijn lippen krulden strakgetrokken om. 'Bij de infanterie was dat wel anders,' zei hij.

'Tja, wat zal ik zeggen,' gaf Walsh met een aarzelende glimlach toe.

'Maar Kopeck en Boyle namen de uitdaging met een brede grijns aan.

'De ínfanterie?' vroeg Boyle. 'Wie zitten daarin... zitten daar specialísten bij?'

'Om de dooie dood wel,' zei Fallon. 'Elke godverdomde infanterist is een specialist, als je 't weten wil. En dan nog wat... zijjen handschoentjes en maatuniformen zullen ze daar een rotzorg zijn, daar kan je donder op zeggen.'

'Wacht effe,' zei Kopeck. 'Ik zou één ding willen weten, John. Wat was jóúw specialisme dan?'

'Ik was BAR-schutter,' zei Fallon.

'Wat is dat?'

En Fallon besefte voor het eerst dat de jongens op kantoor na al die jaren lang niet meer dezelfden waren als vroeger. In vroeger tijden, zo in 1949 en '50, toen de ouwe hap er nog zat, zou iedereen die niet wist wat een BAR was vrijwel zeker z'n mond hebben gehouden.

'De BAR,' zei Fallon, terwijl hij zijn vork neerlegde, 'is de Browning Automatic Rifle. Het is een punt 30 automatisch geweer met patroonmagazijn en levert de belangrijkste vuurkracht voor een sectie van twaalf infanteristen. Is dat 't antwoord op je vraag?'

'Hoezo automatisch geweer?' informeerde Boyle. 'Een soort machinepistool dus?'

En Fallon moest, alsof hij het tegen kinderen of meisjes had, uitleggen dat een BAR niet in het minst op een machinepistool leek en een heel andere tactische functie had; ten slotte moest hij zijn vulpotlood tevoorschijn halen om uit zijn herinnering en liefde voor het wapen een beeltenis ervan op de achterkant van zijn wekelijkse loonzakje te tekenen.

'Ja ja, oké,' zei Kopeck, 'maar nou nog wat, John. Wat moest je weten om d'r mee te kunnen schieten? Moest je daar een speciale opleiding voor hebben of zo?'

Toen Fallon het potlood en het loonzakje weer in zijn binnenzak propte waren zijn ogen nijdige spleetjes. 'Probeer maar es,' zei hij. 'Probeer maar es om op een lege maag, met die BAR en een volle patroongordel op je rug, vijfendertig kilometer te lopen en dan in een moeras te gaan liggen waar het water tot boven je kont staat, en je ligt onder mitrailleurvuur en mortiervuur en je kan geen kant uit en je sectiecommandant schreeuwt: 'Zet die BAR op!' en je moet de terugtocht van het hele peloton of de hele verdomde compagnie dekken. Probéér dat maar es... dan merk je vanzelf wat je moet kunnen.' En hij nam een te grote slok van zijn bier zodat hij hoestte en proestte in zijn grote sproeterige vuist.

'Rustig nou maar,' zei Boyle glimlachend. 'Stik er niet in, joh.'

Maar Fallon veegde enkel zijn mond af en keek hen zwaar ademend en dreigend aan.

'Oké, dus je bent een held,' zei Kopeck luchtig. 'Je was aan het front. Maar nou moet je me toch eens één ding zeggen, John. Heb je wel es in een gevechtsactie met dat ding geschóten?'

'Wat denk je?' vroeg Fallon vanachter smalle, onbeweeglijke lippen.

'Hoe vaak?'

De waarheid was dat Fallon, als potige en competente soldaat van negentien die door de anderen in zijn sectie meer dan eens 'een verdomd goeie BAR-schutter' was genoemd, zijn wapen de laatste twee maanden van de oorlog met zijn voeten vol blaren over kilometers weg en akker en bos had meegesjouwd, er vele malen mee onder een spervuur van artilleriebeschietingen en mortiergranaten had gelegen en het gevangengenomen Duitse soldaten in hun ribbenkast had geduwd, maar slechts twee keer aanleiding had gehad om ermee te schieten, niet zozeer op soldaten als wel op iets vaags, waarbij hij geen enkele keer iets of iemand had neergeschoten en de tweede keer een milde berisping had gekregen wegens het verspillen van ammunitie.

'Dat gaat je godverdomme niet aan!' zei hij, en de anderen keken met een nauwelijks verborgen glimlach op hun bord. Hij keek hen dreigend aan, tartte hen er een grap over te maken, maar het ergste was dat ze geen van allen iets zeiden. Ze aten zwijgend of dronken hun bier en na een tijdje veranderden ze van onderwerp.

Fallon glimlachte de hele middag niet en was nog steeds nors toen hij bij de supermarkt, vlak bij huis, zijn vrouw trof om de weekendinkopen te gaan doen. Ze zag er moe uit, zoals altijd als haar sinus ging opspelen, en terwijl hij log de metaalgazen wagen achter haar aan duwde keek hij voortdurend over zijn schouder om met zijn blik de draaiende heupen en volle borsten van andere jonge vrouwen in de winkel te volgen.

'Au!' schreeuwde ze een keer, en ze liet een doos crackertjes vallen om gepijnigd over haar hiel te wrijven. 'Kan je niet uitkijken waar je met dat ding lóópt? Laat míj maar duwen.'

'Sta dan ook niet ineens stil,' zei hij. 'Ik wist toch niet dat je stil ging staan?'

En om niet nog eens met de winkelwagen tegen haar op te botsen, moest hij vanaf dat moment zijn volledige aandacht bij haar smalle lichaam en dunne spillebenen houden. Rose Fallon leek van opzij gezien altijd iets voorover te hellen en als ze liep leken haar billen als een loshangend, onelegant ding in haar kielzog mee te drijven. Een dokter had haar steriliteit een paar jaar geleden verklaard door het feit dat ze een gekantelde baarmoeder had, en hij had haar verteld dat dit misschien met een reeks oefeningen kon worden verholpen; ze had de oefeningen een tijdje met weinig enthousiasme gedaan en was er geleidelijk aan weer mee opgehouden. Fallon kon zich nooit herinneren of haar vreemde houding de oorzaak of het gevolg van haar inwendige kwaal zou moeten zijn, maar hij wist wel dat het in de jaren van hun huwelijk erger was geworden, net als haar sinusproblemen; hij zou kunnen zweren dat ze rechtop had gestaan toen hij haar leerde kennen.

'Wil je Rice Krispies of Post Toasties, John?' vroeg ze.

'Rice Krispies.'

'Maar die hebben we verleden week net gehad. Word je 't niet zat?'

'Oké, dan dat andere.'

'Waarom mompel je zo? Ik versta je niet.'

'Post Toasties, zei ik!'

Op weg naar huis liep hij meer dan anders te puffen onder het gewicht van twee armen vol etenswaren. 'Wat héb je?' vroeg ze toen hij bleef staan om de zakken op een andere manier vast te pakken.

'Slechte conditie denk ik,' zei hij. 'Ik zou es buiten moeten gaan handballen.'

'Ja ja,' zei ze. 'Dat zeg je altijd, maar je doet niks dan luieren en de krant lezen.'

Voor ze het avondeten klaarmaakte ging ze in bad en at pas erna met een dikke ochtendjas om zich heen geknoopt in haar gebruikelijke pasgewassen staat van onverzorgdheid: vochtig haar, droge huid met openstaande poriën, geen lippenstift en een glimlachend melkspoor langs de bovenrand van haar niet glimlachende mond. 'Waar ga je naartoe,' vroeg ze toen hij zijn bord had weggeduwd en opstond. 'Moet je zien... een vol glas melk op tafel. Dit is te gek, John, jíj zegt altijd dat ik melk moet kopen en als ik die dan koop laat je een vol glas op tafel staan. Kom terug en drink op.'

Hij ging terug en goot de melk in één teug naar binnen, zodat hij misselijk werd.

Na het eten begon ze aan haar zorgvuldige voorbereidingen voor het avondje uit; toen hij allang de afwas had gedaan perste zij nog aan de strijkplank de rok en blouse die ze naar de bioscoop aan wilde. Hij ging op haar zitten wachten. 'Als je niet opschiet komen we te laat voor de film,' zei hij.

'Doe niet zo gek. We hebben nog bijna een úúr. Wat héb je trouwens vanavond?'

Haar schoenen met naaldhakken maakten een belachelijke indruk onder de enkellange peignoir en dat werd nog erger toen ze zich met haar voeten naar buiten gedraaid bukte om de stekker van het strijkijzersnoer uit het stopcontact te trekken.

'Waarom ben je eigenlijk met die oefeningen opgehouden?' vroeg hij.

'Welke oefeningen? Waar heb je het over?'

'Je weet wel,' zei hij. 'Je weet wel, die voor je gekantelde uteerus.'

'Uterus,' zei ze. 'Dat zeg je nou altijd: "uteerus". Het is úterus.'

'Jézus, da's toch hetzelfde? Waarom ben je d'r mee opgehouden?'

'Jeetjemina,' zei ze, terwijl ze de strijkplank inklapte. Waarom begin je daar uitgerekend nú over?'

'Nou en? Wil je soms de rest van je leven met een gekantelde uteerus rondlopen?'

'Ik wil in elk geval níét zwanger worden, als je dat soms bedoelt. Mag ik vragen waar we zouden zijn als ik mijn baan moest opzeggen?'

Hij stond op en begon met stijve passen door de woonkamer te lopen; hij wierp kwaadaardige, woedende blikken op de lampenkappen, de bloemenaquarellen en het kleine porseleinen beeldje van een zittend slapende Mexicaan met achter zijn rug een droge cactus in bloei. Hij ging naar de slaapkamer, waar haar schone ondergoed voor die avond al klaarlag, en pakte de witte beha met losse schuimrubber vullingen die ervoor zorgden dat haar borst niet zo plat was als die van een jongen. Toen zijn vrouw binnenkwam keerde hij zich tegen haarzelf, zwaaide de beha voor haar geschrokken gezicht heen en weer en zei: 'Waarom dráág je die dingen godverdomme!'

Ze graaide de beha uit zijn handen en week achteruit tegen de deurpost terwijl haar blik hem van top tot teen en weer terug opnam. 'Nou moet je eens even hóren,' zei ze. 'Ik ben dit zát. Hou je verder je fatsoen of niet? Gaan we nog naar de bioscoop of niet?'

Ze had plotseling zoiets pathetisch dat hij er niet meer tegen kon. Hij pakte snel zijn jas en drong zich langs haar heen. 'Doe waar je zin in hebt,' zei hij. 'Ik ga weg.' En hij knalde de deur van het appartement achter zich dicht.

Pas toen hij de hoek om ging naar Queens Boulevard begonnen zijn spieren zich te ontspannen en werd zijn ademhaling rustiger. Hij liep de Island Bar & Grill voorbij – het was toch nog te vroeg voor het boksen, en hij was trouwens te geërgerd om ervan te kunnen genieten. Dus liep hij ratelend de trap af naar de ondergrondse en schoot door het draaihekje, op weg naar Manhattan.

Hij was vaag op weg naar Times Square, maar bij Third Avenue kreeg hij opeens razende dorst; hij ging de hoek om en nam in de eerste de beste bar die hij tegenkwam – een sombere tent met wanden van geperst metaal en de stank van urine – twee whisky puur met een biertje erbij om het weg te spoelen. Rechts van hem aan de bar zwaaide een oude vrouw bij wijze van dirigeerstokje met haar sigaret en zong 'Peg o' My Heart', en links van hem zei de ene middelbare man tegen de andere: 'Ik zeg maar zo, McCarthy's methodes zijn misschien aanvechtbaar maar tegen z'n principes valt godsamme niks in te brengen. Zo is 't toch?'

Fallon vertrok naar een andere bar vlak bij Lexington Avenue, ergens met veel chroom en leer waar iedereen blauwgroen zag in het mysterieuze licht. Hij stond er aan de bar met twee jonge soldaten, elk met een divisie-insigne op zijn mouw en een infanterie-bies langs de opslag van zijn veldmuts die onder een schouder-epaulet gevouwen zat. Ze droegen geen onderscheidingstekens – het waren nog maar jonge jongens – maar Fallon kon zien dat het geen rekruten waren: ze wisten hoe een Eisenhower-jack gedragen moest worden, om maar iets te noemen, kort en nauwsluitend, en hun kistjes waren zacht en bijna zwart van de schoenpoets. Plotseling draaiden ze allebei hun hoofd om en keken langs hem heen, en ook Fallon wendde zijn hoofd af en keek met hen mee naar een meisje in een strakke lichtbruine rok dat zich losmaakte van een gezelschap aan een van de tafeltjes in een schaduwhoek. Ze liep rakelings, 'Pardon' mompelend, langs hen heen en hun hoofden draaiden alle drie mee met de aanblik van haar billen die dansten en dubden, dansten en dubden tot ze verdween in het damestoilet.

'Geil, man,' zei de kleinste van de twee soldaten en zijn grijns strekte zich uit tot Fallon, die teruggrijnsde.

'Zou bij wet verboden moeten zijn om d'r zo mee te zwaaien,' zei de grootste soldaat. 'Slecht voor het moreel van de troepen.'

Ze hadden een West-Amerikaans accent en het soort blonde boerse jongensgezicht met half dichtgeknepen ogen dat Fallon zich uit zijn vroegere peloton herinnerde. 'In welke compagnie zitten jullie?' informeerde hij. 'Ik zou dat insigne moeten herkennen.'

Ze vertelden het en hij zei: 'O, ja, natuurlijk... ik weet 't weer. Die was toch onderdeel van het zevende? In '44-'45?'

'Zou ik u niet kunnen zeggen,' zei de kleinste soldaat. 'Dat was lang voor onze tijd.'

'"U"?' wilde Fallon vriendelijk weten. 'Hou effe op wil je. Ik was geen officier, nooit geweest. Nooit verder geschopt dan soldaat eerste klas, behalve toen ze me in Duitsland nog een paar weken sergeant hebben gemaakt dan. Ik was BAR-schutter.'

De kleine soldaat bekeek hem keurend. 'Ligt voor de hand,' zei hij. 'Je hebt de lichaamsbouw van een BAR-schutter. 't Is een zwaar kreng, die ouwe BAR.'

'Dat is zo,' zei Fallon. 'Het is een zwaar kreng, maar te velde is 't een verdomd mooi wapen, dat zal ik je wél zeggen. Wat drinken jullie van me, jongens? Ik heet trouwens Johnny Fallon.'

Ze gaven hem een hand en mompelden hun naam, en toen het meisje met de lichtbruine rok uit het damestoilet kwam draaiden ze alle drie weer mee om haar na te kijken. Deze keer concentreerden ze zich op de vibrerende volheid van haar blouse.

'Wow,' zei de kleine soldaat, 'wat een tieten, man.'

'Zijn vast niet echt,' zei de langste van de twee.

'En óf die echt zijn,' verzekerde Fallon hem, en hij draaide zich met de knipoog van een man van de wereld weer om naar zijn bier. 'En óf die echt zijn. Dat zie ik van een kilometer afstand, als 't vullingen zijn.'

Ze dronken nog een glas of wat en praatten over hun diensttijd en het leger en na een tijdje vroeg de lange soldaat hoe je bij het Central Plaza kwam, hij had gehoord dat daar op vrijdagavond jazz was; daarna reden ze met z'n drieën, op kosten van Fallon, in een taxi over Second Avenue. Terwijl ze in het Central Plaza op de lift stonden te wachten, wrong hij de trouwring van zijn vinger en stak die in zijn horlogezakje.

De brede, hoge danszaal was afgeladen met jonge mannen en meisjes; tallozen van hen zaten bij kannen bier te luisteren of te lachen; talloze anderen dansten uitbundig in een vrijgemaakte ruimte midden tussen rijen tafels. Op het podium, ver weg, speelde een groep zwarte en blanke muzikanten erop los terwijl hun blaasinstrumenten glansden in het rokerige licht.

Fallon, voor wie alle jazz hetzelfde klonk, mat zich het uiterlijk van een kenner aan terwijl hij zo'n beetje ontspannen in de ingang bleef staan, zijn gezicht verstrakt en uitdrukkingsloos bij de schrille klank van klarinetten, zijn fosforblauwe broek meetrillend op het licht ritmisch knikken van zijn knieën en zijn vingers losjes knippend op de maat van de drums. Maar niet de muziek hield hem in haar ban toen hij de soldaten naar een tafeltje naast drie meisjes loodste, en het kwam niet door de muziek dat hij opstond om de knapste van de drie ten dans te vragen zodra de band iets speelde dat langzaam genoeg was. Ze was lang en goedgebouwd, een donkerharig Italiaans meisje met de zwakke glans van zweet op haar voorhoofd, en toen ze voor hem uit naar de dansvloer liep en zich een weg baande tussen de tafeltjes genoot hij van de langzame gratie van haar draaiende heupen en zwierende rok. In zijn triomfantelijke, bierbenevelde gedachten wist hij al hoe het zou zijn als hij haar naar huis bracht – wat zijn handen zouden voelen als die haar in de donkere beslotenheid van de taxi verkenden en hoe ze later zelf zou zijn, golvend en naakt, tegen het einde van de nacht in een uiterst vage slaapkamer. En toen ze bij de dansvloer kwamen, toen ze zich naar hem omdraaide en haar armen optilde, klemde hij haar meteen stevig en warm tegen zich aan.

'Hé zeg...,' zei ze, en ze trok kwaad een holle rug zodat de pezen in haar vochtige hals uitpuilden. 'Noem jij dat dánsen?'

Hij liet sidderend zijn greep verslappen, hij grinnikte. 'Wind je niet op, schatje,' zei hij. 'Ik zal je heus niet bijten.'

'En laat dat "schatje" ook maar zitten,' zei ze, en dat was alles wat ze zei tot de dans afgelopen was.

Maar ze moest bij hem blijven, want de twee soldaten waren bij haar levendige, giechelende vriendinnen aangeschoven. Ze zaten nu allemaal aan één tafeltje en bleven daar een half uur met z'n zessen in onbehaaglijke feeststemming zitten: een van de andere meisjes (ze waren allebei klein en blond) gilde aanhoudend van de lach om wat de kleine soldaat mompelend tegen haar zei en het andere meisje had de lange arm van de grootste soldaat om haar hals. Maar Fallons grote brunette, die met tegenzin verteld had dat ze Marie heette, klikte zwijgend en preuts en rechtop naast hem zittend de knipsluiting van de handtas op haar schoot open en dicht. Fallons vingers klemden zich met witte knokkels van intensiteit om de rugleuning van haar stoel, maar als hij ze aarzelend liet wegglijden naar haar schouder schudde ze zijn hand af.

'Woon je hier in de buurt, Marie?' vroeg hij.

'De Bronx,' zei ze.

'Kom je hier vaak?'

'Soms.'

'Trek in een sigaret?'

'Ik rook niet.'

Fallons gezicht gloeide, het kronkelige bloedvaatje op zijn rechterslaap klopte zichtbaar en het zweet sijpelde langs zijn ribben. Hij was een jongen op zijn eerste afspraakje, verlamd en met stomheid geslagen door de nabijheid van haar warme jurk, de geur van haar parfum, de manier waarop haar tengere vingers met de handtas speelden en zoals haar goedgevulde onderlip vochtig glinsterde.

Aan het tafeltje naast hen stond een jonge matroos op om door de koker van zijn handen iets naar het podium te brullen, en de roep werd elders in de zaal overgenomen. Het klonk als: 'We willen de Séénts!' Maar het zei Fallon niets. Hoewel het hem tenminste de kans gaf iets tegen haar te zeggen. 'Wat is dat, wat ze schreeuwen?' vroeg hij.

'De "Saints",' zei ze en keek hem net lang genoeg aan om de

mededeling over te brengen. 'Ze willen "When the Saints" horen.'

'O.'

Daarna zeiden ze een hele tijd niets meer tot Marie een ongeduldig gezicht trok naar de vriendin die het dichtste bij zat. 'Hé, zullen we weggaan?' vroeg ze. 'Kom op. Ik wil naar huis.'

'Bah, Maríe,' zei het andere meisje, blozend van het bier en het flirten (ze droeg nu de veldmuts van de kleine soldaat), 'doe niet zo saai.' En toen ze Fallons gekwelde gezicht zag, probeerde ze hem te helpen. 'Zit jij ook in dienst?' vroeg ze opgewekt, terwijl ze zich over het tafeltje naar hem toe boog.

'Ik?' vroeg Fallon, opgeschrokken. 'Nee, maar vroeger wel. Ben al een hele tijd afgezwaaid.'

'O ja?'

'Hij was bar-schutter,' vertelde de kleine soldaat.

'O ja?'

'We willen de "Saints"! We willen de "Saints"! Ze schreeuwden het nu uit alle hoeken van de reusachtige zaal, met steeds grotere aandrang.

'Kom op,' zei Marie weer tegen haar vriendin. 'Laten we weggaan, ik ben moe.'

'Nou, gá dan,' zei het meisje met de soldatenpet boos. 'Gá dan als je per se wilt. Je kan toch wel alleen naar huis?'

'Nee, wacht even, luister nou...' Fallon sprong overeind. 'Nog niet weggaan, Marie... hoor eens. Ik ga nog een rondje bier halen, oké?' En hij stormde weg voor ze nee kon zeggen.

'Voor mij niet meer,' riep ze hem achterna, maar hij was al drie tafeltjes verder en liep met snelle stappen naar het l-vormige hoekje van de zaal waar de bar was. 'Kreng,' fluisterde hij. 'Kreng. Kreng.' En de beelden die hem kwelden nu hij voor de provisorische bar in de rij stond werden nog versterkt door razernij: dat werd in de taxi tegenstribbelende ledematen en gescheurde kleren; dat werd in de slaapkamer blindelings geweld en gesmoorde pijnkreten die overgingen in gejammer en ten slotte in spastisch wellustig gekreun. O, hij zou die trut wel geil krijgen. Hij zou die trut wel geil krijgen!

'Schiet es op, joh,' zei hij tegen de mannen die met kannen bier en tapkranen en natte dollarbiljetten achter de bar stonden te klooien.

'Wij... willen... de "Saints"! Wij... willen... de "Saints"!' Het spreekkoor in de danszaal bereikte zijn climax. En toen – nadat de drums een meedogenloos onmenselijk ritme hadden opgebouwd dat zo aanzwol dat het bijna niet meer te harden was tot het eindigde in een cymbaalslag en plaatsmaakte voor het schallende geluid van het koper – raakte het publiek buiten zichzelf. Pas een paar tellen later, terwijl hij eindelijk zijn kan bier kreeg en met zijn rug naar de bar ging staan, besefte Fallon dat de band 'When the Saints Go Marching In' speelde.

De danszaal was een gekkenhuis. Meisjes gilden en jongens stonden op stoelen te schreeuwen en met hun armen te zwaaien; glazen werden kapotgegooid en stoelen tollend door de lucht gesmeten en vier politieagenten stonden oplettend tegen de muren, voorbereid op ordeverstoring terwijl de band swingend het laatste refrein speelde.

When the saints
Go marching in
Oh, when the saints go marching in...

Fallon liep vol verbijstering door het gedrang en tumult op zoek naar zijn gezelschap. Hij vond hun tafeltje, maar had geen zekerheid dat het van hen was – het was leeg, op een verfrommelde sigarettenwikkel en een natte biervlek na, en een van de stoelen lag omgekeerd op de grond. Hij dacht tussen de uitzinnig dansende mensen Marie te zien, maar het bleek een andere grote brunette met net zo'n soort jurk aan. Toen dacht hij aan de overkant van de zaal de kleine soldaat te zien die wilde gebaren naar hem maakte, en hij ging op weg naar hem toe, maar het was een andere soldaat met een boers jongensgezicht. Fallon draaide zich zwetend steeds weer om zijn as en keek overal tussen de wervelende menigte. Toen wankelde een jongen in een vochtig roze overhemd met zijn volle gewicht tegen Fallons elleboog en het bier liep in een koude stortvloed over zijn hand en mouw, en op dat moment drong ineens tot hem door dat ze weg waren. Ze hadden hem gedumpt.

Hij was buiten, hij liep snel en hard op zijn hakken met ijzeren plaatjes door de straat en na de heksenketel van geschreeuw en jazzmuziek was het nachtelijk verkeer ontstellend rustig. Hij liep zonder enig idee van richting en zonder besef van tijd, zich alleen bewust van het gestamp van zijn hakken, de stuw- en trekkracht van zijn spieren, zijn trillend opgezogen en krachtig uitgeblazen adem en het bonken van zijn bloed.

Hij wist niet of het na tien minuten of een uur, twintig of vijf zijstraten was dat hij zijn pas moest inhouden en stilstond aan de rand van een kleine mensenmassa rondom een verlichte deurope- ning, waar politieagenten gebaarden dat ze verder moesten.

'Doorlopen,' zei een van de politieagenten. 'Loopt u door, als- tublieft. Doorlopen.'

Maar Fallon, net als de meeste anderen, bleef roerloos staan. Het was de ingang van een soort auditorium – dat zag hij aan het mededelingenbord dat binnen net zichtbaar onder de gele lampen hing en aan de marmeren traptreden die omhoogvoerden naar iets dat kennelijk een gehoorzaal was. Maar wat vooral zijn belangstel- ling wekte waren de demonstranten: drie mannen van ongeveer zijn eigen leeftijd, met in hun blik de glans van gerechtvaardigde verontwaardiging en op hun hoofd de blauw met gouden veldmuts van sommige veteranenorganisaties, die borden droegen met:

PROF. MITCHELL ROT OP NAAR RUSLAND
VOOR COMMUNISTEN GEEN BEROEP OP HET
VIJFDE AMENDEMENT
AMERIKA'S OUD-STRIJDERS PROTESTEREN!

'Opschieten,' zeiden de politieagenten. 'Doorlopen mensen.'

'Het vijfde amendement en de burgerrechten kunnen de ziekte krijgen,' zei een vlakke mompelstem naast Fallons elleboog. 'Op- sluiten moeten ze die vent. Gelezen wat-ie op de hoorzitting van de senaatscommissie zei?' En Fallon knikte en herinnerde zich een teergebouwd laatdunkend gezicht op een aantal krantenfoto's.

'Moet je kijken...,' zei de mompelstem. 'Daar zijn ze. Ze komen naar buiten.'

En daar waren ze. Ze kwamen de marmeren treden af, langs het mededelingenbord, het trottoir op: mannen in regenjas en smoe- zelig tweedpak, bohémienachtige gemelijke meisjes in nauwslui- tende lange broek, een paar negers, een paar keurig nette studen- ten die zich slecht op hun gemak voelden.

De demonstranten waren teruggedrongen en stonden nu stil, in hun ene hand een opgestoken bord en de andere gekromd naast hun mond om 'Boe! Boe!' te roepen.

De menigte nam het over: 'Boe!' 'Boe!' En iemand riep: 'Rot op naar Rusland!'

'Doorlopen,' zeiden de politieagenten. 'Doorlopen, alstublieft. Loopt u door!'

'Daar is hij,' zei de mompelstem. 'Daar komt hij... dat is Mit- chell.'

En Fallon zag hem: een lange tengere man, in een goedkoop dubbelknoops pak dat hem te groot was, met in zijn hand een ak- tetas; hij werd geflankeerd door twee onaantrekkelijke vrouwen met een bril op. Daar was het laatdunkende gezicht van de kran- tenfoto's, dat nu langzaam van links naar rechts draaide en met een kalme zelfgenoegzame glimlach tegen ieder die het tegen- kwam 'Arme stumper die je bent. Arme stumper' leek te zeggen.

'*Sla* DOOD *die rotzak!*'

Fallon besefte pas dat hij schreeuwde toen de mensen zich snel naar hem omdraaiden; daarna wist hij alleen nog dat hij schreeu- wen moest, steeds weer, tot zijn stem stokte als van een huilend kind: '*Sla* DOOD *die rotzak! Sla 'm* DOOD*! Sla 'm* DOOD*!*'

Hij ramde zich met vier lange stappen een weg naar de voorste rij van de menigte; toen liet een van de demonstranten zijn bord vallen en overmeesterde hem en zei: 'Rustig, man! Rústig nou maar...' Maar Fallon schudde hem af, raakte handgemeen met ie- mand anders en rukte zich weer los, kreeg met twee handen de voorpanden van Mitchells jas te pakken en duwde hem als een ver- frommelde marionet tegen de grond. Hij zag Mitchells gezicht in kwijlende doodsangst achteruitwijken naar het trottoir, en zijn laatste gewaarwording, terwijl de blauwe arm van de politieagent hoog boven zijn hoofd uithaalde, was een gevoel van absolute vol- doening en opluchting.

Een verdomd goeie jazzpianist

Toen het gesprek doorkwam zorgde het middernachtelijke lawaai aan beide kanten van de lijn voor enige verwarring in Harry's New York Bar. De barkeeper kon eerst alleen maar zeggen dat het interlokaal was, uit Cannes, kennelijk uit de een of andere nacht-club, en dat de razendsnelle stem van de telefoniste de indruk gaf dat het om een spoedgeval ging. Maar door één vinger in zijn vrije oor te stoppen en vragen in de hoorn te schreeuwen kwam hij er eindelijk achter dat het Ken Platt maar was, die doelloos met zijn vriend Carson Wyler wilde kletsen, zodat hij hoofdschuddend van ergernis het toestel naast Carsons pernod op de bar zette.

'Alsjeblieft,' zei hij. 'Het is godverdomme voor jou. Je maat.' Net als een aantal andere barkeepers in Parijs kende hij het twee-tal heel goed: Carson was de knappe kerel met het smalle geestige gezicht en het Engels klinkende accent; Ken was de dikke die de hele tijd lachte en Carson overal vergezelde. Ze waren allebei drie jaar geleden in Yale afgestudeerd en probeerden uit hun verblijf in Europa alle lol te halen die erin zat.

'Carson?' vroeg Kens gretige stem met een telefoongalm die pijn aan je oren deed. 'Met Ken... ik wist wel dat ik je daar zou treffen. Moet je horen, wanneer kóm je eigenlijk?'

Carson fronste zijn welgevormde voorhoofd en keek naar de telefoon. 'Je weet wanneer ik kom,' zei hij. 'Ik heb je een telegram gestuurd: ik kom zaterdag. Wat héb je?'

'Jezus, ik heb helemaal niks... misschien een beetje dronken, meer niet. Nee, maar moet je horen, waar ik je eigenlijk over bel-de... er werkt hier een vent die Sid heet, een verdomd goeie jazz-pianist en ik wil dat je hem hoort, hij is een vriend van me. Luis-ter, wacht even, dan zet ik de telefoon er vlakbij, dan kan je het horen. Nú luisteren. Wacht even.'

Er klonk een gedempt gekras en het geluid van Kens stem die lachte en van iemand anders die ook lachte, en toen kwam de piano door. Het klonk blikkerig zo door de telefoon, maar Carson kon horen dat het goed was. Het was 'Sweet Lorraine', in een klankrijke traditionele stijl waar niets commercieels aan was en dat verbaasde hem, want Kens muzikale smaak was meestal beneden peil. Na een minuut gaf hij de hoorn aan een man die hij niet kende, iemand met wie hij had zitten drinken, een verkoper van landbouwwerktuigen uit Philadelphia. 'Moet je luisteren,' zei hij. 'Dit is verdomde goed.'

De verkoper van landbouwwerktuigen hield onzeker kijkend de hoorn tegen zijn oor. 'Wat is 't?'

' "Sweet Lorraine".'

'Nee, ik bedoel, wat is daarmee? Waar komt het vandaan?'

'Cannes. Iemand die Ken daar heeft opgeduikeld. Die ken je toch wel, Ken?'

'Nee,' zei de verkoper, en hij keek ernstig in de hoorn van de telefoon. 'Hé, het is opgehouden en iemand zegt iets. Neem jij hem maar.'

'Hallo? Hallo?' vroeg Kens stem. 'Carson?'

'Ja. Met mij.'

'Waar was je? Wie was die andere vent?'

'Dat was een heer uit Philadelphia, hij heet...,' hij keek vragend op.

'Baldinger,' zei de verkoper, terwijl hij zijn jasje rechttrok.

'Hij heet Baldinger. Hij zit hier naast me aan de bar.'

'O. Nou ja. Moet je horen, hoe vond je Sid?'

'Klonk goed, Ken. Vertel hem dat ik heb gezegd dat het verdomde goed was.'

'Wil je hem spreken? Hij zit hier vlakbij, wacht even.'

Er volgden weer onduidelijke geluiden en even later zei een zware stem van middelbare leeftijd: 'Hé, hallo.'

'Prettig kennis te maken, Sid. Ik ben Carson Wyler en ik heb erg van je spel genoten.'

'Oké,' zei de stem. 'Bedankt, heel erg bedankt. Dat vind ik fijn.' De stem had zwart kunnen zijn of van een blanke, maar Carson nam aan dat de man zwart was, eigenlijk vooral door het vleugje verlegenheid of trots in de manier waarop Ken 'hij is een vriend van me' had gezegd.

'Ik kom in het weekend naar Cannes, Sid,' zei Carson, 'en ik verheug me erop je dan...'

Maar Sid had kennelijk de hoorn teruggegeven, want Kens stem onderbrak hem. 'Carson?'

'Ja?'

'Hoor eens, hoe laat kom je zaterdag? Ik bedoel met welke trein en zo?' Het oorspronkelijke plan was geweest om samen naar Cannes te gaan, maar Carson had iets gekregen met een meisje in Parijs en Ken was alleen verdergegaan, met de afspraak dat Carson hem een week later zou nareizen. Dat was nu bijna een maand geleden.

'Ik weet niet precies met welke trein,' zei Carson ietwat onge-duldig. 'Wat doet dat er nou toe? Ik zie je zaterdag wel een keer in het hotel.'

'Oké. O, wacht even, ik belde over nog iets anders, ik wil Sid voordragen voor de IKT, is dat goed?'

'Ja. Goed idee. Geef hem maar weer even.' En hij haalde terwijl hij wachtte zijn vulpen tevoorschijn en vroeg de barkeeper om de IKT-ledenlijst.

'Daar ben ik weer,' zei Sids stem. 'Wat is dat voor iets, waar ik lid van moet worden?'

'De IKT,' zei Carson. Ofwel Internationale Kroegtijgers, ze zijn... ik weet niet, heel lang geleden, hier in Harry's Bar opge-richt. Soort club.'

'Prachtig,' zei Sid grinnikend.

'Het komt erop neer,' begon Carson, en zelfs de barkeeper, die IKT'ers alleen maar vervelend en lastig vond, moest geamuseerd glimlachen zo ernstig en nauwgezet als Carson alles vertelde: dat elk lid een reversspeld kreeg met het ordeteken van de tijger, plus een gedrukt boekje met de clubregels en een lijst van alle IKT-bars op de wereld; dat de belangrijkste regel was dat als twee leden el-kaar tegenkwamen ze elkaar moesten groeten door met hun rech-terhand aan elkaars schouder te krabben en *'G-rr, g-rr!'* te grom-men.

Het was een van Carsons bijzondere gaven: het onbeschaamd

64

kunnen genieten van onbelangrijke dingen en dit gevoel op anderen overbrengen. Velen zouden de IKT-club niet aan een jazzmuzikant kunnen beschrijven zonder verontschuldigend in de lach te schieten en uit te leggen dat het, ja natuurlijk, een triest spelletje voor eenzame toeristen was, nogal bourgeois eigenlijk, en dat juist dat gebrek aan distinctie het zo leuk maakte; Carson vertelde het zonder franje. Zo had hij in kringen van literaire Yale-studenten op ongeveer dezelfde wijze vroeger de mode ingevoerd om op zondagochtend uitsluitend met eerbiedige concentratie de stripkaternen van de *New York Mirror* te lezen; tegenwoordig nam hij, door diezelfde eigenschap, velen die hij toevallig ontmoette snel voor zich in, in het bijzonder zijn huidige vriendin, de jonge Zweedse letterenstudente voor wie hij in Parijs was gebleven. 'Je hebt een in alle opzichten práchtige smaak,' had ze hem op hun eerste gedenkwaardige nacht samen gezegd. 'Je bent een waarlijk ontwikkelde, waarlijk oorspronkelijke geest.'

'Dat duidelijk?' vroeg hij in de hoorn, en hij zweeg even om een slokje van zijn pernod te nemen. 'Goed. Als je me dan nu je volledige naam en adres wilt geven zorg ik dat hier alles geregeld wordt.' Sid spelde zijn naam en adres en Carson schreef alles heel precies in de ledenlijst, met zijn eigen naam en die van Ken als leden die verantwoordelijk waren voor de voordracht, terwijl mr. Baldinger toekeek. Daarna kwam Kens stem weer aan de lijn om schoorvoetend afscheid te nemen en hingen ze op.

'Dat was niet zo'n beetje duur gesprek,' zei mr. Baldinger, onder de indruk.

'Dat is zo,' zei Carson. 'Dat zal best.'

'Wat is dat voor iets, dat met die ledenlijst? Dat gedoe over kroegtijgers en zo?'

'O, bent u dan geen lid, mr. Baldinger? Ik dacht dat u lid was. Als u wilt zal ik u wel voordragen.'

Het bezorgde mr. Baldinger wat hij later een enorme kick noemde: hij bleef tot laat in de vroege ochtend schuchter bij iedereen in de bar aanschuiven om ze grommend een voor een te begroeten.

Carson kwam die zaterdag niet naar Cannes; het kostte hem langer om zijn verhouding met het Zweedse meisje te beëindigen dan hij van plan was geweest. Hij had een scène vol tranen verwacht, of toch ten minste een dappere uitwisseling van tedere beloften en glimlachjes, maar nee, ze had verbazend achteloos over zijn vertrek gedaan – zelfs afwezig, alsof ze zich al concentreerde op de volgende met een waarlijk ontwikkelde, waarlijk oorspronkelijke geest – hetgeen hem dwong tot verscheidene malen onbehaaglijk uitstel dat haar slechts vervulde met ongeduld en hem het gevoel gaf van een recht te worden beroofd. Hij kwam pas de volgende dinsdagmiddag in Cannes aan, na eerst nog telefoongesprekken met Ken, en toen hij zich behoedzaam op het treinperron liet zakken, stijf en gemelijk ten gevolge van een kater, mocht hij hangen als hij wist waarom hij eigenlijk gekomen was. De zon bestormde hem, brandde tot diep in zijn gruizige hersenpan en veroorzaakte een snelle zweetuitbarsting in zijn gekreukte pak; ze sloeg verblindende flitsen van het chroom van geparkeerde auto's en scooters en liet ziekelijk blauwe uitlaatdampen in opstand komen tegen roze gebouwen; ze dartelde opzichtig te midden van drommen toeristen die hem opzij duwden, hem al hun poriën lieten zien, alle spanning van hun winkelnieuwe sportkleding, hun krampachtig vastgehouden koffers en omgehangen camera's, alle gretigheid van hun glimlachende schreeuwende monden. Het zou in Cannes net zo zijn als in elk ander vakantieoord ter wereld, een en al haast en teleurstelling, en waarom was hij niet gebleven waar hij thuishoorde, in een hoge koele kamer met een langbenig meisje? Waarom had hij zich verdomme laten overhalen en bepraten om hier naartoe te komen?

Maar toen zag hij Kens blije gezicht in de menigte dobberen – 'Carson!' – en daar kwam hij dan op zijn manier aanrennen, een uit zijn krachten gegroeide dijenschurend dikke jongen, stuntelig van het welkom heten. 'De taxi staat daar, pak je koffer... je ziet eruit of je totaal kapot bent! Eerst douchen en een cocktail, oké? Jézus, hoe gaat 't met je?'

En op de taxikussens licht voortbewogen terwijl ze de Boulevard de la Croisette op draaiden, met zijn sensationele schittering van blauw en goud en zijn aanstromende zeelucht waarvan je bloed sneller ging stromen, begon Carson zich te ontspannen. Moet je die meisjes zien! Kilometers meisjes; en weer bij die goeie ouwe Ken zijn was toch ook wel prettig. Dat gedoe in Parijs had alleen maar erger kunnen worden als hij gebleven was, dat was nu wel duidelijk. Hij was net op tijd weggegaan.

Ken kon niet ophouden met praten. Terwijl Carson douchte liep Ken de badkamer in en uit, liet de geldstukken in zijn broekzak rinkelen en praatte met de lachende luidkeelse blijdschap van een man die al weken zijn eigen stem niet heeft gehoord. Ken had eigenlijk nooit echt plezier als Carson er niet bij was. Ze waren elkaars beste vrienden, maar het was nooit een vriendschap op voet van gelijkheid geweest, en beiden wisten dat. Als hij niet de status van Carsons saaie maar onafscheidelijke vriend had gehad, zouden ze hem op Yale waarschijnlijk overal buiten gehouden hebben en dit patroon was door niets in Europa veranderd. Wat hád Ken toch dat de mensen afstootte? Carson had jaren over deze vraag nagedacht. Kwam het omdat hij dik en lichamelijk onbeholpen was, of dat hij schril en dwaas kon zijn in zijn verlangen aardig gevonden te worden? Maar dat waren in wezen toch sympathieke eigenschappen? Nee, Carsons beste poging tot een echte verklaring was, vermoedde hij, dat Ken als hij glimlachte zijn bovenlip optrok, zodat je een vochtig binnenlipje zag dat tegen zijn tandvlees trilde. Veel mensen met dit soort mond vinden dat misschien niet zo'n handicap – dat wilde Carson best toegeven – maar het leek wel wat iedereen zich het levendigst van Ken Platt herinnerde, ook al gaven ze nog zulke solider schijnende redenen om hem te ontlopen; die lip was in elk geval waarvan Carson zich op momenten van irritatie zelf altijd het meest bewust was. Op dit moment bijvoorbeeld zat deze brede dubbellippige glimlach hem bij zoiets eenvoudigs als een poging zich af te drogen en zijn haar te kammen en schone kleren aan te trekken steeds weer in de weg. De glimlach was overal, blokkeerde zijn uitgestoken hand naar het handdoekenrek, zweefde te dicht boven de omgewoelde inhoud van zijn koffer, verduisterde in de spiegel het strikken van zijn das; tot Carson zijn kaken stijf op elkaar moest klemmen om niet 'Oké, Ken... en nu kóp dicht!' te schreeuwen.

Maar een paar minuten later konden ze in de beschaduwde stilte van de hotelbar tot rust komen. De barkeeper schilde een citroen, klemde behendig een reep van de glanzende vrucht tussen duim en lemmet en trok die los, en de delicate citrusgeur ervan, gecombineerd met die van gin en de vage damp van ijsgruis, gaven smaak aan een volledig herstel van hun welbehagen. Twee koude martini's verdreven de laatste rest van Carsons wrevel en toen ze eenmaal buiten waren en op weg naar het avondeten zwierig over het trottoir liepen voelde hij zich weer sterk in het besef van de oude kameraadschap, de vertrouwde vrolijke weelde van Kens bewondering. Het was een gevoel dat bovendien gepaard ging met een vleugje triestheid, want Ken moest binnenkort terug naar Amerika. Zijn vader in Denver, de schrijver van sarcastische wekelijkse brieven op postpapier van kantoor, hield een plaats voor hem open als jongste vennoot en Ken, die de cursussen aan de Sorbonne waarvoor hij zogenaamd naar Frankrijk was gekomen al lang geleden had afgerond, had verder geen excuus om te blijven. Carson, die net als in alle andere dingen ook hierin gelukkiger was, had geen excuus nodig: hij had voldoende privé-inkomen en geen familiebanden; hij kon zich veroorloven jaren door Europa te struinen, als hij daar zin in had, op zoek naar dingen die hij leuk vond.

'Je bent nog spierwit,' zei hij dwars over hun restauranttafeltje tegen Ken. 'Ben je nooit naar het strand geweest?'

'Jawel.' Ken keek vlug naar zijn bord. 'Ik ben een paar keer geweest. Het was de laatste tijd niet zulk goed strandweer, da's alles.'

Maar Carson raadde de echte reden, dat Ken zich schaamde als anderen zijn lichaam zagen, dus veranderde hij van onderwerp. 'Trouwens,' zei hij, 'ik heb die ıĸt-spullen bij me, voor die vriend van je, die pianist.'

'Geweldig.' Ken keek onvervalst opgelucht op. 'Ik neem je meteen na het eten mee ernaartoe, oké?' En alsof hij dit vooruitzicht wilde bespoedigen, stopte hij een vork vol druipende salade in zijn mond en rukte een te grote hap brood af om het samen weg te kauwen terwijl hij met het kontje stokbrood de olie en azijn van zijn bord depte. 'Je vindt hem vast aardig, Carson,' zei hij, bezadigd, om het kauwen heen. 'Hij is een geweldige kerel. Ik bewonder hem echt enorm.' Hij slikte alles met moeite door en praatte haastig verder: 'Ik bedoel, met zo'n talent zou hij morgen zo weer naar Amerika kunnen om daar een kapitaal te verdienen, maar hij vindt het hier prettig. En het punt is natuurlijk dat hij hier een vriendinnetje heeft, echt een beeldschone Française, en ik neem aan dat hij haar moeilijk mee kan nemen naar Amerika... nee, maar echt, het is meer dan dat. De mensen nemen hem hier zoals hij is. Als artiest, maar ook als mens, bedoel ik. Niemand doet neerbuigend, niemand probeert zich met zijn muziek te bemoeien, en dat is het enige wat hij van het leven verlangt. Ik bedoel, dat vertelt hij niet allemaal precies zo... zou waarschijnlijk stomvervelend zijn als hij dat wel deed... het is gewoon iets wat je aanvoelt. Blijkt uit alles wat hij zegt, zijn hele opstelling.' Hij stak snel het gesopte brood in zijn mond en kauwde erop als een man die weet wat hij doet. 'Ik bedoel: die kerel is authentíék integer,' zei hij. 'Een prachtig iets.'

'Klonk als een verdomd goeie pianist,' zei Carson, en hij pakte de wijnfles, 'naar het beetje dat ik ervan gehoord heb.'

'Wacht maar tot je hem in 't echt hoort. Als hij echt op gang komt.'

Ze vonden het allebei leuk dat dit Kens ontdekking was. Tot nu toe was het altijd Carson geweest die de weg wees, die de meisjes vond en de zegswijzen leerde en wist op welk uur van de dag je het beste wat kon doen; het was Carson geweest die alle kleurrijke cafés en restaurants opspoorde waar je nooit Amerikanen zag en die, net toen Ken leerde zijn eigen plekjes te ontdekken, ervoor zorgde dat uitgerekend Harry's Bar de kleurrijkste van allemaal werd. En al die tijd had Ken het best gevonden zich te laten leiden en vol verwondering zijn dankbare hoofd geschud en het was dan ook geen peulenschil dat hij nu, helemaal alleen, in de achteraf-straten van een vreemde stad een integer jazztalent had opgedoken. Het bewees dat Kens afhankelijkheid achteraf toch niet volledig hoefde te zijn, en dit strekte hun beiden tot eer.

De gelegenheid waar Sid speelde was eerder een dure bar dan een nachtclub, een klein souterrain met tapijt op de vloer, een paar straten van zee. Het was nog vroeg en ze troffen hem terwijl hij alleen aan de bar iets zat te drinken.

'Hé,' zei hij toen hij Ken zag. 'Hallo.' Hij had een stevig postuur en zat goed in 't pak, een diepzwarte neger met een prettige glimlach vol sterke witte tanden.

'Sid, dit is Carson Wyler. Je hebt hem toen aan de telefoon gehad, weet je nog?'

'Ja natuurlijk,' zei Sid, terwijl ze elkaar een hand gaven. 'Ja natuurlijk, Carson. Hoe maak je het. Wat willen de heren drinken?'

Van het opspelden van het IKT-insigne op de revers van Sids bruine gabardine pak, het grommend aan zijn schouder krabben en hem elk eenzelfde seersucker jasje voorhouden om op zijn beurt te bekrabben, werd een kleine ceremonie gemaakt. 'Mooi werk,' zei Sid, terwijl hij gniffelend het boekje doorbladerde. 'Heel mooi.' Toen stopte hij het boekje in zijn zak, dronk zijn glas leeg en liet zich van de barkruk glijden. 'En als jullie me nu willen excuseren, ik moet aan het werk.'

'Nog niet wat je noemt veel publiek,' zei Ken.

Sid haalde zijn schouders op. 'Ik heb het eigenlijk wel graag zo, in dit soort bars. Met een hoop publiek zit er altijd wel een eikel bij die "Deep in the Heart of Texas" wil horen, of zo'n soort zenuwennummer.'

Ken lachte en gaf Carson een knipoog, en ze draaiden zich alle twee om en keken hoe Sid aan de piano ging zitten, die op een laag podium met spotlights aan de andere kant van de bar stond. Hij speelde een tijdje met de toetsen en probeerde een paar losse frasen en akkoorden, als een vakman die zijn gereedschap streelt, en toen ging hij er echt tegenaan. Het dwingende ritme ontstond, en eruit fluctueerde en klom de melodie, een arrangement van 'Baby, Won't You Please Come Home'.

Ze bleven nog uren in de bar naar Sids spel luisteren en bestelden steeds als hij pauze nam iets te drinken voor hem – tot duidelijke jaloezie van de andere klanten. Sids vriendinnetje kwam binnen, een lange brunette met een stralend, geschrokken-ogend gezicht dat bijna mooi was, en Ken stelde haar met een zijns ondanks zwierig handgebaar voor: 'Dit is Jaqueline.' Ze fluisterde iets in de trant van dat haar Engels niet zo goed was en toen Sids volgende pauze eraan kwam – er waren nu aardig wat mensen en toen hij stopte werd er luid geklapt – namen ze met z'n vieren een tafeltje.

Ken liet nu meestal Carson aan het woord; hij vond het allang best om daar zomaar wat te zitten en met de sereniteit van een welgedane priester glimlachend zijn tafel vol vrienden rond te kijken. Het was de gelukkigste avond van zijn leven in Europa, zo gelukkig dat zelfs Carson dat onmogelijk kon vermoeden. Het vulde in de spanne van een paar uur alle leegte van de laatste maand, de tijd die ermee begon dat Carson zei: 'Gá dan. Je kunt toch wel alléén naar Cannes?' Dit maakte alles goed, alle bloedhete kilometers die hij op voeten vol blaren over La Croisette had gelopen om als een dwaas naar meisjes te gluren die ongelooflijk bijna-naakt op het strand lagen, de benauwde en vervelende bustochten naar Nice en Monte Carlo en St. Paul-de-Vence, de dag dat hij een boosaardige drogist drie keer te veel betaald had voor een zonnebril om daarna in de glans van een passerende etalageruit zijn eigen beeltenis op te vangen en te merken dat hij ermee uitzag als een enorme blinde vis, het bij dag en nacht afschuwelijke besef dat hij jong en rijk en vrij als een vogel aan de Rivièra liep – de Rivièra! – en niets te doen had. De eerste week was hij een keer met een prostituee meegegaan die hem een martelende aanval van impotentie bezorgd had van angst voor haar uitgekookte glimlach, haar schril aandringen op een hoge prijs en het sprankje afkeer op haar gezicht bij het zien van zijn lichaam; de andere avonden was hij meestal dronken of misselijk van de ene bar naar de andere gegaan, bang voor prostituees en bang voor afwijzing door andere meisjes, zelfs bang om een gesprek met mannen te beginnen uit vrees dat ze hem voor een flikker zouden aanzien. Hij had een hele middag in het Franse equivalent van een kwartjesbazaar doorgebracht, waar hij kopersbelangstelling voor hangsloten en scheercrème en goedkoop blikken speelgoed veinsde en met een keel vol heimwee door de felverlichte, bedompte lucht van de bazaar liep. Hij had zich vijf avonden achter elkaar in de beschermende duisternis van Amerikaanse films verborgen, zoals hij dat jaren geleden in Denver had gedaan om te ontsnappen aan jongens die hem 'Kennie Vetklep' noemden, en na dit laatste amusement had hij zich – terug in het hotel en met de smaak van chocoladetruffels nog wee in zijn mond – in slaap gehuild. Maar dit alles vervaagde nu onder invloed van de prachtige, vermetele gratie van Sids pianospel, de betovering van Carsons intelligente glimlach en de manier waarop Carson als de muziek ophield elke keer met geheven handen klapte.

Ergens na middernacht, toen iedereen behalve Sid te veel gedronken had, vroeg Carson hoe lang hij al uit Amerika weg was. 'Vanaf de oorlog,' zei hij. 'Ik kwam hier met het bevrijdingsleger en ben nooit meer teruggegaan.'

Ken, overdekt met een waas van zweet en geluk, hief hoog zijn glas om een dronk uit te brengen. 'En bij God, laten we hopen dat je nooit meer terug hoeft, Sid.'

'Hoezo, "niet terug hoeft"?' vroeg Jaqueline. Haar gezicht leek in het schemerlicht nors en nuchter. 'Waarom zeg je dat?'

Ken keek haar verrast aan. 'Eh, ik bedoel gewoon... nou ja, je weet wel... dat hij zich nooit hoeft te verkopen of zo. Maar dat zou hij natuurlijk nooit doen.'

'Wat betekent dat: "zich verkopen"?' Het bleef onbehaaglijk stil, tot Sid op zijn eigen dreunende manier lachte. 'Wind je niet op, schatje,' zei hij, en hij wendde zich tot Ken. 'Wij kijken daar wat anders tegenaan. Ik steek eerlijk gezegd overal mijn voelhorens uit om terug te kunnen naar Amerika, geld verdienen. Zo denken wíj er allebei over.'

'Maar je hebt het hier toch goed?' vroeg Ken bijna smekend. 'Je verdient hier toch geld zat en zo.'

Sid glimlachte geduldig. 'Ik bedoel niet in zo'n baan als deze, snap je. Ik bedoel echt geld.'

'Murray Diamond, weet je wie dat is?' informeerde Jaqueline, haar wenkbrauwen hoog opgetrokken. 'Die nachtclubs heeft in Las Vegas?'

Maar Sid schudde lachend zijn hoofd. 'Hé hé, schatje, wacht even... ik zeg toch steeds dat er niets vaststaat? Murray Diamond was hier toevallig een van de vorige avonden,' legde hij uit. 'Had niet veel tijd, maar hij zei dat hij zou proberen van de week nog een keer langs te komen. Zou een enorme kans zijn. Maar ja, zoals ik al zei, er staat niets vast.'

'Ja maar jézus, Sid...' Ken schudde verbijsterd zijn hoofd; toen, nadat hij zijn gezicht had laten verstrakken tot een uitdrukking van verontwaardiging, bonkte hij met een terugkaatsende vuist op het tafeltje. 'Waarom zou je jezelf prostitueren?' wilde hij weten.

'Je wéét verdomme toch dat ze je daartoe in Amerika zullen dwin-gen, wil ik maar zeggen!'

Sid glimlachte nog steeds, maar zijn ogen waren nu een beetje samengeknepen. 'Dat is maar hoe je ertegenaan kijkt,' zei hij.

En het ergste voor Ken was nog dat Carson hem haastig te hulp kwam. 'Ik geloof nooit dat Ken het zo bedoelt als het klinkt,' zei hij, en terwijl Ken zelf ook verontschuldigingen taterde ('Nee, natuurlijk niet, ik bedoelde alleen... nou ja, je wéét wel...'), praatte hij over andere dingen, over luchtige en levendige dingen die al-leen Carson zo zeggen kon, tot de opgelaten stemming verdwenen was. Toen het eennmaal tijd was om afscheid te nemen werden er handen geschud en glimlachende beloften uitgewisseld om elkaar vlug weer te zien.

Maar ze waren nog niet op straat of Carson ging in de aanval. 'Waarom moest je daar nou zo verdomde pedant over doen? Merkte je dan niet hoe pijnlijk dat was?'

'Weet ik,' zei Ken, terwijl hij zich haastte om met Carsons lan-ge benen in de pas te blijven, 'weet ik. Maar jezus, ik was écht in hem teleurgesteld. Ik had hem nog nooit echt zo horen praten moet je weten.' Wat hij natuurlijk niet vertelde was dat hij Sid al-leen een keer echt had horen praten in dat ene verlegen gesprek dat er die avond toe geleid had dat hij Harry's Bar belde, waarna Ken terug was gevlucht naar zijn hotel uit angst dat Sid hem mis-schien vervelend zou gaan vinden.

'Nou ja, hoe dan ook,' zei Carson. 'Vind je niet dat die man zelf moet weten wat hij met zijn leven wil doen?'

'Oké,' zei Ken, 'oké. Ik heb hem toch gezegd dat het me spéét?' Hij voelde zich nu zo ootmoedig dat het pas een paar minuten later tot hem doordrong dat hij in zekere zin niet eens zo slecht uit het gesprek tevoorschijn gekomen was. Tenslotte was Carsons enige triomf van die avond de overwinning van een diplomaat ge-weest, de gladstrijker van gevoelens; hij, Ken, had iets gedaan dat indrukwekkender was. Pedant of niet, impulsief of niet – had het niet een zekere waardigheid dat hij zo zijn mening had gezegd? Terwijl ze daar nu liepen en hij met zijn tong over zijn lippen streek en een vluchtige blik op Carsons profiel wierp, rechtte hij zijn schouders in een poging minder te waggelen en zich een licht voorovergebogen mannelijke pas aan te meten. 'Zo denk ik daar nu eenmaal over,' zei hij vol overtuiging, 'da's alles. Ik laat het merken als ik in iemand teleurgesteld ben, da's alles.'

'Goed. Zand erover.'

En hoewel Ken het bijna niet durfde te geloven meende hij bijna zeker in Carsons stem een wrevelig respect te bespeuren.

De volgende dag ging alles verkeerd. In het afnemende namiddaglicht bleken ze, ingezakt en voor zich uit starend, met z'n tweeën in een naargeestig arbeiderscafé in de buurt van het station te zitten en wisselden bijna geen woord. Terwijl die dag ongewoon goed begonnen was – dat was het probleem.

Ze hadden tot twaalf uur 's middags geslapen en na de lunch waren ze naar het strand gegaan, want Ken wilde best naar het strand als hij maar niet alleen was, en het duurde niet lang of ze hadden op de ongedwongen, elegante manier waarmee Carson dat soort dingen aanpakte, twee Amerikaanse meisjes opgepikt. Het ene moment waren de meisjes nog norse onbekenden die zich insmeerden met geparfumeerde olie en keken alsof elke inbreuk op hun privacy het roepen van de politie ten gevolge zou hebben; het volgende lagen ze slap van de lach om de dingen die Carson zei en schoven ze hun flesjes en dichtgeritste blauwe TWA-tassen opzij om plaats te maken voor onverwachte gasten. Er was een groot meisje voor Carson, met lange stevige dijen, intelligente ogen en een manier om haar haar uit haar gezicht te gooien waardoor ze het uiterlijk van een echte schoonheid kreeg, en een klein meisje voor Ken – een grappig, sproetig meisje van de fidele soort die met elke vrolijke blik en elk opgewekt gebaar te kennen gaf dat ze gewend was genoegen te nemen met de tweede keus. Ken, die met zijn kin op twee mollige vuisten en zijn buik diep begraven in het zand vlak naast haar warme benen glimlachend naar haar opkeek, voelde bijna niets van de zenuwachtige spanning die hem normaal gesproken op dit soort momenten hinderde. Zelfs toen Carson en het lange meisje opstonden om spetterend het water in te lopen slaagde hij er nog in haar belangstelling vast te houden: ze zei een paar keer dat de Sorbonne 'vast wel fascinerend' was geweest en ze voelde met hem mee dat hij terug moest naar Denver, hoewel ze

74

zei dat het 'waarschijnlijk maar het beste' was.

'En je vriend blijft voor onbepaalde tijd gewoon hier?' vroeg ze. 'Is het echt waar wat hij zei? Ik bedoel dat hij niet studeert of werkt of zo? Gewoon maar zo'n beetje rondlummelt?'

'Eh... ja, dat is zo.' Ken probeerde een scheve glimlach te trekken, net als die van Carson zelf. 'Hoezo?'

'Interessant, da's alles. Volgens mij ben ik nog nooit eerder zo iemand tegengekomen.'

En toen besefte Ken wat hun schatergelach en schaarse Franse badkleding hadden verhuld, dat dit het soort meisjes was met wie Carson en hij al heel lang niets meer te maken hadden – kleinsteedse, kleinburgerlijke meisjes die voor deze reis met reisleider gehoorzaam hun ouders om goedkeuring hadden gevraagd; meisjes die 'jeetje kreetje' zeiden, wier campuswinkelkleren en lange hockeymeisjespassen hen op straat onmiddellijk zouden hebben verraden. Het was hetzelfde soort meisjes dat vroeger op een kluitje bij de punchkom stond en 'Brrr!' mompelde om aan te geven hoe hij er in zijn eerste smoking uitzag, meisjes wier domme, gekmakend emotieloze, net even starende blikken van afwijzing al zijn schrijnende jaren in Denver en New Haven hadden verziekt. Het waren bekrompen trutjes. En het gekke was dat hij zich er prettig bij voelde. Terwijl hij zijn gewicht op één elleboog wentelde, zijn langzame warme handen vol zand greep en ze steeds weer liet leeglopen, bleek zijn woordenstroom snel en soepel te komen:

'...nee, echt, er valt in Parijs ontzettend veel te zien; jammer dat jullie er niet langer konden blijven; mijn favoriete plekjes liggen eigenlijk niet zo op de toeristenroute; ik had natuurlijk geluk dat ik de taal aardig kende en daarbij komt dat ik zo veel sympathieke...'

Hij hield stand; hij speelde het klaar. Het viel hem zelfs nauwelijks op dat Carson en het lange meisje op een drafje terugkwamen van hun zwempartij – elegant en knap als een paar op een affiche van een reisbureau – en zich in een drukte van handdoeken en sigaretten en huiverende grappen over hoe koud het water was naast hem lieten neervallen. Zijn enige toenemende zorg was dat Carson, die nu wel dezelfde ontdekking over deze meisjes zou hebben gedaan als hij, het niet de moeite waard zou vinden zich voor hen uit te sloven. Maar één blik op Carsons subtiel glimlachende en pratende gezicht stelde hem gerust: Carson, die gespannen aan de voeten van het lange meisje zat terwijl zij opstond en haar rug zo afdroogde dat haar borsten verrukkelijk heen en weer schommelden, was duidelijk vastbesloten dit door te zetten. 'Moet je horen,' zei hij. 'Zullen we vanavond met z'n vieren gaan eten? Dan kunnen we daarna misschien...'

De meisjes begonnen aan gekwebbelde spijtbetuigingen: helaas niet, niettemin bedankt, ze hadden afgesproken om met vrienden in het hotel te eten en moesten nu eigenlijk al ongeveer terug, hoewel ze daar helemaal geen zin in hadden... 'God, wat is het al laat!' En ze klonken echt alsof het hun speet, zo speet dat Ken, terwijl ze met z'n vieren terugsjokten naar de kleedhokjes, al zijn moed bij elkaar raapte en de warme tengere hand pakte die naast de dij van het kleine meisje heen en weer zwaaide. En zij gaf hem een kneepje in zijn grove vingers, en ze glimlachte tegen hem.

'Een andere avond dan?' vroeg Carson. 'Voor jullie weggaan?'

'Het ziet ernaar uit,' zei het lange meisje, 'dat onze avonden tamelijk bezet zullen zijn. Ik zie jullie nog wel op het strand. Het was leuk jullie te ontmoeten.'

'Wát een verwaande burgertruttenkut!' zei Carson toen ze samen in de kleedruimte voor mannen waren.

'*Ssst!* Záchter. Ze kunnen je daar hóren.'

'Doe niet zo áchterlijk.' Carson smeet met een zanderige klap zijn zwembroek op het plankier. 'Ik mag lijden dat ze me horen... wat heb je in godsnaam?' Hij keek Ken aan alsof hij hem haatte. 'Wát een verdomde drooggeilende beroepsmaagden! Chrístus, waarom ben ik niet in Parijs gebleven?'

En nu keken ze dan – Carson kwaad, Ken chagrijnig – door ruiten vol vliegenpoep naar de zonsondergang, terwijl een duwend en dringend en naar knoflook stinkend zootje arbeiders bij de flipperkast stond te lachen en te schreeuwen. Ze bleven er tot lang na etenstijd zitten drinken; wat later aten ze in een restaurant waar de wijn naar kurk smaakte en de gebakken aardappelen te vet waren een late onplezierige maaltijd. Toen de smerige borden waren afgeruimd stak Carson een sigaret op. 'Waar heb jij vanavond zin in?' vroeg hij.

Om Kens mond lag in de buurt van zijn wangen een vage vet-glans. 'Ik weet het niet,' zei hij. 'Keus zat, denk ik zo.'

'Het zou je kwetsen in je artistieke gevoelens als we vanavond weer naar Sid gingen, neem ik aan?'

Ken schonk hem een flauwe en nogal kregele glimlach. 'Zit je daar nou nog steeds over te zeuren?' vroeg hij. 'Ja, daar heb ik wel zin in.'

'Ook als hij zich misschien prostitueert?'

'Hou daar nou eens over op, wil je?'

Ze konden de piano op straat horen, nog voor ze de lichte rechthoek in liepen die uit de deuropening van Sids bar naar boven scheen. Op de trap werd het geluid sterker en voller van klank, vermengd nu met een hees zingende mannenstem, maar pas toen ze beneden in de bar waren en met samengeknepen ogen door de blauwe rook keken, beseften ze dat de zanger Sid zelf was. Hij zong met zijn ogen halfdicht, zijn hoofd afgewend om langs zijn schouder ergens tussen het publiek te kijken terwijl hij zich wiegend uitsloofde op de toetsen.

Man, she got a pair of eyes...

De blauwe spots ontdekten knipperende sterren in het vocht op zijn tanden en het vage straaltje zweet dat in een streep over zijn slaap liep.

I mean they're brighter than the summer skies
And when you see them you gunna realize
Just why I love my sweet Lorraine...

'De tent is verdomme stampvol,' zei Carson. Er was nergens aan de bar iets vrij, maar ze bleven niettemin een tijdje in de buurt staan kijken hoe Sid speelde, onzeker wat ze zouden doen, tot Carson ineens zag dat een van de meisjes op de barkrukken vlak achter hem Jaqueline was. 'O,' zei hij. 'Hi. Hoop publiek van-avond.'

Ze glimlachte en knikte en rekte haar hals om langs hem heen naar Sid te kunnen kijken.

'Ik wist niet dat hij ook zong,' zei Carson. 'Is dat iets nieuws?'

Haar glimlach maakte plaats voor een korte ongeduldige frons en ze legde een wijsvinger op haar lippen. Na deze onvriendelijke behandeling draaide hij zich weer om en ging met zijn hele gewicht van de ene voet op de andere staan. Toen stootte hij Ken aan. 'Wil je weg of blijven? Als je wilt blijven, laten we dan tenminste gaan zitten.'

'*Ssst!*' Een aantal mensen draaide zich met een strenge blik op hun stoel naar hem om. '*Ssst!*'

'Kom,' zei hij, en hij ging Ken zijwaarts en struikelend voor tussen de rijen luisterende mensen naar het enige lege tafeltje in de bar, een klein tafeltje vooraan, te dicht bij de muziek en nat van de gemorste drank, dat opzijgeschoven was om plaats te maken voor grotere gezelschappen. Vanaf hun plek aan het tafeltje was nu te zien dat Sid niet zomaar ergens tussen het publiek keek. Hij zong tegen een verveeld uitziend stel in avondkleding, dat een paar tafeltjes verderop zat, een asblond meisje dat een aankomend filmsterretje had kunnen zijn en een kleine dikke kale man met een donker zongebruinde huid, een man die zo kennelijk Murray Diamond was dat hij door een casting director gestuurd had kunnen zijn om hem te spelen. Soms dwaalden Sids grote ogen naar elders in de bar of naar het met rook behangen plafond, maar ze leken alleen iets te zien als hij naar deze twee mensen keek. Zelfs toen het nummer afgelopen was en de piano in z'n eentje een lange ingewikkelde variatie inzette, zelfs toen keek hij nog zo nu en dan op of die twee er wel met hun aandacht bij waren. Toen hij onder een kleine donderslag van applaus ophield met spelen hief de kale man zijn gezicht, sloot het om een barnstenen sigarettenpijpje en klapte een paar keer in zijn handen.

'Alleraardigst, Sam,' zei hij.

'Ik heet Sid, mr. Diamond,' zei Sid, 'maar toch, heel erg bedankt. Blij dat u ervan genoten hebt, meneer.' Hij leunde achterover, grinnikend langs zijn schouder terwijl zijn vingers met de toetsen speelden. 'Nog een speciale wens, mr. Diamond? U zegt 't maar. Iets uit de ouwe doos? Nog wat van die goeie ouwe dixieland? Misschien een beetje boogie, iets lekker romantisch of zo? Een commercieel nummer, zoals dat heet. Ik heb deuntjes in soorten en maten, die allemaal gespeeld willen worden.'

'Je ziet maar, eh, Sid,' zei Murray Diamond, maar toen boog het blondje zich naar hem toe en fluisterde iets in zijn oor. 'Wat dacht je van "Stardust", Sid?' vroeg hij. 'Kan je "Stardust" spelen?'

'En óf ik dat kan, mr. Diamond. 'Natuurlijk kan ik dat. Anders zou ik 't in deze business niet lang maken, niet in Frankrijk en niet in een ander land.' Zijn grijns veranderde in een zware leugenachtige lach en zijn handen gleden de openingsakkoorden van 'Stardust' in.

Op dat moment maakte Carson het eerste vriendschappelijke gebaar in uren en joeg daarmee een warme blos van dankbaarheid naar Kens gezicht. Hij trok zijn stoel tot vlak bij die van Ken en begon zo zacht te praten dat niemand hem ervan kon beschuldigen iets te verstoren. 'Zal ik je eens wat zeggen?' vroeg hij. 'Dit is walgelijk. Het zal me een zorg zijn of hij naar Las Vegas wil en als hij daarvoor wil kóntlikken zal me dat ook een zorg zijn. Maar mijn God, dit is iets anders. Hiervan draait mijn maag om.' Hij zweeg even, zijn blik afkeurend op de vloer gericht, en Ken keek naar het wormachtige bloedvaatje dat bewoog op Carsons slaap. 'Dat nepaccent,' zei Carson. 'Die toon van *Oom Remus vertelt sprookjes van de oude plantage.*' En hij zette bolle ogen op en begon aan een hoofdbewegend sissend parodietje van Sid. 'Jazeker m'heer, mr. Diamond m'heer. Nog 'n speciale wens, mr. Diamond m'heer? Ik heb oooh, állerlei deuntjes, die oooh, állemaal gespeeld willen worden, en blah blah blah, en ja, ik hou me mond al, m'heer!' Hij dronk zijn glas uit en zette het hard neer. 'Je weet best dat hij niet zo hóéft te praten. Je weet best dat hij een verdomd intelligente, ontwikkelde kerel is. Mijn God, ik hoorde aan de telefoon niet eens dat hij zwart was.'

'Ja,' zei Ken. 'Het is nogal deprimerend.'

'Deprimerend? Degradérend is het.' Carson krulde zijn lip. 'Gedégéneréérd'

'Weet ik,' zei Ken. 'Dat bedoelde ik deels ook met dat prostitueren, denk ik.'

'Daar had je dan absoluut gelijk in. Je zou er godverdomme je geloof in het zwarte ras door verliezen.'

Horen dat hij gelijk had bezorgde Ken altijd een kick en na een dag als deze werkte het bijzonder stimulerend. Hij sloeg zijn cognac achterover, rechtte zijn ruggengraat, veegde de lichte zweetsnor van zijn bovenlip en perste zijn mond in een zachte lijn van ongenoegen ten teken dat ook zijn geloof in het zwarte ras ernstig geschokt was. 'Tjonge,' zei hij. 'Ik had hem wel verkeerd ingeschat.'

'Welnee,' stelde Carson hem gerust, 'dat kon je toch niet weten.'

'Weet je wat we doen, Carson, we gaan weg. Laat hij de pest maar krijgen.' En Ken had zijn hoofd al vol plannen: ze zouden slenterend in de koelte van La Croisette een lang en ernstig gesprek gaan voeren over de betekenis van integriteit, hoe zeldzaam die was en hoe gemakkelijk gehuicheld, hoe het streven ernaar de enige strijd was die een mensenleven paste, en zo verder tot alle wanklanken van de dag waren uitgewist.

Maar Carson schoof zijn stoel terug en hij glimlachte en fronste tegelijk. 'Weggaan?' vroeg hij. 'Wat bezielt je? Wil je niet blijven om de rest van deze vertoning te zien? Ik wel. Fascineert het jou dan niet op een afschuwelijke manier?' Hij stak zijn glas op met een gebaar dat hij nog twee cognac wilde.

'Stardust' werd elegant afgerond en Sid, overspoeld door applaus, stond op om pauze te nemen. Toen hij een pas naar voren deed en van de verhoging stapte doemde hij vlak boven hun tafeltje op, zijn grote gezicht glom van het zweet; hij liep rakelings langs hen, zijn blik op Diamonds tafel gericht, bleef staan om 'dank u, meneer' te zeggen hoewel Diamond niets tegen hem had gezegd en liep toen pas terug naar de bar.

'Hij denkt zeker dat hij ons niet gezien heeft,' zei Carson.

'Misschien beter zo,' zei Ken. 'Ik zou niet weten wat ik tegen hem zeggen moest.'

'O nee? Ik wel.'

Het was nu in de bar om te stikken van de warmte en Kens cognac had in zijn hand een licht weerzinwekkende aanblik en geur gekregen. Hij trok met vochtige vingers zijn boord en das los. 'Kom op, Carson,' zei hij. 'Laten we hier weggaan. Een frisse neus halen.'

Carson deed of hij hem niet hoorde en keek wat er bij de bar gebeurde. Sid dronk uit een glas dat Jaqueline hem aangaf en verdween toen in het herentoilet. Toen hij een paar minuten later tevoorschijn kwam, zijn gezicht droog en beheerst, draaide Carson zich weer naar hun tafeltje en bestudeerde zijn glas. 'Daar komt hij. Dan krijgen we nu de grote feestbegroeting, denk ik zo, tot stichting van Murray Diamond. Let maar op.'

Een seconde later krabden Sids vingers aan de stof van Carsons schouder. '*G-rr, g-rr!*' zei hij. 'Hoe gaat-ie vanavond?'

Carson draaide heel langzaam zijn hoofd om. Hij beantwoordde een onderdeel van een seconde Sids glimlach, zijn ogen halfdicht, zoals iemand naar een kelner zou kunnen kijken die hem per ongeluk heeft aangeraakt. Toen richtte hij zijn aandacht weer op zijn cognac.

'O-ho,' zei Sid. 'Misschien heb ik iets fout gedaan. Misschien aan de verkeerde schouder gekrabd. Ik ken de clubregels nog niet zo goed.' Murray Diamond en het blondje keken wat er gebeurde, Sid gaf ze een knipoog en liep met zijwaartse stappen achter Carsons stoel langs terwijl hij met zijn duim het IKT-insigne uit zijn revers liet puilen. 'Da's van een club waar we lid van zijn, Mr. Diamond,' zei hij. 'De Kroegtijgerclub. Het probleem is, ik ken de clubregels nog niet zo goed.' Bijna iedereen in de bar keek gespannen hoe hij Carsons andere schouder aanraakte. '*G-rr, g-rr!*' Deze keer huiverde Carson even, trok zijn jasje weg, wierp een blik op Ken en haalde verbijsterd zo'n beetje zijn schouders op alsof hij zeggen wilde: Weet jij wat die man wil?

Ken wist niet of hij moest giechelen of overgeven; het verlangen naar allebei was plotseling sterk in hem aanwezig, hoewel hij geen spier vertrok. Hij zou zich nog heel lang herinneren hoe het schoongeveegde zwartplastic tafelblad er toen tussen zijn bewegingloze handen uitzag en hoe dat tafelblad het enig stabiele ter wereld leek.

'Hé,' zei Sid, terwijl hij met een wezenloze glimlach achteruit naar de piano liep. 'Wat moet dat? Een soort samenzwering of zo?'

Carson liet een drukkende stilte ontstaan. Toen stond hij op alsof hij zich plotseling vaag iets herinnerde, *ach, ja natuurlijk* leek zijn houding te zeggen, en liep naar Sid, die verward terugweek tot in het licht van de schijnwerpers. Toen hij voor hem stond stak hij één krachteloze vinger uit en raakte Sids schouder aan. '*Gr,*' zei hij. 'Zo goed?' Hij draaide zich om en liep terug naar zijn stoel.

Ken hoopte dat er iemand zou lachen – wie dan ook – maar niemand lachte. Het enige in de bar dat bewoog was het wegtrekken van Sids glimlach terwijl hij Carson en Ken aankeek, het vlees dat zich langzaam over zijn tanden sloot en zijn ogen die zich opensperden.

Ook Murray Diamond keek hen aan, heel even maar – een klein gebruind gezicht, spijkerhard – toen schraapte hij zijn keel en zei: 'Wat dacht je van "Hold Me", Sid? Kan je "Hold Me" spelen?' En Sid ging zitten en begon te spelen, zijn blik op oneindig.

Carson vroeg met een waardige hoofdknik om de rekening en legde het juiste aantal duizend- en honderdfrancbiljetten op het schoteltje. Hij leek in minder dan geen tijd buiten te komen, hij glipte bedreven tussen de tafeltjes door de deur uit naar het trapje, maar Ken deed er veel langer over. Hij slingerde en schommelde als een grote beer in gevangenschap door de rook en werd al door Jaquelines blik betrapt en vastgehouden toen hij nog niet voorbij de laatste tafeltjes was. Haar ogen staarden meedogenloos naar het kwabbige beven van zijn glimlach, ze boorden zich in zijn rug en dreven hem struikelend het trapje op. En zodra de ontnuchterende nachtlucht hem bereikte, zodra hij Carsons witte pak zag dat zich een paar deuren verderop met rechte rug terugtrok, wist hij wat hij wilde. Hij wilde erheen rennen en hem uit alle macht een klap tussen zijn schouderbladen geven, één enorme felle stoot waarvan hij op straat in elkaar zou zakken, en daarna zou hij hem dan weer slaan, of hem schoppen – ja, schoppen – en hij zou *krijg de tyfus, Carson, krijg de godverdomde klotetyfus!* zeggen. De woorden lagen al op zijn tong en hij was op het punt uit te halen toen Carson bleef staan en zich onder een lantaarn naar hem omdraaide.

'Wat is er, Ken?' vroeg hij. 'Vond je het niet grappig?'

Wat hij zei was niet van belang – het leek even of niets dat Carson zei ooit nog van belang zou zijn – van belang was dat op zijn gezicht dezelfde griezelig vertrouwde uitdrukking lag die Ken in zijn hart droeg, het was hetzelfde gezicht dat hij, Kennie Vetklep, anderen zijn hele leven had getoond: gekweld en kwetsbaar en verschrikkelijk afhankelijk, met een poging tot een glimlach, een blik die 'Ga alsjeblieft niet weg' zei.

Ken liet zijn hoofd hangen, van mededogen of van schaamte. 'Weet ik veel,' zei hij. 'Niet meer aan denken. We gaan ergens koffie drinken.'

'Oké.' En ze waren weer samen. Ze hadden nu maar één probleem en dat was dat ze de verkeerde kant op waren gegaan: om weer op La Croisette te komen moesten ze terug langs de verlichte deuropening van Sids bar. Het was zoiets als door vuur lopen, maar ze deden het snel en met wat iedereen perfecte zelfbeheersing zou hebben genoemd, het hoofd geheven, de blik vooruit, zodat het pianospel maar een tel of twee luid opklonk voor het afnam en achter hen onder het ritme van hun hakken wegstierf.

Bouwers

Schrijvers die over schrijvers schrijven baren voor ze het weten een literair gedrocht van de ergste soort; dat is bekend. Begin een verhaal met: 'Craig drukte zijn sigaret uit en greep enthousiast naar de schrijfmachine,' en er is geen redacteur in Amerika die zin heeft om na de punt verder te lezen.

Maak u dus niet ongerust: dit verhaal wordt een serieuze recht-toe rechtaan geschiedenis over een taxichauffeur, een filmster en een eminente kinderpsycholoog, dat beloof ik. Maar u zult nog even geduld moeten hebben, want er komt ook een schrijver in voor. Ik zal hem geen 'Craig' noemen en ik garandeer dat hij niet de kans zal krijgen om de enige gevoelsmens van de personages te worden, maar we zullen al die tijd met hem opgezadeld zitten en reken maar dat hij even lomp en opdringerig zal zijn als bijna alle schrijvers dat altijd zijn, zowel in fictie als in werkelijkheid.

Dertien jaar geleden, in 1948, was ik tweeëntwintig en bureau-redacteur op de financiële redactie van United Press. Het salaris was vierenvijftig dollar per week en de baan stelde niet veel voor, maar er zaten twee goede kanten aan. Ten eerste kon ik 'Ik werk bij UP' zeggen, als iemand vroeg wat ik deed, en dat klonk als een vrolijk soort baan; ten tweede kon ik 's ochtends bij het gebouw van de *Daily News* verschijnen met het uiterlijk van iemand die volkomen overwerkt was, gekleed in een goedkope regenjas die door het wassen een maat te klein geworden was en met een mis-handelde bruine gleufhoed op. (Ik zou hem toen als 'gehavend' beschreven hebben, maar godzijdank weet ik nu een beetje meer over integer woordgebruik dan toen. Het was een mishandelde hoed, mishandeld door het altijd en eeuwig zenuwachtig tussen duim en vingers knijpen en in model duwen en dan weer in een ander model duwen; hij was helemaal niet gehavend.) Wat ik maar wil zeggen is dat ik die paar minuten per dag dat ik over de flauwe helling van de laatste honderd meter tussen de uitgang van de ondergrondse en het krantengebouw liep Ernest Hemingway was die zich meldde op zijn werk bij de *Kansas City Star.*

Was Hemingway vóór zijn twintigste in de oorlog geweest en weer terug? Nou, ik ook; en oké, ik had dan misschien geen wonden, of medailles voor betoonde moed, maar de feiten waren in wezen hetzelfde. Had Hemingway de moeite genomen zoiets tijdverspillends en carrièrevertragends te gaan doen als studeren? Om de donder niet; en ik ook niet. Zou Hemingway het krantenbedrijf ooit erg ter harte zijn gegaan? Natuurlijk niet; dus was er slechts een marginaal verschil tussen zijn mazzel bij de *Star* en mijn troosteloze dagtaak op de financiële redactie, begrijpt u wel. Waar het om ging, en naar ik wist zou Hemingway het onmiddellijk met me eens zijn, was dat een schrijver érgens moest beginnen.

'De binnenlandse bedrijfsobligaties vertoonden vandaag bij matige handel op de beursvloer een onregelmatige stijging...' Dat was het soort proza dat ik de hele dag voor de telexdienst van UP schreef, en 'stijgende aandelen olie zorgden voor een levendige handel buiten beurstijd', en 'de raad van bestuur van Timken Kogellagers maakte vandaag bekend dat' – honderden en nog eens honderden woorden die ik nooit echt begreep (wat zijn in godsnaam put- en callopties en wat is de amortisatie van staatsleningen? Ik mag nog steeds hangen als ik het weet), terwijl de telexapparaten ronkten en rinkelden en in Wall Street de telegrafisten telegrafeerden en iedereen om me heen over honkbal praatte tot het godzijdank tijd was om naar huis te gaan.

Ik vond het altijd een prettige gedachte dat Hemingway jong getrouwd was; ook daarin zaten we op één lijn. Mijn vrouw Joan en ik woonden zo westelijk als je in West Twelfth Street maar kunt komen, in een grote ruimte met drie ramen op de derde verdieping, en als het niet de Rive Gauche was, lag dat niet aan ons. Als Joan 's avonds na het eten de vaat deed verstomde de kamer tot bijna eerbiedige stilte, dit was het moment dat ik me terugtrok achter een driedelig kamerscherm in de hoek, waar een tafel, een studeerlamp en een draagbare schrijfmachine stonden opgesteld. Maar uit mijn schrijfmachine kwamen geen 'In Michigan', geen 'Driedaagse storm' of 'De moordenaars'; wat eruit kwam was eerlijk gezegd meestal niet veel soeps en zelfs als Joan het 'prachtig' noemde, wist ik diep vanbinnen dat het altijd, altijd weer slecht was.

Er waren ook avonden dat ik alleen maar luiwammeste achter het kamerscherm – elk gedrukt woord aan de binnenkant van een mapje lucifers las, laten we zeggen, of alle advertenties op de achterpagina van de *Saturday Review of Literature* – en een van die keren, in de herfst van dat jaar, viel mijn oog op deze regels:

Ongebruikelijke kans voor getalenteerde freelance schrijver. Moet in bezit zijn van fantasie. Bernard Silver.

– gevolgd door een telefoonnummer dat eruitzag als een nummer in de Bronx.

Ik bespaar u de ironisch geestige Hemingway-dialoog die plaatsvond toen ik die avond achter het kamerscherm vandaan kwam en Joan zich bij de gootsteen naar me omdraaide terwijl het zeepsop van haar handen op het open tijdschrift drupte, en ook mijn hartelijke en niets duidelijk makende telefoongesprek met Bernard Silver kunnen we overslaan. Ik stap gewoon over op een paar avonden later, toen ik eerst een uur in de ondergrondse zat en daarna eindelijk een keer zijn appartement vond.

'Mr. Prentice?' informeerde hij. 'Hoe was uw voornaam ook weer? Bob? Oké, Bob, ik ben Bernie. Kom binnen, maak 't je gemakkelijk.'

Maar ik denk dat Bernie en zijn huis wel recht hebben op een korte beschrijving. Hij was midden of eind veertig, een stuk kleiner dan ik en veel steviger en hij droeg een duur uitziend lichtblauw sporthemd waarvan de slippen uit zijn broek hingen. Zijn hoofd moet ongeveer half zo groot zijn geweest als het mijne, met dunner wordend zwart haar dat glad achterover geplakt zat, alsof hij met opgeheven gezicht onder de douche had gestaan; en hij had een van de naïefste en zelfverzekerdste gezichten die ik ooit gezien heb.

Het appartement was brandschoon, ruim en crèmekleurig, vol

tapijten en bogen. In de smalle nis naast de garderobekast ('Zo, geef je jas en hoed maar hier. Zo, even op een hangertje en dan zijn we er klaar voor.') zag ik een groepje ingelijste foto's met soldaten uit de Eerste Wereldoorlog in diverse opstellingen, maar aan de muren van de woonkamer hingen nergens schilderijen of foto's of iets dergelijks, alleen een paar smeedijzeren wandlampen en een stel spiegels. Maar eenmaal binnen viel het ontbreken van wandversiering niet zo op, want alle aandacht werd er opgeëist door één verbazingwekkend meubelstuk. Ik weet niet hoe je het zou moeten noemen – een dressoir? – maar wat het ook was leek tot in het oneindige door te gaan, op sommige plekken op borsthoogte en op andere tot aan je middel, uitgevoerd in minstens drie verschillende tinten bruin gepolitoerd hout. Eén deel was televisie, één deel radiogrammofoon; een ander deel liep uit in planken met potplanten en beeldjes en een deel vol chromen knoppen en handige schuifdeurtjes was een bar.

'Gemberbier?' vroeg hij. 'Mijn vrouw en ik drinken niet, maar ik heb wel een glas gemberbier voor je.'

Ik denk dat Bernies vrouw altijd naar de bioscoop ging op avonden dat hij solliciterende schrijvers ontving; maar ik heb later kennis met haar gemaakt en daar hebben we het straks nog over. Hoe dan ook, we waren die eerste avond slechts met z'n tweeën, we lieten ons met een gemberbier in een gladde, kunstleren stoel achteroverzakken en alles was puur zakelijk.

'Om te beginnen, Bob,' zei hij, 'moet je me één ding vertellen. Ken je *De meter draait?*' En voor ik kon vragen waar hij het over had, trok hij het boek ergens achter uit een nis in het dressoir en reikte het me aan – een paperback die je nog steeds in de supermarkten ziet liggen, zogenaamd de memoires van een taxichauffeur in New York. Daarna begon hij te vertellen wat de bedoeling was, terwijl ik naar het boek keek en knikte en wilde dat ik thuisgebleven was.

Ook Bernard Silver was taxichauffeur. Al tweeëntwintig jaar, even lang als mijn leven, en hij zag de afgelopen twee of drie jaar ervan niet meer in waarom een licht geromantiseerde versie van zijn eigen belevenissen geen fortuin waard zou zijn. 'Ik zou willen dat je hier eens naar keek,' zei hij, en deze keer kwam uit het dressoir een keurig doosje systeemkaartjes van acht bij dertien centimeter tevoorschijn. Honderden belevenissen, vertelde hij me; allemaal verschillend; en hoewel hij me te kennen gaf dat ze misschien niet allemaal honderd procent waar waren, kon hij me verzekeren dat in elk ervan toch minstens een kern van waarheid zat. Kon ik me indenken wat een werkelijk goede ghostwriter met zo'n schat aan materiaal zou kunnen doen? Of hoeveel het diezelfde schrijver zou kunnen opleveren als zijn eigen vette aandeel in tijdschriftpublicaties, boekroyalty's en filmrechten binnenkwam?

'Ik weet het niet, mr. Silver. Ik zou hierover moeten nadenken. Ik zal eerst dit andere boek moeten lezen om te zien of er naar mijn mening een...'

'Nee, wacht es even. Je gaat me veel te snel, Bob. Ik heb eigenlijk liever niet dat je dat boek leest want het zou je niets wijzer maken, dat om te beginnen. Die vent heeft het alleen maar over gangsters en wijven en seks en drank en dat soort dingen. Ik ben heel anders.' En intussen goot ik, alsof ik een reusachtige dorst moest stillen, gemberbier door mijn keelgat om zo snel mogelijk weg te kunnen zodra hij had uitgelegd hoe volledig anders hij was. Bernie Silver was een warme persoonlijkheid, vertelde hij me; een doodgewone kerel van dertien in een dozijn, met een hart zo groot als de buitenlucht en een echte levensfilosofie; als ik begreep wat hij bedoelde?

Ik heb een truc om bij mensen het geluid weg te draaien (het is niet moeilijk; je richt je blik op de mond van de prater en kijkt naar de ritmische, eindeloos veranderende vorm van lippen en tong, en voor je het weet versta je geen woord meer) en ik was net op het punt dat te doen toen hij zei:

'Je moet me niet verkeerd begrijpen, Bob. Ik heb nog nooit van een schrijver verlangd dat hij ook maar één woord op de bonnefooi schreef. Als je voor mij schrijft word je voor alles wat je doet betaald. Veel kan het in dit stadium natuurlijk nog niet zijn, maar je krijgt betaald. Redelijk? Wacht, dan zal ik je bijschenken.'

Het voorstel was dit. Hij zou me een idee uit zijn archief geven; ik zou het uitwerken tot een kort verhaal in de eerste persoon door Bernie Silver, lengte tussen de duizend en tweeduizend woorden, waarvoor onmiddellijke betaling gegarandeerd was. Als

88

hij het mooi werk vond, wat ik deed, kwam er uit diezelfde bron nog veel meer – een opdracht per week, als ik zo veel aankon – en naast dat eerste loon had ik natuurlijk uitzicht op een royaal percentage van elk soort inkomen dat het materiaal later misschien nog zou opleveren. Hij verkoos knipogend geheimzinnig te doen over zijn plannen om de verhalen op de markt te brengen – hoewel hij liet doorschemeren dat de *Reader's Digest* misschien belangstelling had – en gaf eerlijk toe nog geen uitgever voor de uiteindelijke bundel achter de hand te hebben maar zei dat hij me een paar namen kon geven waarvan ik achterover zou slaan. Had ik bijvoorbeeld wel eens van Manny Weidman gehoord?

'Of misschien,' zei hij, en zijn gezicht spleet open in zijn kwistige glimlach, 'bij jou beter bekend als Wade Manley.' En dit was de lichtende naam van een filmster, een man die in de jaren dertig en veertig ongeveer even beroemd was als tegenwoordig Kirk Douglas of Burt Lancaster. Wade Manley was, hier in de Bronx, een schoolvriendje van Bernie geweest. Het was ze gelukt via gemeenschappelijke kennissen gevoelsmatig dikke vrienden te blijven en een van de dingen die hun vriendschap fris hield was Wade Manleys vaak geuite wens de rol van de sympathieke rouwdouw Bernie Silver, een New Yorkse taxichauffeur, te spelen in welke film of televisieserie dan ook die op Bernies kleurrijke leven zou worden gebaseerd. 'Ik zal je nog een naam geven,' zei hij, en deze keer kneep hij onder het uitspreken ervan zijn ogen slim halfdicht, alsof het al dan niet herkennen ervan het niveau van mijn algemene ontwikkeling zou aangeven. 'Dr. Alexander Corvo.'

En gelukkig hoefde ik niet al te onbegrijpend te kijken. Het was niet bepaald de naam van een beroemdheid, maar ook zeker niet die van een onbekende. Het was zo'n naam uit de *New York Times*, het soort naam dat tienduizenden vaag bekend voorkomt omdat ze die al jaren in de *Times* respectvol vermeld zien. Het gaf misschien niet zo'n schokeffect als een 'Lionel Trilling' of 'Reinhold Niebuhr', maar het was iets in die geest; je zou hem kunnen inschalen naast een 'Huntington Hartford' of 'Leslie R. Groves' en flink wat hoger dan een 'Newbold Morris'.

'Die van die, hoe noem je dat, die gestresste kindertjes?' vroeg ik.

Bernie knikte plechtig, vergaf me mijn platvloersheid en noemde de naam nog eens met bijbehorende identificatie. 'Ik bedoel dr. Alexander Corvo, de eminente kinderpsycholoog.'

Toen hij nog maar pas bezig was eminent te worden, was dr. Corvo daar op diezelfde school in de Bronx leraar geweest, snap je wel, en Bernie Silver en Manny jeweetwel de filmster waren twee van de ongezeglijkste teerbeminde deugnieten in zijn klas geweest. Hij had nog steeds een ongeneeslijk zwak voor de twee jongens en niets zou hem een groter genoegen doen dan al zijn mogelijke invloed in de uitgeverswereld aanwenden om hun project vooruit te helpen. De drie hoefden nu alleen nog het laatste element, de onvatbare katalysator, de ideale schrijver voor het project te vinden, zo leek het.

'Bob,' zei Bernie, 'ik zal je eerlijk zeggen. Ik heb de ene schrijver na de andere aan het werk gehad en geen enkele was de goeie. Soms vertrouw ik mijn eigen oordeel niet; ik ga met wat ze geschreven hebben naar dr. Corvo en dan schudt die zijn hoofd. Hij zegt: "Bernie, probeer een ander."'

'Moet je horen, Bob.' Hij boog zich ernstig voorover in zijn stoel. 'Dit is geen plotselinge bevlieging; ik zit hier niemand te verlakken. Hier wordt iets opgebouwd. Manny, dr. Corvo en ik bóúwen hieraan. Maak je geen zorgen, Bob, ik weet bést – zo stom zie ik er toch niet uit? – ik weet best dat zij er niet zó aan bouwen als ik. Waarom zouden ze ook? Een beroemde filmster? Een wetenschappelijk auteur van aanzien? Denk je dat die zelf geen dingen zat hebben om aan te bouwen? En veel belangrijker dingen dan dit? Natuurlijk wel. Maar ik zeg je de waarheid, Bob: ze hebben belangstelling. Ik kan je brieven laten zien, ik kan je vertellen hoe vaak ze hier met hun vrouw in de kamer hebben gezeten... nou ja, Manny in elk geval wel... en we er urenlang over hebben gepraat. Ze hebben belangstelling, dat kan iedereen zo van me aannemen. Dus snap je wat ik zeg, Bob? Ik zeg je de waarheid. Dit is een project in de bouwfase.' En hij begon langzaam, te beginnen bij het vloerkleed, met twee gebarende handen iets te bouwen, onzichtbare blokken op hun plek te zetten tot ze een bouwwerk van geld en roem voor hemzelf, geld en vrijheid voor ons allebei vormden dat zich verhief tot het zo hoog was als onze ogen.

Ik zei dat het mooi klonk allemaal, maar dat ik, als hij het niet erg vond, wel iets meer wilde weten over de onmiddellijke betaling voor elk afzonderlijk verhaal.

'En dan geef ik nu het antwoord op díé vraag,' zei hij. Hij liep weer naar het dressoir – een deel ervan leek een soort bureau – en nadat hij wat andere papieren opzij had gelegd kwam hij met een cheque op de proppen. 'Ik zal het je niet alleen zeggen,' zei hij. 'Ik zal het je laten zien. Redelijk? Dit was mijn vorige schrijver. Pak aan, lezen.'

Het was een geïnde cheque met de mededeling dat voor Bernard Silver, op order van de een of andere naam, de somma van vijfentwintig dollar en nul cent was uitbetaald. 'Lezen!' drong hij aan, alsof de cheque op zich een zeldzaam verdienstelijk prozawerk was, en hij keek toe terwijl ik de cheque omdraaide om de handtekening voor ontvangst te bekijken onder een paar half leesbare woorden van Bernie zelf dat dit een volledige vooruitbetaling was en de rubberstempel van de bank. 'Daar kun je het mee eens zijn?' informeerde hij. 'Zo regelen we dat dus. Nu alles duidelijk?'

Ik dacht niet dat het nog duidelijker kon worden, dus gaf ik hem de cheque terug en zei dat als hij me nu dan een van zijn systeemkaarten liet zien, of wat het ook waren, we wat mij betreft meteen konden beginnen.

'Hé, hé, wácht es even! Niet zo hard van stapel.' Hij had een glimlach van oor tot oor. 'Je gaat wel erg vlug, weet je dat? Ik bedoel, ik vind je best aardig, maar zou je me niet een beetje onnozel vinden als ik voor iedereen die hier komt binnenlopen en zegt dat hij schrijver is een cheque uitschreef? Ik weet dat je voor de krant werkt. Da's mooi. Maar weet ik al dat je schrijver bent? Waarom laat je niet eens kijken wat je daar op schoot hebt liggen?'

Het was een bruine envelop met carbondoorslagen van de twee enige ook maar beetje toonbare korte verhalen die het me in mijn leven gelukt was te schrijven.

'O ja,' zei ik. 'Natuurlijk. Alstublieft. Ze zijn natuurlijk wel heel anders dan wat ú...'

'Geeft niet, geeft niks; natuurlijk zijn ze anders,' zei hij, en hij maakte de envelop open. 'Rustig nou maar, dan zal ik eens kijken.'

'Ik bedoel, ze zijn allebei nogal erg... nou ja, literair zou u geloof ik zeggen. Ik begrijp niet goed hoe ze u echt een idee van mijn...'

'Rustig nou maar, zei ik.'

Uit het borstzakje van zijn sportshirt kwam een randloze bril die omslachtig op zijn plaats werd gezet terwijl hij, zijn wenkbrauwen fronsend, in zijn stoel achteroverleunde om te gaan lezen. Het kostte hem een hele tijd om door de eerste bladzijde van het eerste verhaal heen te komen en ik sloeg hem gade terwijl ik me afvroeg of dit het diepste dieptepunt van mijn literaire carrière zou worden. Een táxichauffeur, godbetert. Ten slotte werd het eerste blad omgeslagen en het tweede zo snel erna dat ik zo wel zag dat hij stukken oversloeg. Toen het derde en het vierde – het was een verhaal van zo'n twaalf à veertien bladzijden – terwijl ik mijn lege, steeds warmer wordende gemberbierglas omklemde alsof ik het elk moment met een zwaai naar zijn hoofd zou kunnen gooien.

Naarmate hij dichter bij het einde kwam begon hij heel licht, aarzelend, toen steeds oordeelkundiger met zijn hoofd te knikken. Hij had het uit, keek onzeker, las de laatste bladzijde nog eens over; toen legde hij het opzij en pakte het tweede verhaal – niet om het te lezen, maar om te zien hoe lang het was. Hij had kennelijk genoeg gelezen voor één avond. De bril ging af en de glimlach kwam tevoorschijn.

'Heel aardig,' zei hij. 'Het duurt me te lang om nu het andere verhaal te lezen, maar het eerste is alleraardigst. Natuurlijk, het materiaal dat je hier gebruikt is heel anders, dat zei je al, dus valt het voor mij niet mee om... je wéét wel...' hij deed de rest van deze moeilijke zin met een handgebaar af. 'Maar weet je wat, Bob. In plaats van hier zomaar te zitten lezen, zal ik je een paar vragen over schrijven stellen. Zoals.' Hij deed zijn ogen dicht en legde voorzichtig zijn vingers op zijn oogleden terwijl hij nadacht of, waarschijnlijker, deed alsof hij nadacht, om zijn volgende woorden extra gewicht mee te geven. 'Zoals, laat ik je dit vragen. Stel dat iemand je een brief schrijft waarin hij zegt: "Bob, ik had vandaag geen tijd om je een kort briefje te schrijven, dus moest ik wel een lange schrijven." Zou je dan weten wat hij daarmee bedoelde?'

Maakt u zich geen zorgen, ik hield er dit deel van de avond mijn hoofd tamelijk goed bij. Ik ging me niet zomaar zonder enige strijd vijfentwintig dollar door mijn neus laten boren; mijn antwoord, de een of andere serieuze onzin, kon niet anders dan alle twijfel bij hem wegnemen dat deze speciale kandidaat-schrijver kennis had van de moeilijkheid en het nut van bondige formuleringen in proza. Het leek hem in elk geval te bevredigen.

'Goed. Dan bekijken we het nu van een andere kant. Ik had het daarnet over "bouwen"; maar moet je horen. Een verhaal schrijven is ook een soort bouwen, begrijp je dat? Zoiets als een huis bouwen?' En hij was zo vergenoegd over het door hem opgeroepen beeld dat hij het zorgvuldige knikje van de gelukwens waarmee ik hem beloonde niet eens afwachtte of in zich opnam. 'Ik bedoel een huis moet een dak hebben, maar als je eerst je dak bouwt gaat het niet goed. Waar of niet? Voor je je dak bouwt moet je eerst je muren bouwen. Voor je je muren bouwt moet je eerst je fundering leggen... en dat geldt voor het hele karwei bedoel ik maar. En voor je je fundering legt moet je eerst egaliseren en het goeie soort put graven. Waar of niet?'

Ik was het gloeiend met hem eens, maar hij deed nog steeds of hij mijn vleiende, verrukt starende blik niet zag. Hij wreef met een brede vingerknokkel langs de randen van zijn neusgaten; wendde zich toen triomfantelijk weer tot mij.

'Goed, stel je bouwt op die manier voor jezelf een huis. Wat dan? Wat is de eerste vraag die je jezelf gaat stellen als het klaar is?'

Maar ik zag dat het hem koud liet of ik ernaast zou zitten of niet. Hij wist welke vraag het was en hij popelde om het mij te vertellen.

'Waar zitten de ramen?' wilde hij weten, terwijl hij de vingers van twee handen spreidde. 'Dát is de vraag. Waar komt het licht naar binnen? Want begrijp je wat ik daarmee bedoel, met dat licht dat binnenkomt, Bob? Ik bedoel de filosofie van je verhaal; de wáárheid die het bevat; de...'

'De helderheid ervan, zoiets,' zei ik, en hij stopte met een wijs en vrolijk vingerknippen het zoeken naar zijn derde zelfstandig naamwoord.

'Zo is het. Zo is het, Bob. Je hebt het door.'

Dat was geregeld, en we dronken nog een gemberbier om de

zaak te beklinken terwijl hij op zoek naar mijn proefopdracht het ideeënarchief doorbladerde. De belevenis die hij koos was dat Bernie Silver, in zijn taxi, het huwelijk van een neurotisch stel had gered door hen terwijl ze ruziemaakten in zijn achteruitkijkspiegeltje op te nemen en met een paar goedgekozen woorden van hemzelf tussenbeide te komen. Of tenminste, daar kwam het in grote lijnen op neer. Op de kaart stond eigenlijk alleen ongeveer:

Chique man & vrouw (Park Ave.) beginnen in taxi ruzie te maken, erg overstuur, de vrouw schreeuwt iets over scheiden. Ik hou ze in m'n achteruitkijkspiegel in de gaten en doe duit in het zakje & en het duurt niet lang of we moeten allemaal lachen. Verhaal over huwelijk enz.

Maar Bernie zei dat hij volledig vertrouwen had in mijn gave om een en ander verder uit te werken.

In de nis, terwijl Bernie zich kweet van de omslachtige taak mijn regenjas uit de kast te halen en me erin te helpen, had ik alle tijd om de foto's uit de Eerste Wereldoorlog beter te bekijken – een in een lange rij opgestelde compagnie, een aantal ingelijste vergeelde kiekjes waarop lachende mannen met hun armen om elkaar heen stonden en in het midden één foto van een eenzame hoornblazer op een paradeplaats met vage kazernes en hoog in de verte een vlag. De foto – het toonbeeld van de onberispelijke soldaat, slank en rechtop in de houding – had wellicht met het opschrift 'plichtsbesef' of iets dergelijk op het omslag van een oud veteranentijdschrift gestaan, en de moeders van gevallenen zouden tot tranen geroerd zijn geweest over de manier waarop zijn knappe jonge profiel zich met mannelijke eerbied tegen het mondstuk van zijn eenvoudige, welsprekende trompet drukte.

'Een leuke knul, vind je ook niet?' zei Bernie vertederd. 'Je raadt nooit wie dat tegenwoordig is.'

Wade Manley? Dr. Alexander Corvo? Lionel Trilling? Maar ik denk dat ik vóór ik naar zijn blozende, stralend glimlachende gestalte omkeek eigenlijk al wist dat die jongen Bernie zelf was. En het klinkt misschien dwaas, maar ik moet zeggen dat ik een heel klein beetje, hoewel onvervalste bewondering voor hem voelde.

'Verdomd, Bernie. Je ziet er... je ziet er daar echt geweldig goed uit.'

'In elk geval een stuk magerder, ' zei hij, en terwijl hij met me meeliep naar de deur gaf hij een klapje op zijn zijdegladde buik en ik herinner me dat ik recht in zijn grote domme kwabbige gezicht omlaag keek om te proberen de trekken van de hoornblazer erin te ontdekken.

Op weg naar huis, schommelend in de ondergrondse, zachtjes boerend en vaag gemberbier proevend, ging ik in toenemende mate beseffen dat een schrijver die voor een paar duizend woorden vijfentwintig dollar opstreek het er lang niet beroerd afbracht. Het was bijna de helft van wat ik in veertig ellendige uren met al die binnenlandse bedrijfsobligaties en amortisaties van staatsleningen verdiende; en als Bernie dit eerste verhaal goed vond, als ik er één per week voor hem kon blijven doen, zou dit ongeveer hetzelfde zijn alsof ik vijftig procent opslag kreeg. Negenenzeventig dollar per week! Als we zo veel geld binnenkregen, plus de zesenveertig dollar die Joan als secretaresse inbracht, hadden we binnen de kortste keren genoeg voor Parijs (en we zouden misschien geen Gertrude Stein ontmoeten of Ezra Pound, en ik zou misschien geen roman schrijven als *En de zon gaat op*, maar ook zonder dat was voor mijn Hemingway-plannen zo vlug mogelijk emigreren van het absoluut hoogste belang). En misschien zou het ook wel leuk zijn – of dan toch leuk om er anderen over te vertellen: ik zou het vehikel van een taxichauffeur zijn, de uitvoerder van een bouwer.

Hoe dan ook, ik rende die avond helemaal naar het einde van West Twelfth Street en dat ik niet lachend en schreeuwend en grappenmakend bij haar binnenstormde kwam omdat ik mezelf dwong beneden tegen de brievenbussen geleund te blijven wachten tot ik weer op adem was en ik de wellevende, geamuseerde uitdrukking op mijn gezicht had gelegd waarmee ik me had voorgenomen het haar te vertellen.

'Maar wie zou denk je al dat geld op tafel leggen?' vroeg ze. 'Het kan toch niet uit zijn eigen zak komen? Een taxichauffeur kan zich toch niet veroorloven zomaar tot in het oneindige elke week vijfentwintig dollar uit te delen?'

Het was een kant van de zaak die niet bij me was opgekomen – en het was echt iets voor haar om zo'n walgelijk logische vraag te stellen – maar ik deed mijn best haar met mijn eigen soort romantisch cynisme de mond te snoeren. 'Weet ik veel! Wat kan mij dat nou schelen? Misschien komt het geld wel van Wade Manley. Misschien komt het van dr. Dinges. Het ís er, daar gaat het om.'

'Hmm,' zei ze, 'mij best. Hoe lang denk je erover te doen om het verhaal te schrijven?'

'Ach wat, zo gebeurd. Dat draai ik in het weekend in een paar uur in elkaar.'

Maar dat was niet waar. Ik schreef de hele zaterdagmiddag en -avond de ene verkeerde openingszin na de andere; ik liep steeds weer vast in de dialoog van het ruziemakende stel, in technische twijfel hoeveel Bernie eigenlijk in zijn achteruitkijkspiegeltje van die twee kon zien en aarzeling wat een taxichauffeur op zo'n moment in godsnaam kon zeggen voor de man hem de mond zou snoeren en bevelen zijn aandacht bij de weg te houden.

Toen het zondagmiddag werd brak ik ijsberend potloden doormidden en gooide ze in de prullenbak en zei laat dat verhaal de pest krijgen; laat alles de pest krijgen; ik was godverdomme zelfs te stom om voor zo'n stomme idioot van een stomme taxichauffeur voor ghostwriter te spelen.

'Je doet te veel je best,' zei Joan. 'Ik wíst dat het zo zou gaan. Je aanpak is zo ondraaglijk literáír, Bob; het is absurd. Denk aan alle banaliteiten en tranentrekkers die je ooit gelezen of gehoord hebt, meer is er niet voor nodig. Denk aan Irving Berlin.'

En ik zei dat als ze me nu niet met rust liet en zich met haar eigen verdomde zaken bemoeide, ik haar een Irving Berlin zou géven.

Maar die avond laat, zoals Irving Berlin zelf zou kunnen zeggen, gebeurde er zo'n beetje een wonder. Ik ging met dat rotverhaaltje aan de gang en bouwde als een gek. Eerst egaliseerde ik de grond en groef een put en legde een goede fundering; daarna haalde ik timmerhout en beng, beng, beng – daar verrezen de muren en ging het dak erop en kwam een grappig kapje op de schoorsteen. O ja, ik maakte er ook bendes ramen in – grote vierkante ramen – en toen het licht naar binnen stroomde liet dat geen schijn of schaduw van twijfel dat Bernie Silver de verstandigste, beminnelijkste, dapperste en sympathiekste man was die ooit 'luister es, mensen' had gezegd.

'Het is precies goed,' zei Joan bij het ontbijt, nadat ze het verhaal had gelezen. 'Het is echt precies goed, Bob. Volgens mij is het precies wat hij hebben wil.'

En zo was het. Ik zal nooit vergeten hoe Bernie daar met zijn gemberbier in zijn ene hand en het trillende manuscript in de andere zat te lezen – las zoals ik nog steeds wil wedden dat hij nooit van zijn leven gelezen had – hoe hij alle knusse en propere wonderen verkende van het huisje dat ik voor hem had gebouwd. Ik keek hoe hij elk raam, het ene na het andere, ontdekte en zag hoe zijn gezicht vroom werd in hun licht. Toen hij uitgelezen was stond hij op – we stonden allebei op – en gaf hij me een hand.

'Prachtig,' zei hij. 'Ik had al zo'n gevoel dat je een goed verhaal zou schrijven, Bob, maar eerlijk is eerlijk. Ik wist niet dat het zo goed zou worden. Nu wil jij je cheque en ik zal je es iets zeggen. Jij krijgt geen cheque. Ik betaal dit contant.'

Zijn oude getrouwe zwarte taxichauffeursportefeuille werd tevoorschijn gehaald. Hij bladerde door de inhoud, haalde er een vijfdollarbiljet tussenuit en legde het in mijn hand. Hij wilde er kennelijk een ceremonie van maken om me het ene bankbiljet na het andere te overhandigen, dus bleef ik er glimlachend op neerkijken terwijl ik wachtte op het volgende; en ik stond nog steeds met uitgestoken hand toen ik opkeek en zag dat hij de portefeuille wegborg.

Vijf dollar! Ik wilde ook nu dat ik zeggen kon dat ik die woorden uitschreeuwde, of ze toch tenminste zei met een spoor van de verontwaardiging die mijn darmen samenkneep – het had later een ontzaglijke hoop ellende kunnen voorkomen – maar om eerlijk te zijn kwamen ze eruit als een deemoedig vraagje van niks: 'Vijf dollar?'

'Zo is het!' Hij wiebelde vrolijk achterover en boorde zich met zijn hielen in het tapijt.

'Ja, maar Bernie, ik bedoel, dat is toch niet de afspraak? Ik bedoel, je hebt me toen die cheque laten zien en ik...'

Toen zijn glimlach slonk werd zijn gezicht geschokt en gekwetst alsof ik erin gespuugd had. 'Hé, Bob,' zei hij. 'Wat zullen
we nou hebben? Laten we ons wél aan de regels houden. Ik weet
dat ik je die cheque heb laten zien; ik zal je die cheque nog een
keer laten zien.' En de vouwen in zijn sporthemd trilden van gerechtvaardigde verontwaardiging terwijl hij in het dressoir rommelde en de cheque tevoorschijn haalde.

Het was inderdaad dezelfde cheque. Hij was nog steeds goed
voor vijfentwintig dollar en nul cent; maar Bernies gekrabbel op
de achterkant, boven de handtekening van de ander en een door-
gelopen geheel vormend met de rubberstempel van de bank, was
nu verdomd goed leesbaar. Er stond natuurlijk: 'Volledige vooruitbetaling, vijf uitgew. teksten.'

Dus was ik niet echt bezwendeld – misschien een beetje ertussen
genomen, dat was alles – en was mijn probleem nu overwegend het
weeë gevoel met gembersmaak dat naar ik zeker wist Ernest Hemingway nooit van zijn leven kon hebben gehad: het besef van
mijn eigen dwaasheid.

'Heb ik gelijk of niet, Bob?' vroeg hij. 'Heb ik gelijk of niet?'
En toen moest ik weer gaan zitten en deed hij glimlachend zijn
best me de zaak nog eens precies uit te leggen. Hoe had ik in
godsnaam kunnen denken dat hij vijfentwintig dollar per keer bedoeld had? Had ik enig idee waarmee een taxichauffeur per week
thuiskwam? O, misschien dat sommige eigen rijders, misschien lag
het bij hen anders; maar de gemiddelde taxichauffeur? Die bij een
centrale werkt? Veertig, vijfenveertig, soms misschien vijftig dollar
als hij geluk had. Zelfs voor een man als hij, geen kinderen en een
vrouw met een volledige baan bij het telefoonbedrijf, viel het niet
mee. Ik kon het elke taxichauffeur vragen, als ik hem niet geloofde; het viel niet mee. 'En je dacht toch niet dat iemand ánders
voor die verhalen betaalde, of wel soms? Of wel soms? Hij keek
me ongelovig aan, bijna op het punt te gaan lachen, alsof het idee
alleen dat ik zoiets zou denken een einde maakte aan alle gerede
twijfel dat ik van gisteren was.

'Het spijt me dat er een misverstand was,' zei hij, terwijl hij met
me meeliep naar de deur, 'maar ik ben blij dat we het nu rechtge-
zet hebben. Want ik bedoel: je hebt iets prachtigs geschreven en ik

voel dat het een hoop succes zal hebben. Weet je wat, je hoort van de week nog van me, oké?'

En ik weet nog dat ik mezelf verachtte dat ik niet het lef had om 'laat maar' te zeggen, net zomin als ik de zware vaderlijke hand kon afschudden die in mijn nek lag toen we de kamer uit liepen. In de nis, weer in aanwezigheid van de jonge hoornblazer, had ik plotseling het verontrustende idee dat ik een dialoog kon voorspellen die we elk moment konden gaan voeren. Ik zou zeggen: 'Bernie, was je echt hoornblazer bij de landmacht, of was dat alleen voor de foto?'

En hij zou zonder een spoor van gêne, zonder het vaagste verschieten van zijn argeloze glimlach, zeggen: 'Alleen voor de foto.'

Erger nog: ik wist dat het hoornblazershoofd met legerhoed zich zou omdraaien, dat het fraaie strakke profiel op de foto langzaam zou verslappen en wegdraaien van het mondstuk van een trompet waardoor zijn stomme ongetalenteerde lippen nog geen scheet hadden kunnen blazen, en dat het naar me zou knipogen. Dus nam ik geen risico. Ik zei alleen: 'Tot ziens dan maar,' en zorgde als de duvel dat ik buiten kwam en ging naar huis.

Joan vatte het nieuws verbazend zachtmoedig op. Ik wil niet zeggen dat ze er tegen mij 'aardig' over deed, dat zou in de toestand waarin ik die avond verkeerde ongeveer de doodsteek zijn geworden; het was eerder dat ze aardig over Bernie deed.

Het arme, verdwaasde, dappere manneke dat van zoiets reusachtigs en onwaarschijnlijks droomde – in die trant. En kon ik me voorstellen wat hem dat in de loop der jaren moest hebben gekost? Hoeveel van die akelig zuurverdiende vijfdollarbetalingen hij in de bodemloze put van de noden van tweede- en derde- en tienderangs amateurschrijvers moest hebben gegooid? Wat een geluk voor hem dat hij nu eindelijk, door welke opzettelijke onduidelijkheden over geïnde cheques dan ook, contact had met een eersteklas vakman. En wat aandoenlijk, wat 'schattig' dat hij het verschil erkend had door: 'Ik betaal dit contant,' te zeggen.

'Ja maar, jézus,' zei ik tegen haar, dankbaar dat ik nu eens degene kon zijn die de zaak van de puur praktische kant bekeek. 'Jézus, je beseft toch wel waaróm hij me contant betaald heeft? Omdat hij volgende week dat verhaal voor honderdvijftigduizend dollar aan die verdomde *Reader's Digest* gaat verkopen en omdat hij gelazer zou krijgen als ik een gefotokopieerde cheque had ten bewijze dat ík het geschreven heb, daarom.'

'Zullen we wedden?' vroeg ze, en ze keek me met haar verrukkelijke, werkelijk onvergetelijke mengeling van medelijden en trots aan. 'Zullen we wedden dat als hij het verkoopt, aan de *Reader's Digest* of wat dan ook, dat hij er dan op staat om jou de helft te geven?'

'Bob Prentice?' vroeg drie avonden later een vrolijke stem aan de telefoon. 'Met Bernie Silver. Ik ben net bij dr. Alexander Corvo thuis geweest, Bob, en moet je horen. Ik ga niet tegen je zeggen wát hij gezegd heeft, maar ik zal je dit wel zeggen. Dr. Alexander Corvo vindt je een hele goeie schrijver.'

Wat ik hier ook op antwoordde – 'Zégt hij dat?' of 'Je bedoelt dat hij het echt goed vindt?' – het was iets dat zo verlegen en veelzeggend was dat Joan, een en al glimlach, onmiddellijk naast me kwam staan. Ik herinner me hoe ze aan mijn hemdsmouw trok alsof ze zeggen wilde: 'Zó... zie je nou wel?' En ik moest haar afweren en haar met een handbeweging tijdens de rest van het gesprek het zwijgen opleggen.

'Hij wil het aan een paar zakenrelaties in de uitgeverswereld laten zien,' zei Bernie nu, 'en hij wil dat ik een kopie laat maken om naar Manny te sturen, aan de westkust. Dus moet je horen, Bob, terwijl we afwachten hoe het hiermee loopt wil ik je nog een paar opdrachten geven. Of wacht es... moet je horen.' En zijn stem kreeg extra warmte toen er een nieuw idee bij hem opkwam. 'Moet je horen. Misschien zou je het prettiger vinden als je op eigen benen stond. Zou je dat liever doen? Zou je die kaartenbak maar liever vergeten en je fantasie gebruiken?'

Laat op een regenachtige avond stapten in hartje Upper West Side twee criminelen in Bernie Silvers taxi. Voor wie ze zo zag leken het misschien normale klanten, maar Bernie had ze er meteen uit gepikt, want 'Je rijdt niet tweeëntwintig jaar in Manhattan op een taxi zonder een beetje gespecialiseerde klantenkennis op te doen, neem dat maar van mij aan.'

De een was het type van de gewetenloze misdadiger, dat sprak vanzelf, en de ander was weinig meer dan een bange knul, of eigenlijk 'gewoon een kwajongen'.

'Ik vond het maar niks, zoals ze praatten,' vertelde Bernie zijn lezers via mij, 'en het adres dat ze gaven vond ik ook maar niks... het was een kroeg van het laagste allooi... en dat ze in mijn wagen zaten vond ik al helemaal niks.'

Dus weet u wat hij deed? O, maak u niet ongerust, hij is niet gestopt, uitgestapt en achterom gelopen om ze van de achterbank te trekken en een voor een in hun kruis te trappen – niet dat soort onzin als in *De meter draait* van Jame Maresca. Bovendien kon hij uit hun gesprek opmaken dat ze niet op de vlucht waren; vanavond tenminste niet. Vanavond hadden ze de zaak alleen maar verkend (een drankwinkeltje vlak bij de hoek waar ik ze had opgepikt); morgenavond om elf uur zou de overval plaatsvinden. Hoe dan ook, toen ze bij die kroeg van het laagste allooi kwamen gaf de gewetenloze misdadiger de kwajongen geld en zei: 'Hier jong; hou jij die taxi maar, ga thuis maar pitten. Ik zie je morgen wel.' En toen wist Bernie wat hem te doen stond.

'Dat joch woonde helemaal in Queens, dus hadden we tijd zat voor een gesprek, en ik vroeg welke honkbalclub hij hoopte dat kampioen zou worden.' En vanaf dat punt hield Bernie, met diepgaande volkswijsheid en volleerde handigheid, zo'n gestage woordenstroom op gang over gezonde rechtschapen melk-is-goed-voor-elkonderwerpen dat hij de jongen al vóór Queensboro Bridge een stukje uit zijn harde misdadigerscocon had. Als een stel straathoekwerkers babbelend over het belang van sport voor de jeugd, scheurden ze over Queens Boulevard en toen de rit ten einde was, was Bernies passagier zo ongeveer in tranen.

'Toen hij betaalde zag ik hem een paar keer slikken,' had Bernie het geformuleerd, 'en ik had zo'n gevoel dat er iets in dat joch veranderd was. Of nou ja, daar had ik toch goeie hoop op, of misschien was het een wens. Maar ik had alles voor hem gedaan wat ik kon, dat wist ik wel.' Toen hij weer in Manhattan was, belde Bernie de politie om te zeggen dat ze de volgende avond misschien beter een stelletje agenten in de buurt van die drankwinkel konden neerzetten.

En ja, er werd een poging gedaan de drankwinkel te overvallen, maar dat werd door twee schatten van stoere agenten verhinderd. En ja, ze hoefden maar één boef mee te nemen om in het gevang te gooien – de gewetenloze misdadiger. 'Ik weet niet waar dat joch die avond was,' besloot Bernie, 'maar ik mag graag denken dat hij thuis met een glas melk in bed de sportpagina lag te lezen.'

Er was het dak met het schoorsteenkapje; er waren alle ramen waardoor het licht binnenkwam; er waren weer het goedkeurende gegrinnik van dr. Alexander Corvo en het insturen naar de *Reader's Digest*; er waren weer gefluisterde opmerkingen over een mogelijk contract bij Simon & Schuster en een film van drie miljoen dollar met in de hoofdrol Wade Manley; en voor mij waren er bij de post weer vijf dollar.

Een breekbaar oud heertje begon op een dag ergens ter hoogte van Fifty-ninth street en Third Avenue in de taxi te huilen en toen Bernie vroeg: 'Kan ik u ergens mee helpen, meneer?' volgde twee en een halve bladzijde met het hartverscheurendste pechverhaal dat ik me maar kon voorstellen. Hij was weduwnaar; zijn enige dochter was lang geleden getrouwd en naar Flint, Michigan, verhuisd; zijn leven was al tweeëntwintig jaar een marteling van eenzaamheid, maar hij had tot nu toe alles redelijk dapper gedragen omdat hij werk had dat hij heerlijk vond – hij had in de grote kas van een handelskwekerij de zorg voor de geraniums. En nu had de directie hem vanmorgen verteld dat hij eruit moest: te oud voor dat soort werk.

'En pas toen,' aldus Bernie Silver, 'bracht ik het adres dat hij opgegeven had, een hoek aan de Manhattan-kant van Brooklyn Bridge, en wat hij me vertelde met elkaar in verband.'

Bernie kon natuurlijk niet met zekerheid zeggen of zijn passagier inderdaad naar het midden van de brug wilde strompelen om zijn oude botten over de rand te laten zakken; maar hij kon ook geen risico nemen. 'Ik vond dat het tijd werd om mijn zegje te doen' (en daar had hij gelijk in: nog een halve bladzijde langdradig gejammer van die ouwe en het verhaal zou finaal uit zijn fundering zijn gebarsten. Daarna kwam een dialoog van anderhalve kwieke bladzijde waarin Bernie discreet informeerde waarom de oude niet bij zijn dochter in Michigan ging wonen, of haar toch ten minste een brief schreef zodat ze hem misschien zelf zou uitnodigen; maar o nee, hij weeklaagde alleen maar dat hij zijn dochter en haar gezin absoluut niet tot last wilde zijn.

' "Last?" vroeg ik, en ik deed of ik niet begreep wat hij bedoelde. "Last? Hoe kan een aardige ouwe heer als u iemand nou tot last zijn?"

"Maar zo is dat toch? Wat heb ik ze nou te bieden?"

Gelukkig stonden we net stil voor een rood stoplicht toen hij dat vroeg, dus draaide ik me om en keek hem recht aan. "Meneer," zei ik, "denkt u nou echt dat ze daar in dat gezin niet graag iemand zouden hebben die behoorlijk geraniums kan kweken?" ' '

Bij de brug gekomen besloot de oude man Bernie te vragen om hem niet daar, maar ergens in de buurt van een automatiek af te zetten, want hij had trek in een kop thee zei hij; dat waren dus de muren van dit verdomde verhaal. Dit was het dak: een half jaar later kreeg Bernie een klein, zwaar pakje met het poststempel Flint, Michigan, geadresseerd aan de garage van zijn taxicentrale. En weet u wat erin zat? Natuurlijk weet u dat. Een opgepotte geranium. En hier is het schoorsteenkapje: er zat een briefje bij, geschreven in wat ik echt een klein oud kriebelig handschrift heb genoemd, ben ik bang, en erop stond eenvoudig: 'Dank u.'

Ik vond dit verhaal zelf weerzinwekkend en ook Joan had haar twijfels; maar we stuurden het toch maar op en Bernie vond het prachtig. Net als, vertelde hij telefonisch, zijn vrouw Rose.

'Hetgeen me eraan doet denken, Bob, dat ik niet alleen daarom belde; ik moet van Rose vragen op welke avond je vrouw en jij een keer gezellig bij ons langs kunnen komen. Niks speciaals, gewoon wij met z'n vieren, wat drinken en kletsen. Zouden jullie dat leuk vinden, denk je?'

'Eh, dat is heel vriendelijk van je, Bernie, ja natuurlijk, dat lijkt ons heel leuk. Ik weet alleen niet zo gauw wanneer we dat zouden kunnen regelen... wacht even.' En ik legde mijn hand op het mondstuk van de hoorn voor een spoedberaad met Joan in de hoop dat ze me een elegante uitvlucht aan de hand zou doen.

Maar ze wilde wel, en ze had precies de goede avond in gedachten, dus konden we er geen van vieren meer onderuit.

'Mooi,' zei ze, toen ik had opgehangen. 'Ik verheug me erop. Ze lijken me echt schattig.'

'Nu moet je eens even hóren.' En ik richtte mijn wijsvinger recht op haar gezicht. 'Als je van plan bent ze daar in de Bronx bij te brengen hoe "schattig" ze zijn gáán we helemaal niet. Ik ga niet de hele avond de Gemaal van Hare Hooggeboren Weldoenster onder het Gewone Volk spelen, als je dat maar weet. Als je er een Tuinfeestje voor het Personeel aangeboden door de Vrouwelijke Studentenvereniging van wilt maken kun je het nu meteen vergeten. Hoor je me?'

Toen vroeg ze of ik iets van haar weten wilde, en ze zei het zonder af te wachten of ik dat echt wilde. Ze zei dat ik zo ongeveer de grootste snob en de grootste gifkikker en in alle opzichten de allergrootste windbuil met een grote bek was die ze ooit van haar leven was tegengekomen.

Daarna leidde het een tot het ander; toen het zover was dat we op weg naar ons gezellige avondje met de Silvers in de ondergrondse zaten, wisselden we van woede bijna geen woord meer, en ik kan niet zeggen hoe dankbaar ik was te merken dat de Silvers, hoewel ze zelf aan het gemberbier bleven, voor hun gasten een fles whisky hadden opengemaakt.

Bernies vrouw bleek een levendige, hooggehakte vrouw met een step-in en schuifspeldjes en een telefonistestem die schrikwekkend bedreven was in het zeggen van beleefdheden ('Aangenaam. Heel prettig kennis te maken; kom toch binnen; ga alsjeblieft zitten; Bernie, help haar eens even, ze krijgt haar jas niet uit'); en God mocht weten wie ermee begon, of waarom, maar de avond ging onbehaaglijk van start met een gesprek over politiek. Joan en ik stonden in tweestrijd: Truman, Wallace of dit jaar helemaal niet gaan stemmen; de Silvers waren Dewey-aanhangers. En wat het, voor onze linkse overgevoeligheden, nog erger maakte was dat Rose punten van overeenkomst met ons zocht door steeds uitgebreider huiverend het ene sombere verhaal na het andere over het onverbiddelijk en bedreigend binnendringen van zwarte en Puertoricaanse elementen in hun deel van de Bronx te vertellen.

Maar na een tijdje werd het allemaal wat vrolijker. Ten eerste waren ze allebei weg van Joan – en ik moet toegeven dat ik nog nooit iemand heb ontmoet die niet weg was van Joan – en ten tweede kwam het gesprek al vlug op het wonderbaarlijke feit dat ze Wade Manley kenden, hetgeen de weg opende voor een reeks trotse anekdotes. 'Maar Bernie praat hem nooit naar de mond, hoor, maak je niet ongerust,' verzekerde Rose ons. 'Bernie, vertel eens van die keer dat hij hier was en dat jij zei dat hij moest gaan zitten en z'n bek houden en wat je toen deed. Echt waar! Echt! Hij gaf hem zo'n beetje een duw tegen zijn borst... bij de filmster!... en zei: "Zitten en bek houen, jij. Je hoeft tegen óns niet de grote jongen uit te hangen!" Vertel nou, Bernie.'

En Bernie kwam bulderend van de lach overeind om na te doen hoe het gegaan was. 'We namen hem gewoon maar in de maling snap je wel,' zei hij, 'maar hoe dan ook. Ik gaf hem dus een zet, zó, en ik zei: "Hé, zitten en bek houen, jij. Je hoeft tegen óns niet de grote jongen uit te hangen!"

En hij gíng zitten! Ik mag hangen als 't niet waar is! Ik duwde hem zó in die stoel daar! Wade Manley!'

Even later, toen Bernie en ik ons hadden losgekoppeld om als mannen onder elkaar een gesprek over het bijschenken van de drank te voeren en Rose en Joan gezellig op het tweezitsbankje zaten, wierp Rose me guitig een blik toe. 'Ik zou natuurlijk niet willen dat die man van je naast z'n schoenen gaat lopen, hoor, maar weet je wat dr. Corvo tegen Bernie zei, Joanie? Zal ik het haar vertellen, Bernie?'

'Tuurlijk, vertel maar! Vertel maar!' En Bernie zwaaide met de fles gemberbier in zijn ene hand en de fles whisky in de andere om aan te geven hoe openlijk vanavond alle geheimen konden worden onthuld.

'Hij zei dus,' zei ze. 'Dr. Corvo zei dat je man de beste schrijver is die Bernie ooit gehad heeft.'

Nog later, toen Bernie en ik op het tweezitsbankje zaten en de dames bij het dressoir stonden, ging ik begrijpen dat ook Rose een bouwer was. Ze had dat dressoir misschien niet met eigen handen gebouwd, maar de oprechte overtuiging die ervoor nodig is om de steeds weer honderden dollars die de aankoop op afbetaling moest kosten te voldoen, was duidelijk voor een groot deel haar werk.

Een dergelijk meubelstuk was een investering in de toekomst en nu ze het overdreven aandachtig hier en daar met haar hand zo'n beetje afstofte terwijl ze met Joan stond te praten, had ik kunnen zweren dat ik haar in gedachten een toekomstig feestje zag geven. Joan en ik zouden er ook bij zijn, dat was wel zeker ('Mag ik je voorstellen: Robert Prentice, mijn mans assistent, en mrs. Prentice') en ook de rest van de gastenlijst was een bijna uitgemaakte zaak: Wade Manley en zijn vrouw natuurlijk, samen met een zorgvuldige keuze uit hun Hollywood-vrienden; Walter Winchell zou erbij zijn, en Earl Wilson en Toots Shor en die hele kliek; maar veel belangrijker zou voor elk ontwikkeld mens de aanwezigheid van dr. en mrs. Alexander Corvo en sommige anderen uit hun kringen zijn. Mensen als mr. en mrs. Lionel Trilling en mr. en mrs. Reinhold Niebuhr en mr. en mrs. Huntington Hartford en mr. en mrs. Leslie R. Groves – en als mensen van de sociale klasse van mr. en mrs. Newbold Morris wilden komen, zouden ze flink met hun ellebogen moeten werken om een uitnodiging te versieren, daar kon je donder op zeggen.

Het was die avond smoorheet in het appartement van de Silvers, zoals Joan later toegaf; ik haal dit aan omdat het een geschikt excuus is voor wat er toen gebeurde – en dat ging in 1948 allejezus veel sneller dan tegenwoordig, dat kunt u van me aannemen – namelijk dat ik straalbezopen werd. Het duurde niet lang of ik was niet alleen het luidruchtigst van iedereen maar de enige in de kamer die praatte; ik legde uit dat we jezuschristus alle vier nog eens miljonair zouden worden.

En god wat zouden wij een lol hebben. Dan mepten we Lionel Trilling de kamer door en duwden hem in elke stoel die hier stond en zeiden dat hij z'n bek moest houden – 'En jij ook, Reinhold Niebuhr, opgeblazen schijnheilige ouwe lul die je bent! Volgens mij heb je geen cent te makken. Ik zou m'n bek maar houen als ik jou was.'

Bernie grinnikte en keek slaperig, Joan leek zich plaatsvervangend te schamen en Rose glimlachte koeltjes maar oneindig begrijpend dat echtgenoten soms ontzettend vervelend konden zijn. Daarna stonden we allemaal in de nis en pasten elk ongeveer vijf verschillende jassen aan, en ik keek weer naar de foto van de hoornblazer terwijl ik me afvroeg of ik mijn brandende vraag zou durven stellen. Maar ik wist deze keer niet zo zeker waarvoor ik banger was: dat Bernie 'Alleen voor de foto', zou zeggen of 'Natuurlijk wel!' en in de kast of ergens in het dressoir zou gaan zoeken tot hij het doffe, oude instrument tevoorschijn had gehaald, en dat we dan weer in de kamer zouden moeten gaan zitten terwijl Bernie met zijn hielen klikte, zich oprichtte en voor ons drieën de zuivere, trieste hoornsignalen blies.

Dat was in oktober. Ik weet niet precies hoeveel 'door-Bernie-Silver'-verhalen ik de rest van die herfst nog afleverde. Ik herinner me een komisch intermezzo over een dikke toerist die tot zijn middel klem kwam te zitten toen hij door het schuifdak van de taxi wilde klimmen om beter te kunnen sightseeën, en een diepernstig verhaal waarin Bernie een preek afstak over tolerantie en rassengelijkheid (hetgeen me onaangenaam trof, als je bedacht hoe hij Rose was bijgevallen in haar mening over zwarte horden die zich over de Bronx verspreidden); maar wat ik me uit die tijd voornamelijk van hem herinner is dat Joan en ik nooit zijn naam leken te kunnen noemen zonder op de een of andere manier ruzie te krijgen.

Zoals toen Joan zei dat we Rose en hem nu echt eens terug moesten vragen en ik zei dat ze niet zo idioot moest doen. Ik zei zeker te weten dat ze dat niet verwachtten en toen ze vroeg: 'Waarom niet?' gaf ik een helder, ongeduldig resumé over de hopeloosheid van het willen negeren van maatschappelijke grenzen, het doen alsof Rose en Bernie Silver ooit echt vrienden van ons zouden kunnen worden, of dat ze dat ooit echt zouden willen.

Een andere keer – tegen het einde van een vreemd saaie avond, toen we naar het lievelingsrestaurant van voor ons huwelijk waren gegaan en al een uur niets konden bedenken om over te praten – probeerde ze het gesprek op gang te brengen door zich romantisch over het tafeltje naar me toe te buigen en haar wijnglas te heffen. 'Dat Bernie je vorige verhaal maar aan de *Reader's Digest* mag verkopen.'

'Ja,' zei ik. 'Het zal wel weer.'

'Doe niet zo chagrijnig. Je weet best dat het vandaag of morgen gebeurt. Dan verdienen we misschien een hoop geld en gaan we naar Europa en zo.'

'Dat meen je toch niet?' Het ergerde me plotseling dat een intelligente beschaafde jonge vrouw in de twintigste eeuw zo lichtgelovig kon zijn; dat die jonge vrouw zowaar míjn vrouw was en er van me verwacht zou worden dat ik jaar in jaar uit in dit soort onnozelheid zou meegaan, leek me op dat moment een onduldbare situatie. 'Waarom word je niet eens een beetje volwassen? Je denkt toch niet echt dat er ooit een kans is geweest dat hij die rotzooi zou verkopen, is het wel?' En ik bekeek haar met een blik die ongetwijfeld grote overeenkomsten vertoonde met die van Bernie op de avond toen hij vroeg of ik echt gedacht had dat hij vijfentwintig dollar per keer wilde betalen. 'Nee toch zeker?'

'Ja,' zei ze, en ze zette haar glas neer. 'Of tenminste, tot nu toe wel. En ik dacht dat jij dat ook dacht. Anders lijkt het me nogal cynisch en oneerlijk om voor hem te blijven werken, vind je niet?' En ze wilde de hele weg naar huis niet met me praten.

Het echte probleem zal wel geweest zijn dat we inmiddels twee veel ernstiger kwesties aan ons hoofd hadden. De ene was onze kersverse ontdekking dat Joan zwanger was en de andere dat mijn positie bij United Press even gestaag kelderde als die van de aandelen waarover ik schreef.

Mijn tijd op de financiële redactie was inmiddels een langzame beproeving van wachten tot mijn bazen steeds meer zouden ontdekken hoe weinig ik wist waarover ik schreef; en ik kon nu nog zo pathetisch graag willen leren wat ik verondersteld werd te weten, maar het was belachelijk veel te laat om ernaar te vragen. Ik zat de hele dag, steeds dieper over mijn ratelende schrijfmachine gebogen, met angst en beven te wachten tot ik de zak zou krijgen – het vriendelijk en bedroefd neerkomen op mijn schouder van de hand van de redactiechef financiën ('Kun je even bij me in mijn kamer komen, Bob?') – en elke dag dat het niet gebeurde was een armoedig soort overwinning.

Begin december liep ik na weer zo'n dag van de ondergrondse naar huis; ik sleepte me als een man van zeventig door West Twelfth Street toen ik ontdekte dat er al anderhalf huizenblok met een slakkengang een taxi naast me meereed. Het was zo'n groen-witte en achter de voorruit verscheen in een flits een reusachtige glimlach.

'Bob! Hé, wat heb je? Ben je zo diep in gedachten of zo? Woon je híér?'

Toen hij de taxi langs de stoeprand parkeerde en uitstapte zag ik hem voor het eerst in zijn werkkleding: een keperen pet, een dichtgeknoopt vest en aan een riem om zijn middel zo'n zuilvormig apparaatje voor wisselgeld, en toen we elkaar een hand gaven zag ik voor het eerst zijn glimmend grijze vingertoppen van de hele dag aanpakken en teruggeven van andermans kleingeld en dollarbiljetten. Van dichtbij, en glimlachend of niet, zag hij er net zo afgemat uit als ik me voelde.

'Hé Bernie, kom binnen.' Hij leek ervan op te kijken dat de ingang van het gebouw vervallen was en de trappen vuil waren en zag kennelijk verbaasd de witgekalkte, met posters gedecoreerde soberheid van onze grote enige kamer die waarschijnlijk nog niet de halve huur deed van wat Rose en hij in de Bronx betaalden, en ik herinner me een vage bohémienachtige trots dat ik die dingen zo terloops onder zijn aandacht bracht; ik zal wel het snobistische idee hebben gehad dat hij er niets van zou krijgen om te ontdekken dat een mens intelligent en toch arm kon zijn.

We konden hem geen gemberbier aanbieden en hij zei dat een glas kraanwater hem ook best was, dus kon je niet zeggen dat hij echt op bezoek was. En toen ik me later herinnerde hoe geremd hij tegenover Joan was geweest – ik geloof dat hij haar tijdens het hele bezoek niet één keer recht aankeek – zat dat me dwars en vroeg ik me af of het kwam omdat we ze nooit terug hadden gevraagd. Waarom krijgen vrouwen bijna altijd de schuld van wat ongetwijfeld in dit soort kwesties minstens even vaak die van hun man is? Of misschien was hij zich tegenover haar gewoon meer van zijn taxichauffeurswerkkleding bewust dan tegenover mij. Of misschien had hij zich nooit voorgesteld dat zo'n knappe en beschaafde jonge vrouw in zo'n kale troep kon wonen en vond hij het gênant voor haar.

'Ik zal je zeggen waarom ik langskwam, Bob. Ik probeer 't eens met een andere invalshoek.' En terwijl hij praatte begon ik te vermoeden – meer uit zijn blik dan uit zijn woorden – dat het langlopende bouwprogramma ergens goed fout was gegaan. Misschien had een vriend van dr. Corvo in de uitgeverswereld eindelijk in alle openheid gezegd dat ons materiaal weinig kans maakte; misschien deed dr. Corvo zelf tegenwoordig kortaangebonden; misschien had Wade Manley vernietigende laatste woorden gesproken, of – nog vernietigender – had Wade Manleys agent dat gedaan. Of misschien kwam het gewoon omdat Bernie na zijn werkdag zo moe was dat een glas kraanwater daar niet tegenop kon; hoe dan ook, hij probeerde het met een andere invalshoek.

Had ik wel eens van Vincent J. Poletti gehoord? Maar hij gaf me de naam alsof hij best wist dat mijn mond niet zou openvallen van verbazing en liet er meteen op volgen dat Vincent J. Poletti lid was van de assemblee van de staat New York, waar hij namens Bernies eigen district in de Bronx de Democratische Partij vertegenwoordigde.

'Die man,' zei hij, 'slooft zich zo uit om iedereen te helpen, dat hou je niet voor mogelijk. En je kunt me geloven, Bob, hij doet het niet alleen om stemmen te winnen. Hij is een ware volksvertegenwoordiger. En dat is niet het enige, hij gaat doorstoten naar de top. Hij wordt onze vertegenwoordiger in het Congres. En nou had ik zo gedacht, Bob. We nemen een foto van mij... ik heb een vriend die 't wel voor niks wil doen... een opname vanaf de achterbank van de taxi, met mij aan het stuur terwijl ik me zo'n beetje met een glimlach omdraai, zó, snap je wel?' Hij draaide zijn bovenlichaam weg van zijn glimlachende gezicht om te laten zien hoe het zou worden. 'En dan zetten we die foto op het omslag van een boekje. En de titel' – en hier tekende hij een aanduiding van blokletters in de lucht – 'de titel van dat boekje is *Neem dat maar van Bernie aan*. Oké? Nou, en in dat boekje zetten we een verhaal... precies als die andere die je geschreven hebt maar dan een beetje anders. Deze keer vertel ik een verhaal waarom we nou juist Vincent J. Poletti in het Congres moeten hebben. En dan bedoel ik niet zomaar een zootje politiek geouwehoer, Bob. Ik bedoel een echt verhaaltje.'

'Ik zie niet in hoe dat iets kan worden, Bernie. Je kunt niet zomaar een "verhaal" vertellen waarom we een bepaald iemand in het Congres moeten hebben.'

'Wie zegt dat?'

'En ik dacht trouwens dat Rose en jij republikeins stemden.'

'Op nationaal niveau wel. Op plaatselijk niveau niet.'

'Ja maar, jezuschristus... we hebben net verkiezingen gehád, Bernie. Er komen de eerste twee jaar geen verkiezingen meer.'

Hij raakte alleen even zijn voorhoofd aan en maakte een gebaar in de verte om aan te geven dat het in de politiek loonde om vooruit te denken.

Joan stond in het keukengedeelte van de kamer de ontbijtboel op te ruimen en begon zo'n beetje aan het avondeten en ik keek hulpzoekend haar kant op, maar ze had haar rug naar me toe.

'Het zit me gewoon niet lekker, Bernie. Ik weet niets van politiek.'

'Nou en? Wat niet weet ammereet. Wat valt daarvan te weten? Weet je iets van taxichauffeur spelen?'

'Nee,' en van Wall Street wist ik zonder enige twijfel ook niets – Wall Street ken 'k niet – maar dat was een ander verhaal, daar werd ik ook niet vrolijk van. 'Ik weet het niet, Bernie; alles is een beetje onzeker op het ogenblik. Ik geloof dat ik voorlopig beter geen opdrachten kan aannemen. Om te beginnen word ik binnenkort misschien...' Maar ik kon het niet opbrengen hem over mijn problemen bij UP te vertellen, dus zei ik: 'Om te beginnen krijgt Joan binnenkort een baby en is alles een beetje...'

'Wow. Da's niet niks!' Hij was al uit zijn stoel en schudde me de hand. 'Dat is... eh... niet niks! Gefeliciteerd, Bob, ik vind dit echt eh... ik vind dit echt fantástisch! Hé, Joanie, gefeliciteerd!'

Het leek me toen een beetje buitensporig, maar misschien vinden kinderloze mannen van middelbare leeftijd zo'n bericht altijd fantástisch.

'Moet je horen, Bob,' zei hij toen we weer gingen zitten. 'Dat Poletti-verhaal is een peulenschil voor iemand als jij; en ik zal je wat zeggen. Omdat het een eenmalige publicatie is en er geen royalty's op komen, maken we er tien van in plaats van vijf. Afgesproken?'

'Ja, maar wacht even, Bernie. Ik moet wel wat meer informatie hebben. Ik bedoel, wat doet die vent precies voor iedereen?'

Het werd al snel duidelijk dat Bernie weinig meer van Vincent

J. Poletti wist dan ik. Hij was een ware volksvertegenwoordiger, dat was alles; hij sloofde zich uit om de mensen te helpen. 'Hoor es even, Bob. Het is toch niet anders dan anders? Waar is je fantasie? Je had hiervóór ook nooit hulp nodig. Moet je horen. Wat je daarnet vertelde brengt me zo direct al op een idee. Ik rij door de stad; voor de kraamkliniek word ik aangehouden door een jong stel, een ex-militair en zijn vrouw. Ze hebben een piepklein baby'tje van drie dagen oud en zijn zo gelukkig als maar kan. Maar er is een moeilijkheid. Die jongen heeft geen baan of wat dan ook. Ze wonen hier nog maar net, ze kennen helemaal niemand, misschien zijn het Puertoricanen of zo, ze hebben een week huur voor hun kamer, en dat is het. Daarna hebben ze geen rooie cent meer. Dus breng ik ze naar huis, ze wonen ergens bij mij in de Bronx, en we babbelen wat af en ik zeg: "Moeten jullie es horen. Ik denk dat ik jullie even meeneem naar een vriend van me."'

'Een politicus, Vincent J. Poletti.'

'Ja, natuurlijk. Alleen zeg ik dan nog niet hoe hij heet. Ik zeg gewoon "een vriend van me", meer niet. We komen daar aan, en ik ga naar binnen, en ik vertel Poletti erover en hij komt naar buiten en praat met dat jonge stel en geeft ze geld of zoiets. Heb je 'm door? Zo heb je al een heel stuk van je verhaal.'

'Ja hé, wacht even, Bernie.' Ik stond op en begon theatraal door de kamer te ijsberen, zoals mensen op een vergadering in Hollywood-films dat zogenaamd doen. 'Wacht even. Nadat hij ze geld heeft gegeven, stapt hij bij jou in de taxi en je rijdt met hem over de Grand Concourse weg, en dat jonge stel uit Puerto Rico staat daar nog op het trottoir en kijkt elkaar zo'n beetje aan en die vrouw zegt: "Wie was dat?" en die jongen zegt met een heel ernstig gezicht: "Wéét je dat dan niet, lieverd? Zag je dan niet dat hij een masker droeg?" en zij zegt: "Dat was toch niet de..." en hij zegt: "Zeker weten. Dat was de Eenzame Volksvertegenwoordiger." En luister! Weet je wat er dan gebeurt? Luister! Dan hoor je ver weg helemaal bij de volgende zijstraat een stem en weet je wat die roept?' Ik liet me op één trillende knie op de grond zakken om de slotzin te roepen: '"Hi-Yo, Bernie Sílver... hotsjik!"'

En het lijkt in geschreven vorm misschien niet erg grappig,

maar ik bleef er bijna in. Ik moet minstens een minuut hebben gelachen, tot ik een hoestbui kreeg en Joan hard op mijn rug moest komen slaan; pas heel geleidelijk, terwijl ik bijkwam, drong tot me door dat Bernie het niet leuk vond. Hij had tijdens mijn lachkramp beleefd maar verbijsterd gegrinnikt, maar nu keek hij naar zijn handen en hij had beschamend rode vlekken op zijn ernstige wangen. Ik had hem gekwetst. Ik weet nog dat ik verontwaardigd was dat hij zich zo gemakkelijk liet kwetsen, en dat ik verontwaardigd was dat Joan weer in de keuken stond en niet gebleven was om me uit deze pijnlijke situatie te redden, en dat ik me daarna heel erg schuldig begon te voelen en dat ik heel erg spijt kreeg, terwijl de stilte voortduurde tot ik eindelijk besloot dat er maar één nette manier was om het goed te maken: de opdracht aannemen. En ja hoor, toen ik zei dat ik het zou proberen, klaarde hij onmiddellijk op.

'Je hoeft dat van die jonge Puertoricanen niet echt te gebruiken, hoor,' stelde hij me gerust. 'Dat is gewoon maar een idee. Of misschien kun je zo beginnen en dan op iets anders overstappen, hoe meer hoe beter. Werk het maar uit zoals je wilt.'

Toen we elkaar bij de deur weer een hand gaven (het leek of we de hele middag niet anders hadden gedaan), zei ik: 'Dus dat wordt dan tien dollar voor dit verhaal, oké?'

'Oké.'

'Waarom moest je dat nou per se zeggen, dat je het schrijven zou?' vroeg Joan meteen toen hij weg was.

'Waarom zou ik dat niet zeggen?'

'Omdat het bijna niet te doen is, toch?'

'Zou je me een lol willen doen? Zou je me nu met rust willen laten?'

Ze zette haar handen op haar heupen. 'Ik begríjp je gewoon niet, Bob. Waarom zéí je dat, dat je het schrijven zou?'

'Waarom denk je verdomme? Omdat we die tien dollar straks nodig hebben, daarom.'

Ten slotte bouwde ik – een gebouw? Krijg 't nou. Ik draaide pagina een en toen pagina twee en toen pagina drie in mijn ouwe vertrouwde machine en ik schrééf dat kreng. Het verhaal begon met het jonge stel uit Puerto Rico, maar daarmee kreeg ik om de een of andere reden maar een paar bladzijden vol; dus moest ik andere manieren vinden om Vincent J. Poletti zijn reusachtige goedheid tentoon te laten spreiden.

Wat doet een volksvertegenwoordiger als hij zich uitslooft om anderen te helpen? Hij geeft geld, dat doet hij; en het duurde niet lang of ik liet Poletti meer dokken dan hij tellen kon. In mijn verhaal hoefde iedereen in de Bronx die het niet helemaal voor de wind ging maar in Bernie Silvers taxi te stappen en 'Het huis van Poletti' te zeggen of hun moeilijkheden waren voorbij. En het ergste was nog mijn eigen onverbiddelijke overtuiging dat ik niet beter kon.

Joan heeft het nooit gezien, want toen ik eindelijk zover was dat ik het in een envelop stopte en op de post deed, sliep ze. Van Bernie bijna een week geen woord – noch over hem tussen Joan en mij. Toen, op hetzelfde moment als zijn vorige bezoek, het rafelige einde van de dag, werd er bij ons aan de deur gebeld. Toen ik opendeed en hem daar glimlachend met regenspatten op zijn vest zag staan wist ik meteen dat er gedonder van zou komen en ik wist dat ik me die flauwekul niet zou laten welgevallen.

'Bob,' zei hij, terwijl hij ging zitten, 'ik vind het beroerd om te zeggen, maar je hebt me deze keer teleurgesteld.' Hij haalde mijn opgevouwen manuscript onder zijn vest vandaan. 'Dit is... dit is echt niks, Bob.'

'Het is zes en een halve pagina. Dat is niet niks, Bernie.'

'Hou alsjeblieft op over die zes en een halve pagina, wil je. Ik weet dat het zes en een halve pagina is, maar het is niks. Je maakt een idioot van hem, Bob. Je laat hem voortdurend zijn geld weggeven.'

'Jij hebt me verteld dat hij geld gaf, Bernie.'

'Aan dat jonge stel uit Puerto Rico, zei ik, ja natuurlijk, die zou hij best een beetje geld kunnen geven. Maar jij laat hem hier als de een of andere... de een of andere dronken zeeman of zo met zijn geld smijten.'

Ik dacht dat ik misschien zou gaan schreeuwen, maar mijn stem kwam heel zacht en beheerst uit mijn mond. 'Bernie, ik heb je gevraagd wat hij nog meer zou kunnen doen. Ik heb gezegd dat ik écht niet wist wat hij verdomme nog meer zou kunnen doen. Als je wilde dat hij iets anders deed, had je dat duidelijk moeten zeggen.'

'Ja maar Bób,' zei hij, terwijl hij opstond om zijn woorden kracht bij te zetten, en wat hij toen zei hoor ik in gedachten nog vaak terug als de laatste, wanhopige, onsterfelijke kreet van een cultuurbarbaar. 'Bob, jíj bent toch degene met fantasie!'

Ook ik stond op, zodat ik op hem kon neerkijken. Ik wíst dat ik degene was met fantasie. Ik wist ook dat ik tweeëntwintig was en moe als een oude man, dat ik op het punt stond mijn baan kwijt te raken, dat er een baby onderweg was en dat ik het niet eens erg goed met mijn vrouw kon vinden; en nu kwam dan de eerste de beste taxichauffeur, de eerste de beste waardeloze kontlikker van volksvertegenwoordigers, de eerste de beste nephoornblazer uit New York mijn huis binnen lopen om mijn geld te stelen.

'Tien dollar, Bernie.'

Hij maakte een hulpeloos gebaar, en glimlachte. Toen keek hij naar het keukengedeelte van de kamer, waar Joan stond en, hoewel ik mijn blik op hem gericht wilde houden, moet ik toch die kant op gekeken hebben, want ik weet nog wat ze deed. Ze draaide de theedoek die ze in haar handen hield tot een koord en keek ernaar.

'Moet je horen, Bob,' zei hij. 'Dat had ik niet moeten zeggen, dat het niks was. Je hebt gelijk! Je kan toch zeker niet van zes en een halve pagina zeggen dat het niks is? Er zit waarschijnlijk best een hoop goed materiaal bij. Jij wilt je tien dollar; goed, oké, jij krijgt je tien dollar. Ik vraag alleen één ding van je. Neem het eerst terug en verander het een beetje, da's alles. Daarna kunnen we...'

'Tien dollar, Bernie. Nu.'

Zijn glimlach was nu levenloos, maar verschoof geen millimeter op zijn gezicht terwijl hij het biljet uit zijn portefeuille haalde en het me aanreikte en ik met schamel vertoon controleerde of het godverdomme echt een tiendollarbiljet was.

'Oké, Bob,' zei hij. 'Dan zijn we nu quitte. Zo is het toch?'

'Zo is het.'

Toen was hij weg, en Joan liep snel naar de deur om die open te doen en riep: 'Dáág, Bernie!'

Ik dacht dat ik zijn voetstappen op de trap hoorde aarzelen, maar ik hoorde hem geen dáág terugzeggen, dus heeft hij zich waarschijnlijk alleen omgedraaid om naar haar te zwaaien, of haar een kushand toe te werpen. Daarna zag ik door het raam hoe hij naar buiten kwam, het trottoir overstak, in zijn taxi stapte en weg- reed. Al die tijd vouwde ik zijn tiendollarbiljet steeds opnieuw dubbel en ik geloof niet dat ik ooit iets in mijn hand heb gehad dat ik minder graag wilde hebben.

Het was heel stil in de kamer waarin we nu slechts met z'n tweeën rondliepen terwijl het in de keuken dampte en knetterde van de smakelijke geuren van avondeten waar we geloof ik geen van beiden trek in hadden. 'Tja,' zei ik. 'Dat was dan dat.'

'Was het nu echt nodig,' informeerde ze, 'om zo vreselijk on- aardig tegen hem te doen?'

En dat leek, op dat moment, het ongetwijfeld onloyaalste dat ze had kunnen zeggen, de onvriendelijkste hatelijkheid die ze maar had kunnen verzinnen. 'Onáárdig tegen hem! Onáárdig tegen hem! Zou je misschien zo goed willen zijn me te vertellen wat ik dan verdomme had moeten doen? Moet ik soms "aardig" zitten doen tegen een ordinaire, leugenachtige, parasiterende bloedzui- ger van een táxichauffeur die me komt úítzuigen. Wil je dát soms? Hè? Wil je dát?'

Toen deed ze wat ze vroeger op dat soort momenten vaak deed, en soms denk ik dat ik er alles voor over zou hebben om het nooit van haar gezien te hebben: ze draaide zich van me af en deed haar ogen dicht en hield haar handen tegen haar oren.

Nog geen week later legde de redactiechef dan eindelijk zijn hand op mijn schouder, midden in een paragraaf over binnenlandse be- drijfsobligaties bij matige handel op de beursvloer.

Het was nog ruim voor kerst en ik vond een baan als demon- strateur van opwindspeelgoed in een kwartjesbazaar op Fifth Ave- nue om ons uit de brand te helpen. En het zal in mijn tijd bij die kwartjesbazaar zijn geweest – waarschijnlijk terwijl ik een pluis- met-blikken katje opwond dat miauwde en zich omrolde, miauwde en zich omrolde, miauwde en zich omrolde – het zal toen ergens zijn geweest dat ik het laatste restje van het idee opgaf om mijn leven in te richten naar het model van Ernest Hemingway. Sommige bouwplannen zijn nu eenmaal ronduit onuitvoerbaar.

Na nieuwjaar vond ik een andere idiote baan; maar toen, in april, abrupt en overrompelend als de lente, werd ik plotseling voor tachtig dollar per week in dienst genomen als schrijver bij een industrieel reclamebureau, waar de vraag of ik wist waar het over ging er nooit zo veel toe deed omdat ook bijna niemand van de anderen die er werkten dat wist.

Het was een opmerkelijk eenvoudige baan en dit stelde me in staat elke dag opvallend veel energie voor mijn eigen werk over te houden, dat plotseling goed ging. Nadat ik de Hemingway-fase veilig achter me had gelaten, was ik overgestapt op F. Scott Fitzgerald; maar toen, de beste fase, begon ik een stijl te vinden die duidelijk blijk gaf iets van mezelf te zijn. De winter was voorbij en ook tussen Joan en mij leek alles behaaglijker te worden, en begin zomer werd onze eerste dochter geboren.

Ze veroorzaakte een onderbreking van een of twee maanden in mijn schrijfrooster, maar het duurde niet lang of ik was weer aan het werk en ervan overtuigd dat ik steeds beter werd: ik was begonnen met het egaliseren en een put graven en de fundering leggen voor een dikke, ambitieuze, tragische roman. Ik heb het boek nooit afgemaakt – het was de eerste in een reeks van meer onvoltooide romans dan ik nu zou willen bedenken – maar het was in dat beginstadium fascinerend werk en het feit dat het langzaam ging leek alleen maar hogere verwachtingen te wekken over de schitterende kwaliteit van het resultaat. Ik bracht 's avonds steeds meer tijd achter mijn schrijversscherm door en kwam alleen tevoorschijn om met een hoofd vol serene en verheven dagdromen door de kamer te ijsberen. En het was laat in dat jaar, alweer in de herfst, toen Joan op een avond naar de bioscoop was en het babysitten aan mij had overgelaten, dat ik achter het kamerscherm vandaan kwam om de rinkelende telefoon op te nemen en 'Bob Prentice? Met Bernie Silver' hoorde.

Ik zal niet beweren dat ik vergeten was wie hij was, maar het is niet te veel gezegd dat het een paar tellen slechts met moeite tot me doordrong dat ik ooit echt voor hem gewerkt had – dat ik ooit echt, rechtstreeks, betrokken was geweest bij de pathetische waanideeën van een taxichauffeur. Het bracht me even aan het aarzelen, dat wil zeggen dat ik de telefoon eerst geschrokken bekeek, er toen schaapachtig naar grijnsde, mijn hoofd introk en vol verlegen vertoon van *noblesse oblige* met mijn vrije hand mijn haar gladstreek – dit alles vergezeld van de zwijgende, ootmoedige eed dat wat Bernie Silver ook van me verlangde, ik mijn uiterste best zou doen alles te vermijden wat hem kon kwetsen. Ik weet nog dat ik wilde dat Joan thuis was, zodat ze kon zien hoe aardig ik tegen hem was.

Maar eerst wilde hij alles over de baby weten. Was het een jongen of een meisje? Geweldig! En op wie leek ze? Ja, natuurlijk, dat is ook zo, op die leeftijd lijken ze eigenlijk op niemand. En hoe voelde het om vader te zijn? Hm? Een mooi gevoel wel? Mooi! Daarna ging hij verder op een toon die me trof als eigenaardig formeel, met de pet in de hand, als een lang geleden ontslagen bediende die naar de vrouw des huizes informeert. 'En, hoe maakt mevrouw Prentice het?'

In zijn eigen huis was ze wat hem betreft 'Joan' en 'Joanie' en 'lieverd' geweest en ik kon op de een of andere manier niet geloven dat hij niet meer wist hoe ze heette; ik kon alleen vermoeden dat hij haar die avond toch niet gehoord had, toen ze hem op de trap 'dáág' achternariep – dat hij zich alleen herinnerde hoe ze daar met haar theedoek gestaan had, dat hij misschien zelfs de schuld op haar geschoven had als aanstichtster van mijn onverzettelijkheid over die verdomde tien dollar. Maar nu kon ik niet anders meer zeggen dan dat het goed met haar ging. 'En hoe gaat het met jullie, Bernie?'

'Ach,' zei hij, 'met míj gaat het best,' en zijn stem daalde nu naar de geschokte ernst van ziekenhuiskamerberaadslagingen. 'Maar Rose was ik bijna kwijt geweest, een maand of wat geleden.'

O, alles was nu in orde, stelde hij me gerust, het ging veel beter met haar en ze was thuis uit het ziekenhuis en voelde zich goed; maar toen hij over 'tests' en 'radiologie' begon had ik het afschuwelijke onheilsgevoel dat opkomt als de onnoembare naam 'kanker' in de lucht hangt.

'Tjee, Bernie,' zei ik, 'wat ontzettend akelig dat ze ziek is en zeg haar alsjeblieft...'

Zeg haar alsjeblieft wat? Je krijgt de groeten? De beste wensen? Het zou allebei de onvergeeflijke smet van de neerbuigendheid in zich dragen, leek me plotseling. 'Zeg haar alsjeblieft "Veel liefs van Joan en Bob,"' en ik was nog niet uitgesproken of ik beet op mijn lip van angst dat dit wellicht nog het neerbuigendst klonk van allemaal.

'Doe ik! Doe ik! Zal ik zeker doen, Bob,' zei hij, en dus was ik blij dat ik het zo geformuleerd had. 'Maar waar ik je eigenlijk over belde is dit.' En hij grinnikte. 'O, maak je geen zorgen, geen politiek. Hier komt-ie. Er werkt op het ogenblik een echt fantastisch begaafde jongen voor me, Bob. Die jongen is een kunstenaar.'

En grote god, wat is een schrijvershart toch iets ziekelijks, iets ingewikkelds! Want weet u wat ik voelde toen hij dat zei? Ik voelde een steek van jaloezie. Het is me wat, een 'kunstenaar'? Ik zou ze laten zien wie er in deze kleine schrijfformatie de échte kunstenaar was!

Maar meteen erna begon Bernie over 'strips' en 'lay-outs', dus mocht mijn concurrentie-ijver de aftocht blazen ten gunste van het aantreden van mijn oude getrouwe, ironische afstandelijkheid. Wat een opluchting!

'O, je bedoelt een bééldend kunstenaar. Een stríptekenaar.'

'Zo is het, Bob, die jongen kan tékenen, dat hou je niet voor mogelijk. Weet je wat hij doet? Hij laat me een beetje op mij lijken, maar hij laat me ook een beetje op Wade Manley lijken. Zie je het voor je?'

'Klinkt goed, Bernie.' En nu mijn oude afstandelijkheid weer helemaal terug was begreep ik dat ik op mijn hoede moest zijn. Hij had misschien geen verhalen meer nodig – hij moest intussen een dressoir vol manuscripten hebben waarmee de kunstenaar aan de slag kon – maar voor de verbindende tekst, of hoe het ook heten mocht, en de woorden voor de tekstballonnetjes van de kunstenaar zou hij nog steeds een schrijver moeten hebben en ik zou hem, zo vriendelijk en beleefd mogelijk, nu moeten vertellen dat ik die schrijver niet was.

'Bob,' zei hij, 'er zit nu echt schot in. Dr. Corvo wierp één blik op die strips en zei tegen me: "Bernie, vergeet die tijdschriften, vergeet de boekenuitgeverij. Je hebt de oplossing gevonden."'

'Het klinkt in elk geval goed, Bernie.'

'En Bob, daarom belde ik eigenlijk. Ik weet dat ze je daar bij UP hard aan het werk houden, maar ik vroeg me af of je misschien tijd hebt om een paar...'

'Daar werk ik tegenwoordig niet meer.' En ik vertelde hem over de baan bij het reclamebureau.

'Zo,' zei hij. 'Dat klinkt of je het ver schopt in de wereld, Bob. Gefeliciteerd.'

'Dank je. Hoe dan ook, Bernie, het punt is dat ik volgens mij echt geen tijd heb om nú iets voor je te schrijven. Ik bedoel ik zou het natuurlijk graag doen, daar gaat het niet om; maar ja, hier thuis kost de baby gewoon een hoop tijd en dan heb ik ook nog mijn eigen werk – ik werk aan een roman, weet je – en ik geloof echt niet dat ik nog iets anders moet aannemen.'

'O. Nou ja, da's oké, Bob; maak je geen zorgen. Ik wilde alleen maar zeggen dat het voor ons echt een stap in de goeie richting zou zijn geweest als we, je wéét wel... jouw schrijftalent hadden kunnen gebruiken.'

'Het spijt mij ook, Bernie, en ik wens je in elk geval succes.'

U heeft intussen waarschijnlijk wel geraden wat, ik zweer het, pas minstens een uur nadat ik afscheid van hem had genomen in mijn hoofd opkwam: dat Bernie me helemaal niet als schrijver had willen hebben. Hij had gedacht dat ik nog bij UP werkte en misschien een waardevol contact kon zijn, dicht bij het centrum van een perssyndicaat met afzetgebieden voor het stripwezen.

Ik weet nog precies wat ik deed toen deze wetenschap me bekroop. Ik deed de baby een schone luier aan en keek omlaag in haar ronde mooie ogen alsof ik dacht dat ze me zou feliciteren, of bedanken, dat ik de afschuwelijke kans om met de punt van de veiligheidsspeld haar huid te raken weer eens had weten te omzeilen – dat deed ik toen ik bedacht hoe zijn stem had geaarzeld toen hij zei: 'Als we, je wéét wel...'

Tijdens die aarzeling moet hij alle gedetailleerde bouwplannen hebben opgegeven die 'jouw contacten bij UP' nog hadden kunnen inhouden (en hij wist niet dat ik ontslagen was; hij wist niet beter of ik had misschien in de krantenwereld nog evenveel solide contacten als dr. Corvo op het gebied van de kinderpsychologie of

Wade Manley bij de film) en had hij besloten dan maar 'jouw schrijftalent' te zeggen. En zo drong tot me door dat, ondanks mijn overdreven bezorgdheid om Bernies gevoelens bij dat telefoongesprek te sparen, het ten slotte Bernie was geweest die zich had uitgesloofd om de mijne te sparen.

Ik kan niet naar waarheid zeggen dat ik in de loop der jaren veel aan hem heb gedacht. Het zou een fraaie afronding zijn nu te vertellen dat ik nooit in een taxi stap zonder de nek en het profiel van de chauffeur te bestuderen, maar dat zou niet waar zijn. Maar één ding is waar, en dat dringt nu pas tot me door; als ik voor een delicate persoonlijke brief de juiste woorden probeer te vinden denk ik heel vaak: 'Ik had vandaag geen tijd om je een kort briefje te schrijven, dus moest ik wel een lange schrijven.'

En of ik het nu meende of niet toen ik hem met zijn strip succes wenste, ik denk dat ik het een uur later ging menen. Ik meen het nu van ganser harte, en het gekke is dat het hem misschien nog wel een keer lukt ook, contacten of niet. Er zijn in Amerika imperia op dwazere dingen gebouwd. Ik hoop in elk geval dat het project nog steeds zijn belangstelling heeft, in welke vorm dan ook; maar ik hoop bij God – en ik vloek deze keer niet – ik hoop bij welke god er dan ook bestaat nog het meest van alles dat hij Rose nog heeft.

Bij het overlezen zie ik dat dit geen bijster goed gebouwd verhaal is. De balken en de binten en zelfs de muren lopen op de een of andere manier uit de pas; de fundering voelt zwak; misschien heb ik al om te beginnen niet het goede soort put gegraven. Maar het is zinloos me nu nog zorgen over dat soort dingen te maken, want het wordt tijd om het dak erop te zetten – u te vertellen hoe het de rest van ons bouwers is vergaan.

Iedereen weet hoe het Wade Manley verging. Hij stierf onverwachts een paar jaar later, in bed; en dat dit het bed was van een jonge vrouw die niet zijn echtgenote was werd zo pikant gevonden dat het de schandaalpers wekenlang aan het werk hield. Er worden op de televisie nog steeds oude films van hem vertoond en als ik er een zie constateer ik tot mijn verrassing altijd weer dat hij een goede acteur was – veel te goed om zich te laten strikken voor de sentimentele rol van taxichauffeur met een hart zo groot als de buitenlucht, denk ik zo.

Ook bij dr. Corvo was er een tijd dat iedereen wist hoe het hem verging. Het gebeurde helemaal in het begin van de jaren '50, het jaar waarin de televisieomroepen hun groots opgezette reclamecampagnes voor zichzelf lanceerden. Een van de grootste was opgebouwd rond een getekende verklaring van dr. Alexander Corvo, de eminente kinderpsycholoog, dat alle jongens en meisjes van onze tijd die thuis geen televisie hadden kans liepen op te groeien met een emotionele achterstand. Alle andere kinderpsychologen, alle welbespraakte linkse rakkers en zo ongeveer alle ouders van de Verenigde Staten bedolven Alexander Corvo als een zwerm sprinkhanen onder hun kritiek, en toen ze met hem klaar waren, was er weinig van zijn eminentie over. Sindsdien is de *New York Times* elke dag van de week bereid vijf Alexander Corvo's te schrappen voor één Newbold Morris, schat ik zo.

Daarmee komt het verhaal bij Joan en mij, en nu moet ik het schoorsteenkapje voor u neerzetten. Ik moet u vertellen dat ook wat zij en ik opbouwden een paar jaar geleden is ingestort. O, we gaan nog vriendschappelijk met elkaar om – geen juridisch gesteggel over alimentatie of voogdij of dat soort dingen – maar toch.

En waar zijn de ramen? Waar komt het licht naar binnen?

Bernie, oude vriend, neem me niet kwalijk, maar daar heb ik geen antwoord op. Ik weet niet eens zeker of er in dit speciale huis wel ramen zítten. Misschien moet het licht maar gewoon, zo goed en zo kwaad als het gaat, binnenkomen door alle spleten en kieren die het gebrekkige vakmanschap van de bouwer heeft opengelaten, en als dat zo is kunt u er zeker van zijn dat niemand zich dat meer aantrekt dan ik. God weet, Bernie; God weet dat er hier toch ergens een raam zou moeten zitten, voor ons allemaal.

O, Jozef, ik ben zo moe

Toen Franklin D. Roosevelt net tot president gekozen was moeten er in heel Amerika beeldhouwers zijn geweest die de kans wilden krijgen naar het leven een kop van hem te boetseren, maar mijn moeder had relaties. Op het binnenpleintje in Greenwich Village waar we woonden, was een van haar beste vrienden en buren een beminnelijk man die Howard Whitman heette, die onlangs ontslagen was als journalist bij de *New York Post*. En een van Howards vroegere collega's op de *Post* had nu een baan bij de persdienst van Roosevelts hoofdkwartier in New York. Zodat het voor haar geen probleem zou zijn toegang te krijgen – of, zoals hij het uitdrukte, entree – en ze was vol vertrouwen dat het haar verder wel zou lukken. Ze had toentertijd vertrouwen in alles wat ze deed, maar dat maskeerde nooit volledig haar verschrikkelijke behoefte aan steun en goedkeuring van alle kanten.

Ze was niet zo'n erg goede beeldhouwster. Ze was er pas drie jaar serieus mee bezig, sinds ze uit het huwelijk met mijn vader was gestapt, en de dingen die ze maakte hadden nog altijd iets stijfs en amateuristisch. Ze was vóór het Roosevelt-project gespecialiseerd geweest in 'tuinbeelden' – een jongetje op ware grootte met benen die bij de knie in bokspoten veranderden en een ander jongetje dat geknield tussen de varens op de panfluit speelde; kleine meisjes die hun armen ophieven waaraan slierten madeliefjes bungelden of naast een gans wandelden die zijn vleugels spreidde. Deze bizarre kinderen, van groen geverfd gips dat de indruk moest wekken van verweerd brons, waren door mijn moeder op zelfgemaakte houten voetstukken zo neergezet dat ze overal in het atelier opdoemden en in het midden ruimte vrijlieten voor de boetseerbok met daarop het beeld waaraan ze op dat moment in klei werkte.

Haar idee was dat ze binnenkort door ik weet niet hoeveel rijke mensen, allemaal hoffelijk en aristocratisch, ontdekt zou worden; ze zouden haar beelden willen hebben om hun landschapstuinen mee te decoreren en haar zelf tot hun levenslange vriendin willen maken. Ondertussen zou een beetje landelijke publiciteit als eerste beeldhouwster die de aanstaande president 'deed' haar carrière absoluut niet schaden.

En ze had dan toch een mooi atelier. Het was in feite het mooiste van alle ateliers die ze de rest van haar leven zou hebben. Er stonden zes of acht oude huizen met hun voorgevel aan onze kant van het binnenpleintje en hun achterkant naar Bedford Street, en het onze zal wel de bezienswaardigheid van de rij zijn geweest want de benedenvoorkamer was twee verdiepingen hoog. Je liep een paar brede bakstenen treden af naar de hoge voorkamerramen en de voordeur; na die deur stond je dan in het hoge ruime atelier met een zee van licht. Het was zo groot dat het ook als woonkamer dienstdeed, dus stonden er behalve de groene tuinkinderen ook alle woonkamermeubelen uit het huis waarin we vroeger met mijn vader hadden gewoond, in het voorstadje Hastings-on-Hudson waar ik geboren was. Op de eerste etage liep achter in het atelier over de hele breedte een galerij, met boven weggestopt twee slaapkamertjes en een piepklein badkamertje; daaronder, waar het atelier doorliep tot aan de kant van Bedford Street, lag het enige deel van het appartement waaraan je zou kunnen zien dat we niet veel geld hadden. Het plafond was erg laag en het was er altijd donker; de kleine ramen keken uit onder een ijzeren stooprooster en deze uitholling in de straat was dik bezaaid met afval. Onze van kakkerlakken vergeven keuken was net groot genoeg voor een fornuis en een gootsteen die nooit schoon waren en een bruine houten ijskist met een donkere, altijd smeltende staaf ijs; de rest van het deel onder de galerij was onze eetkamer en zelfs de glanzende uitgestrektheid van onze oude eetkamertafel uit Hastings kon het daar niet opvrolijken. Maar onze Majestic-radio stond er ook en dat maakte er voor mijn zusje Edith en mij een gezellige kamer van: we luisterden graag naar de kinderprogramma's die in de namiddag werden uitgezonden.

We hadden op een dag net de radio uitgezet en liepen naar het atelier, toen we onze moeder daar met Howard Whitman over het Roosevelt-project hoorden praten. Het was het eerste dat we er-over hoorden en we vielen haar kennelijk met te veel vragen in de rede want ze zei: 'Edith? Billy? Nu is het wel genoeg. Ik zal jullie er straks alles over vertellen. Ga buiten in de tuin spelen, en vlug een beetje.'

Ze noemde het binnenpleintje altijd 'de tuin', hoewel er alleen een paar dwergachtige stadsbomen groeiden met een klein gras-veldje dat nooit de kans kreeg om groter te worden. Het grootste deel bestond uit naakte aarde, hier en daar onderbroken door bak-stenen plaveisel, licht bepoederd met roet en bezaaid met honden- en kattendrollen. Het was misschien zes of acht huizen lang, maar slechts twee huizen breed, waardoor het een ingesloten trooste-ze aanblik bood; het enige belangwekkende eraan was een verval-len marmeren fontein, niet veel groter dan een vogelbadje, die vlak bij ons huis stond. Het oorspronkelijke idee was dat het water gelijkmatig aan alle kanten vanaf de rand van de bovenste laag naar beneden zou druipen en tinkelend in het vangbekken eron-der lopen, maar ouderdom had de fontein aan het wankelen ge-bracht; het water stroomde met een slijmerige straal over het eni-ge smalle stukje van de bovenrand dat schoon bleef. Het vangbek-ken was diep genoeg om op warme dagen je voeten in onder te dompelen, maar omdat het onderwatergedeelte van het marmer beslagen was met een laag bruine viezigheid was dat geen groot genoegen.

Mijn zusje en ik vonden elke dag in die twee jaar dat we er woonden altijd wel iets waarmee we ons op het binnenplein kon-den amuseren, maar dat kwam alleen omdat Edith vindingrijk was. Zij was ten tijde van het Roosevelt-project elf en ik was zeven.

'Pappa?' vroeg ze op een middag op kantoor bij onze vader in de stad. 'Heb je al gehoord dat mammie een kop van president Roosevelt doet?'

'O?' Hij zocht net in zijn bureau naar iets waarvan hij zei dat we het misschien leuk zouden vinden.

'Ze gaat hier in New York zijn maten nemen en zo,' zei Edith, 'en als het beeld dan na de inauguratie klaar is neemt ze het mee naar Washington en gaat ze het hem in het Witte Huis aanbieden.' Edith vertelde vaak aan de ene ouder over de meer eerzame bezigheden van de ander; het hoorde bij haar langdurige en hopeloze poging hen weer bij elkaar te brengen. Vele jaren later hoorde ik van haar dat ze de schok van hun scheiding naar ze dacht nooit te boven was gekomen en dat ook nooit zou komen: ze zei dat Hastings-on-Hudson voor haar de gelukkigste tijd van haar leven bleef, en dat maakte me jaloers omdat ik me er bijna niets van kon herinneren.

'Tja,' zei mijn vader. 'Dat is niet niks.' Toen vond hij wat hij in zijn bureau gezocht had en zei: 'Hebbes, vind je ze mooi?' Het waren twee tere geperforeerde velletjes met iets dat op postzegels leek, en op elke postzegel stonden in fel wit tegen een gele achtergrond het embleem van een elektrische gloeilamp en de woorden 'Meer licht'.

Mijn vaders kantoor was een van de vele hokjes op de tweeëntwintigste verdieping van het gebouw van General Electric. Hij was assistent-districtsverkoopleider in wat toen de sectie Mazdalampen heette – een bescheiden baan, maar goed genoeg om in betere tijden een huis te huren in zoiets als Hastings-on-Hudson – en deze 'Meer-lichtpostzegels' waren een aandenken aan een onlangs gehouden congres over verkooptechnieken. We zeiden dat we de postzegels heel mooi vonden – en dat waren ze ook – maar gaven uiting aan twijfel wat we ermee konden doen.

'O, ze zijn gewoon voor de sier,' zei hij. 'Ik dacht misschien kunnen jullie ze in je schoolboeken plakken, of... je weet wel... wat je maar wilt. Zullen we gaan?' en hij vouwde de vellen postzegels zorgvuldig op en stopte ze in zijn binnenzak om op weg naar huis veilig te bewaren.

Tussen de uitgang van de ondergrondse en ons pleintje kwamen we, ergens in de West Village, altijd langs een onbebouwd terrein waar mannen ineengedoken om slecht brandende vuurtjes van kapotte fruitkratten en afval stonden terwijl sommigen van hen een blik eten opwarmden dat ze aan een kleerhanger boven de vlammen hielden. 'Niet staren,' had mijn vader de eerste keer gezegd. 'Die mannen zijn allemaal werkeloos, en ze hebben honger.'

'Pappa?' informeerde Edith. 'Vind jij Roosevelt goed?'

'Jazeker.'

'Vind jij alle Democraten goed?'

'Eh, ja, de meesten wel.'

Veel later zou ik erachter komen dat mijn vader jarenlang voor de Democraten actief geweest was in de plaatselijke politiek. Hij was sommigen van zijn politieke vrienden – mijn moeder beschreef ze als afschuwelijke, Ierse Tammany-Hallkereltjes – van dienst geweest door hen te helpen in diverse delen van de stad verkooppunten voor Mazda-lampen op te zetten. En hij was dol op hun bijeenkomsten, waar ze altijd vroegen of hij wilde zingen.

'Nou ja, jij bent natuurlijk te jong om je te herinneren hoe pappa zong,' zei Edith na zijn dood in 1942 een keer tegen me.

'Nee, absoluut niet; dat herinner ik me best.'

'Ik bedoel echt herinneren,' zei ze. 'Hij had de mooiste tenor die ik ooit gehoord heb. Herinner je je "Danny Boy"?'

'Natuurlijk wel.'

'Mijn God, wat was dat mooi,' zei ze, en ze deed haar ogen dicht. 'Dat was echt... jeetje, wat was dat mooi.'

Toen we die middag terugkwamen op onze binnenplaats en terug in het atelier, keken Edith en ik hoe onze ouders elkaar begroetten. We keken altijd nauwlettend toe, want we hoopten dat ze ongemerkt in gesprek zouden raken en zouden gaan zitten en iets vinden waarom ze konden lachen, maar dat gebeurde nooit. En die dag was het nog onwaarschijnlijker dan normaal omdat mijn moeder bezoek had – een vrouw die Sloane Cabot heette en op het binnenplein haar beste vriendin was en die mijn vader nu begroette met een korte uitbarsting van gekunsteld flirtziek enthousiasme.

'Hoe gaat 't ermee, Sloane?' vroeg hij. Toen wendde hij zich weer tot zijn voormalige vrouw en zei: 'Helen? Ik hoor dat je een buste van Roosevelt gaat maken.'

'Niet echt een buste,' zei ze. 'Een kop. Ik denk dat het treffender zal zijn als ik hem bij de nek afsnijd.'

'O, juist ja. Dat is mooi. Succes ermee. Oké, jongens.' Hij had nu zijn aandacht volledig bij Edith en mij. 'Oké. Tot vlug dan maar weer. Krijg ik nog een knuffel?'

En die knuffels van hem, het hoogtepunt van zijn bezoekrecht, waren onvergetelijk. We werden een voor een met een zwaai op-

getild en stevig in de geuren van linnen en whisky en tabak gedrukt; het warme raspen van zijn kaak schuurde over een wang en
ergens bij het oor landde een snelle vochtige zoen; daarna liet hij
ons los.

Hij was al bijna helemaal het binnenplein af, bijna op straat,
toen Edith en ik hem achternarenden.

'Pappa! Pappa! Je hebt de postzegels nog!'

Hij bleef staan en draaide zich om, en pas toen zagen we dat hij
huilde. Hij probeerde het te verbergen – hij stopte zijn gezicht
bijna in zijn oksel alsof hij dan gemakkelijker in zijn binnenzak
kon zoeken – maar de afschuwelijke zwelling en rimpels van een
gezicht in tranen valt op geen enkele manier te verbergen.

'Alsjeblieft,' zei hij. 'Hier zijn ze dan.' En hij schonk ons de
minst overtuigende glimlach die ik ooit gezien had. Het zou mooi
zijn nu te vertellen dat we nog wat met hem bleven praten – dat
we hem nog een knuffel gaven – maar daarvoor was onze gêne te
groot. We pakten de postzegels aan en renden zonder om te kijken
naar huis.

'Jeetje, vind je 't niet opwindend, Helen?' vroeg Sloane Cabot.
'Dat je hem zo gaat ontmoeten en met hem praten en zo, in bijzijn
van al die journalisten?'

'Ja natuurlijk wel,' zei mijn moeder, 'maar het belangrijkste is
dat ik die maten goed krijg. Ik hoop maar dat er geen bende fotografen bij is en ze intussen geen domme vragen stellen.'

Sloane Cabot was een paar jaar jonger dan mijn moeder en opvallend knap in een stijl die vaak werd afgebeeld op illustraties uit
die tijd, in wat geloof ik art deco heette: rechte donkere pony,
grote ogen en een grote mond. Ook zij was een gescheiden moeder, zij het dat haar voormalige man al lang geleden verdwenen
was en alleen met 'die schoft' of 'die laffe klootzak' werd aange-
duid. Haar enige kind was een jongen van Ediths leeftijd die John
heette, en die Edith en ik echt geweldig vonden.

De twee vrouwen hadden elkaar binnen een paar dagen na onze
verhuizing naar het pleintje leren kennen en hun vriendschap
werd bezegeld toen mijn moeder het probleem van Johns school-
opleiding oploste. Ze kende mensen in Hastings-on-Hudson die
wel graag iets zouden bijverdienen door een kostganger in huis te

nemen, dus ging John daar wonen en naar school en kwam alleen in de weekends thuis. De regeling kostte meer dan Sloane zich met gemak kon veroorloven, maar het lukte haar om de eindjes aan elkaar te knopen en ze bleef eeuwig dankbaar.

Sloane werkte als privé-secretaresse in de buurt van Wall Street. Ze had er de mond van vol dat ze haar baan en haar baas haatte, maar de goede kant van het geheel was dat haar baas vaak voor langere perioden de stad uit was: dan had ze tijd om de schrijf-machine op kantoor te gebruiken voor het najagen van de ambitie van haar leven, het schrijven van radiohoorspelen.

Ze vertrouwde mijn moeder een keer toe dat haar namen zelf-verzonnen waren: 'Sloane' omdat het mannelijk klonk, het soort naam dat een alleenstaande vrouw nodig zou kunnen hebben om iets in de wereld te bereiken, en 'Cabot' omdat... nou ja, omdat het wel chic klonk. Daar was toch zeker niks mis mee?

'O, Helen,' zei ze. 'Dit wordt echt fantástisch voor je. Als je ermee in de publiciteit komt... als het door de kranten wordt op-gepikt, de bioscoopjournaals... dan word je een van de belangwek-kendste figuren van Amerika.'

Op de dag dat mijn moeder van haar eerste bezoek aan de ver-kozen president thuiskwam zat er een groep van vijf of zes mensen in het atelier.

'Kan iemand een whisky voor me inschenken?' vroeg ze, terwijl ze met gespeelde hulpeloosheid om zich heen keek. 'Dan zal ik jullie er alles over vertellen.'

En met het glas in haar hand, haar ogen zo groot als die van een kind, vertelde ze ons hoe de deur was opengegaan en twee grote mannen hem hadden binnengebracht.

'Grote mannen,' hield ze vol. 'Jonge, sterke mannen die hem onder zijn armen rechtop hielden, en je kon zien hoeveel inspan-ning ze dat kostte. Daarna zag je zijn vóét tevoorschijn komen, met die afschuwelijke metalen beugel aan zijn schoen, en daarna de ándere voet. En hij zweette, en hij snakte naar adem, en zijn gezicht was... ik weet het niet... helemaal glimmend en gespannen en afzichtelijk.' Ze huiverde.

'Nou zeg,' zei Harold Whitman, met zichtbaar onbehagen, 'het is niet zíjn schuld dat hij invalide is, Helen.'

'Howard,' zei ze ongeduldig, 'ik probeer je alleen maar te vertellen hoe lélijk het was.' En dat leek toch wel gewicht in de schaal te leggen. Als ze gezaghebbend was op het gebied van schoonheid – hoe een jongetje tussen varens zou kunnen knielen om panfluit te spelen bijvoorbeeld – dan viel aan haar gezag op het gebied van lelijkheid toch zeker niet te tornen.

'Hóé dan ook,' vervolgde ze, 'ze zetten hem in een stoel en hij veegde met een zakdoek het meeste zweet van zijn gezicht... hij was nog steeds buiten adem... en na een tijdje begon hij tegen sommige van die andere mannen daar te praten; ik kon dat deel ervan niet helemaal volgen. Toen wendde hij zich eindelijk, met die glimlach van hem, tot mij. Ik weet echt niet of ik die glimlach wel kan beschrijven. Het is iets dat je op het bioscoopjournaal niet kunt zien; je moet erbij zijn. Zijn ogen blijven precies zoals ze zijn, maar zijn mondhoeken gaan omhoog alsof ze aan marionetten-koordjes worden opgetrokken. Het is een beangstigende glimlach. Hij zet je aan het denken: deze man zou gevaarlijk kunnen zijn. Dit zou een slecht mens kunnen zijn. Nou ja, hoe dan ook, we begonnen te praten en ik zei hem duidelijk waar het op stond. Ik zei: "Ik heb niet op u gestemd, meneer de president." Ik zei: "Ik ben een trouwe Republikein en ik heb op president Hoover gestemd." Hij vroeg: "Waarom bent u dan hier?" of zoiets, en ik zei: "Omdat u een heel interessante kop hebt." Dus glimlachte hij maar weer eens en vroeg: "Wat is er zo interessant aan?" En ik zei: "Ik vind dat er mooie bulten op zitten."'

Ze moet hebben gedacht dat elke journalist in het vertrek nu in zijn aantekenboekje stond te schrijven terwijl de fotografen hun flitslamp bedrijfsklaar maakten; goede kans dat er morgen in de krant zou staan:

BEELDHOUWSTER ZEGT SPOTTEND
DAT FDR 'BULTEN' OP ZIJN HOOFD HEEFT

Na hun inleidende babbeltje ging ze serieus aan het werk, dat wil zeggen dat ze met haar schuifmaat de verschillende delen van zijn hoofd mat. Ik wist hoe dat voelde: de koude, trillende punten van die met klei aangekoekte schuifmaat hadden me op momenten dat ik model stond voor haar grillige bosjongetjes overal gekieteld en geprikt.

Maar terwijl ze FDR's maten nam en die noteerde flitste er niet één lampje en niemand stelde haar een vraag; na een paar zenuwachtige woorden van dank en afscheid stond ze weer buiten op de gang, te midden van alle kansloze, reikhalzende wachtenden die niet binnen mochten komen. Het moet een vreselijke teleurstelling zijn geweest en ik stel me voor dat ze die wilde compenseren door vast te bedenken hoe ze er bij thuiskomst juichend over zou vertellen.

'Helen?' informeerde Howard Whitman, toen het meeste andere bezoek weg was. 'Waarom zei je dat tegen hem, dat je niet op hem gestemd hebt?'

'Omdat het waar is. Ik bén een trouwe Republikein; dat weet je.'

Ze was de dochter van een winkelier in een dorp in Ohio; toen ze opgroeide had ze de uitdrukking 'trouwe Republikein' waarschijnlijk horen gebruiken als aanduiding voor fatsoen en schone kleren. En het kon zijn dat ze het met de normen van het fatsoen niet meer zo nauw nam, het kon zijn dat ze zelfs nog maar weinig om schone kleren gaf, maar 'trouwe Republikein' loonde de moeite om je aan vast te houden. Het zou haar van nut zijn in haar contacten met klanten voor haar tuinbeelden, mensen wier zachte hoffelijke stem haar in hun leven zou verwelkomen en die bijna zeker net als zij Republikein zouden blijken.

'Ik geloof in de aristocratie!' riep ze vaak in een poging zich boven het stemmengemompel uit verstaanbaar te maken als haar gasten het over communisme hadden, maar ze letten zelden op haar. Ze vonden haar best aardig: ze gaf feestjes met bendes drank en ze was een aangename gastvrouw, al was het alleen maar omdat ze zo aandoenlijk graag in de smaak wilde vallen; maar als het over politiek ging was ze net een krijsend, onuitstaanbaar kind. Zíj geloofde in de aristocratie.

Ze geloofde ook in God, of dan toch in de rite van de episcopale kerk van de heilige Lucas, waar ze een of twee keer per jaar naartoe ging. En ze geloofde in Eric Nicholson, de knappe Engelsman van middelbare leeftijd die haar minnaar was. Hij deed iets bij de Amerikaanse vestiging van een Engelse gieterijketen: zijn firma goot ornamenten in brons en lood. De koepels van universiteitsgebouwen en middelbare scholen in het hele oosten van Amerika, openslaande ramen met glas-in-lood voor huizen in tudorstijl in plaatsen als Scarsdale en Bronxville – het hoorde allemaal bij de dingen die Eric Nicholsons gieterij tot stand had gebracht. Hij deed altijd kleinerend over zijn eigen werk, maar bloosde en straalde als het succes had.

Mijn moeder had hem vorig jaar leren kennen toen ze hulp zocht bij het in brons laten gieten van een van haar tuinbeelden, zodat het 'in consignatie' kon worden gegeven aan een tuinbeeldengalerie waar het nooit verkocht zou worden. Eric Nicholson had haar bepraat dat lood bijna even mooi zou zijn als brons en veel goedkoper; erna had hij haar mee uit eten gevraagd en die avond had ons leven veranderd.

Mr. Nicholson praatte bijna nooit tegen mijn zusje en mij en ik geloof dat we allebei bang voor hem waren, maar hij overstelpte ons met cadeaus. Eerst waren het voornamelijk boeken – een boek met cartoons uit *Punch*, de incomplete verzamelde werken van Dickens, een boek dat *Engeland tijdens de Tudors* heette, met achter vloeipapier kleurillustraties die Edith mooi vond. Maar toen onze vader in de zomer van 1933 regelde dat we met onze moeder twee weken naar een meertje in New Jersey konden, werden mr. Nicholsons cadeaus een rijkdom aan sportartikelen. Hij gaf Edith een stalen vishengel met een molen zo ingewikkeld dat we geen van beiden ooit hadden kunnen achterhalen hoe die werkte, zelfs al hadden we kunnen vissen, een tenen vismand om de vis in te dragen die we nooit zouden vangen en een in een schede gestoken jachtmes dat ze om haar middel kon hangen. Mij gaf hij een kort bijltje waarvan het blad in een leren foedraal stak en dat aan mijn riem hing – het zal wel bedoeld zijn geweest om brandhout mee te hakken voor het roosteren van de vis – en een onhandelbaar visnet met handgreep, dat aan een elastische lus aan mijn schouder hing, voor als ik gesommeerd zou worden door het water te waden om Edith te assisteren bij het binnenhalen van een lastige vis. Het enige vertier in dat dorp in New Jersey was wandelingen maken, of wat mijn moeder trektochten noemde; en elke dag, als we door het van insecten zoemende onkruid in de zon het huis uit sukkelden, droegen we het vol ornaat van onze nutteloze uitrusting.

In diezelfde zomer kreeg ik van mr. Nicholson een driejarig abonnement op *Veld & rivier*, en dit ondoorgrondelijke tijdschrift was denk ik nog het ergst misplaatst van al zijn cadeaus, want het zat nog altijd bij de post toen voor ons verder al heel, heel lang niets meer hetzelfde was: toen we van New York naar Scarsdale waren verhuisd, waar mr. Nicholson een goedkoop huurhuis had gevonden en hij mijn moeder – zonder waarschuwing – in dat huis aan haar lot had overgelaten om terug te keren naar Engeland en de vrouw van wie hij zich nooit echt had laten scheiden.

Maar dat kwam allemaal later; ik wil nu terug naar de tijd tussen Franklin D. Roosevelts verkiezing en zijn inauguratie, toen de kop van de verkozen president langzaam op mijn moeders boetseerbok vorm aannam.

Haar oorspronkelijke plan was geweest de kop levensgroot of groter te maken, maar mr. Nicholson had erop aangedrongen hem proportioneel kleiner te maken om de gietkosten te drukken, en dus maakte ze hem maar vijftien of zeventien centimeter hoog. En hij wist haar ervan te overtuigen, en dat was de tweede keer sinds hij haar kende, dat lood bijna even mooi zou zijn als brons.

Ze had altijd gezegd dat Edith en ik best bij haar mochten komen kijken als ze bezig was, dat ze dat wel leuk zou vinden, maar we hadden er nooit zo'n zin in gehad; nu was het een beetje interessanter omdat we konden kijken hoe ze een heleboel uitgeknipte krantenfoto's van Roosevelt doorzocht tot ze er eentje vond die haar zou helpen bij het tot stand brengen van een subtiel stukje wang of voorhoofd.

Maar het grootste deel van de dag zaten we op school. John Cabot ging dan misschien naar school in Hastings-on-Hudson, iets waar Edith en ik altijd naar zouden verlangen, maar zelfs Edith moest toegeven dat wij het op een na beste hadden: wij gingen in onze slaapkamer naar school.

Het jaar ervoor had mijn moeder ons op de openbare lagere school verderop bij ons in de straat gedaan, maar daar had ze spijt van gekregen toen we thuiskwamen met luizen in ons haar. Toen kwam Edith op een dag thuis nadat ze ervan beschuldigd was de jas van een jongen te hebben gestolen, en dat ging te ver. Ze haalde ons er allebei af, in weerwil van de gemeentelijke spijbelambtenaar, en smeekte mijn vader om een bijdrage in de kosten van een privé-school. Hij weigerde. De huur die ze betaalde en de rekeningen die ze liet oplopen kostten hem al veel meer dan in de scheidingsakte was overeengekomen; hij had schulden; ze moest wel beseffen dat hij geluk had zelfs maar een baan te hebben. Zou ze dan nooit leren enige redelijkheid te betrachten?

Maar Howard Whitman doorbrak de impasse. Hij kende een niet duur, officieel erkend postorderbedrijf dat The Calvert School heette, vooral bedoeld voor gezinnen met kinderen die invalide waren. De Calvert School leverde wekelijks boeken en materialen en studieschema's; ze hoefde alleen maar iemand in huis te hebben die het programma uitvoerde en in dienst was als privé-leraar. En iemand als Bart Kampen was daarvoor geknipt.

'Die broodmagere knul?' vroeg ze. 'Die joodse jongen uit Holland of waar hij ook vandaan komt?'

'Hij heeft een zeer brede ontwikkeling, Helen,' zei Howard. 'En hij spreekt vloeiend Engels, en hij zou heel plichtsgetrouw zijn. En hij zou het geld in elk geval prima kunnen gebruiken.'

We waren opgetogen dat Bart Kampen onze privé-leraar zou worden. Met uitzondering van Howard zelf, was Bart waarschijnlijk onze lievelingsvolwassene op het pleintje. Hij was een jaar of achtentwintig, zo jong dat zijn oren nog rood konden worden als kinderen hem plaagden; daar kwamen we achter toen we hem een paar keer geplaagd hadden dat zijn sokken niet bij elkaar pasten en dat soort dingen. Hij was lang en heel dun en leek altijd geschrokken uit zijn ogen te kijken, behalve als hij gerustgesteld genoeg was om te glimlachen. Hij was violist, een Nederlandse jood die het jaar ervoor geëmigreerd was in de hoop bij een symfonieorkest te komen en ten langen leste nog eens aan een concertcarrière te beginnen. Maar de symfonieorkesten namen toen niemand aan, en de kleinere orkesten ook niet, dus zat Bart al heel lang zonder werk. Hij woonde alleen in een kamer op Seventh Avenue, niet ver van het binnenplein, en mensen die hem aardig vonden maakten zich ongerust dat hij niet genoeg te eten had. Hij had twee pakken, allebei van een snit die in Nederland toen zeker modieus was: stijfjes, met enorme schoudervullingen en een ingenomen taille; ze waren bij iemand met wat meer vlees op zijn botten ongetwijfeld beter tot hun recht gekomen. In hemdsmouwen, met opgerolde manchetten, leken zijn harige polsen en onderarmen zelfs nog breekbaarder dan je zou hebben verwacht, maar zijn lange handen waren goedgevormd en zo sterk dat ze de indruk gaven elke viool te kunnen beheersen.

'Ik laat het helemaal aan jou over, Bart,' zei mijn moeder toen hij vroeg of ze aanwijzingen had hoe hij te werk moest gaan. 'Ik weet dat je wonderen met ze zult verrichten.'

Er werd een klein tafeltje naar onze slaapkamer gebracht, onder het raam, en daaromheen werden drie stoelen gezet. Bart zat in het midden zodat hij zijn tijd eerlijk tussen Edith en mij kon verdelen. Eens per week bracht de post ons grote, schone, zware bruine enveloppen van The Calvert School en als Bart de fascinerende inhoud op de tafel liet glijden was het alsof we ervoor gingen zitten om een spelletje te gaan doen.

Edit zat dat jaar in de vijfde – haar deel van de tafel was gewijd aan onbegrijpelijke gesprekken over Engels en geschiedenis en maatschappijleer – en ik zat in de eerste. Mijn ochtenden gingen voorbij met vragen of Bart me wilde helpen bij het uitknobbelen van nog maar de openingszetten van een opleiding.

'Rustig aan, Billy,' zei hij dan. 'Niet ongeduldig worden. Als je het eenmaal doorhebt zul je zien hoe eenvoudig het is en daarna ben je klaar voor het volgende.'

Om elf uur 's ochtends namen we pauze. Dan gingen we naar beneden de deur uit naar het stukje plein waar een beetje gras groeide. Daar legde Bart zorgvuldig zijn opgevouwen jas op de rand van het veldje, rolde zijn hemdsmouwen op en stond bereid voor wat hij onze vliegtuigtochtjes noemde. Hij pakte ons een voor een bij een pols en een enkel; daarna zwaaide hij ons met een vaart omhoog en liet ons, met zichzelf als spil, om en om en om tollen tot het binnenpleintje en de huizen en de stad en de wereld verdwenen waren in de duizelingwekkende vaagheid van onze vlucht.

Na de vliegtuigtochtjes haastten we ons het trapje af naar het atelier, waar dan meestal bleek dat mijn moeder een dienblad met drie grote glazen koude Ovomaltine had klaargezet, soms met biscuitjes ernaast en soms niet. Ik hoorde haar toevallig een keer tegen Sloane Cabot zeggen dat die Ovomaltine volgens haar Barts eerste eten van die dag was – en ik denk dat ze wel gelijk had, al was het alleen maar om de manier waarop zijn uitgestoken hand beefde als hij zijn glas pakte. Soms vergat ze de glazen op het dienblad te zetten en gingen we het met z'n drieën in de keuken zelf klaarmaken; ik kan nooit op de plank bij een kruidenier een pot Ovomaltine zien staan zonder me die tijd te herinneren. Daarna gingen we dan weer naar boven, naar school. En in dat jaar bracht Bart Kampen me dus, met vleien en aansporen en zeggen dat ik niet ongeduldig moest worden, de kunst van het lezen bij.

Het was een prachtige kans om op te scheppen. Ik pakte boeken van mijn moeders boekenplanken – voornamelijk cadeaus van mr. Nicholson – en probeerde indruk op haar te maken door verminkte zinnen voor te lezen.

'Dat is prachtig, lieverd,' zei ze dan. 'Tjee, wat heb jij goed leren lezen zeg.'

Het duurde niet lang of er zat een wit-met-gele postzegel met de woorden 'Meer licht' op elke bladzijde van mijn leesboek voor de eerste klas van The Calvert School, ten bewijze dat ik die onder de knie had, en andere verzamelden zich in een trager tempo in mijn rekenboek. En op de muur naast mijn plek aan de schooltafel zaten nog meer van die zegels, ik had er een trotse, wit-met-gele beduimelde zuil van gemaakt die even hoog was als ik kon reiken.

'Je had je postzegels daar niet op de muur moeten plakken,' zei Edith.

'Waarom niet?'

'Omdat je ze er bijna niet af kunt krijgen.'

'Wie gaat ze er dan af halen?'

Dat kamertje van ons, met zijn dubbele slaap- en leerfunctie, staat me helderder voor de geest dan enig ander deel van ons huis. Misschien had iemand tegen mijn moeder moeten zeggen dat een meisje en een jongen van onze leeftijd ieder een eigen kamer moesten hebben, maar dat kwam pas veel later bij me op. Onze ledikanten stonden zo met het voeteneinde naar elkaar tegen de muur dat er nog net genoeg ruimte over was om erlangs naar de schooltafel te lopen, en als we 's avonds lagen te wachten op de slaap hadden we nog wel eens een goed gesprek. Het beste herinner ik me die keer dat Edith me over de klank van de stad vertelde.

'Ik bedoel niet alleen de harde geluiden,' zei ze, 'zoals de sirene die nu afgaat, of de autoportieren die dichtslaan, of al dat lachen en schreeuwen verderop in de straat; dat zijn een soort detailopnames. Ik heb het over iets anders. Want er zijn miljoenen en miljoenen mensen in New York, snap je wel... zo veel mensen dat jij je dat met geen mogelijkheid kunt voorstellen, echt... en de meesten doen iets dat geluid maakt. Misschien praten ze, of ze hebben de radio aan, misschien doen ze een deur dicht, misschien leggen ze bij het eten hun vork op hun bord, of laten ze bij het naar bed gaan hun schoenen op de grond vallen... en omdat het er zo veel zijn worden al die geluidjes bij elkaar geteld en komen ze samen in een soort gezoem. Maar het is zo zwak... zo heel, heel erg zwak... dat je het pas kunt horen als je er heel oplettend, heel lang naar luistert.'

'Kun jij het horen?' vroeg ik.

'Soms. Ik luister elke avond, maar ik kan het maar soms horen. En soms val ik in slaap. Als we nu stil zijn, dan kunnen we luisteren. Luister of je het kunt horen, Billy.'

En ik deed ernstig mijn best, kneep mijn ogen dicht, alsof dat zou helpen, deed mijn mond open om het geluid van mijn ademhaling tot het minimum te beperken, maar uiteindelijk moest ik haar toch zeggen dat het niet gelukt was. 'En jij?' vroeg ik.

'O, ik heb het wel gehoord,' zei ze. 'Een paar tellen maar, maar ik heb het wel gehoord. Jij hoort het ook nog wel, als je het maar blijft proberen. En het is de moeite van het wachten waard. Als je het hoort, hoor je de hele stad New York.'

Het hoogtepunt van onze week was vrijdagmiddag, als John Cabot uit Hastings naar huis kwam. Hij straalde gezondheid en normaliteit uit; hij bracht frisse lucht uit de buitenwijken in ons kunstenaarsbestaan. Als hij thuis was, veranderde zelfs zijn moeders appartementje in een benijdenswaardig rustpunt tussen krachtmetingen met de wereld. Hij had een abonnement op zowel *Jongensleven* als *Zomerkampen voor jongens*, en het leek me ongelooflijk prachtig om zoiets in huis te hebben, al was het maar om de illustraties. John kleedde zich op dezelfde heldhaftige manier als de jongens in die tijdschriften, in een corduroy knickerbocker met ribbeltjeskousen die strak over zijn gespierde kuiten getrokken waren. Zijn gesprekken gingen vaak over Amerikaans voetbal, hij wilde zodra hij oud genoeg was een oefenwedstrijd voor het high-schoolteam spelen, en over zijn vrienden in Hastings die ons van naam en persoonlijkheid bijna even vertrouwd werden alsof het onze eigen vrienden waren. Hij leerde ons inspirerende nieuwe uitdrukkingen zoals 'nou, én?' in plaats van 'nou, en wat dan nog?' En hij kon nog beter dan Edith nieuwe dingen ontdekken die we op ons pleintje konden doen.

Je kon toentertijd bij Woolworth voor tien of vijftien cent per stuk goudvissen kopen en op een dag kwamen we met drie vissen thuis voor in de fontein. We strooiden meer Woolworth' gemalen visvoer op het water dan ze met enige mogelijkheid nodig konden hebben en we noemden ze naar onszelf: 'John', 'Edith' en 'Billy'. Gedurende een week of twee renden Edith en ik elke ochtend, voor Bart ons les kwam geven, naar de fontein om ons ervan te vergewissen dat ze nog leefden en te zorgen dat ze genoeg te eten hadden, en om naar ze te kijken.

'Heb je gezien hoeveel groter Billy al wordt?' vroeg Edith me. 'Hij is reusachtig. Hij is nu bijna even groot als John en Edith. Hij wordt vast groter dan die twee.'

Toen, op een weekend dat hij thuis was, vestigde John onze aandacht op de snelheid waarmee de vissen konden wenden en wegschieten. 'Ze hebben betere reflexen dan mensen,' legde hij uit. 'Als ze een schaduw in het water zien, of iets dat op gevaar lijkt, gaan ze er sneller vandoor dan jij met je ogen kunt knipperen. Kijk maar.' En hij stak een hand in het water en graaide naar de vis die Edith heette, maar ze ontweek hem en ontsnapte. 'Zie je dat?' vroeg hij. 'Da's nog eens snelheid. Weet je? Ik wed dat je er een pijl in kan schieten en dat ze op tijd wegkomen. Wacht even.' Om zijn gelijk te bewijzen rende hij naar zijn moeders appartementje en kwam terug met de fraaie pijl en boog die hij op zomerkamp had gemaakt (dat John elke zomer op kamp ging was ook al zoiets bewonderenswaardigs); toen knielde hij als het toonbeeld van een boogschieter op de rand van de fontein, zijn boog onbeweeglijk in één sterke hand en het bevederde uiteinde van zijn pijl strak tegen de boogpees in de andere. Hij legde aan op de vis die Billy heette. 'De snelheid van deze pijl,' zei hij met een stem die verzwakt was van inspanning, 'is misschien nog wel groter dan die van een auto met honderdveertig kilometer per uur. Misschien wel die van een vliegtuig, of misschien nog wel meer. Oké; let op.'

De vis die Billy heette dreef plotseling dood op het water, hij lag op zijn zij, tot aan een kwart van de pijl opgespietst terwijl stukjes van zijn roze ingewanden langs de schacht biggelden.

Ik was te groot om te huilen, maar de schok en de woede en het verdriet die me vervulden terwijl ik vanaf de fontein blindelings naar huis rende moesten gelenigd; en halverwege liep ik mijn moeder tegen het lijf. Ze zag er heel schoon uit, zoals ze daar stond, met een nieuwe jas en jurk aan die ik nog nooit had gezien en haar arm stevig door die van mr. Nicholson. Ze gingen net weg of kwamen net terug – dat zou me een zorg zijn – en mr. Nicholson bekeek me afkeurend (hij had me meer dan eens verteld dat in Engeland jongens van mijn leeftijd op kostschool zaten), maar ook dat zou me een zorg zijn. Ik drukte mijn gebogen hoofd in haar middel en hield pas op met huilen toen ik haar handen allang over mijn rug voelde strelen, toen ze me allang verzekerd had dat goudvissen niet duur waren en ik gauw een nieuwe kreeg en dat het John speet dat hij zo onnadenkend was geweest. Ik had ontdekt, of weer ontdekt, dat huilen een genoegen is – dat het een onvermoed genoegen kan zijn om met je hoofd in je moeders middel gedrukt en haar handen op je rug te staan, en als ze dan toevallig schone kleren aan heeft.

Er waren ook andere genoegens. We vierden dat jaar een prettige kerstavond bij ons thuis, of het was dan toch aanvankelijk een prettige avond. Mijn vader was er, zodat mr. Nicholson wel weg moest blijven, en het was een prettig gezicht hoe ontspannen hij daar tussen mijn moeders vrienden zat. Hij was verlegen, maar ze schenen hem aardig te vinden. Hij kon vooral met Bart Kampen goed opschieten.

De dochter van Howard Whitman, Molly, een lief meisje van

ongeveer mijn leeftijd, was voor de feestdagen overgekomen uit Tarrytown, en er waren nog een paar andere kinderen die we wel kenden maar zelden zagen. John leek die avond heel volwassen, in een donker jasje met das, zich duidelijk bewust van zijn sociale verantwoordelijkheid als oudste jongen.

Na een tijdje verplaatste het gezelschap zich zonder vooropgezet plan naar het eetkamergedeelte en gaf een geïmproviseerde voorstelling ten beste. Howard begon ermee: hij bracht de hoge kruk van mijn moeders boetseerbok naar het eetgedeelte en zette er zijn dochter op, met haar gezicht naar het publiek. Hij sloeg de rand van een bruinpapieren zak twee of drie keer zo om dat die op haar hoofd bleef staan; toen deed hij zijn colbertje uit en drapeerde dat tot aan haar kin achterstevoren om haar heen; hij ging ineengedoken, voor ons onzichtbaar, achter haar staan en wurmde zijn handen zo door de mouwen van het jasje dat het net de hare leken toen ze tevoorschijn kwamen. En de aanblik van een glimlachend klein meisje met een hoed van een papieren zak op, zwaaiend en gesticulerend met expressieve reuzenhanden, was voldoende om iedereen aan het lachen te maken. De grote handen veegden haar tranen af en streken over haar kin en duwden het haar achter haar oren; toen trokken ze uitvoerig een lange neus naar ons.

Daarna kwam Sloane Cabot. Ze zat heel rechtop met haar hakken zo over de sporten van de kruk gehaakt dat haar benen op z'n mooist uitkwamen, maar het eerste nummer dat ze deed was niet erg geslaagd.

'Het zat dus zo,' zei ze, 'ik was vandaag op m'n werk – het kantoor waar ik werk is op de veertigste verdieping zoals jullie weten – en toen ik toevallig opkeek van mijn schrijfmachine zag ik op de richel buiten voor het raam, zo'n beetje in elkaar gedoken, een dikke oude man met een witte baard zitten die een raar rood pak aanhad. Dus rende ik naar het raam en deed het open en zei: "U voelt zich toch wel goed?" Het was dus de kerstman en hij zei: "Ja, natuurlijk; ik voel me in hogere kringen altijd goed, juffrouw. Maar moet u horen: kunt ook zeggen hoe ik in Bedford Street vijfenzeventig kom?"'

Er kwam nog meer, maar ze moet aan onze verlegen gezichten

hebben gezien dat we de neerbuigende toon erin onderkenden, en zodra zich een kans voordeed het af te ronden deed ze dat snel. Daarna, na even nadenkend zwijgen, probeerde ze iets anders dat veel beter bleek.

'Hebben jullie wel eens het verhaal van de eerste Kerstmis gehoord, kinderen?' vroeg ze. 'Van toen Jezus werd geboren?' En, met de halfgedempte theatrale stem waarvan ze moet hebben gehoopt dat die ook door vertellers van haar serieuzere hoorspelen zou worden gebruikt, begon ze te vertellen.

'...En ze hadden nog kilometers en kilometers voor de boeg voor ze bij Bethlehem kwamen,' zei ze, 'en het was een koude nacht. Maria wist dat ze al heel gauw een baby zou krijgen. Ze wist zelfs, omdat een engel haar dat verteld had, dat haar baby op een dag misschien de verlosser van de mensheid zou worden. Maar ze was nog maar een meisje' – hier glinsterden Sloanes ogen alsof ze zich vulden met tranen – 'en ze was doodop van het reizen. Ze had blauwe plekken van het hotsen en botsen op de ezel en alles aan haar deed pijn, en het leek wel of ze nóóit in Bethlehem zouden komen, en het enige dat ze kon zeggen was: "O, Jozef, ik ben zo moe."'

Het verhaal ging verder, over de herberg waar ze niet in mochten, en de geboorte in de stal, en de kribbe, en de dieren, en de komst van de drie koningen; toen het afgelopen was bleven we een hele tijd klappen omdat Sloane het zo goed had verteld.

'Pappa?' vroeg Edith. 'Wil je alsjeblieft voor ons zingen?'

'Dat is heel lief van je,' zei hij, 'maar nee; dat kan ik niet, zo zonder piano. Maar het is heel lief van je.'

De laatste artiest van de avond was Bart Kampen, die op algemeen dringend verzoek thuis zijn viool was gaan halen. We waren niet verrast te ontdekken dat hij speelde als een vakman, zoals je het zonder meer op de radio zou kunnen horen; maar de aanblik van zijn smalle fronsende gezicht boven de kinhouder, emotieloos op zijn zorg om een goede klank na, was waar we echt van genoten. We waren trots op hem.

Later, toen mijn vader al een tijdje weg was, kwamen er nog een heleboel andere volwassenen binnendruppelen, de meeste waren me onbekend en zagen eruit of ze die avond op nog meer feestjes waren geweest. Het was al erg laat, of liever gezegd kerstochtend heel vroeg, toen ik Sloane in de keuken heel dicht bij een kale man zag staan die ik niet kende. Hij had een trillend whiskyglas in zijn ene hand en masseerde met de andere langzaam haar schouder; ze leek terug te deinzen tegen de oude houten ijskist. Sloane had een manier van glimlachen waarbij nog net sliertjes sigarettenrook uit haar bijna dichte mond konden ontsnappen terwijl ze je van top tot teen opnam, en dat deed ze nu ook. Toen zette de man zijn glas op de ijskist en nam haar in zijn armen, en kon ik haar gezicht niet meer zien.

Een andere man, met een gekreukeld bruin pak aan, lag buiten westen op de grond van de eetkamer. Ik liep om hem heen naar het atelier, waar een knappe jonge vrouw heel zielig stond te huilen en drie mannen elkaar voor de voeten liepen in hun pogingen haar te troosten. Toen zag ik dat een van de drie Bart was, en ik bleef kijken hoe hij het langer volhield dan de twee anderen en met haar wegging naar de deur. Hij sloeg zijn arm om haar heen en ze vlijde haar hoofd tegen zijn schouder; zo liepen ze naar buiten.

Edith zag er in haar gekreukte feestjurk afgemat uit. Ze lag met haar hoofd achterover en haar benen links en rechts over de armleuningen in onze oude leunstoel uit Hastings-on-Hudson en John zat in kleermakerszit op de grond naast een van haar bungelende voeten. Ze leken over iets gepraat te hebben dat geen van beiden erg interesseerde en toen ik op de grond bij hen ging zitten droogde het gesprek volledig op.

'Billy,' zei ze, 'weet je wel hoe laat het is?'

'Nou én?' vroeg ik.

'Je had al uren in bed moeten liggen. Kom op. Dan gaan we naar boven.'

'Ik heb geen zin.'

'Nou ja,' zei ze, 'ik ga in elk geval naar boven,' en ze kwam omslachtig uit de stoel en liep weg tussen de drom mensen.

John draaide zich naar me toe en kneep onvriendelijk zijn ogen tot spleetjes. 'Weet je?' vroeg hij. 'Toen ze zo in die stoel zat kon ik alles zien.'

'Hè?'

'Ik kon alles zien. Ik kon d'r kut zien, en het haar. Ze krijgt al haar.'

Ik had deze speciale kenmerken van mijn zusje vaak gezien – in bad, of als ze zich verkleedde – en ik had er niets vreemds aan gevonden; maar ik begreep onmiddellijk dat het voor hem heel merkwaardig moest zijn. Had hij nu maar verlegen geglimlacht, dan hadden we er als toffe knullen uit *Zomerkampen voor jongens* samen om kunnen lachen, maar er lag nog steeds die smalende uitdrukking op zijn gezicht.

'En ik maar kijken,' zei hij. 'Ik moest haar aan de praat houden zodat ze het niet door zou krijgen, maar 't ging allemaal goed tot jij 't moest komen verpesten.'

Moest ik zeggen dat het me speet? Dat leek niet in orde, maar iets anders evenmin. Ik keek enkel naar de grond.

Toen ik eindelijk in bed lag had ik maar net tijd om te luisteren of ik de ontwijkende klank van de stad hoorde – ik had gemerkt dat dit een goede manier was om niet aan iets anders te denken – of mijn moeder kwam binnenstommelen. Ze had te veel gedronken en wilde gaan liggen, maar in plaats van naar haar eigen kamer te gaan, stapte ze bij mij in bed. 'O,' zei ze. 'O, jochie van me. O, jochie van me.' Het was een smal ledikant en ik kon onmogelijk plaats voor haar maken; toen kokhalsde ze plotseling, sprong uit bed en rende naar de wc, waar ik haar hoorde overgeven. Toen ik opschoof naar het deel van het bed waar zij gelegen had schrok mijn gezicht snel, maar net niet op tijd, terug voor de glibberige mondvol braaksel die ze op haar kant van het kussen had achtergelaten.

Die winter kwam Sloane ongeveer een maand zelden bij ons langs omdat ze, naar ze zei: 'Aan iets groots werkte. Iets echt heel groots.' Toen het af was kwam ze ermee naar het atelier, zichtbaar moe maar knapper dan ooit, en vroeg verlegen of ze het hardop mocht voorlezen.

'Geweldig,' zei mijn moeder. 'Waar gaat het over?'

'Dat is het leukste ervan. Het gaat over ons. Ons allemaal. Hoor maar.'

Bart was die dag al weg en Edith was in haar eentje buiten op het binnenplein – ze speelde vaak alleen – dus bestond het enige

publiek uit mijn moeder en mij. Wij gingen op de bank zitten en
Sloane zette zich op de hoge kruk, net als toen ze het verhaal over
Bethlehem ging vertellen.

'In Greenwich Village ligt een betoverde binnenplaats,' las ze.
'Het is niet meer dan een smal stukje plaveisel en gras tussen de
onregelmatige vormen van heel oude huizen, maar het is er beto-
verd omdat degenen die er wonen, of vlakbij wonen, gaandeweg
een betoverde vriendenkring zijn gaan vormen.

Ze zitten allemaal krap bij kas en sommigen van hen zijn heel
arm, maar ze geloven in de toekomst; ze geloven in elkaar en in
zichzelf.

Zo woont er Howard, vroeger topjournalist bij een New Yorks
dagblad. Iedereen weet dat Howard binnen korte tijd weer in de
bovenste regionen van de journalistiek zal verkeren, maar nu speelt
hij nog de verstandige, geestige wijsgeer van het binnenplein.

Zo woont er Bart, een jonge violist, onmiskenbaar voorbeschikt
voor virtuositeit op het concertpodium, die voorlopig echter alle
uitnodigingen voor het middag- en avondeten hoffelijk moet accepteren om te overleven.

En zo woont er Helen, een beeldhouwster wier charmante pro-
ducten op een dag de mooiste tuinen van Amerika zullen sieren en
wier atelier de uitverkoren plaats van samenkomst is voor de leden
van de kring.'

En nog meer in die trant terwijl er nog meer personages werden voorgesteld, en tegen het einde ervan kwam ze bij de kinderen. Ze beschreef mijn zusje als een 'slungelige, dromerige wilde-
bras', wat vreemd was – ik had dat nooit in Edith gezien – en mij
noemde ze 'een treurig kijkende, zevenjarige filosoof', wat volkomen verbijsterend was. Toen de inleiding achter de rug was zweeg
ze een paar tellen voor het theatrale effect en begon toen aan de
openingsepisode, wat denk ik door vakmensen een 'proefafleve-
ring' wordt genoemd.

Ik kon het verhaal niet zo goed volgen – het leek vooral een
voorwendsel om elk personage voor de microfoon een paar zinnen
te laten zeggen – en het duurde niet lang of ik luisterde alleen of
er tekst bij zou zijn voor het personage dat op mij geënt was. En
die tekst was er, in zekere zin. Ze zei mijn naam – 'Billy' – maar

toen begon ze niet te praten, maar liet haar mond een reeks afschuwelijke verkrampingen uitvoeren die vergezeld gingen van grappige kleine geluidsexplosies, en toen er eindelijk woorden uit kwamen liet het me koud welke dat waren. Het was waar dat ik erg stotterde – dat zou pas vijf of zes jaar later overgaan – maar ik had niet gedacht dat iemand het op de radio zou laten horen.

'Wow, Sloane, wat fantástisch,' zei mijn moeder toen het voorlezen achter de rug was. 'Echt heel opwindend.'

En Sloane legde haar getypte pagina's zorgvuldig op een stapeltje zoals ze dat ongetwijfeld op de secretaresseopleiding had geleerd en bloosde en glimlachte van trots. 'Nou ja,' zei ze, 'er moet vast nog het een en ander aan gebeuren, maar ik geloof wel dat er een hoop van te maken is.'

'Het is precies goed, zoals het is,' zei mijn moeder.

Sloane stuurde het manuscript per post naar een hoorspelregisseur en hij stuurde het terug met een brief die was getypt door een radiosecretaresse, waarin werd uitgelegd dat Sloanes materiaal te weinig luisteraars aansprak om commercieel te zijn. Het hoorspelpubliek was nog niet klaar voor verhalen over het leven in Greenwich Village, zei hij.

Toen was het maart. De nieuwe president beloofde dat we niets anders te vrezen hadden dan de vreze zelf en niet lang erna kwam zijn kop, in hout en houtwol verpakt, uit de gieterij van mr. Nicholson.

De gelijkenis was helemaal niet slecht. Ze had de beroemde omhoog wijzende kin goed getroffen – anders had het misschien helemáál niet geleken – en iedereen zei dat het heel mooi was. Wat niemand zei was dat haar oorspronkelijke opzet juist was geweest en dat mr. Nicholson zich er niet mee had moeten bemoeien: de kop was te klein. Er was niets heroïsch aan. Als je hem had kunnen uithollen en een gleuf in de bovenkant maken, was het een handige spaarpot voor kleingeld geweest.

De gieterij had het lood gepolijst tot de uitsteeksels bijna zilver glansden en de kop op een stevig voetstukje van zware zwarte bakeliet gezet. Ze hadden drie exemplaren gestuurd: een om aan te bieden op het Witte Huis, een om te bewaren voor tentoonstellingsdoeleinden, en een reserve. Maar de reserve tuimelde al vlug naar de grond en raakte zwaar beschadigd – de neus ging bijna op in de kin – en het is dat Howard Whitman zei dat het nu een goed portret van vice-president Garner was, en iedereen aan het lachen maakte, anders was mijn moeder misschien in tranen uitgebarsten.

Charlie Hines, de oude vriend van Howard bij de *Post*, die tegenwoordig een ondergeschikte baan had bij de staf van het Witte Huis, maakte voor mijn moeder een afspraak met de president voor laat op een doordeweekse ochtend. Ze regelde dat Sloane die nacht bij Edith en mij zou blijven slapen; vervolgens nam ze de avondtrein naar Washington, het beeldhouwwerk in een kartonnen doos bij zich, en overnachtte daar in een van de voordeliger hotels. 's Ochtends trof ze Charlie Hines in een propvolle antichambre van het Witte Huis, waar ze de kartonnen doos wel weggegooid zullen hebben, en hij nam haar mee naar de wachtkamer voor het Oval Office. Hij bleef bij haar terwijl zij met de naakte kop op schoot zat, en toen ze aan de beurt was liep hij met haar mee naar het schrijfbureau van de president om het beeldhouwwerk aan te bieden. Het duurde niet lang. Er waren geen verslaggevers en geen fotografen.

Na afloop nam Charlie Hines haar mee uit lunchen, vermoedelijk omdat hij dat aan Howard Whitman had beloofd. Ik stel me voor dat het geen eersteklas restaurant was, eerder een jachtige rechttoe rechtaan eettent met veel klandizie van de werkende pers, en ik stel me voor dat ze een moeizaam gesprek voerden, tot ze op Howard kwamen en dat het toch een schande was dat hij nog steeds geen werk had.

'Dat is zo. Maar ken je die vriend van Howard, Bart Kampen?' vroeg Charlie. 'Die jongen uit Nederland? Die violist?'

'Ja, ja,' zei ze. 'Die ken ik wel.'

'Jézus, dát is pas een verhaal met een goede afloop! Heb je dat gehoord? Toen ik Bart de vorige keer zag zei hij: "Charlie, voor mij geen economische crisis meer," en hij vertelt me dat hij een rijk, stom, geschift wijf gevonden heeft dat hem betaalt om privé-onderwijs te geven aan haar kinderen!'

Ik zie voor me hoe ze die middag in de lange langzame trein terug naar New York zat. Ze moet recht voor zich uit hebben gestaard of door het vuile raampje naar buiten, niets ziend, haar ogen rond en haar gezicht in de weke vorm van de gekrenktheid. Haar avontuur met Franklin D. Roosevelt was op niets uitgelopen. Er zouden geen foto's of interviews of hoofdartikelen komen, geen aangrijpende momenten in het bioscoopjournaal; onbekenden zouden nooit weten dat ze uit een dorp in Ohio kwam, of hoe ze haar talent had gekoesterd, tijdens de dappere moeilijke soloreis die haar onder de aandacht van de wereld had gebracht. Het was niet eerlijk.

Het enige waarop ze zich nu kon verheugen was haar romance met Eric Nicholson en ik geloof dat ze zelfs toen al wist dat die romance wankelde – de daaropvolgende herfst deserteerde hij definitief.

Ze was eenenveertig, op een leeftijd dat zelfs romantici moeten toegeven dat de jeugd voorbij is, en het enige dat de jaren haar hadden opgeleverd was een atelier stampvol groene gipsen beelden die niemand kocht. Ze geloofde in de aristocratie, maar er was geen reden om aan te nemen dat de aristocratie ooit in haar zou geloven.

En elke keer dat ze aan Charlie Hines' woorden over Bart Kampen dacht – o, wat gemeen, wat gemeen van hem – kwam, genadeloos op de maat van het geratel van de trein, de vernedering in golven terug.

Ze hield toen ze thuiskwam dapper de schijn op, hoewel alleen Sloane en Edith en ik er waren om haar te begroeten. Sloane had ons al te eten gegeven en zei: 'Ik heb voor jou een bord in de oven gezet, Helen,' maar mijn moeder zei dat ze eigenlijk liever enkel een borrel wilde. Ze stond aan het begin van een lange strijd tegen de drank die ze ten slotte zou verliezen; het besluit een borrel te nemen en niet te eten moet haar die avond verkwikkend geleken hebben. Toen vertelde ze ons 'alles' over haar reis naar Washington, en ze slaagde erin het te laten klinken als een succes. Ze vertelde hoe spannend het was om echt ín het Witte Huis te zijn; ze herhaalde de een of andere onbelangrijke hoffelijkheid waarmee president Roosevelt de kop in ontvangst genomen had. En ze had souvenirs meegebracht: voor Edith een handvol memovelletjes met het briefhoofd van het Witte Huis en voor mij een vaak gebruikte bruyèrepijp. Ze legde uit dat ze in de wachtkamer voor het

Oval Office een zeer voornaam ogende man had gezien die deze pijp rookte; toen zijn naam werd afgeroepen had hij hem snel in een asbak uitgeklopt en hem laten liggen terwijl hij zich naar binnen haastte. Ze had gewacht tot ze zeker wist dat er niemand keek; toen had ze de pijp uit de asbak gepakt en hem in haar tas gestopt. 'Want ik wist dat het vast een belangrijk iemand was,' zei ze. 'Het had best iemand van het kabinet kunnen zijn, of iets in die geest. Hoe dan ook, ik dacht dat je hem wel leuk zou vinden om mee te spelen.' Maar dat was niet zo. De pijp was te zwaar om tussen mijn tanden te houden en hij smaakte afschuwelijk als ik erop zoog; bovendien vroeg ik me steeds af wat die man wel moest hebben gedacht, toen hij uit het kantoor van de president kwam en zijn pijp was weg.

Na een tijdje ging Sloane naar huis en bleef mijn moeder alleen aan de eetkamertafel zitten drinken. Ze hoopte denk ik dat Howard Whitman of een paar andere vrienden van haar zouden langskomen, maar er kwam niemand. Het liep tegen onze bedtijd toen ze opkeek. 'Edith? Loop eens vlug naar de tuin om te kijken of je Bart ergens ziet.'

Hij had onlangs een paar fel geelbruine schoenen met crêpezolen gekocht. Ik zag hoe die schoenen snel over de donkere bakstenen treden achter de ramen naar beneden kwamen huppelen – hij leek in zijn vrolijkheid de treden nauwelijks te raken – en daarna zag ik hem glimlachend het atelier in komen, terwijl Edith de deur achter hem dichtdeed. 'Helen!' zei hij. 'Je bent terug!'

Ze bevestigde dat ze terug was. Toen stond ze op van haar plek aan tafel en liep langzaam op hem af, en Edith en ik gingen beseffen dat er iets akeligs op til was.

'Bart,' zei ze, 'ik heb vandaag in Washington geluncht met Charlie Hines.'

'O?'

'En we hadden een heel interessant gesprek. Hij schijnt je heel goed te kennen.'

'Niet echt goed; we hebben bij Howard een paar keer met elkaar gepraat, maar we zijn niet echt...'

'En hij vertelde dat jij gezegd had: "Voor mij geen economische crisis meer," want je had een rijk, stom, geschift wijf gevonden dat je betaalt om privé-onderwijs te geven aan haar kinderen. Val me niet in de rede.'

Maar Bart dacht er kennelijk niet aan om haar in de rede te vallen. Hij liep op zijn geruisloze schoenen achteruit bij haar weg, hij trok zich langs het ene stijve groene tuinkind na het andere terug. Zijn gezicht stond geschrokken en was rood aangelopen.

'Ik ben niet rijk, Bart,' zei ze, terwijl ze op hem afkwam. 'En ik ben niet stom. En ik ben niet geschift. En ik herken trouweloosheid en ondankbaarheid en je reinste rottige venijn, en léúgens als die me onder m'n neus gewreven worden.'

Mijn zusje en ik waren halverwege de trap en verdrongen elkaar om ons te kunnen te verstoppen vóór het ergste kwam. Het ergste van dit soort dingen kwam altijd aan het einde, als ze geen zelfbeheersing meer had en toch doorging met schreeuwen.

'Mijn huis uit, Bart,' zei ze. 'En ik wil je nooit meer zien. En ik wil je iets zeggen. Ik heb m'n leven lang een hekel gehad aan mensen die "Sommigen van m'n beste vrienden zijn jood" zeggen. Want ik heb geen énkele vriend die jood is en die zal ik nooit hebben ook. Begrepen? Ik heb geen énkele vriend die jood is en die zal ik nooit hebben óók.'

Daarna was het stil in het atelier. Edith en ik trokken zonder elkaar aan te kijken onze pyjama aan en gingen naar bed. Maar het duurde maar een paar minuten of het huis weergalmde weer helemaal opnieuw van mijn moeders tierende stem, alsof Bart op de een of andere manier was teruggeroepen en zijn straf twee keer moest ondergaan.

'...en toen zei ik: "Ik heb geen énkele vriend die jood is en die zal ik nooit hebben óók..."'

Ze zat aan de telefoon, ze gaf voor Sloane Cabot de hoogtepunten van de scène ten beste en het was wel duidelijk dat Sloane haar partij zou kiezen en haar troosten. Sloane wist dan wel hoe de maagd Maria zich gevoeld had op weg naar Bethlehem, maar ze wist ook hoe ze de mensen met mijn gestotter aan het lachen kon maken. Ze zou bij zoiets als dit snel inzien waar haar loyaliteit lag en het zou haar niet zwaar vallen Bart Kampen uit haar betoverde vriendenkring te verwijderen.

Toen het telefoongesprek ten einde kwam was het eindelijk stil beneden, tot we haar met de priem in de ijskist bezig hoorden: ze schonk zich nog een borrel in.

We zouden nooit meer in onze kamer op school zitten. We zouden Bart waarschijnlijk nooit meer zien – of als we hem zagen zou hij ons waarschijnlijk niet willen zien. Maar onze moeder hoorde bij ons; wij hoorden bij haar; we berustten daarin terwijl we naar het heel, heel zwakke geluid van miljoenen luisterden.

Leugens in de liefde

Toen Warren Mathews met zijn vrouw en twee jaar oude dochtertje in Londen kwam wonen was hij bang dat de mensen het raar zouden vinden dat hij ogenschijnlijk niet werkte. Zeggen dat hij 'een Fulbright had' hielp niet erg, want alleen een paar andere Amerikanen wisten wat dat inhield; de meeste Engelsen keken hem onbegrijpend aan of glimlachten hulpvaardig tot hij het uitlegde, en ook dan begrepen ze het nog niet.

'Waarom zou je ze eigenlijk iets vertellen?' vroeg zijn vrouw wel eens. 'Het gaat ze toch niet aan? En al die Amerikanen die hier van hun kapitaal leven dan?' En ze ging verder met haar werkzaamheden aan het fornuis, of het aanrecht, of de strijkplank, of met de taak van het ritmisch en elegant borstelen van haar lange bruine haar.

Ze was een knap meisje met een scherpgesneden gezicht dat Carol heette en getrouwd was op een leeftijd waarvan ze vaak zei dat het veel te jong was, en ze ontdekte binnen de kortste keren dat ze Londen haatte. Het was groot en vaal en ongastvrij; je kon er kilometers lopen of met de bus rijden zonder dat je iets leuks zag, en met de komst van de winter verscheen een kwalijk ruikende, zwavelachtige mist die alles geel besmeurde, door gesloten ramen en deuren sijpelde om dan in je huis te blijven hangen en op je huiverende huilende ogen sloeg.

Daarbij kwam dat Warren en zij het al een hele tijd niet goed met elkaar konden vinden. Misschien hadden ze allebei gehoopt dat het avontuur van hun verhuizing naar Engeland zou helpen om de zaak recht te zetten, maar het viel nu niet mee zich nog te herinneren of ze dat gehoopt hadden of niet. Ze hadden niet vaak ruzie – ruziemaken hoorde bij een eerdere fase van hun huwelijk – maar ze vonden elkaars gezelschap zelden echt prettig en er gin-

151

gen hele dagen voorbij waarin het leek of ze werkelijk niets in hun kleine keurige souterrain konden doen zonder elkaar voor de voeten lopen. 'O, sorry,' mompelden ze na elk onhandig duwtje of botsinkje. 'Sorry hoor...'

Het souterrain was de enige meevaller die ze hadden: ze betaalden maar een symbolische huur omdat het van Carols Engelse tante Judith was, een elegante weduwe van zeventig die in haar eentje in het appartement boven hen woonde en vaak liefhebbend zei dat ze hen 'zo charmant' vond. Ze was zelf ook heel charmant. Het enige ongemak, tevoren zorgvuldig besproken, was dat Judith bij hen in bad moest omdat ze in haar eigen appartement geen badkuip had. Ze klopte 's ochtends verlegen bij hen aan en kwam meteen erna binnen, een al glimlach en verontschuldiging en met een vorstelijke, enkellange kamerjas om zich heen geslagen. Als ze dan later in stoomwolken gehuld uit haar bad tevoorschijn kwam, haar mooie oude gezicht roze en fris als dat van een kind, liep ze langzaam de voorkamer in. Soms bleef ze daar nog even praten, soms niet. Op een keer zei ze, terwijl ze met haar hand op de knop van de gangdeur bleef staan: 'Weet je, ik herinner me dat toen we pas hadden afgesproken dat jullie hier konden komen wonen, toen ik erin had toegestemd dit te verhuren, dat ik toen dacht: O, jeetje, maar stel dat ik ze niet áárdig vind? En nu is het allemaal even heerlijk, omdat ik jullie reusachtig aardig vind.'

Het lukte ze blije en liefhebbende antwoorden te vinden; daarna, toen ze weg was, zei Warren: 'Dat was lief van haar.'

'Ja; heel lief.' Carol zat op het vloerkleed waar ze ingespannen probeerde de hiel van hun dochtertje in de schacht van een rode kaplaars te duwen. 'Nu niet bewegen, honnepon,' zei ze. 'Anders lukt het mammie nóóit, oké?'

Het kleine meisje, Cathy, ging doordeweeks in de buurt naar een peuterspeelplaats die de Peter Pan Club heette. Het idee erachter was geweest dat Carol haar handen vrij zou hebben om in Londen werk te zoeken, ter aanvulling van het inkomen uit de Fulbright-beurs; maar toen bleek er een wet te zijn waaronder Britse werkgevers alleen buitenlanders mochten aannemen als kon worden aangetoond dat die buitenlander in het bezit was van bekwaamheden die bij Britse sollicitanten niet voorhanden waren, en er was geen enkele hoop dat Carol zoiets zou kunnen aantonen. Maar ze lieten Cathy toch maar op de peuterspeelplaats, want ze leek het er leuk te vinden en ook – hoewel geen van beide ouders dat onder woorden bracht – omdat het een weldaad was haar de hele dag uit huis te hebben.

En op deze speciale ochtend kwam Carol het vooruitzicht van de uren alleen met haar man extra goed uit: ze had gisteravond besloten hem nu, vandaag, haar besluit mee te delen dat ze bij hem wegging. Hij zou het nu toch wel met haar eens zijn, dat de dingen niet waren zoals ze zijn moesten. Ze zou met het kind teruggaan naar New York; zodra ze daar op orde waren zou ze een baan nemen – secretaresse of receptioniste of zoiets – en haar eigen leven inrichten. Ze zouden natuurlijk per brief in contact blijven en als dit Fulbright-jaar voorbij was konden ze – nou ja, konden ze er nog eens over nadenken en praten.

De hele weg naar de Peter Pan Club, terwijl Cathy babbelend haar hand vastklemde, en de hele terugweg, toen ze alleen en sneller liep, probeerde Carol half fluisterend te repeteren wat ze te zeggen had; maar toen het zover was bleek de hele toestand veel minder moeilijk dan ze had gevreesd. Warren leek niet eens erg verbaasd – tenminste niet op een manier die haar argumenten in twijfel had kunnen trekken of ondermijnen.

'Oké,' zei hij telkens mistroostig, zonder haar echt aan te kijken. 'Oké...' Toen, na een tijdje, stelde hij een verontrustende vraag. 'Wat zeggen we tegen Judith?'

'Eh, ja, daar heb ik ook aan gedacht,' zei ze, 'en het lijkt me érg pijnlijk om haar de waarheid te vertellen. Kunnen we niet gewoon zeggen dat er een ziektegeval bij mij in de familie is en dat ik daarom naar huis moet?'

'Maar jouw familie is háár familie.'

'Nee, dat slaat echt nergens op. Mijn vader was haar broer, maar die is dood. Ze heeft mijn moeder zelfs nooit ontmoet, en ze waren trouwens al ik weet niet hoeveel jaar gescheiden. En andere lijnen zijn er niet – je weet wel – communicatielijnen of zo. Ze komt er nooit achter.'

Warren dacht erover na. 'Mij best,' zei hij ten slotte, 'maar ik heb geen zin het haar te vertellen. Jíj vertelt het haar, oké?'

'Ja. Natuurlijk vertel ik het haar, als je het goed vindt.'

En daarmee leek de zaak geregeld – zowel wat ze tegen Judith moesten zeggen als de belangrijker kwestie van hun scheiding. Maar die avond laat, nadat Warren een hele tijd in de blauw met roze gloed van de ceramische filamenten in hun gashaard had zitten staren, zei hij: 'Carol?'

'Ja?' Ze wapperde schone lakens open om de bank op te maken, waar ze van plan was in haar eentje te gaan slapen.

'Wat denk je dat het voor iemand zal zijn, die man van jou?'

'Hoe bedoel je? Wélke man van mij?'

'Die kerel, je weet wel. Van wie je hoopt dat je hem in New York zult vinden. Ik weet dat hij op ongeveer dertien manieren beter zal zijn dan ik, en hij is vast en zeker een heel stuk rijker, maar ik bedoel: wat ís het voor iemand? Hoe ziet hij erúít?'

'Ik wil hier niet naar luisteren.'

'Oké, maar moet je horen. Hoe ziet hij erúít?'

'Weet ik niet,' zei ze ongeduldig. 'Een rijke stinkerd, denk ik.'

Nog geen week vóór de afvaartdatum van Carols schip organiseerde de Peter Pan Club ter ere van Cathy's derde verjaardag een feestje. Het was een mooie verjaardagspartij, met een theemaaltijd met roomijs en cake naast de dagelijkse kost van brood met smeerworst en brood met jam, en in kopjes een felgekleurde vloeistof die het Engelse equivalent van ranja was. Warren en Carol stonden samen van een afstandje toe te kijken, ze glimlachten naar hun vrolijke dochter als om te beloven dat ze op de een of andere manier altijd haar ouders zouden blijven.

'Dus ú blijft hier nog een tijdje bij ons, mr. Mathews,' zei Marjorie Blaine, die de leiding over de peuterspeelzaal had. Ze was een goed verzorgde, kettingrokende vrouw van een jaar of veertig, al heel lang gescheiden, en het was Warren een paar keer opgevallen dat ze er best aardig uitzag. 'U moet een keer langskomen in onze pub,' zei ze. 'Kent u Finch's, op Fulham Road? Het is er nogal klein en sjofel, moet ik eerlijk zeggen, maar er komt een aardig soort mensen.'

En hij zei dat hij dat zeker zou doen.

Toen was het de dag van vertrek, en Warren bracht zijn vrouw en kind naar het station en begeleidde hen tot aan het hek naar de boottrein.

'Komt pappa niet mee?' vroeg Cathy, met een angstig gezicht.

'Het is wel goed, lieverd,' zei Carol tegen haar. 'We moeten pappie voorlopig hier achterlaten, maar je ziet hem heel vlug weer terug.' En ze liepen snel de hen omsluitende menigte in.

Cathy had op haar feestje onder andere een kartonnen muziek-doos gekregen, met op de voorkant een jolig geel eendje met een verjaardagskaartwens, en opzij een zwengeltje: als je eraan draaide klonk er een blikkerige vertolking van 'Happy birthday to you'. En toen Warren die avond terugkwam in het appartement vond hij de muziekdoos te midden van andere goedkope vergeten speel-goeddingen op de grond onder Cathy's afgehaalde bed. Hij speel-de het muziekje een paar keer af terwijl hij aan zijn bureau boven de warboel van boeken en papier whisky zat te drinken; daarna, met een kinderinstinct voor zinloos experiment, draaide hij de slinger de andere kant op en speelde het langzaam achterstevoren. Toen hij er eenmaal mee begonnen was bleek hij niet te kunnen ophouden, of misschien wilde hij niet omdat het vage primitieve wijsje dat de doos voortbracht gedachten opriep aan alle verlies en eenzaamheid in de wereld.

La líe la-la la-la
La líe la-la l-la...

Hij was lang en erg mager en zich er voortdurend van bewust hoe onbeholpen hij eruit moest zien, zelfs als er niemand was die het zien kon – zelfs toen zijn leven alleen nog inhield dat hij meer dan vijfduizend kilometer van huis in z'n eentje met een kartonnen speelgoedding zat te spelen. Het was maart 1953 en hij was zeven-entwintig jaar.

'Arme ziel,' zei Judith, toen ze 's ochtends naar beneden kwam om in bad te gaan. 'Het is zo tríest je hier alleen te zien zitten. Je zult ze wel vreselijk missen.'

'Ja, nou ja, het is maar voor een paar maanden.'

'Ja, maar dat is vreselijk. Heb je niet iemand die zo'n beetje voor je zou kunnen zorgen? Hebben Carol en jij geen jonge mensen leren kennen aan wie je gezelschap zou kunnen hebben?'

'O jawel, we hebben een paar mensen leren kennen,' zei hij, 'maar niemand die ik speciaal – je weet wel – niemand die ik om me heen zou willen hebben of zo.'

'Tja, dan zul je ergens *nieuwe* vrienden moeten maken.'

Kort na de eerste april ging Judith oudergewoonte naar haar buitenhuisje in Sussex, waar ze tot september zou blijven. Ze zou zo nu en dan een paar dagen terugkomen naar de stad, legde ze Warren uit, maar: 'Maak je niet ongerust, ik zal zorgen ruim bijtijds te bellen voor ik je z'n beetje overvál.'

En dus was hij nu werkelijk alleen. Op een avond ging hij met het vage idee Marjorie Blaine zo ver te krijgen met hem mee naar huis te gaan om daarna in het bed van Carol en hem met haar te vrijen, naar de pub die Finch's heette. En hij trof haar alleen in de propvolle bar, maar ze zag er oud uit en was duidelijk beneveld.

'Hé, wie hebben we daar, mr. Mathews,' zei ze. 'Kom, kom hier naast me zitten.'

'Warren,' zei hij.

'Hè?'

'Iedereen noemt me Warren.'

'O. Ja ja, maar dit is Engeland, snapt u wel; we zijn hier allemaal vreselijk formeel.' En even later zei ze: 'Ik heb eigenlijk nooit helemaal begrepen wat u dóét, mr. Mathews.'

'Eh, ik heb een Fulbright,' zei hij. 'Een Amerikaanse beurs voor een uitwisselingsprogramma met buitenlandse studenten. De overheid betaalt alle kosten en je...'

'Ja ja, natuurlijk, Amerika is heel goed in dat soort dingen. En dan bent u vast heel intelligent zou ik zo denken.' Haar blik schoot heel even zijn kant op. 'Dat is bij mensen die niet geleefd hebben vaak zo.' Toen kromp ze in elkaar, als een pantomimespeler die een klap ontweek. 'Sorry,' zei ze snel, 'sorry, dat ik 't gezegd heb.' Maar ze klaarde meteen weer op. 'Sarah!' riep ze. 'Sarah, kom kennismaken met mr. Mathews, hij is jong en wil Warren genoemd worden.'

Een lang knap meisje keerde een groep andere drinkers de rug toe om naar hem te glimlachen terwijl ze haar hand uitstak, maar

toen Marjorie Blaine zei: 'Hij is Amerikaan,' bevroor Sarahs glimlach en zakte haar hand omlaag.
'O,' zei ze. 'Wat enig.' En ze wendde zich weer af.

Het was geen goed moment om in Londen Amerikaan te zijn. Ei-
senhower was tot president gekozen en de Rosenbergs waren
geëxecuteerd; Joseph McCarty was in opkomst en de oorlog in
Korea, met zijn onwillige contingent Britse soldaten, leek eeuwig
te gaan duren. Maar Warren Mathews vreesde dat hij zich hier
zelfs op het gunstigste aller momenten een buitenstaander zou
voelen en heimwee hebben. Zelfs de Engelse taal, zoals door de
autochtonen gesproken, had zo weinig met zijn eigen Engels te
maken dat je in elke gedachtewisseling op veel te veel punten iets
kon ontgaan. Niets was duidelijk.
    Hij bleef het proberen, maar zelfs op betere avonden, in vrolij-
ker pubs dan Finch's en in gezelschap van prettiger vreemdelin-
gen, vond hij nauwelijks verlichting van zijn onbehagen – en geen
aantrekkelijke alleenstaande meisjes. De meisjes, of ze nu middel-
matig of gekmakend knap waren, hingen altijd aan de arm van een
man wiens gestage stroom geestigheden hem in glimlachende verbijstering achterliet. En hij merkte ontzet hoe vaak hun insinua-
ties, of ze nu geknipoogd waren of geschreeuwd, stilstonden bij de
komische aspecten van de homoseksualiteit. Was heel Engeland
daardoor geobsedeerd? Of was het onderwerp alleen zo algemeen
aanwezig in dit rustige, 'interessante' deel van Londen waar Chel-
sea langs Fulham Road South Kensington raakte?
    Toen, op een avond, nam hij een late bus naar Piccadilly Cir-
cus. 'Wat moet je dáár nou?' zou Carol hebben gevraagd, en hij
was al op de helft van de busrit toen hij zich realiseerde dat hij dat
soort vragen niet meer hoefde te beantwoorden.
    In 1945, als jongen voor het eerst na de oorlog met militair ver-
lof, had hij daar elke avond stomverbaasd de prostituees zien fla-
neren die Piccadilly Commando's genoemd werden en zijn bloed
was onvergetelijk sneller gaan stromen terwijl hij keek hoe ze daar
liepen en keerden, liepen en weer keerden: meisjes te koop. Ze
leken een mikpunt van spot geworden voor wereldwijzere soldaten
dan hij, van wie sommigen er plezier in hadden om tegen de ge-

bouwen hangend met duim en wijsvinger grote Engelse penny's op het trottoir voor de voeten van de meisjes te schieten als die langsliepen, maar Warren had gehunkerd naar de moed om die spotternij te trotseren. Hij had een meisje willen uitkiezen en haar kopen en haar bezitten, hoe ze ook zou uitvallen, en hij verachtte zichzelf dat hij zijn hele twee weken verlof voorbij liet gaan zonder het te doen.

Hij wist dat een gewijzigde versie van het schouwspel er in elk geval afgelopen herfst nog geweest was, want Carol en hij hadden het op weg naar een theater in West End gezien. 'Dit is toch niet te geloven,' had Carol gezegd. 'En zijn dat echt allemaal hoeren? Zoiets triests heb ik nog nooit gezien.'

Er waren onlangs krantenberichten verschenen dat Piccadilly vóór de ophanden zijnde kroning van Elisabeth dringend moest worden 'schoongeveegd', maar de politie had het zeker niet erg doortastend aangepakt want de meisjes waren zeer aanwezig.

Ze waren meestal jong, met zwaar opgemaakte gezichten; ze droegen felgekleurde kleren in suikerwerk- en paaseitinten en liepen en keerden of stonden ergens in de schaduw te wachten. Het kostte hem drie whisky's puur om zijn moed bij elkaar te garen, en ook toen was hij niet zeker van zichzelf. Hij wist dat hij er sjofel bijliep – hij droeg een grijs colbert met een oude legerbroek en zijn schoenen waren bijna aan weggooien toe – maar alle kleren ter wereld hadden zijn gevoel van naaktheid niet kunnen wegnemen toen hij snel een van vier meisjes uitkoos die op Shaftesbury Road stonden, en op haar toeliep en zei: 'Ben je vrij?'

'Of ik vrij ben?' vroeg ze, terwijl haar blik minder dan een seconde de zijne kruiste. 'Ik kan me niet anders herinneren, lieveling.'

Het eerste waarover ze het nog maar een paar huizen verder met hem eens wilde worden was de prijs – hoog, maar hij kon het net betalen; toen vroeg ze of hij het erg vond om een klein stukje met een taxi te gaan. En in de taxi legde ze uit dat ze nooit naar de goedkope hotels en pensions hier in de buurt ging, zoals de meeste andere meisjes, want ze had een dochtertje van een half jaar en wilde haar niet graag lang alleen laten.

'Kan ik me voorstellen,' zei hij. 'Ik heb zelf ook een dochtertje.'

En hij vroeg zich meteen af waarom hij het nodig had gevonden haar dat te vertellen.

'O ja? Waar is je vrouw dan?'

'Thuis, in New York.'

'Ben je gescheiden of zo?'

'Eh, uit elkaar.'

'O ja? Beroerd voor je.'

Ze zaten al een tijdje onder pijnlijk stilzwijgen in de taxi toen ze zei: 'Moet je horen, je mag me best kussen als je wilt of zo, maar hier in de taxi handen thuis, oké? Daar doe ik niet aan.'

En pas toen, toen hij haar kuste, kwam hij erachter wat voor meisje het was. Haar fel geelblonde haar lag in krulletjes om haar gezicht – het werd bij elke passerende straatlantaarn verlicht en weer donker; ze had ondanks alle mascara leuke ogen; haar mond was goedgevormd; en hoewel hij zijn handen grotendeels thuishield ontdekten die al snel dat ze slank en gespierd was. Het was geen 'klein stukje met een taxi' – de rit duurde zo lang dat Warren zich begon af te vragen of de taxi pas zou stoppen als ze ergens werden opgewacht door een jeugdbende, die hem van de achterbank zou sleuren en in elkaar slaan en beroven en er met het meisje in de taxi vandoor zou gaan – maar ten slotte kwam de rit ten einde bij een stil huizenblok in wat Londen noordoost was, vermoedde hij. Ze nam hem mee naar binnen in een huis dat er in het maanlicht eenvoudig maar vredig uitzag; toen zei ze: 'Ssst,' en ze liepen op hun tenen door een krakende linoleum gang naar haar kamer, waar ze het licht aanknipte en de deur achter hen dichtdeed.

Ze ging even naar de baby kijken, die klein en stil en toegedekt midden in een groot geel ledikant lag dat tegen een van de muren stond. Langs de tegenoverliggende muur stond met nog geen twee meter ertussen een redelijk fris uitziend tweepersoonsbed waarin Warren geacht werd zich te amuseren.

'Ik wil graag zeker weten dat ze ademt,' legde het meisje uit terwijl ze weer met haar rug naar het ledikant ging staan; en ze keek hoe hij het juiste aantal ponden en tien-shillingbiljetten op haar commode uittelde. Ze deed de plafondlamp uit maar liet een klein lampje naast het bed branden terwijl ze zich begon uit te kleden en het lukte hem haar te bekijken terwijl hij zenuwachtig zijn eigen kleren uittrok. Behalve dat haar onderbroek van katoenen tricot er meelijwekkend goedkoop uitzag, dat haar bruine schaamhaar haar blonde hoofd logenstrafte, dat haar benen kort en haar knieën een beetje dik waren, kon ze ermee door. En ze was zonder enige twijfel jong.

'Vind je dit ook wel eens leuk?' vroeg hij, toen ze onbeholpen samen in bed lagen.

'Hè? Hoe bedoel je?'

'Nou ja, gewoon – je weet wel – ik neem aan dat je na een tijdje niet echt meer...' en hij zweeg verstard van gêne.

'O, jawel hoor,' verzekerde ze hem. 'Nou ja, het hangt natuurlijk erg van de mán af, maar ik ben niet – ik ben geen ijsklomp of zo. Dat merk je straks nog wel.'

En zo werd ze, in volledig onverwachte genade en vervulling, een echt meisje voor hem.

Ze heette Christine Philips en ze was tweeëntwintig. Ze kwam uit Glasgow, maar woonde al vier jaar in Londen. Hij wist dat hij niet zo onnozel moest zijn alles wat ze zei te geloven toen ze later die nacht met sigaretten en een literfles warm bier rechtop zaten; maar hij wilde er toch ook voor openstaan. En hoewel veel van wat ze zei voorspelbaar was – zo legde ze uit dat ze niet zou hoeven tippelen als ze maar 'hostess' in een 'club' wilde worden, maar dat ze een hoop van dergelijke voorstellen had afgewezen omdat 'het er allemaal kouwe kak is' – maakte ze op onbewaakte ogenblikken ook wel opmerkingen waarvan zijn arm vol tederheid om haar heen kon verstrakken, zoals toen ze zei dat ze haar dochtertje Laura had genoemd 'omdat ik dat altijd de mooiste meisjesnaam van de wereld gevonden heb. Vin' je ook niet?'

En hij begon te begrijpen waarom er bijna geen Schots of Brits accent in haar taal te bespeuren was: ze had natuurlijk zo veel Amerikanen, soldaten en zeelui en allerlei ontheemde burgers gekend, dat die haar taal waren binnengedrongen en geplunderd hadden.

'Wat doe je voor de kost, Warren?' vroeg ze. 'Krijg je geld van thuis?'

'Zoiets.' En hij legde voor de zoveelste keer uit hoe dat werkte met zo'n Fulbright-beurs.

'O ja?' vroeg ze. 'Moet je daar intelligent voor zijn?'

'Nee, niet echt. Je hoeft tegenwoordig in Amerika voor niets nog echt intelligent te zijn.'

'Hou je me voor de gek?'

'Niet helemaal.'

'Hm?'

'Ik bedoel dat ik je maar klein een beetje voor de gek houd.'

Na een nadenkend stilzwijgen zei ze: 'Pff, ik wou dat ík langer op school had kunnen zitten. Ik wou dat ik zo intelligent was dat ik een boek kon schrijven, want ik heb een verdomd goed boek in gedachten. Weet je hoe ik het zou noemen?' Ze kneep haar ogen tot spleetjes en haar vingers tekenden een aanduiding van schoonschrift in de lucht. '*Dit is Piccadilly* zou ik het noemen. Omdat niemand een idéé heeft wat daar gebeurt. Jézus, ik zou je dingen kunnen vertellen waarvan je maag – nou ja, laat ook maar. Laat maar zitten.'

'...Hé, Christine?' vroeg hij nog wat later, toen ze weer in bed lagen.

'Hmm?'

'Zullen we elkaar onze levensgeschiedenis vertellen?'

'Oké,' zei ze met het enthousiasme van een kind en dus moest hij, bedeesd, alweer uitleggen dat hij haar maar een beetje voor de gek hield.

Ze werden allebei om zes uur 's ochtends wakker omdat de baby huilde, maar Christine stond op en zei dat hij nog een tijdje kon blijven slapen. Toen hij weer wakker werd was hij alleen in de kamer, die vaag naar cosmetica en pies rook. Hij hoorde ergens vlakbij een aantal vrouwen praten en lachen en hij wist niet wat hij anders zou moeten doen dan opstaan, zich aankleden en het huis verlaten.

Toen kwam Christine hem bij de deur vragen of hij een kop thee wilde. 'Als je klaar bent,' vroeg ze, terwijl ze hem voorzichtig de hete mok aangaf, 'kom dan kennismaken met mijn vriendinnen, oké?'

En hij liep achter haar aan naar een combinatie van keuken en woonkamer waarvan de ramen uitkeken op een met onkruid begroeid, onbebouwd stuk grond. Een kleine dikke vrouw van in de dertig was bezig aan een strijkplank, onder een plafondstopcontact waarin het elektriciteitssnoer stak, en een meisje dat ongeveer even oud was als Christine lag met een knielange badjas en slofjes aan lui achterover in een leunstoel terwijl haar mooie blote benen stralend oplichtten in de ochtendzon. Onder een ingelijste ovale spiegel siste een gashaard en overal hing de aangename geur van waterdamp en thee.

'Warren, dit is Grace Arnold,' zei Christine over de vrouw bij de strijkplank, die opkeek om 'aangenaam' te zeggen, 'en dit is Amy.' Amy likte glimlachend langs haar lippen en zei: 'Hi.'

'Je ziet zo dadelijk de kinderen nog wel,' zei Christine tegen hem. 'Grace heeft zes kinderen. Grace en Alfred dus eigenlijk, bedoel ik. Alfred is de heer des huizes.'

En zo kon Warren heel geleidelijk aan, terwijl hij met kleine slokjes dronk, en luisterde en toepasselijke knikjes en glimlachjes en vragen bijeenraapte, de feiten reconstrueren. Alfred Arnold was huisschilder, of eigenlijk 'schilder en behanger'. Omdat ze zo veel kinderen moesten opvoeden knoopten zijn vrouw en hij de eindjes aan elkaar door kamers te verhuren aan Christine en Amy, waarbij ze heel goed wisten hoe de meisjes hun brood verdienden, en zo waren ze een soort gezin geworden.

Hoeveel beleefde, zenuwachtige mannen hadden hier al 's ochtends op de bank naar het glijden en schuiven van Grace Arnolds strijkijzer zitten kijken, hulpeloos geïntrigeerd door de zonnige aanblik van Amy's benen, terwijl ze het gesprek van deze drie vrouwen aanhoorden en zich afvroegen hoe snel ze met goed fatsoen konden opstappen? Maar Warren Mathews had niets om voor naar huis te gaan, dus begon hij te hopen dat dit gezellige samenzijn zou voortduren.

'Mooie naam heb je, Warren,' zei Amy tegen hem, en ze sloeg haar benen over elkaar. 'Ik heb dat altijd een leuke naam gevonden.'

'Warren?' vroeg Christine. 'Kun je blijven mee-eten?'

Het duurde niet lang of er was voor allemaal geroosterd brood met boter en een gebakken ei, opgediend met nog meer thee terwijl ze om een schone keukentafel zaten, en iedereen at zo keurig alsof ze in een restaurant waren. Christine zat naast hem en onder het eten gaf ze één keer een verlegen kneepje in zijn vrije hand.

'Als je toch niet meteen weg hoeft,' zei ze, terwijl Grace de borden opstapelde, 'kunnen we ergens een biertje gaan drinken. De pub gaat over een half uur open.'

'Goed,' zei hij. 'Prima.' Want meteen weggaan was het laatste dat hij wilde, zelfs toen met veel geraas alle zes kinderen terugkwamen van hun ochtend buitenspelen en ze allemaal om beurten bij hem op schoot wilden zitten en de draak met hem steken en met jamvingers door zijn haar strijken. Het was een schril schreeuwend stelletje lawaaischoppers en ze straalden alle zes van gezondheid. De oudste was een levendig meisje dat Jane heette en iets eigenaardig negerachtigs had – een lichte huid maar Afrikaanse gelaatstrekken en haar – en dat zich giechelend van hem terugtrok toen ze vroeg: 'Ben jij Christine d'r vriend?'

'Zo is dat,' zei hij tegen haar.

En 'Christine d'r vriend' was wat hij zich heel erg voelde toen hij alleen met haar de deur uitging naar de pub om de hoek. Hij hield van haar manier van lopen – ze leek allesbehalve een prostituee, in haar fris geelbruine regenjas met de kraag opgeslagen tegen haar wangen – en hij vond het prettig zoals ze vlak naast hem op een leren bank tegen de muur van een oude bruine gelagkamer zat waar alles, zelfs de met stofjes gevulde bundels zonlicht, doordrenkt leek met bier.

'Hé, Warren,' zei ze na een tijdje, terwijl ze haar glanzende glas op de tafel ronddraaide. 'Wil je nog een nacht blijven?'

'Eh, nee, of eigenlijk... dat kan ik gewoon niet betalen, dat is het eigenlijk.'

'Dat bedoelde ik niet,' zei ze, en ze gaf hem weer een kneepje in zijn hand. 'Ik bedoelde niet voor geld. Ik bedoelde... gewóón. Omdat ik het wil.'

Niemand hoefde hem te vertellen wat een triomf voor je mannelijkheid het was als een jonge hoer zich gratis aanbood. Daar had hij geen *From Here to Eternity* voor nodig, om hem dat te vertellen, hoewel hij zich altijd zou herinneren hoe die roman hem in gedachten schoot toen hij haar gezicht dichter naar het zijne trok.

Ze had hem een gevoel van enorme kracht gegeven. 'Hé, dat is aardig van je,' zei hij hees, en hij kuste haar. Daarna, vlak voor hij haar weer kuste, zei hij: 'Hé, dat is ontzettend aardig van je, Christine.'

En die hele middag zeiden ze allebei steeds weer iets met het woord 'aardig' erin. Christine leek niet bij hem weg te slaan, behalve dan in de korte tussenpozen dat ze voor de baby moest zorgen; toen Warren een keer alleen in de woonkamer zat, kwam ze als op de klank van violen langzaam en dromerig door de kamer dansen en liet zich als een filmmeisje in zijn armen vallen. Een andere keer, toen ze met opgetrokken benen stijf tegen hem aan gekropen op de bank zat, neuriede ze een populair liedje voor hem dat 'Unforgettable' heette, waarbij ze telkens als het titelwoord in de tekst voorkwam veelbetekenend haar wimpers liet zakken.

'Je bent heel aardig, Warren,' zei ze voortdurend. 'Weet je dat? Je bent echt aardig.'

En dan vertelde hij haar telkens en telkens weer hoe aardig ook zij was.

Toen Alfred Arnold van zijn werk thuiskwam – een gedrongen en vermoeide man die een verlegen prettige indruk maakte – gingen zijn vrouw en het meisje Amy haastig over tot de rituele handelingen van het welkom heten: zijn jas aannemen, zijn stoel klaarzetten, hem zijn glas gin brengen. Maar Christine hield zich, Warrens arm vastklemmend, op de achtergrond tot het tijd werd hem officieel aan de heer des huizes voor te stellen.

'Aangenaam,' zei Alfred Arnold. 'Doe of je thuis bent.'

Het avondeten bestond uit corned beef met gekookte aardappelen, waarvan iedereen zei dat het heel lekker was, en terwijl ze nog nagenoten haalde Alfred op een laconieke manier herinneringen op aan zijn tijd als krijgsgevangene in Birma. 'Vier jaar,' zei hij, en hij liet de vingers van één hand zien waarvan hij alleen de duim omlaag hield. 'Vier jaar.'

En Warren zei dat het er afschuwelijk moest zijn geweest.

'Alfred?' vroeg Grace. 'Laat Warren je eervolle vermelding eens zien.'

'Nee nee, schat; dat interesseert andere mensen toch niet.'

'Laat zien,' drong ze aan.

En Alfred gaf toe. Een dikke zwarte portefeuille werd verlegen uit zijn heupzak getrokken; even later kwam uit de diepten ervan een vlekkerig, vaak opgevouwen stuk papier tevoorschijn. Het viel op de vouwen bijna uit elkaar maar de boodschap in machine-schrift was duidelijk: ze drukte de erkentelijkheid van de Britse Landmacht uit dat gewoon soldaat A.J. Arnold, terwijl in Birma krijgsgevangene van de Japanners, door zijn gevangennemers was geprezen als een goed en gestaag arbeider aan de bouw van een spoorbrug in 1944.

'Zo,' zei Warren, 'dat is niet slecht.'

'Ach, je weet hoe vrouwen zijn,' bekende Alfred, terwijl hij het papier terugstopte waar het vandaan kwam. 'Vrouwen willen altijd dat je met dat soort dingen te koop loopt. Ik zou die hele klere-zooi liever vergeten.'

Beschermd door Grace Arnolds knipogende glimlach lukte het Christine en Warren al vroeg te onsnappen en de slaapkamerdeur was nog niet dicht of ze omhelsden elkaar en kronkelden tegen elkaar aan en ademden zwaar – gretig en plechtig van begeerte. Hun kleren uitdoen was zo gebeurd maar leek een afschuwelijk obstakel en uitstel; even later lagen ze diep onder de dekens en vermaakten zich met elkaar en nog even later waren ze weer ver-enigd.

'Ooo, Warren,' zei ze. 'Ooo, m'n god. Ooo, Warren. Ooo, ik hou van je.'

En hij hoorde zichzelf meer dan eens, vaker dan hij graag zou geloven of zich herinneren, zeggen dat hij ook van háár hield.

Een tijdje na middernacht, toen ze rustig bij elkaar lagen, vroeg hij zich af hoe die woorden hem zo gemakkelijk en vaak uit de mond hadden kunnen vloeien. En ongeveer tegelijkertijd, toen Christine weer begon te praten, drong tot hem door dat ze wel erg veel gedronken had. Op de grond naast het bed stond een nog kwartvolle fles gin, met twee troebele beduimelde glazen ernaast die bewezen dat ze er ruimschoots gebruik van hadden gemaakt, maar nu leek ze toch flink op hem voor te liggen. Nadat ze er nog een voor zichzelf had ingeschonken ging ze behaaglijk achterover-geleund tegen de kussens en de muur zitten praten op een manier dat je kon merken dat ze elke zin zorgvuldig met het oog op een theatraal effect samenstelde, als een klein meisje dat doet of ze toneelspeelster is.

'Weet je, Warren? Alles wat ik me ooit wenste werd me afgepakt. Mijn hele leven lang. Toen ik elf was wilde ik het liefst op de hele wereld een fiets, en uiteindelijk kocht mijn vader er dan eentje voor me. Nou ja, hij was maar tweedehands en goedkoop, maar ik was er helemaal gek mee. En toen, diezelfde zomer, werd hij ziedend en wilde me ergens voor straffen – ik weet niet eens meer wat – en pakte hij mijn fiets af. Ik heb het ding nooit teruggezien.'

'Tja, goh, dat zal best een rotgevoel zijn geweest,' zei Warren, maar daarna probeerde hij het gesprek in minder sentimentele banen te leiden. 'Wat voor werk doet je vader?'

'O die is pennenlikker. Bij het gasbedrijf. We kunnen helemaal niet met elkaar opschieten, en met mijn moeder kan ik ook niet opschieten. Ik ga nooit naar huis. Nee, maar het is waar wat ik zei: alles wat ik me ooit wenste werd me – je weet wel – afgepakt.' Toen zweeg ze even – alsof ze haar toneelstem weer in bedwang moest krijgen – en toen ze, met groter zelfvertrouwen, weer begon te praten was het met zachte, heimelijke stembuigingen geschikt voor een intiem eenmanspubliek.

'Warren? Wil je over Adrian horen? Laura's vader? Want dat wil ik echt graag vertellen, als 't je tenminste interesseert.'

'Ja natuurlijk.'

'Adrian is dus een Amerikaanse landmachtofficier. Pas bevorderd tot majoor. Of misschien is hij intussen wel luitenant-kolonel, waar hij dan ook is. Ik weet niet eens waar hij is, en het gekke is: het kan me niet schelen ook. Het kan me echt níéts meer schelen. Maar Adrian en ik hadden het fantastisch samen tot ik hem vertelde dat ik zwanger was; toen verstijfde hij gewoon. O, ik dacht waarschijnlijk niet écht dat hij me ten huwelijk zou vragen of zo... er zat in Amerika een rijk meisje op hem te wachten, van chique familie; dat wist ik. Maar hij deed heel onvriendelijk en zei dat ik het moest laten wegmaken, en ik zei nee. Ik zei: "Ik krijg deze baby, Adrian." En hij zei: "Goed dan." Hij zei: "Goed, maar je staat er wel alléén voor, Christine. Je zult dit kind, hoe dan ook, moeten grootbrengen." Dus toen besloot ik naar z'n commandant te gaan.'

'Zijn commandant?'

'Nou ja, íemand moest toch helpen,' zei ze. 'Iemand moest hem toch op zijn verantwoordelijkheid wijzen. En godbewaarme, ik zal die dag nooit vergeten. Het was een heel gedistingeerde man, kolonel Masters heette hij, de regimentscommandant, en hij zat daar gewoon maar achter zijn bureau naar me te kijken en te luisteren, en hij knikte een paar keer. Adrian was er ook, hij zei geen woord; we zaten daar met z'n drieën in dat kantoor. En ten slotte zei kolonel Masters: "Tja, miss Philips, voorzover ik zie komt het hierop neer. U hebt zich vergist. U hebt zich vergist, en daar zult u mee moeten leven."'

'Ja ja,' zei Warren stroef. 'Tja, dat zal best...'

Maar hij hoefde de zin niet af te maken, of iets anders te zeggen waaruit ze zou kunnen begrijpen dat hij geen woord van haar verhaal geloofd had, want ze huilde. Ze had haar benen opgetrokken en toen de snikken begonnen haar verfomfaaide hoofd met de zijkant op haar knieën gelegd; toen zette ze zorgvuldig haar lege glas op de grond, liet zich weer in bed glijden, draaide zich van hem af en huilde het hart uit haar lijf.

'Hé, toe nou,' zei hij. 'Toe nou, schatje, niet huilen.' En er zat niets anders op dan haar om te draaien en haar in zijn armen te nemen tot ze stil was.

Na een hele tijd zei ze: 'Is er nog gin?'

'Een beetje.'

'Hoor eens, we maken het op, oké? Grace vindt het niet erg, of als ze wil dat ik het haar betaal, dan betáál ik 't haar.'

's Ochtends, toen van de emotie en slaap haar gezicht zo gezwollen was dat ze probeerde het met haar vingers te verbergen, zei ze: 'Mijn God, ik geloof dat ik gisteravond goed dronken was.'

'Hindert niet; we hadden allebei een hoop gedronken.'

'Nou ja, sorry hoor,' zei ze, op de ongeduldige, bijna uitdagende manier van mensen die gewend zijn regelmatig excuses te maken. 'Sorry.' Ze had de baby verzorgd en liep in een vaalgroene badjas wankel door het kamertje. 'Maar ja, moet je horen. Kom je nog eens terug, Warren?'

'Natuurlijk. Ik bel je, oké?'

'Nee, er is hier geen telefoon. Maar kom je vlug terug?' Ze liep achter hem aan naar de voordeur, waar hij zich omdraaide en de doorzichtige, smekende blik in haar ogen zag. 'Als je overdag komt,' zei ze, 'ben ik altijd thuis.'

De daaropvolgende paar dagen, terwijl hij aan zijn bureau zat te niksen of in het eerste echte lenteweer van het jaar door de straten en het park zwierf, bleek Warren onmogelijk zijn aandacht bij iets anders te kunnen houden dan Christine. Iets dergelijks was in zijn leven absoluut niet te voorzien geweest: een jonge Schotse prostituee was op hem verliefd. Hij begon zich, met een intens en schitterend zelfvertrouwen dat allesbehalve typerend voor hem was, als een zeldzame en bevoorrechte avonturier van het hart te beschouwen. Herinneringen aan Christine die in zijn armen 'Ooo, ik hou van je' fluisterde lieten hem als een dwaas in de zon glimlachen, en op volgende momenten schiep hij een ander soort, subtieler genoegen in het denken over alles wat er pathetisch aan haar was – de humorloze domheid, het goedkope slaphangende ondergoed, het dronken gehuil. Zelfs haar verhaal over 'Adrian' (een naam die ze vast en zeker uit een damesblad had gejat) viel haar gemakkelijk te vergeven – of zou te vergeven zijn zodra hij een verstandige en vriendelijke manier gevonden had om haar te laten weten dat hij wist dat het niet waar was. En hij zou uiteindelijk misschien ook een manier moeten vinden om haar te vertellen dat hij dat niet echt gemeend had, dat hij ook van háár hield, maar dat had de tijd. Het had geen haast, en het was voorjaar.

'Weet je wat ik het leukste aan je vind, Warren?' vroeg ze heel laat tijdens hun derde of vierde nacht samen. 'Weet je wat ik echt heerlijk aan je vind? Dat ik het gevoel heb dat ik je vertrouwen kan. Dat is al mijn hele leven alles wat ik me ooit wenste: iemand die ik vertrouwen kon. En ik bega de ene vergissing na de andere, snap je wel, omdat ik mensen vertrouw van wie later blijkt...'

'Ssst, stil nou maar,' zei hij, 'het is wel goed, schatje. Kom, we gaan slapen.'

'Ja, maar wacht nou even. Heel even naar me luisteren, oké? Want ik wil je nu echt graag iets vertellen, Warren. Ik heb een jongen gekend, Jack. Hij zei steeds weer dat hij met me wilde trouwen en zo, maar het probleem was: Jack is een gokker. En dat zal hij altijd blijven. En je kan je zeker wel voorstellen wat dat in-hield.'

'Wat dan?'

'Geld, dát. Hem aan geld helpen, aanvullen wat hij verloren had, hem de maand doorhelpen tot het traktementsdag werd... jezuschristus, ik word al ziek als ik er nu aan denk. Bijna een jaar lang. En weet je hoeveel ik daar ooit van teruggekregen heb? Het is niet te geloven, maar ik zal het je zeggen. Of nee, wacht eens... ik laat het je zien. Wacht even.'

Ze stond struikelend op en deed de plafondlamp aan, een explo-sie van schittering waarvan de baby schrok en jammerde in haar slaap. 'Het is wel goed, Laura,' zei Christine zachtjes, terwijl ze in de bovenste la van haar commode rommelde; even later vond ze wat ze zocht en bracht het mee terug naar bed. 'Alsjeblieft,' zei ze. 'Kijk. Lees maar.'

Het was een velletje goedkoop lijntjespapier dat van een schrijf-blok voor schoolkinderen was gescheurd, en er stond geen datum op.

Beste Christine Philips,
   Ingesloten is het bedrag van twee pond en tien shilling. Dit is alles wat ik me nu kan veroorloven en meer komt er niet om-dat ik volgende week op transport terugga naar de vs waar ik ontslagen word uit de militaire dienst.
   Mijn commandant zegt dat je hem vorige maand vier keer hebt opgebeld en dat moet ophouden want hij heeft het druk en hij heeft geen zin in dat soort telefoontjes. Bel hem niet meer op, en de sergeant ook niet, of wie dan ook in deze organisatie.
   Soldaat der 1ste klasse John F. Curtis

'Dat is toch een schandaal?' vroeg Christine. 'Ik bedoel, echt War-ren, dat is toch zeker een godsschandaal?'

'Zeg dat wel.' En hij las het nog eens door. Het was de zin die met 'Mijn commandant' begon die alles leek te verraden, die het verhaal over 'Adrian' ter plekke ontzenuwde en in Warrens ge-dachten weinig twijfel liet dat John F. Curtis de vader van haar kind was.

'Kun je nu het licht uitdoen, Christine?' vroeg hij, terwijl hij de brief teruggaf.

'Natuurlijk, lieveling. Ik wilde alleen dat jij het zien zou.' En zíj had natuurlijk willen zien of híj zo stom was ook dít verhaal te slikken.

Toen het weer donker in de kamer was en ze als een lepeltje tegen zijn rug lag bereidde hij zwijgend een rustige, redelijke toespraak voor. Schatje, zou hij zeggen, niet boos worden, maar luister. Je moet niet meer proberen me dat soort verhalen wijs te maken. Ik geloofde dat over Adrian niet en ik geloof dat over Jack de Gokker net zomin, dus laten we dat gedoe verder schrappen, vind je niet? Kunnen we niet beter zo'n beetje proberen elkaar de waarheid te vertellen?

Wat hem bij nader inzien de mond snoerde was dat het zeggen van al die dingen haar tot razend toe zou krenken. Ze zou binnen een paar seconden schreeuwend het bed uit zijn om hem in de gemeenste taal van haar branche te beschimpen tot lang nadat de baby huilend wakker was geworden, en daarna zou alles één grote puinhoop zijn.

Misschien kwam er wel weer een ander geschikt moment om haar waarheidsliefde te onderzoeken – dat moest er komen, en vlug ook – maar of hij nu bevangen werd door lafheid of niet, terwijl hij zo met zijn gezicht naar de muur en haar lieve arm om zijn ribben lag moest hij erkennen dat dit niet het goede moment was.

Een paar avonden later nam hij thuis de telefoon op en hoorde geschrokken haar stem: 'Ha, dag lieveling.'

'Christine? Hé, hallo, maar hoe weet je... hoe kom je aan dit nummer?'

'Dat heb je me zelf gegeven. Weet je niet meer? Je hebt het opgeschreven.'

'O ja, natuurlijk,' zei hij dwaas in het mondstuk glimlachend, maar dit was verontrustend. De telefoon hier in het souterrain was niet meer dan een extra toestel van Judiths telefoon boven. Ze gingen tegelijk over en als Judith thuis was nam ze altijd bij de eerste of tweede keer bellen op.

'Moet je horen,' zei Christine. 'Kun je donderdag komen in

plaats van vrijdag? Want dan is Jane jarig en houden we een feestje. Ze wordt negen...'

Nadat hij had opgehangen bleef hij nog een hele tijd in elkaar gedoken zitten, in de houding van een man die ernstige en geheime vraagstukken overdenkt. Hoe had hij zo stom kunnen zijn haar Judiths nummer te geven? En vlak daarna herinnerde hij zich nog iets, nog iets stoms, iets waarvan hij opveerde om emotioneel en theatraal door de kamer te gaan ijsberen: ze kende ook zijn adres. Hij had een keer in de pub geen contant geld meer gehad om al het bier te betalen, dus had hij Christine een cheque gegeven om de kosten te dekken.

'De meeste klanten vinden het wel handig als op elke cheque hun adres onder hun naam gedrukt staat,' had een assistent-bankdirecteur uitgelegd toen Warren en Carol vorig jaar een lopende rekening openden. 'Zal ik ze maar zo voor u bestellen?'

'Ja, lijkt me wel,' had Carol gezegd. 'Waarom niet?'

Hij was die donderdag al haast bij de Arnolds toen tot hem doordrong dat hij vergeten was een cadeautje voor Jane te kopen. Maar hij vond een snoepwinkel en beval het meisje achter de toonbank net zo lang om steeds meer gemengde zuurtjes in een papieren zak te scheppen tot hij een zwaar pak snoep had waarvan hij alleen maar kon hopen dat het een negenjarige vluchtige belangstelling zou inboezemen.

En of dat nu zo was of niet, Janes feestje bleek een groot succes. Overal in het vrolijke, bouwvallige appartement waren kinderen en toen het zover was dat ze aan tafel zouden gaan – drie tegen elkaar geschoven tafels – stond Warren, met zijn arm om Christine geslagen, glimlachend van een afstandje toe te kijken en dacht aan dat andere feestje in de Peter Pan Club. Alfred kwam thuis van zijn werk met een reusachtige speelgoedpanda die hij Jane lachend in haar armen drukte, waarna hij zich op zijn hurken lang en hartgrondig door haar liet omhelzen. Maar Jane moest haar extase snel beheersen omdat de taart voor haar werd neergezet. Ze fronste haar wenkbrauwen, sloot haar ogen, deed een wens en blies in één heldhaftige adem alle negen kaarsjes uit terwijl de kamer losbarstte in luidkeels hoerageroep.

Daarna was er – nog voor de laatste feestgangers naar huis waren en alle kinderen Arnold in bed lagen – volop drank voor de volwassenen. Christine ging de kamer uit om haar baby te slapen te leggen voor de nacht, en ze nam een glas gin mee. Grace was met duidelijke tegenzin aan het avondeten begonnen en toen Alfred zich verontschuldigde om even te gaan rusten, draaide ze het gas heel laag en liet het fornuis aan zijn lot over om met hem mee te gaan.

Zodat Warren alleen bleef met Amy, die voor de ovale spiegel boven de schoorsteenmantel met grote precisie haar make-up opdeed. Ze was eigenlijk veel knapper dan Christine, kwam hij tot de slotsom terwijl hij met een glas in zijn hand op de bank naar haar zat te kijken. Ze was lang en onberispelijk gracieus, met lange benen en een stevig slank kontje dat een heftig verlangen opriep het te omvatten, en pronte puntige borstjes. Haar donkere haar hing tot op haar schouderbladen en ze had besloten vanavond een zwarte kokerrok met perzikkleurige blouse aan te trekken. Ze was een trots en beeldschoon meisje en hij wilde niet aan de volstrekt onbekende denken die haar aan het einde van de avond voor geld zou bezitten.

Amy was klaar met haar ogen en begon aan haar mond – ze trok de lippenstift langzaam over de wijkende vorm van elke volle lip tot die glinsterde als marsepein, tuitte haar lippen toen zo dat de een de ander kon strelen en masseren, en deed ze toen van elkaar om te controleren of er spoortjes rood op haar gave jonge tanden zaten. Toen ze klaar was, toen ze al haar werktuigen weer had teruggestopt in het kleine plastic tasje en dat had dichtgeknipt, bleef ze wat minstens nog een halve minuut leek werkeloos voor de spiegel staan, en op dat moment besefte Warren ineens dat ze wist dat hij haar, in al deze privacy en stilte, al die tijd had zitten aanstaren. Ten slotte draaide ze zich met zo'n hooggeschouderd snel gebaar en zo'n blik van onverschrokkenheid die angst overwint naar hem om dat het leek of hij halverwege de kamer was om een graai naar haar te doen.

'Je bent heel knap, Amy,' zei hij vanaf de bank.

Haar schouders verslapten en ze slaakte een zucht van verlichting, maar ze glimlachte niet. 'Jézus,' zei ze. 'Je laat me de pleuris schrikken.'

Toen Amy haar jas had aangetrokken en de deur uit was kwam futloos en genotzuchtig, als een meisje dat een goede reden heeft bedacht om niet naar haar werk te hoeven, Christine weer de kamer in.

'Schuif op,' zei ze, en ze ging dicht tegen hem aan zitten. 'Hoe staat het leven?'

'Oké. En bij jou?'

'Oké.' Toen aarzelde ze even, alsof over koetjes en kalfjes praten zo moeilijk was dat ze niet verder kon. 'Nog goeie films gezien?'

'Nee.'

Ze pakte zijn hand en hield die tussen de hare. 'Heb je me gemist?'

'Ja nóú.'

'Om de donder niet.' En ze smeet zijn hand van zich af alsof het iets walgelijks was. 'Ik ben laatst 's avonds naar je huis geweest, om je te verrassen, en ik zag je met een meisje naar binnen gaan.'

'Dat is niet waar,' zei hij tegen haar. 'Toe nou, Christine, je weet dat ik dat helemaal niet gedáán heb. Waarom vertel je me toch altijd van die...'

Haar ogen knepen dreigend tot spleetjes en haar lippen vormden een streep. 'Wil je beweren dat ik lieg?'

'Mijn God,' zei hij, 'doe nou niet zo... Waarom doe je toch altijd zo? Laten we erover ophouden, oké?'

Ze leek erover na te denken. 'Oké,' zei ze. 'Moet je horen: het was donker en ik stond aan de overkant van de straat; misschien had ik het verkeerde huis voor; misschien zag ik iemand anders met dat meisje, dus oké, we houden erover op. Maar ik zal je één ding zeggen: beweer nooit dat ik lieg, Warren. Ik waarschuw je. Want ik zweer bij God' – en ze wees nadrukkelijk in de richting van haar slaapkamer – 'ik zweer bij het leven van die baby dat ik nooit lieg.'

'Moet je dat verliefde stel zien!' riep Grace Arnold toen ze met één arm om haar man in de deuropening verscheen. 'Nou, míj maak je niet jaloers. Alfred en ik zijn net zo, hè, schat? Al die jaren getrouwd en nog altijd verliefd.'

Daarna was er het avondeten, dat voor een groot deel uit plaatselijk aangebrande bonen bestond, en weidde Grace eindeloos uit over de onvergetelijke avond dat Alfred en zij elkaar hadden leren kennen. Er was een feestje geweest; Alfred was alleen gekomen, een en al verlegenheid en vreemd-zijn en nog in zijn uniform van de landmacht, en toen Grace hem aan de overkant van de kamer zag staan had ze meteen gedacht *O, hij. O, dat is 'm.* Ze hadden een tijdje op de muziek van wat grammofoonplaten gedanst, hoewel Alfred niet erg goed kon dansen; daarna waren ze samen op een laag stenen muurtje gaan zitten praten. Alleen maar praten.

'Waar hadden we het over, Alfred?' vroeg ze, alsof ze vergeefs probeerde het zich te herinneren.

'Eh, ik weet niet, schat,' zei hij, rood van plezier en verlegenheid terwijl hij hier en daar met zijn vork zijn bonen opzijschoof. 'Het zal wel niet veel soeps geweest zijn.'

En Grace draaide zich nu weer om en richtte zich met gedempte, vertrouwelijke stem tot de rest van haar luisteraars. 'We hadden het over... nou ja, over van alles en nog wat,' zei ze. 'Je weet hoe die dingen kunnen gaan, toch? Het was alsof we allebei wisten... je weet wel... alsof we allebei wisten dat we voor elkaar geschapen waren.' Die laatste bewering leek zelfs naar Grace' smaak een beetje sentimenteel, en ze hield er met een lach over op. 'O, en het gekste,' zei ze lachend, 'het gekste was nog dat vrienden van me vlak na ons dat feestje verlieten, want ze gingen naar de bioscoop. Ze gingen naar de bioscoop en zaten er de hele voorstelling uit, toen gingen ze naar de pub en bleven daar tot sluitingstijd en het was al zo ongeveer ochtend toen ze weer langs dezelfde weg terugkwamen en Alfred en mij daar nog op dat muurtje zagen zitten, we zaten nog steeds te praten. Mijn God, ze pesten me d'r nog wel eens mee als ik ze zie, die vrienden, zelfs nu nog. Dan vragen ze: "Waar hádden jullie 't over, Grace?" En dan lach ik alleen maar. Dan zeg ik: "Maakt niet uit. We praatten, da's alles."'

Het werd eerbiedig stil om de tafel.

'Is dat niet prachtig?' vroeg Christine stilletjes. 'Is het niet prachtig als twee mensen elkaar gewoon... op die manier kunnen vinden?'

En Warren zei dat het inderdaad prachtig was.

Toen Christine en hij later die avond naakt op de rand van het bed een glas gin dronken zei ze: 'Nou ja, hoe dan ook, ik zal je dít zeggen: ik zou best Grace' leven willen hebben. Het deel nádat ze Alfred leerde kennen, bedoel ik; niet het deel ervoor.' En na een korte stilte zei ze: 'Dat had je vast nooit gedacht, zoals ze zich nu gedraagt... je had vast nooit gedacht dat ze vroeger zelf ook Piccadilly-meisje was.'

'Is dat zo?'

'"Is dat zo?" Wat dácht je. Jarenlang, vroeger in de oorlog. Raakte erin verzeild omdat ze niet wijzer was; zoals wij allemaal; toen kreeg ze Jane en wist niet hoe ze eruit moest stappen.' En Christine schonk hem een vluchtig glimlachje met een knipoog erin. 'Niemand weet waar Jane vandaan gekomen is.'

'O.' En als Jane vandaag negen jaar was geworden, was ze dus verwekt en geboren in een tijd dat er in Engeland tienduizenden zwarte Amerikaanse soldaten lagen die naar men zei met Engelse meisjes sliepen, waardoor blanke soldaten zo getergd raakten dat er ruzies en relletjes van kwamen die pas afliepen toen alles ten onder ging in de enorme aardverschuiving van de invasie in Normandië. Toen was Alfred Arnold dus nog krijgsgevangene geweest in Birma, met nog ruim een jaar te gaan voor hij bevrijd werd.

'Ze heeft nooit geprobeerd om het te ontkennen, hoor,' zei Christine. 'Ze heeft er nooit over gelogen; dat moet ik haar nageven. Alfred wist van het begin af aan wat hij kreeg. Dát heeft ze hem die avond dat ze elkaar leerden kennen natuurlijk verteld, want ze wist dat ze het toch niet verbergen kon... of misschien wist hij het al, want dat hele feestje bestónd uit Piccadilly-meisjes; ik weet het niet. Maar ik weet dat hij het wist. Hij haalde haar van de straat en hij trouwde met haar en hij adopteerde haar kind. Zo vind je er niet veel. En Grace is mijn beste vriendin hoor, en ze heeft een hoop voor me gedaan, maar soms gedraagt ze zich alsof ze bij God niet beseft dat ze haar handjes dicht mag knijpen. Soms... nou ja, niet vanavond; vanavond sloofde ze zich uit vanwege jou... maar soms behandelt ze Alfred als een stuk vuil. Onvoorstelbaar toch? Een man als Alfred? Dat maakt me dan echt woest.'

Haar hand ging omlaag om hun glazen bij te vullen, en toen ze weer op haar gemak een slok kon nemen wist hij wat zijn volgende zet moest zijn.

'Dus ben jij ook zo'n beetje op zoek naar een man?' vroeg hij. 'Dat vind ik absoluut begrijpelijk en ik zou graag willen dat je beseft... nou ja, je weet wel... dat ik wou dat ik je ten huwelijk kon vragen, maar dat gaat niet, schatje. Dat gaat gewoon niet.'

'Nee,' zei ze stilletjes, terwijl ze naar een niet opgestoken sigaret tussen haar vingers keek. 'Geeft niet; laat maar zitten.'

En hij was tevreden met de wending die hun gedachtewisseling genomen had – zelfs met de grove leugen 'ik wou dat' in zijn deel van het gesprek. Zijn verbijsterende, gevaarlijke opmars in het leven van deze eigenaardige jonge vrouw was voorbij en nu kon hij zich dan voorbereiden op een ordelijke terugtocht. 'Ik weet zeker dat je nog een keer de juiste man vindt, Christine,' zei hij, verwarmd door de vriendelijkheid van zijn eigen stem, 'en vast al vlug ook, want je bent echt erg aardig. Intussen wil ik dat je beseft dat ik altijd...'

'"Laat maar zitten," zei ik toch? Denk je dat het me iets kan schélen of zo? Denk je dat ik ene sodemieter om je geef? Hoor eens.' Ze stond nu naast het bed, naakt en sterk in het vage licht, en stak vlak voor zijn huiverende gezicht één stramme wijsvinger op. 'Hoor eens, bonenstaak. Ik kan krijgen wie ik hebben wil, en wannéér ik wil, knoop dat in je oren. Je bent hier alleen omdat ik medelijden met je had, en knoop dat maar liever ook in je oren.'

'Medelijden met me had?'

'Natúúrlijk, met al dat godsjammerlijke gezeik over je vrouw die ervandoor is en je dochtertje. Ik had medelijden met je en ik dacht: "Waarom ook niet?" Dat is het probleem met me; ik zal het nooit leren. Vroeg of laat denk ik altijd: "Waarom ook niet?" en dan grijp ik verdomme overal naast. Hoor eens: heb je enig idee hoeveel ik al die tijd had kunnen verdienen? Hm? Néé, aan zóiets heb jij nooit gedacht, hè? Ooh nee, zoetelief en bloemen en gevlei en geouwehoer, meer kon ik niet krijgen. Weet je wat jij volgens mij bent? Volgens mij ben jij een póóier.'

'Wat is een "pooier"?'

'Ik weet niet wat het is waar jij vandaan komt,' zei ze, 'maar hier is het een man die op de verdiensten van een... nou ja, laat ook maar. Barst. Krijg de pest. Ik ben moe. Schuif een eindje op wil je? Want als we toch enkel gaan slapen, laten we dan ook slápen.'

Maar hij schoof niet op; hij stapte met de zwijgende, trillende waardigheid van een beledigd man uit bed en begon zijn kleren aan te trekken. Ze leek het niet te merken, of misschien kon het haar niet schelen wat hij deed terwijl zij met een plof weer in bed stapte, maar even later, toen hij zijn overhemd dichtknoopte, merkte hij dat ze naar hem keek en op het punt stond zich te verontschuldigen.

'Warren?' vroeg ze met een hoog angstig stemmetje. 'Niet weggaan. Het spijt me dat ik je zo genoemd heb en ik zal het nooit meer zeggen. Kom alsjeblieft weer in bed en blijf bij me, oké?'

Het volstond om zijn vingers te laten ophouden met het dichtknopen van overhemdknoopjes, en al vlug volstond het om hem te laten beginnen met weer openknopen. Nu weggaan, nu er niets geregeld was, zou zonder meer erger kunnen zijn dan blijven. Bovendien had het onbetwistbaar gunstige kanten het image te hebben van een man die zo grootmoedig was te kunnen vergeven.

'...Ooo,' zei ze, toen hij weer in bed lag. 'Ooo, dat is beter. Dat is beter. Kom dichterbij liggen zodat ik... zo. Zo. Pff, volgens mij wil níémand op de héle wereld 's nachts alleen zijn. Geloof jij wel?'

Het was een fragiele, vriendelijke wapenstilstand die tot ruim in de ochtend duurde, toen hij op een prettige manier hoewel zenuwachtig vertrok.

Maar de hele weg naar huis in de ondergrondse had hij spijt niet tot een slotverklaring te zijn gekomen. Tijdens de rit repeteerde hij in gedachten het begin van een aantal slotverklaringen – 'Hoor eens, Christine, ik geloof dat dit helemáál geen succes is...' of 'Schatje, als je me als een pooier begint te beschouwen en dat soort dingen meer wordt het volgens mij echt tijd om er een...' – tot hij, naar aanleiding van snel afgewende blikken van andere passagiers in de ondergrondse, ging beseffen dat hij zijn lippen bewoog en verstandig meepratende handbeweginkjes maakte.

'Warren?' vroeg Judiths oude melodieuze stem die middag aan de telefoon, vanuit Sussex. 'Ik dacht dat ik dinsdag maar eens naar de stad moest komen en een week of twee blijven. Zou dat ontzettend lastig voor je zijn?'

Hij zei: 'Doe niet zo gek' en dat hij zich erop verheugde, maar hij had nog niet opgehangen of de telefoon ging weer en Christine zei: 'Ha, dag lieveling.'

'O. Dag. Hoe gaat het?'

'Best, behalve dan dat ik gisteravond niet zo erg aardig tegen je was. Zo ben ik soms. Ik weet dat het afschuwelijk is, maar het is nu eenmaal zo. Kan ik het weer goedmaken? Kun je dinsdagavond hierheen komen?'

'Eh, ik weet het niet, Christine, ik heb zitten denken. Misschien dat we er maar beter zo'n soort...'

Haar stem veranderde. 'Kom je nou of niet?'

Hij liet haar een tel of twee in stilte wachten voor hij afsprak te komen – en toen enkel nog omdat hij zijn slotverklaring beter persoonlijk kon afleggen dan aan de telefoon, wist hij.

Hij zou 's nachts niet blijven slapen. Hij zou zo lang blijven als nodig was om duidelijk te maken wat hij bedoelde; als er veel mensen in huis waren zou hij haar meenemen naar de pub, waar ze vertrouwelijk konden praten. En hij besloot geen toespraken meer te repeteren: als het zover was vond hij vanzelf wel de juiste woorden en de juiste toon.

Maar zijn slotverklaring zou niet alleen het einde moeten zijn, nee, het belangrijkste – het duizelingwekkend moeilijke ervan – was dat zijn verklaring aardig moest zijn. Als dat niet zo was, als Christine bleef wrokken, zou daar allerlei telefonische ellende van kunnen komen – een risico dat hij, met Judith thuis, niet meer kon lopen – en wellicht zouden er nog ergere dingen gebeuren. Hij zag Christine en zichzelf al 's middags bij Judith in haar zitkamer op de thee ('Breng dat vriendinnetje van je toch mee, Warren'), zoals Carol en hij daar vroeger zo vaak hadden gezeten. Hij zag Christine al wachten op een gesprekspauze, dan om haar woorden kracht bij te zetten vastberaden haar kop en schotel neerzetten en zeggen: 'Hoor eens, dame. Ik zal je wat zeggen. Weet je wat die grote lieve neef van je is? O nee? Nou, daar komt-ie. Een póóier.'

Hij had ruim na het avondeten willen komen, maar ze waren vanavond zeker pas laat begonnen want iedereen zat nog aan tafel, en Grace Arnold wilde al een bord voor hem neerzetten.

'Nee, dank je,' zei hij, maar hij ging toch maar naast Christine zitten, met een glas gin, want het zou ongemanierd hebben geleken om het niet te doen.

'Christine?' vroeg hij. 'Als je uitgegeten bent, zullen we dan even naar de pub gaan?'

'Waarom?' vroeg ze met volle mond.

'Omdat ik met je wil praten.'

'We kunnen hier praten.'

'Nee.'

'Nou en? Dan praten we straks.'

En Warren voelde dat zijn plannen als zand begonnen weg te glippen.

Amy leek die avond in een fantastisch goed humeur. Ze lachte gul om alles wat Alfred en Warren zeiden; ze zong met minstens evenveel gevoel als Christine erin gelegd had een refrein van 'Unforgettable'; ze liep achteruit naar het midden van de kamer, stapte uit haar schoenen en trakteerde haar publiek op een elegant, langzaam heupzwaaiend dansje op de herkenningsmelodie van de film *Moulin Rouge*.

'Hoe zit dat, ga je vanavond niet weg, Amy?' informeerde Christine.

'O, ik weet niet; geen zin. Soms wil ik enkel rustig thuisblijven, da's alles.'

'Alfred?' riep Grace. 'Kijk eens of er limoensap is, dan kunnen we gin & lime drinken, als er limoensap is.'

Ze vonden dansmuziek op de radio en Grace smolt weg in Alfreds armen voor een ouderwetse wals. 'Ik ben gek op walsen,' legde ze uit. 'Ben ik altijd gek op geweest, op walsen' – maar de wals hield plotseling op toen ze tegen de strijkplank walste en het ding omgooide, wat iedereen het grappigste vond dat ze ooit gezien hadden.

Christine wilde bewijzen dat ze de jitterbug kon dansen, misschien om te concurreren met Amy's dans, maar Warren was een stuntelige danspartner: hij hupte en schuifelde en danste zich in het zweet en wist niet precies hoe hij haar twee armlengtes moest laten wegwervelen en ronddraaiend weer terughalen zoals het eigenlijk hoorde, dus ging ook hun voorstelling teloor in onhandigheid en gelach.

'...Is 't niet heerlijk dat we allemaal zulke goede vrienden zijn?' vroeg Grace Arnold, terwijl ze ijverig de afdichting van een nieuwe fles gin verbrak. 'We kunnen hier vanavond gewoon lekker plezier maken en verder is niets op de wereld belangrijk als wij maar bij elkaar zijn, waar of niet?'

Het was waar. Wat later bespraken Alfred en Warren samen op de bank zittend de punten van verschil en overeenkomst tussen het Britse en het Amerikaanse leger, twee ex-soldaten in ruste; toen excuseerde Alfred zich om nog iets te drinken te halen, en Amy liet zich glimlachend op de plek zakken waar hij gezeten had en raakte lichtjes met haar vingertoppen Warrens dij aan om het begin van een nieuw gesprek aan te geven.

'Amy,' zei Christine vanaf de andere kant van de kamer. 'Handen af van Warren of ik vermóórd je.

En daarna ging alles verkeerd. Amy sprong overeind en ontkende verhit dat ze ook maar iets had misdaan, Christines weerlegging was schel en vulgair, Grace en Alfred stonden erbij met de zwakke glimlach van toeschouwers bij een ongeluk op straat en Warren wilde maar dat hij in het niets verdween.

'Dat doe je nou altijd,' schreeuwde Christine. 'Ik had je hier nog niet in húís gehaald of je begon elke man die ik meebracht je tieten te showen en hem op te geilen. Je bent ordinair; een gore slet; een vuile del, dat ben je.'

'En jij bent een hóér,' schreeuwde Amy, vlak voor ze in tranen uitbarstte. Daarna ging ze wankelend op weg naar de deur maar bereikte hem niet: eerst moest ze zich nog met haar vuist in haar mond, haar ogen glanzend van paniek omdraaien om mee te maken wat Christine tegen Grace Arnold zei.

'Hoor eens, Grace.' Christines stem was hoog en gevaarlijk kalm. 'Je bent m'n beste vriendin en dat zul je altijd blijven, maar je moet kiezen. Het is zij of ik. Ik meen het. Want ik zweer bij het leven van die baby' – en één arm maakte een theatrale zwaai in de richting van haar slaapkamer – 'ik zweer bij het leven van die baby dat ik geen dag meer hier in huis blijf als zij er ook is.'

'Ooo,' zei Amy, terwijl ze op haar af marcheerde. 'Ooo, wat een rótstreek. Ooo, wat ben jíj een gore...'

En plotseling zaten de twee meisjes omklemd in gevecht en worstelden en sloegen of probeerden dat, scheurden kleren en trokken aan haren. Grace, een snerpende huiverende scheidsrechter, probeerde ze uit elkaar te halen, maar werd alleen maar zelf opzijgestompt en -gestoten tot ze viel, en op dat moment kwam Alfred Arnold tussenbeide.

'Shit,' zei hij. 'Hou op. Hou óp.' Het lukte hem Christine bij Amy weg te trekken en ruw opzij te schuiven, toen zorgde hij dat Amy niet weer in de aanval ging door haar languit op de bank te gooien waar ze haar handen voor haar gezicht sloeg en huilde.

'Wijven,' zei Alfred, terwijl hij struikelde en weer overeind kwam. 'Stel klerewijven.'

'Zet koffiewater op,' opperde Grace vanuit de stoel waar ze naartoe gekropen was, en Alfred stommelde naar het fornuis om een pan water op het gas te zetten. Hij zocht op de tast een fles instantkoffiesiroop en goot zwaar ademend een lepel ervan in elk van vijf schone kopjes; toen begon hij met de wijdopen glanzende blik van iemand die nooit gedacht had dat zijn leven hierop zou uitdraaien statig door de kamer te stappen.

'Stel klerewijven,' zei hij weer. 'Wijven!' En hij beukte uit alle macht met zijn rechtervuist tegen de muur.

'Ik wist dat Alfred het zich erg aantrok,' zei Christine toen Warren en zij later in bed lagen, 'maar ik had niet gedacht dat hij zijn hand op die manier pijn zou doen. Dat was afschuwelijk.'

'Mag ik binnenkomen?' vroeg Grace, met een timide klop op de deur, en ze kwam vrolijk en slonzig de kamer in. Ze droeg nog wel haar jurk maar had haar jarretelgordel kennelijk afgedaan, want haar zwarte kousen waren in rimpels over haar enkels en schoenen gezakt. Haar blote benen waren wit en een beetje harig.

'Hoe is het met Alfreds hand?' informeerde Christine.

'Hij zit ermee in het warme water,' zei Grace, 'maar hij haalt hem er steeds uit en probeert hem dan in zijn mond te steken. Het komt wel goed. Maar hoe dan ook, moet je horen, Christine. Je hebt gelijk over Amy. Ze deugt niet. Dat wist ik meteen toen je d'r hier in huis haalde. Ik wou toen niks zeggen omdat ze je vriendin was, maar het is de godgegeven waarheid. En je moet wel weten dat ik jou het aardigst vind, Christine. En dat zal altijd zo blijven.'

Terwijl hij met de deken tot aan zijn kin opgetrokken lag te luisteren verlangde Warren naar de stilte van thuis.

'...Weet je nog die keer dat ze alle stomerijbonnetjes verloren had en erom loog?'

'En weet je nog toen we die dag met z'n tweeën naar de film wilden?' vroeg Grace. 'En dat we geen tijd hadden om voor iedereen boterhammen klaar te maken en dat we toen maar eieren op toast hebben gegeten omdat dat sneller was? En dat ze maar bleef treuzelen en vroeg: "Waarom bak je nou éíeren?" Ze was zo kwaad en jaloers dat we haar niet hadden meegevraagd naar de film dat ze zich gedroeg als een klein kind.'

'Nou ja, ze ís een klein kind. Ze heeft gewoon niks... helemaal niks volwássens.'

'Zo is het. Daar heb je absoluut gelijk in, Christine. En ik zal je zeggen wat ik besloten heb: ik zeg het haar morgenochtend meteen. Ik zeg gewoon: "Het spijt me wel, Amy, maar je bent in mijn huis niet meer welkom..."'

Warren verliet het huis voor zonsopgang om te proberen in zijn souterrain nog wat slaap te krijgen, hoewel er niet meer in zat dan een uur of twee, want hij moest glimlachend opgestaan en aangekleed zijn als Judith beneden haar bad kwam nemen.

'Ik moet zeggen dat je er in elk geval góéd uitziet, Warren,' zei Judith. 'Kalm en fit als een man die zijn leven volledig in de hand heeft. Zonder een spóór van dat afgetobde waar ik me soms zo ongerust over maakte.'

'O ja?' zei hij. 'Dankjewel, Judith. Je ziet er zelf ook erg goed uit, maar ja, jij ziet er altijd goed uit.'

Hij wist dat straks de telefoon zou rinkelen en kon alleen maar hopen dat die tot het middaguur zou zwijgen. Dan ging Judith lunchen – of anders, op dagen dat ze besloot te bezuinigen, ging ze haar bescheiden inkopen voor het eten doen. Dan liep ze door de buurt met een boodschappennet dat door eerbiedige en bewonderende winkeliers zou worden gevuld – Engelse mannen en vrouwen die er al generaties in getraind waren een dame op het eerste gezicht te herkennen.

Op het middaguur keek hij door de ramen aan de voorkant hoe haar statige oude gestalte de treden afging en langzaam door de straat liep. En het leek nog geen minuut later dat de telefoon in gerinkel losbarstte en dit door zijn zenuwen veel luider klonk dan het was.

'Had jij even haast om weg te komen,' zei Christine.

'Tja. Nou ja, ik kon niet slapen. Hoe is dat vanmorgen met Amy afgelopen?'

'O, da's weer in orde. Dat hebben we ook weer gehad. We hebben lang met z'n drieën gepraat en ten slotte heb ik Grace overgehaald om haar te laten blijven.'

'Daar ben ik blij om. Maar ik ben verbaasd dat ze het wílde.'

'Meen je dat? Amy? Denk je soms dat ze ergens anders naartoe kan? Jezuschristus. Als je denkt dat Amy ergens anders naartoe kan ben je niet goed bij je hoofd. Ik wil maar zeggen, je kent me toch: ik raak soms helemaal overstuur maar ik zou nooit van m'n leven iemand zomaar op straat zetten.' Ze zweeg even, en hij kon het vaag ritmisch klikken van haar kauwgom horen. Hij had tot dan nooit geweten dat ze kauwgom kauwde.

Het kwam heel even bij hem op dat dit misschien de tot nu toe beste gelegenheid was om het, per telefoon of niet, uit te maken nu hij Christine in deze vreedzame, redelijke, kauwgomkauwende gemoedsgesteldheid trof, maar ze praatte alweer voor hij zijn inleidende opmerkingen helemaal geordend had.

'Moet je horen, lieveling, ik denk dat ik je een tijdje niet zal kunnen zien. Vanavond kan ik onmogelijk, en morgenavond ook, en het hele weekend.' En ze liet een ingehouden wrang lachje horen. 'Ik moet toch een béétje geld verdienen, of niet soms?'

'Ja, natúúrlijk,' zei hij. 'Natúúrlijk, dat weet ik toch.' En pas toen die inschikkelijke woorden al over zijn lippen waren, besefte hij dat het precies was wat een pooier zou kunnen zeggen.

'Maar ik zou een keer op een middag naar je toe kunnen komen,' stelde Christine voor.

'Nee, niet doen,' zei hij snel. 'Ik ben... ik ben 's middags bijna altijd in de bibliotheek.'

Ze spraken een middag van de volgende week af, bij haar thuis, om vijf uur; maar iets in haar stem deed hem zelfs toen al vermoeden dat ze er niet zou zijn – dat het expres niet nakomen van deze afspraak haar onuitgesproken manier zou zijn om van hem af te komen, of daar toch ten minste een begin mee te maken: niemands pooier was voor eeuwig. Toen de dag en het uur aangebroken waren, was hij dan ook niet verbaasd haar niet thuis te treffen.

'Christine is er niet, Warren,' legde Grace Arnold uit, terwijl ze zich beleefd terugtrok van de deur om hem binnen te laten. 'Ze zei dat ik tegen je moest zeggen dat ze zou bellen. Ze moest een paar dagen naar Schotland.'

'O? Zijn er thuis... problemen of zo?'

'Hoezo "problemen"?'

'Nou, ik bedoel gewoon...,' en Warren hoorde zichzelf het armzalige alibi mompelen dat Carol en hij, in wat nu een ander leven leek, goed genoeg voor Judith gevonden hadden. 'Is er een ziektegeval in de familie of zoiets?'

'Ja, klopt.' Grace was hem zichtbaar dankbaar voor zijn hulp. 'Ze hebben een ziektegeval in de familie.'

En hij zei dat het hem speet dat te horen.

'Wil je iets eten of drinken of zo, Warren?'

'Nee, dank je. Tot ziens maar weer, Grace.' Terwijl hij zich omdraaide om weg te gaan bleken zich in zijn gedachten de woorden voor een koele, definitieve slotzin te vormen. Maar hij was nog niet bij de deur toen een verlegen kijkende Alfred van zijn werk kwam; zijn onderarm zat van de elleboog tot de toppen van zijn gespalkte vingers in een zwaar gipsverband en hing in een mitella.

'Jezus,' zei Warren, 'dat ziet er verdomd ongemakkelijk uit.'

'Ach, je raakt eraan gewend,' zei Alfred, 'zoals aan alles.'

'Weet je hoeveel botjes hij gebroken heeft, Warren?' vroeg Grace, bijna alsof ze opschepte. 'Drie. Drie botjes.'

'Wow. Maar zo kun je toch niet werken, Alfred, met zo'n hand?'

'Ach, wat zal ik zeggen.' En Alfred slaagde erin zuinigjes, vol zelfkritiek te glimlachen. 'Ik krijg alle makkelijke baantjes.'

Bij de deur, met de knop paraat in zijn hand, draaide Warren zich weer om en zei: 'Zeg maar tegen Christine dat ik langs ben geweest, Grace, oké? En dan kun je misschien meteen zeggen dat ik daar geen woord van geloof, van wat je over Schotland zei. O, en als ze me wil bellen, zeg dan maar dat ze geen moeite doet. Tot kijk.'

In de ondergrondse naar huis stelde hij zichzelf aanhoudend gerust dat hij waarschijnlijk nooit meer iets van Christine zou horen. Hij had een bevredigender afronding misschien prettiger gevonden; maar ach, misschien had die er wel nooit in gezeten. En hij raakte steeds meer ingenomen met het laatste dat hij gezegd had: 'Als ze me wil bellen, zeg dan maar dat ze geen moeite doet.' Dat was, onder de gegeven omstandigheden, precies de goede boodschap geweest, op precies de goede manier gebracht.

Het was erg laat op de avond toen de telefoon weer ging; Judith lag vrijwel zeker te slapen en Warren sprong overeind om op te nemen voor ze van het gerinkel wakker kon worden.

'Hoor eens,' zei Christine, haar stem ontdaan van elke genegenheid of zelfs maar wellevendheid, als die van een verklikker in een misdaadfilm. 'Ik bel alleen even omdat je dit moet weten. Alfred is razend op je. Ik bedoel echt razend.'

'O ja? Waarom?'

En hij kon bijna het samenknijpen van haar ogen en lippen zien. 'Omdat je z'n vrouw voor leugenaarster hebt uitgemaakt.'

'Toe nou. Ik geloof er niets...'

'Je gelóóft me niet? Oké, wacht maar af. Ik zeg het je voor je eigen bestwil. Als een man als Alfred het gevoel heeft dat z'n vrouw beledigd is, zit je in de problemen.'

De dag erna was het zondag – de heer des huizes zou thuis zijn – maar het kostte Warren het grootste deel van de ochtend om te beslissen dat hij toch maar even met hem moest gaan praten. Het leek een dwaze actie en hij zag ertegenop Christine te ontmoeten; maar als het eenmaal gebeurd was kon hij ze allemaal uit zijn hoofd zetten.

Maar hij hoefde zelfs niet in de buurt van het huis te komen. Toen hij de laatste hoek omging kwam hij Alfred en de zes kinderen tegen die daar door de straat liepen, allemaal netjes aangekleed voor een zondags uitje, misschien naar de dierentuin. Jane leek blij hem te zien: ze hield Alfreds goede linkerhand vast en droeg een felroze strik in haar Afrikaanse haar. 'Hi, Warren,' zei ze, terwijl de jongere kinderen op een kluitje om hen heen kwamen staan.

'Hi, Jane. Wat zie je er mooi uit!' En hij keerde zijn gezicht naar de man. 'Alfred, ik begrijp dat ik je een excuus schuldig ben.'

'Excuus? Waarvoor?'

'Christine zei dat je kwaad was om wat ik tegen Grace gezegd heb.'

Alfred keek bevreemd, alsof hij nadacht over problemen die te ingewikkeld en te subtiel waren om ooit te worden ontward. 'Nee,' zei hij. 'Nee, helemáál niet.'

'Oké. Mooi zo. Maar ik wilde zeggen dat ik niet de bedoeling had om... nou ja.'

Alfred schoof met een lichte grimas zijn gipsverband naar een gemakkelijker plek in de mitella. 'Een goeie raad, Warren,' zei hij. 'Luister niet te veel naar vrouwvolk.' En hij knipoogde als een oude kameraad.

Toen Christine hem weer belde was dat met een woordenvloed vol meisjesachtige uitbundigheid, alsof er nooit iets tussen hen was misgegaan – maar Warren zou nooit weten wat de verandering teweegbracht, of zich over de waarheid of leugen daarvan een mening hoeven te vormen.

'Lieveling. Moet je horen,' zei ze. 'Volgens mij is het nu allemaal wel zo'n beetje overgewaaid thuis... ik bedoel hij is volledig gekalmeerd en zo... dus als je morgenavond, of overmorgen wilt komen, of een andere keer als je dat beter schikt, dan kunnen we gezellig...'

'Wacht eens even,' beval hij. 'Nou moet je eens even naar me luisteren, schatje... o, en nu we het er toch over hebben. Het lijkt me hoog tijd om eens met dat "ge-lieveling" en "schatje" te kappen, vind je niet? Luister jij.'

Hij was gaan staan om zijn woorden kracht bij te zetten en hield stand, het telefoonsnoer strak over zijn overhemd meegetrokken en zijn vrije hand dichtgeknepen tot een opgestoken vuist die onder het uitspreken van zijn slotverklaring even ritmisch door de lucht schudde als die van een gloedvol spreker in het openbaar.

'Luister. Alfred had verdomme geen idee wat ik bedoelde toen ik mijn excuses wilde aanbieden. Hij had verdomme geen idee waar ik het over had, hoor je me? Goed. Da's één ding. Hier komt het volgende. Ik ben het zat. Bel me niet meer op, Christine, hoor je me? Bel me níet meer op.'

'Goed, lieveling,' zei ze, met een haastige, deemoedige stem die bijna verdronk in het geluid van de hoorn die ze ophing.

En hij had, zwaar ademend, nog steeds zijn hand om de telefoonhoorn tegen zijn wang toen hij hoorde dat boven bij Judith langzaam en voorzichtig de hoorn op de haak werd gelegd.

Nou en, prima, wat kon het hem ook schelen? Hij liep naar de zware kartonnen doos vol boeken en gaf er zo'n harde schop tegen dat het ding ongeveer een meter opschoof en een huiverende stofwolk vrijgaf; toen keek hij rond of er nog meer was dat hij kon schoppen of stompen of stuksmijten maar liep in plaats ervan terug, liet zich met een verende plof weer op de bank vallen en gaf met zijn vuist een dreun in de palm van zijn andere hand. Ja ja, nou ja, laat ze ook de pest maar krijgen. Nou én? Wat kon het hem ook schelen.

Na een tijdje, toen zijn hart langzamer ging kloppen, bleek hij er alleen nog aan te kunnen denken hoe Christines stem met de woorden 'Goed, lieveling,' was uitgeflakkerd. Er was nooit iets te vrezen geweest. Als hij eerder een strenge toon tegen haar had aangeslagen, was ze in een seconde uit zijn leven verdwenen geweest – 'Goed, lieveling,' – met een hoffelijke, zich klein makende glimlach misschien wel. Ze was niet meer dan een dom Londens straathoertje, alles welbeschouwd.

Een paar dagen later was er een brief van zijn vrouw die alles veranderde. Sinds ze weer in New York was had ze ongeveer eens per week een haastige, vriendschappelijke brief gestuurd, getypt op het stevige briefpapier van het handelskantoor waar ze een baan gevonden had, maar deze was handgeschreven, op zacht blauw papier, en uit alles bleek dat hij zorgvuldig was opgesteld. Er stond dat ze van hem hield, dat ze hem vreselijk miste en wilde dat hij naar huis kwam – hoewel er haastig bij geschreven was dat de keus natuurlijk helemaal aan hem was.

'...Als ik aan onze tijd samen terugdenk weet ik dat de narigheid meer aan mij lag dan aan jou. Ik hield je zachtmoedigheid voor zwakheid – dat moet mijn ergste vergissing zijn geweest want die is het akeligst om aan te denken, maar er waren nog o zo veel andere...'

Ze wijdde, echt iets voor haar, een lange paragraaf aan van alles wat met huizen te maken had. De woningnood in New York was gruwelijk, legde ze uit, maar ze had een heel redelijk appartement gevonden: drie kamers op de eerste etage, in een niet al te slechte buurt, en de huur was verbazend...

Hij las haastig het stuk over de huur en het contract en de afmetingen van de kamers en de ramen en bleef bij het einde van haar brief lang stilstaan.

'Die Fulbright-mensen zullen er toch geen bezwaar tegen hebben dat je eerder naar huis komt, als jij dat echt wílt? Ik hoop zo dat je komt... wilt komen, bedoel ik. Cathy vraagt telkens wanneer haar pappie thuiskomt, en ik zeg telkens: "Vlug."'

'Ik moet je een afschuwelijke bekentenis doen,' zei Judith die middag bij de thee in haar zitkamer. 'Ik heb laatst op een avond je telefoongesprek afgeluisterd – en toen beging ik natuurlijk de domme vergissing om eerder op te hangen dan jij, dus moet je absoluut geweten hebben dat ik ook aan de lijn was. Het spijt me vreselijk, Warren.'

'O,' zei hij. 'Nou ja, het is niet zo belangrijk.'

'Nee, dat denk ik eigenlijk ook niet. Als we zo op elkaars lip willen wonen, zal er altijd een geringe mate van inbreuk op elkaars privacy zijn. Maar ik wilde je laten weten dat ik... nou ja, laat ook maar. Je weet wel.' Even later wierp ze hem een sluwe, plagerige blik toe. 'Ik had nooit gedacht dat je zo boos kon worden, Warren. Zo nors. Zo bazig, zo schreeuwerig. Maar ik moet zeggen dat de stem van het meisje me niet aangenaam was. Ze klonk een beetje ordinair.'

'Ja. Dat is een lang verhaal.' En hij keek in zijn theekopje, zich ervan bewust dat hij bloosde, tot hij dacht weer veilig te kunnen opkijken en overstappen op een ander onderwerp. 'Judith, ik denk dat ik over niet al te lange tijd weer naar huis ga. Carol heeft voor

ons een woning in New York gevonden, dus zodra ik...'
'O, dus jullie hebben het bijgelegd,' zei Judith. 'Wat heerlijk.'
'Wat bijgelegd?'
'Wat het ook was waarover jullie allebei zo ongelukkig waren.
O, ik ben zo blij. Je denkt toch niet echt dat ik die onzin over een
ziektegeval in de familie ooit geloofd heb? Ooit gehoord dat een
jonge echtgenote alleen om die reden de oceaan oversteekt? Ik was
zelfs een beetje boos op Carol omdat ze áánnam dat ik zoiets zou
geloven. Ik wilde steeds maar zeggen: vertel het me maar, kind.
Vertel het me nou maar. Want je moet begrijpen dat als je oud
bent, Warren...' Haar ogen begonnen te tranen en ze veegde ze
vruchteloos met haar hand af. 'Als je oud bent, wil je zo vreselijk
graag dat mensen van wie je houdt gelukkig zijn.'

Op de avond voor het vertrek van zijn boot, zijn koffers gepakt en
het souterrain zo schoon als het van een hele dag boenen kon worden, begon Warren aan zijn laatste karwei: het leegruimen van zijn
bureau. De meeste boeken konden worden weggegooid en alle
benodigde papieren en documenten konden zo worden opgestapeld dat ze op de laatste beschikbare plek in zijn koffer pasten
– mijn God, hij ging hier weg; o, mijn god, hij ging naar huis –
maar toen hij de laatste handvol spullen bij elkaar raapte kwam
daaronder het kartonnen muziekdoosje tevoorschijn.
    Hij gunde zich de tijd het achterstevoren af te spelen, langzaam,
als om het vage en melancholieke wijsje voorgoed in zijn herinnering te prenten. Hij liet toe dat de muziek het beeld opriep van
Christine die in zijn armen 'Ooo, ik hou van je' fluisterde, want
ook dat zou hij zich willen herinneren, en liet het doosje toen tussen het vuilnis vallen.

Afscheid nemen van Sally

Het kostte Jack Fields vijf jaar om zijn eerste roman te schrijven en erna was hij redelijk trots maar ook bijna ziek van uitputting. Hij was toen vierendertig en woonde nog altijd in een donkere, erbarmelijk goedkope kelderwoning in Greenwich Village, een plek die na het stranden van zijn huwelijk goed genoeg had geleken om er in eenzaamheid zijn werk af te krijgen. Hij nam aan dat hij een betere woning zou kunnen vinden, en misschien zelfs een beter leven, als zijn boek uitkwam, maar hij vergiste zich: hoewel het boek niets dan lof oogstte, verkocht het zo slecht dat er in het hele eerste jaar dat het uit was maar kort en druppelsgewijs geld binnenkwam. Tegen die tijd was Jack zwaar aan de drank en schreef niet veel – ook niet de anonieme, slecht betaalde broodschrijverij die hem jaren zijn inkomen had opgeleverd, hoewel het hem nog steeds lukte genoeg van dat soort werk uit zijn pen te krijgen om de alimentatie te kunnen betalen – en begon hij zich, niet zonder enige literaire bevrediging, als een tragische figuur te beschouwen.

Zijn twee dochtertjes woonden buiten de stad en kwamen vaak in het weekend bij hem logeren, altijd met pasgewassen fleurige jurkjes aan die al snel verflensten en smoezelig werden in het vocht en vuil van zijn afgrijselijke woning, en op een dag verkondigde de jongste in tranen dat ze niet meer bij hem wilde douchen omdat er kakkerlakken in het douchehok zaten. Ten slotte, toen hij alle kakkerlakken in zicht had doodgemept en weggespoeld en na veel overredingskracht, zei ze dat het misschien wel zou gaan als ze haar ogen dichthield – en de gedachte hoe ze daar binnen niet-ziend achter het beschimmelde plastic gordijn stond, en zich haastte, en probeerde terwijl ze zich inzeepte en afspoelde niet met haar voeten in de buurt van de verraderlijk krioelende afvoer te komen, maakte hem week van wroeging. Hij moest zorgen dat hij hier wegkwam, wist hij. Hij zou gek zijn als hij dat niet wist – misschien was hij al gek dat hij hier überhaupt was en zijn dochtertjes deze viezigheid bleef opdringen – maar hij wist niet hoe hij een begin moest maken met de netelige, moeilijke taak om zijn leven weer op orde te brengen.

Toen deed zich in het vroege voorjaar van 1962, niet lang na zijn zesendertigste verjaardag, een volstrekt onverwachte kans voor: hij kreeg opdracht een filmscenario te schrijven gebaseerd op een moderne roman die hij zeer bewonderde. De producers zouden zijn reis naar Los Angeles betalen voor een bespreking met de regisseur en ze raadden hem aan daar te blijven tot hij het script af had. Dat zou waarschijnlijk niet langer dan vijf maanden duren en die eerste fase van het project alleen al zou hem meer geld opleveren dan hij ooit in twee of drie jaar bij elkaar had verdiend, om over het duizelingwekkende vooruitzicht van latere inkomsten nog maar te zwijgen.

Toen hij het tegen zijn dochters vertelde vroeg de oudste of hij haar een gesigneerde foto van Richard Chamberlain wilde sturen; de jongste had geen verzoek.

Er werd in het appartement van iemand anders een vrolijk lawaaiig afscheidsfeestje voor hem gegeven – geheel afgestemd op het elegante beeld dat hij altijd hoopte op anderen over te brengen – met op een van de muren een spandoek met in grote handgeschreven letters:

VAARWEL BROADWAY
HALLO
GRAUMAN'S CHINESE THEATER!

En twee avonden later zat hij vastgesnoerd en straalbezopen te midden van onbekenden in de lange, vage, ruisende buis van zijn allereerste turbojet. Hij sliep het grootste deel van zijn reis over Amerika en werd pas wakker toen ze laag boven de ene kilometer lichten na de andere in de duisternis van de voorsteden van Los Angeles zweefden. Terwijl hij zijn voorhoofd tegen een koud raampje duwde en voelde hoe de vermoeidheid en zorg van de afgelopen paar jaar begonnen te wijken, viel hem in dat wat vóór

hem lag – goed of slecht – wel eens een significant avontuur zou
kunnen blijken: F. Scott Fitzgerald in Hollywood.

Zijn eerste twee à drie weken in Californië logeerde Jack in het
kostbaar ingerichte huis in Malibu van de regisseur, Carl Oppenheimer, een theatrale, opvliegende, vastbesloten stoer pratende man van tweeëndertig. Oppenheimer was rechtstreeks van
Yale naar de New Yorkse televisiestudio's gegaan in een tijd dat er
's avonds nog volgens alle regelen der kunst 'live' toneelstukken
voor de kijkers werden uitgezonden. Toen recensenten het woord
'genie' gingen gebruiken als ze over zijn aandeel in die uitzendin-
gen schreven was hij naar Hollywood ontboden, waar hij veel
meer projecten had afgeslagen dan aangenomen en zijn films snel
naam voor hem maakten als vertegenwoordiger van wat iemand
besloten had *The New Breed* te gaan noemen.

Oppenheimer was, net als Jack Fields, vader van twee kinderen
en gescheiden, maar hij was nooit alleen. Er woonde een intelligente, knappe jonge actrice, Ellis, bij hem die er trots op was elke
dag iets nieuws te vinden om hem mee te behagen, hem vaak lange hartstochtelijke blikken toezond die hij niet leek op te merken
en hem doorgaans 'mijn lief' noemde – zachtjes, met de nadruk op
'mijn'. En dan slaagde ze er ook nog eens in een attente gastvrouw
te zijn.

'Jack?' vroeg ze, toen ze hun gast op een namiddag bij zonsondergang een zwaar, duur glas met whisky aangaf. 'Weet je wat
Fitzgerald deed toen hij daar op het strand woonde? Hij zette een
bord voor zijn huis met "Honi Soit qui Malibu".'

'O ja? Nee, had ik nog nooit gehoord.'

'Schitterend, toch? Moet je je eens voorstellen, hoe leuk het was
geweest om toen te leven, toen alle echte...'

'Ellie!' riep Carl Oppenheimer vanaf de andere kant van de kamer, waar hij voorovergebogen achter een welvoorziene bar van
warm blond hout en leer met kastdeurtjes sloeg. 'Ellie, kan je even
in de keuken gaan kijken waar verdomme al die bouillon gebleven
is?'

'Natuurlijk, mijn lief,' zei ze, 'maar ik dacht dat je graag 's óch-
tends een bullshot dronk.'

'Soms wel,' zei hij, terwijl hij zich oprichtte en zo glimlachte dat je zou kunnen denken dat er ergernis en zelfbeheersing uit sprak. 'Soms niet. En toevallig heb ik zin om er nú een zootje te mixen. En ik zou wel eens willen weten hoe ik verdomme bullshots kan mixen zonder dat ik verdomme bouillon heb, kan je het volgen?'

En terwijl Ellis zich gehoorzaam weghaastte, keken de twee mannen om naar het bewegen van stevige sidderende billen in haar huidstrakke lange broek.

Jack wilde intussen wel erg graag een eigen huis en misschien zelfs een eigen vriendin en zodra het scenario in grote lijnen op papier stond – zodra ze het eens waren over wat Oppenheimer de dynamiek ervan noemde – verhuisde hij.

Hij huurde een paar kilometer verderop langs de kustweg, in het deel van Malibu dat vanaf de weg gezien niet meer dan een lange rij samengeperste, door weer en wind beschadigde bouwketen leek, de onderste helft van een klein strandhuisje dat uit twee woonlagen bestond. Het had een bescheiden panoramaruit met uitzicht over de oceaan en een betonnen zandbestoven verandatje, maar dat was dan ook bijna alles. Hij besefte pas toen hij er al woonde – en toen hij het verlangde huurvoorschot van drie maanden al had betaald – dat het er bijna even mistroostig en vochtig was als in zijn kelderwoning in New York. Erna begon hij zich volgens een al lange tijd vertrouwd patroon zorgen over zichzelf te maken: misschien was hij niet in staat om licht en ruimte in de wereld te vinden; misschien zou hij, met zijn karakter, altijd het duister en de beperking en het verval zoeken. Misschien – en dit was een uitdrukking die op dat moment in tijdschriften in heel Amerika populair was – had hij een zelfdestructieve persoonlijkheidsstructuur.

Om die ideeën van zich af te zetten bedacht hij verscheidene goede redenen om meteen in de stad naar zijn agent te rijden; en buiten in de namiddagzon, toen hij met zijn huurauto langs massa's tropisch gebladerte snorde, begon hij zich beter te voelen.

De agent heette Edgar Todd en zijn kantoor was bijna boven in een nieuwe torenflat aan de rand van Beverly Hills. Jack was drie of vier keer voor een gesprek bij hem langs geweest – de eerste keer, toen hij vroeg hoe hij aan een gesigneerde foto van Richard Chamberlain kon komen, bleek dat een kwestie die Edgar Todd met een snel informeel telefoontje kon regelen – en elke keer werd hij zich er sterker van bewust dat Edgars secretaresse Sally Baldwin een opvallend aantrekkelijke jonge vrouw was.

Ze viel op het eerste gezicht misschien niet direct in de categorie 'jonge vrouw', want haar zorgvuldig gekapte haar was grijs met zilveren strepen, maar de vorm van haar gezicht en textuur van haar huid maakten de indruk dat ze niet ouder was dan vijfendertig en hetzelfde gold voor haar slanke, soepele, langbenige manier van bewegen. Ze was 'dol' op zijn boek en wist zeker dat er ooit een schitterende film van gemaakt zou worden, had ze een keer tegen hem gezegd; een andere keer, toen hij het kantoor verliet, had ze gezegd: 'Waarom zien we je niet wat vaker? Kom nog eens langs.'

Maar vandaag was ze er niet. Ze zat niet aan haar keurig opgeruimde secretaressebureau in de hal met vast tapijt voor Edgars kamer, noch was ze ergens anders in zicht. Het was vrijdagmiddag; ze was waarschijnlijk vroeg naar huis gegaan, en hij voelde al de domper van de teleurstelling, toen hij de deur van Edgars kamer op een kier zag staan. Hij klopte zachtjes twee keer, duwde hem toen open en ging naar binnen – en daar zat ze, mooier dan ooit, aan Edgars reusachtige bureau terwijl de ruggen van minstens duizend kleurig ingebonden romans de achtergrond vormden bij haar lieve gezicht. Ze las.

'Ha, dag Sally,' zei hij.

'Hé, wat leuk. Hallo.'

'Komt Edgar vandaag niet meer?'

'Hij zei dat hij ging lunchen, maar ik denk dat we hem volgende week pas terugzien. Het is trouwens best prettig om gestoord te worden; ik lees de slechtste roman van het jaar.'

'Doe jij Edgars leeswerk voor hem?'

'Het meeste wel. Hij heeft zelf geen tijd en hij heeft toch al een hekel aan lezen. Dus tik ik op een of twee velletjes een samenvatting van de boeken die binnenkomen, en die leest hij.'

'O. Moet je horen, zullen we ergens iets gaan drinken?'

'Ja, heel graag,' zei ze, terwijl ze het boek dichtsloeg. 'Ik begon al te denken dat je het nooit zou vragen.'

En iets minder dan twee uur later, aan een beschaduwd tafeltje in de bar van een beroemd hotel, zaten ze verlegen maar resoluut hand in hand omdat duidelijk was en al vaststond dat ze vanavond met hem mee naar huis zou gaan – en als stilzwijgend gevolg het hele weekend zou blijven. Terwijl hij zo naar haar keek, begon Jack Fields zich kalm en sterk en energiek te voelen alsof het idee dat hij een zelfdestructieve persoonlijkheidsstructuur zou hebben nooit bij hem was opgekomen. Het ging goed met hem. Het leven was mooi en een leven zonder liefde is het leven niet.

'Maar moet je horen, Jack,' zei ze. 'Kunnen we eerst nog even ergens langs? Hier in Beverly? Ik moet een paar dingen ophalen en ik zou het trouwens leuk vinden als je zag waar ik woon.'

En ze wees hem in de auto de weg naar boven over de flauwe helling die de eerste woonwijk van Beverly Hills vormt, voor de steilere hellingen beginnen. Hij ontdekte dat alle wegen er elegante bochten maakten, alsof de planologen de gedachte aan rechte lijnen ondraaglijk hadden gevonden, en dat er torenhoge, elegant slanke palmen stonden met steeds een precies afgemeten ruimte ertussen. Sommige van de grote huizen langs die wegen waren mooi, andere heel gewoon, en sommige waren lelijk, maar uit allemaal bleek een rijkdom die het begrip van een gewoon mens te boven gaat.

'Als je nu de volgende links neemt,' zei Sally, 'zijn we er bijna. Oké... Hier.'

'Woon je híér?'

'Jep. Ik kan alles uitleggen.'

Het was een reusachtig wit landhuis in de stijl van de oude plantagehuizen in de zuidelijke staten, met minstens zes zuilen die vanaf de veranda hoog oprezen naar een imposante timpaan, en met een enorme hoeveelheid in het zonlicht stralende ramen en aan één kant een lange aanbouw in de vorm van een vleugel en, achter een zwembad langs, een aantal ermee verbonden bijgebouwen in dezelfde kleur en stijl.

'We gaan altijd achterom, langs het zwembad,' zei Sally. 'Er komt nooit iemand door de voordeur.'

En het ruime vertrek waarin ze hem vanaf het zwembadterras

voorging, was wat hier wel een studeerkamer zou heten, dacht hij, hoewel het met gemak een leeszaal had kunnen zijn als Sally de duizend romans van Edgar Todd op de een of andere manier van kantoor mee naar huis had kunnen nemen. De hoge muren waren met aangenaam donker hout gelambriseerd, er stonden diepe leren banken en fauteuils en er was een open haard waarin kleine vlammetjes flakkerden, hoewel het een zachte dag was. Om de haard stond een opstelling van smeedijzeren banken met leren kussens en op een van de banken zat een bleke, trieste jongen van een jaar of dertien die – met zijn rug naar het vuur en zijn handen ineengeslagen tussen zijn dijen – een aanblik bood alsof hij daar was gaan zitten omdat hij verder niets te doen had.

'Hi, Kick,' zei Sally tegen hem. 'Kicker, mag ik je Jack Fields voorstellen. Jack, dit is Kicker Jarvis.'

'Hallo, Kicker.'

'Hi.'

'Heb je vandaag nog naar de Dodgers gekeken?' vroeg Sally.

'Nee.'

'O? Waarom niet?'

'Ik weet het niet, geen zin.'

'Waar is je beeldschone moeder?'

'Ik weet het niet. Zich verkleden, denk ik.'

'Kickers beeldschone moeder is een oude vriendin van me,' legde Sally uit. 'Dit geweldige huis is van haar; ik woon hier alleen maar.'

'O?'

En toen even later de moeder van de jongen de kamer in kwam vond Jack haar inderdaad beeldschoon – even lang en gracieus als Sally en zelfs nog knapper, met lang zwart haar en blauwe ogen die automatisch flirtend oplichtten bij de klank van haar naam: Jill.

Maar hij had eigenlijk niet zo'n zin vanavond een vrouw te ontmoeten die begeerlijker was dan Sally – Sally was hem voorlopig mooi genoeg, zelfs in Hollywood – dus bekeek hij Jill Jarvis met zo'n scherpe blik dat hij op haar hartvormige gezicht een wezenloze of verbijsterde uitdrukking ontdekte, hoewel hij nauwelijks tijd voor inspectie had voor ze zich afwendde.

'Moet je zien, Sally,' zei ze, en ze duwde Sally een zware paperback in haar handen. 'Schitterend, toch? Ik bedoel dit is toch schitterend? Ik heb de bestelbon al weken geleden opgestuurd en ik had het zo ongeveer opgegeven, maar vandaag zat het dan eindelijk bij de post.' Jack tuurde hoffelijk mee en zag de titel: *Het reuzenkruiswoordoplossingenboek*. 'Moet je zien hoe dík,' drong Jill aan. 'Nu loop ik nooit meer vast.'

'Prachtig,' zei Sally, en ze gaf het boek terug. Toen zei ze: 'Ik ben zo terug, Jack, oké?' Ze liep haastig de woonkamer in, die zich als een meer leek uit te strekken, en hij keek hoe haar mooie benen in een bundel bleek namiddaglicht een geruisloze trap op renden.

Jill Jarvis zei dat hij moest gaan zitten en liep weg om ergens 'iets te drinken' te gaan halen terwijl ze hem in een stilte die steeds pijnlijker leek te worden met Kicker alleen liet.

'Zit je hier ergens op school?' informeerde Jack.

'Ja.'

En dat was het einde van hun gesprek. Op het haardbankje lag het stripkatern uit de *Los Angeles Times* van afgelopen zondag en de jongen draaide zich af om er met opgetrokken schouders naar te staren, maar Jack wist heel zeker dat hij niet las of zelfs maar plaatjes keek; hij zat daar alleen maar te wachten tot zijn moeder terugkwam.

Boven de haard, op een plek die zonder meer bedoeld was voor een somber oud portret of landschap, hing een klein schilderijtje op zwart fluweel in verblindend felle kleuren dat het hoofd voorstelde van een circusclown met een melancholieke uitdrukking op zijn gezicht; het was gesigneerd 'Starr van Hollywood', zo opvallend met wit geschreven dat het de titel had kunnen zijn. Het was het soort schilderij dat je overal in de Verenigde Staten aan muren van derderangs bars en lunchgelegenheden en bedompte wachtkamers van bijna failliete dokters en tandartsen kunt zien hangen; het was in deze kamer zo dwaas misplaatst dat je bijna zou denken dat iemand het daar bij wijze van grap had opgehangen – maar ja, hetzelfde gold voor *Het reuzenkruiswoordoplossingenboek*, dat nu eenzaam op een salontafel lag die tweeduizend dollar moest hebben gekost.

'Waar blijft Woody toch?' vroeg Jill terwijl ze met een dienblad waarop drank en ijs en een shaker stonden de kamer in kwam.

'Zal ik z'n atelier bellen?' vroeg Kicker.

'Nee, doe maar niet; hij komt wel. Je weet hoe Woody is.'

Toen kwam Sally de trap af met een Mexicaanse strooien tas die aangenaam vol leek – ze was écht van plan het weekend te blijven – en zei: 'We nemen maar één borrel, Jack, en dan gaan we.'

Maar ze dronken er twee, want toen ze aan de eerste waren kwam glimlachend Woody thuis en stond erop dat ze bleven voor een tweede. Hij was ongeveer even oud als Jack of jonger, van gemiddelde lengte en tenger gebouwd, hij droeg jeans, indiaanse mocassins met franje en een ingewikkeld hemd met een metalen druksluiting in plaats van knopen. Hij had een heel soepele manier van lopen met herhaaldelijk doorverende knieën en uit zijn gezicht sprak een argeloze gretigheid om aardig gevonden te worden.

'Het is daar verdomd leuk wonen, in Malibu,' zei hij toen hij ten slotte in een van de fauteuils tot rust was gekomen. 'Ik heb daar een paar jaar een huis gehad – klein maar verdomd leuk. Maar ik ben het hier heerlijk gaan vinden. Ik voel me hier in Beverly thuis, ik kan niet anders zeggen, en weet je wat het grappige is? Dat had ik van m'n leven nog nergens gevoeld. Nog eens bijschenken?'

'Nee, dank je,' zei Jack. 'We moesten maar eens gaan.'

'Wanneer kunnen we je verwachten, Sally?' informeerde Jill.

'Eh, ik weet niet,' riep Sally achterom terwijl Jack en zij, Jack met de Mexicaanse tas in zijn hand, op weg gingen naar de terrasdeur. 'Ik bel je morgen wel een keer, oké?'

'Ik sta niet toe dat je haar voorgoed meeneemt,' riep Woody. 'Je moet beloven haar vlug terug te brengen, oké?'

'Oké,' zei Jack. 'Ik beloof het.'

En toen waren ze vrij, alleen met z'n tweeën, en liepen haastig langs het zwembad en over de oprijlaan en stapten vlug in zijn wachtende auto. De hele weg naar huis – en de autorit leek in de pasgevallen duisternis van deze stille geurige avond nog geen seconde te duren – had hij zin om hardop te lachen omdat zijn leven altijd zoals nu had moeten zijn; dit was helemaal zo slecht niet: er kwam goed geld binnen, het weekend kwam eraan, en een jonge vrouw kwam met hem vrijen aan de kust van de Grote Oceaan.

'Het is hier eigenlijk best eh... best grappig,' zei Sally van zijn appartement. 'Het is natuurlijk wel klein, maar je zou er een heleboel mee kunnen doen.'

'Ja, nou ja, daarvoor blijf ik hier waarschijnlijk niet lang genoeg. Wil je iets drinken?'

'Nee, dank je. Waarom kom je niet gewoon...' Ze liet haar kritische blik van het zwarte panoramaraam wegdraaien en glimlachte naar hem terwijl ze brutaal en verlegen tegelijk keek en nauwelijks merkbaar haar blik afwendde. 'Waarom kom je niet gewoon hier naar me toe zodat we zo'n beetje over elkaar heen kunnen vallen?'

Hij had nog nooit een vrouw gekend die zo elegant de overstap van vertrouwdheid naar intimiteit maakte. Er was niets verlegens aan zoals ze zich uitkleedde, maar ook niets showerigs: de kleren vielen omlaag en werden afgeworpen alsof ze die al de hele dag kwijt wilde; daarna liet ze zich in zijn bed glijden en draaide zich om met een blik van verlangen die minstens even bekoorlijk was als wat hij ooit op de film had gezien. Haar lange lichaam was sterk en teder, net als haar trots op kennis van zaken waar vrouwenvlees volgens mannen voor is. Het duurde heel lang voor hij zelfs maar aan een andere vrouw, of een andere jonge vrouw, had kunnen denken, al had hij gewild.

'Moet je luisteren, de branding,' zei ze, toen ze later vredig tegen elkaar aan gevlijd lagen. 'Vind je het geen prachtig gehoor?'

'Ja.'

Maar Jack Fields die, met één arm om haar heen en een van haar fraaie borsten vibrerend in zijn hand, dicht tegen haar rug gekruld lag, besteedde niet de minste aandacht aan de branding. Hij was te gelukkig en slaperig om meer dan één samenhangende, godzijdank heimelijke gedachte op te brengen: F. Scott Fitzgerald ontmoet Sheilah Graham.

Sally Baldwin was opgegroeid als Sally Munk – 'Ik wist niet hoe gauw ik van die naam af moest komen' – in een industriestadje in Californië waar haar vader tot zijn vroege dood elektricien was geweest en haar moeder vervolgens vele jaren coupeuse in het atelier van een warenhuis. Toen ze op highschool zat was Sally uitverkoren voor een reeks kleine rollen in een stel B-films over het leven van tieners – 'zoiets als die Andy Hardyfilms van vroeger, hoewel lang niet zo goed, maar toch een stuk beter dan al dat stomme strandbal- en bikinigedoe waarmee ze die kinderen tegenwoordig afschepen' – maar toen ze te lang werd voor de rollen die ze moest spelen liep haar contract af. Ze had met het geld dat ze nog van haar filmwerk over had en later door als serveerster te werken haar studie betaald. 'Serveerster in cocktailbars is het ergste,' legde ze uit. 'Betaalt het beste, maar je raakt er nogal eh... afgestompt van.'

'Had je van die netkousen tot aan je heupen?' vroeg hij, en hij bedacht dat ze er vast magnifiek uitgezien had. 'En van die kleine...'

'Ja hoor, alles wat erbij hoort,' zei ze ongeduldig. 'En het duurde niet lang of ik was getrouwd. Heeft een jaar of negen geduurd. Hij was advocaat... ik bedoel, is advocaat. Je weet toch wat ze zeggen: trouw nooit met een advocaat, die zijn zo weer pleite. Daar zit een hoop waarheid in. We hadden geen kinderen... eerst zei hij steeds dat hij die niet wilde, later bleek dat ik ze helemaal niet krijgen kon. Ik heb een hoe heet 't ook weer... een fibroom.'

En pas aan het begin van de middag, toen ze op zijn kleine zanderige veranda lui achterover in linnen strandstoelen lagen, bracht Sally het verhaal op Jill Jarvis en haar landhuis.

'...Nou ja, ik weet niet echt waar al het geld vandaan komt,' zei ze. 'Maar ik weet wel dat ze een ontzettende hoop van haar vader krijgt, ergens in Georgia, en ik weet dat zijn familie daar al ontzettend lang ontzettend veel geld heeft, maar ik weet niet echt waar het vandáán komt. Het zal wel katoen of zoiets zijn. En Frank Jarvis is natuurlijk ook rijk, dus hield ze uit dat huwelijk een heel aardige alimentatie over, plus het huis. Dus vroeg ze toen mijn huwelijk ook stukliep of ik bij haar kwam wonen, snap je wel, en ik was eigenlijk best... opgewonden. Ik had het altijd een zalig huis gevonden... vind ik nog altijd, en dat zal wel altijd zo blijven. En ik had niet echt iets anders waar ik naartoe kon. Ik wist dat ik met mijn salaris op z'n best ergens een keurig flatje in de Valley kon krijgen, en dat is mijn definitie van geestelijke zelfmoord. Ik eet nog liever wormen dan dat ik in de Valley woon.

En Jill sloofde zich echt enorm uit om het me naar de zin te maken. Ze huurde een binnenhuisarchitect om mijn appartement in te richten en mijn God je zou het moeten zien, Jack. Nou ja, je ziet het nog wel. Het is eigenlijk één hele grote kamer, maar dan wel ongeveer even groot als drie kamers bij elkaar, en het is er heel licht en zonnig en je ziet aan alle kanten bomen en gras. Ik vind het er zalig. Ik vind het zalig om na een kantoordag in die kamer te komen en mijn schoenen uit te trekken en eventjes zo'n beetje rond te dansen en te denken: Wow. Moet je mij zien. Sally Sukkel uit Nergenshuizen, Californië.'

'Ja,' zei hij, 'klinkt leuk.'

'Na een tijdje begon ik door te krijgen dat ze me vooral nodig had als... nou ja, een soort schutkleur eigenlijk. Ze woonde toen samen met een student, of hij zal wel aan het promoveren zijn geweest, en ze scheen te denken dat het een betere indruk zou maken of zo als er twee vrouwen in huis woonden. Ten slotte vond ik een keer een manier om het haar te vragen, en ze was verbaasd dat ik het zelfs maar vróég – ze dacht dat ik het van meet af aan begrepen had. Het gaf me een beetje... ik weet het niet... een beetje onprettig gevoel.'

'Ja; daar kan ik inkomen.'

'Hoe dan ook, de student bleef maar een jaar of twee en sindsdien trekken de mannen in een stoet voorbij. Ik zal je alleen de hoogtepunten geven. Er was een advocaat bij die een vriend was van haar ex-man – en ook een vriend van mijn ex-man, en dat was een beetje pijnlijk – en er was een man uit Duitsland bij die Klaus heette, een Volkswagen-dealer hier in de stad, hij was heel leuk met Kicker.'

'Hoe bedoel je, "leuk" met Kicker?'

'Nou ja, hij ging met hem naar honkbalwedstrijden, of naar de film, en hij praatte een hoop met hem. Dat is belangrijk voor een jongen zonder vader.'

'Ziet hij zijn vader vaak?'

'Nee. Het is moeilijk uit te leggen, maar nee... helemaal niet. Frank Jarvis heeft altijd gezegd dat Kicker naar zijn mening niet van hem is, begrijp je wel, dus heeft hij nooit iets met hem te maken willen hebben.'

'O.'

'Nou ja, je hoort dat soort dingen wel vaker; het is niet onge-
bruikelijk. Hoe dan ook, na een tijdje ging Klaus weer weg en nu
is Woody dan de officieel aanwezige man. Heb je dat idiote
clowntje boven de open haard gezien? Dat is hij... ik bedoel dat
heeft hij geschilderd. Woody Starr. Starr van Hollywood. Ik bedoel je kunt hem natuurlijk onmogelijk een kunstenaar noemen,
tenzij je net zo'n onnozele gans wilt zijn als Jill. Hij is gewoon best
een aardige kerel die geld uit de toeristenindustrie wil slaan. Hij
heeft een winkel op Hollywood Boulevard... hij noemt het altijd
"zijn atelier"... met zo'n oubollig soort uithangbordje boven het
trottoir; o, en hij schildert niet alleen clowns... hij schildert zwart
fluwelen maanverlichte meren en zwart fluwelen winterlandschap-
pen en zwart fluwelen bergen met watervallen en God alleen weet
wat nog meer. Hoe dan ook, op een dag liep Jill er naar binnen en
vond al die zwart fluwelen rotzooi prachtig. Het verbaast me altijd
weer wat een rotsmaak ze heeft, behalve in kleren dan. En ze zal
Woody Starr ook wel prachtig gevonden hebben, want ze bracht
hem nog dezelfde avond mee naar huis. Dat was ongeveer drie
jaar geleden.

En het grappige is dat hij eigenlijk best sympathiek is. Je kunt
met hem lachen. Hij is zelfs wel... interessant, op zijn manier; hij
was bij de koopvaardij en is de hele wereld over gevaren, hij stikt
van de verhalen. Ik weet het niet. Woody krijgt vat op je. En als je
hem en Kicker ziet, dat is echt aandoenlijk: volgens mij houdt
Kicker nog meer van hem dan van Klaus.'

'Hoe komt hij aan die naam?'

'Welke naam? Starr?'

'Nee, de jongen.'

' "Kicker"? O, daar is Jill mee begonnen. Ze zei altijd dat hij
haar zo ongeveer doodschopte toen ze zwanger van hem was. Hij
heet eigenlijk Alan, en probeer maar liever niet om hem Al te noemen of zo. Noem hem Kicker.'

Toen Jack opstond om binnen hun glazen te gaan vullen was hij
al tot de conclusie gekomen dat Sally veel beter, als een gewone
secretaresse, in een gewoon appartement zou kunnen wonen.
Maar misschien konden ze het zo regelen dat ze het grootste deel

202

van hun tijd samen hier aan het strand zouden doorbrengen; en het was trouwens te vroeg om je zorgen over dat soort dingen te maken. Het leek hem nu dat hij al zijn hele leven alles voor zichzelf bedierf door zich te snel zorgen te maken.

'Weet je?' vroeg hij, terwijl hij met hun volle koude glazen naar buiten kwam, en hij was van plan geweest te zeggen: 'Je hebt zo ongeveer de mooiste benen die ik ooit heb gezien,' maar kwam terug op het onderwerp van daareven. 'Het is zo te horen nogal een puinhoop, daar bij die mensen waar je woont.'

'Ja, weet ik,' zei ze. 'Iemand anders, van vroeger, noemde het een "ontaard zootje". Dat leek toen te sterk uitgedrukt, maar later begreep ik wat hij bedoelde.'

Het was de eerste keer dat ze op 'iemand anders' of 'hij' zinspeelde en terwijl Jack een slokje tinkelende whisky nam gaf hij toe aan een moment van nukkige, irrationele jaloezie. Hoeveel kerels had ze in de loop der jaren bij Edgar Todd op kantoor leren kennen en met hoeveel was ze lachend meegegaan om ergens iets te drinken? En natuurlijk had ze tegen elk van hen gezegd: 'Kunnen we eerst nog even ergens langs? Hier in Beverly? Ik moet nog een paar dingen ophalen en ik zou het trouwens leuk vinden als je zag waar ik woon.' Erger: nadat ze de hele nacht bij elk van die mannen in bed had liggen woelen en kreunen had ze natuurlijk, net als vanmorgen in alle vroegte tegen Jack Fields, gezegd dat hij 'fantastisch' was.

Waren het allemaal schrijvers geweest? En als dat zo was, hoe heetten ze dan verdomme? O, en er zouden daar ook wel eens wat filmregisseurs zijn geweest, en filmtechnici, en nog meer van die figuren die iets met het 'eindproduct' film te maken hadden.

Hij bezorgde zichzelf een rotgevoel en de enige manier om daar een einde aan te maken was weer te gaan praten. 'Zal ik je eens wat zeggen, je lijkt stukken jonger dan zesendertig,' zei hij. 'Ik bedoel, behalve je...'

'Weet ik; behalve mijn haar dan. Ik haat het. Het is al vanaf mijn vierentwintigste grijs en vroeger verfde ik het, maar dat was ook niet wat je noemt.'

'Nee, hoor nou, het is prachtig. Ik bedoelde alleen...' en terwijl hij zich op het puntje van zijn ligstoel ernstig naar haar overboog

stortte hij zich in een verontschuldiging die hem hulpeloos meevoerde van de ene kreupele zin naar de volgende. Hij zei dat hij
het eerst op haar haar was gevallen, en toen hij aan haar blik zag
dat ze wist dat het een leugen was, liet hij die snel weer varen en
probeerde het met iets anders. Hij zei dat hij altijd gevonden had
dat vroeg grijs zijn een knap meisje 'interessant' en 'geheimzinnig'
kon maken; hij zei dat hij het verbazend vond dat meisjes niet in
groten getale hun haar grijs vérfden, en op dat punt begon ze te
lachen.

'God, wat ben jij gek op excuses maken. Als ik je zo laat doorgaan houd je waarschijnlijk nooit meer op.'

'Oké,' zei hij, 'maar moet je horen, ik zal je iets zeggen.' Hij
liep naar haar ligstoel, ging met één bil op de rand zitten en masseerde met zijn hand een van haar warme stevige dijen. 'Volgens
mij heb je zo ongeveer de mooiste benen die ik ooit gezien heb.'

'Hmm, lekker,' zei ze, en haar oogleden gingen een fractie omlaag. 'Héérlijk. Maar weet je, Jack. Als we nu niet heel vlug uit die
stoel komen om binnen verder te kroelen is straks ongeveer de
hele middag naar de knoppen.'

Toen hij haar, op maandagmorgen, met pijnlijke ogen en zenuwachtig van het slaapgebrek, weer naar Edgar Todds kantoor
reed begon hij zich zorgen te maken dat ze het nooit meer zó
goed zouden hebben. Alle toekomstige dagen en nachten zouden
door hun ingespannen pogingen dit eerste weekend te laten herle-
ven hun glans kunnen verliezen. Ze zouden onaangename, onaantrekkelijke eigenschappen in elkaar ontdekken; ze zouden kleine
grieven tegen elkaar zoeken en vinden; ze zouden ruziemaken; ze
zouden verveeld raken.

Hij likte langs zijn lippen. 'Mag ik je opbellen?'

'Hoe bedoel je, mag je me opbellen?' vroeg ze. 'Als je niet opbelt zal je eens wat beleven!'

Ze bleef die week een paar nachten bij hem slapen en het hele
volgende weekend en een groot deel van de week daarna. Pas tegen het eind van die twee weken ging hij verplicht weer op bezoek
in het huis van Jill Jarvis en dan alleen nog omdat Sally hem met
alle geweld boven haar appartement wilde laten zien.

'Geef me vijf minuten om te zorgen dat het er netjes uitziet,

Jack, oké?' beval ze hem in de studeerkamer. 'Blijf jij hier met Woody praten, dan kom ik je halen als ik klaar ben.' Dus werd hij glimlachend alleen gelaten met Woody Starr, die ook al zenuwachtig leek.

'Het enige dat ik tegen je heb, Jack,' zei Woody, terwijl ze vrijwel tegenover elkaar in de leren fauteuils gingen zitten, 'is dat je Sally hier te veel weghoudt. We missen haar. Het is of je een lid van de familie kwijtraakt. Waarom kom je niet wat vaker met haar mee naar huis?' Daarna praatte hij zonder op antwoord te wachten haastig verder, alsof constant aan het woord blijven de bekendste medicijn tegen verlegenheid was. 'Nee, maar in ernst, ik vind Sally een van de aardigste mensen die ik ken. Ik heb een enorm hoge pet van haar op. Ze heeft het niet makkelijk gehad in het leven, maar dat zou je niet zeggen als je haar ziet. Ze is een van de prachtigste mensen die ik ken.'

'Ja,' zei Jack, en hij ging van zijn ene bil op zijn andere zitten, zodat het leer kraakte. 'Ja ja, ze is heel aardig.'

Op dat moment kwam vanaf het zwembadterras Kicker haastig de kamer in om met Woody Starr een gespannen, levendig gesprek over een kapotte fiets te beginnen.

'Als het probleem in het kettingwieltje zit,' zei Woody, toen hij de feiten op een rijtje had, 'zullen we ermee naar de fietsenmaker moeten. We kunnen het beter door die kerels daar laten doen dan er zelf aan te knoeien, vind je ook niet?'

'Maar die zijn dícht, Woody.'

'Vandaag zijn ze dicht, maar we kunnen hem toch morgen brengen? Waarom heb je zo'n haast?'

'Eh, ik weet niet. Ik... ik wilde naar de vuurtoren, da's alles. Daar zijn nog meer jongens van school.'

'Dan rijd ik je er naartoe, Kick; geen probleem.'

En de jongen leek er, met zijn blik op het tapijt, een paar tellen over na te denken voor hij zei: 'Nee, hindert niet. Ik ga morgen wel, of een andere keer.'

'Ben je er klaar voor?' riep Sally vanuit de deuropening. 'Als u mij zou willen volgen, meneer, neem ik u mee naar boven om u mijn hoogsteigen, door een binnenhuisarchitect ingerichte appartement te laten zien.'

Ze ging hem voor door de grote woonkamer – hij zag alleen een geboende vloer ter grootte van een akker met daarop bergen crèmewitte meubelstoffering die leek te zweven in het roze avondlicht van de hoge ramen – en de elegante trap op. Ze nam hem mee door een gang op de eerste verdieping, langs drie of vier gesloten deuren; toen deed ze de laatste open, wervelde met een toneelpirouette naar binnen en bleef stralend ter begroeting staan.

Het wás er even groot als drie kamers bij elkaar en het plafond was er buitengewoon hoog. De muren hadden een subtiele kleur lichtblauw waarvan de binnenhuisarchitect zeker gedacht had dat die bij Sally 'paste', maar desondanks werd het muuroppervlak grotendeels in beslag genomen door glas: reusachtige spiegels in vergulde lijsten langs de ene wand en een L-vormig vertoon van hoge openslaande ramen langs de twee andere, waar zware gordijnen klaar hingen om met een zwaai langs de ruiten te schuiven. Er stonden twee tweepersoonsbedden, hetgeen Jack zelfs naar de maatstaven van een binnenhuisarchitect een beetje overdreven vond, en op ladekastjes en bijzettafels rondom de vlakte van het hoge witte tapijt stonden grote aardewerken lampvoeten met stoffen kappen van een meter of hoger. In een hoek aan het andere eind van de kamer stond een zeer lage, ronde tafel van zwart lakwerk met in het midden een bloempatroon en eromheen, met steeds een tussenruimte, kussens op de vloer als in gereedheid voor een Japanse maaltijd; in een andere hoek, vlak bij de deur, stond in een ceramische paraplubak een boeket reusachtige pauwenveren.

'Ja ja,' mompelde Jack, zich om zijn as draaiend en licht loensend in zijn poging het allemaal in zich op te nemen. 'Heel leuk. Heel leuk, lieverd. Ik kan me voorstellen dat je het hier fijn vindt.'

'Moet je eens in de badkamer gaan kijken,' beval ze. 'Je hebt van je leven nog niet zó'n badkamer gezien.'

En na het inspecteren van de smetteloze pracht en glans in de badkamer kwam hij terug en zei: 'Zeg dat wel. Je hebt helemaal gelijk. Zoiets heb ik van m'n leven nog niet gezien.'

Hij bleef even omlaag naar de Japanse tafel staren en zei toen: 'Gebruik je die wel eens?'

'Hoezo, "gebruiken"?'

'Nou ja, ik dacht gewoon: je zou zo nu en dan vijf of zes hele goeie vrienden kunnen opbellen, die in kleermakerszit met hun schoenen uit om dat ding heen zetten, de sfeerverlichting aandoen, de eetstokjes tevoorschijn halen en dan houden jullie met z'n allen een leuk avondje Tokio.'

Het was even stil. 'Je maakt me belachelijk, Jack,' zei ze, 'en dat is niet zo'n best idee zoals je nog wel zult merken.'

'Toe nou, lieverd. Ik maakte gewoon een...'

'Die heeft de bínnenhuisarchitect daar neergezet,' zei ze. 'En hij heeft mij nooit over wat dan ook iets gevraagd, want Jill wilde dat het appartement een volledige verrassing voor me zou zijn. En ik heb nooit iets geks aan die tafel gevonden. Ik vind hem daar juist uit het oogpunt van bínnenhuisarchitectuur héél leuk staan.'

En ze hadden zich nog niet van deze onenigheid hersteld toen ze weer naar beneden gingen en bleek dat er nog een gast gekomen was voor het cocktailuurtje. Het was een kleine, gedrongen, vaag oosters uitziende jonge man die Ralph heette en Sally in een stevige omarming sloot die ze verrukt beantwoordde, hoewel ze zich ervoor moest bukken, en die toen een kleine dikke hand uitstak en zei dat het aangenaam was met Jack kennis te maken.

Ralph was ingenieur, zette Jill Jarvis uiteen, ze sprak het woord uit alsof het een zeldzaam hoge titel was, en laat hij nu net vertellen dat hij voor een 'fantastische' firma is gaan werken – nog niet erg groot, maar snel groeiend omdat ze 'schitterende' nieuwe contracten binnenhalen. Was dat niet opwindend?

'Dat opwindende komt van de kant van mijn baas,' zei Ralph, terwijl hij terugliep naar zijn stoel en zijn whisky. 'Cliff Myers. Hij is een en al energie. Hij heeft de zaak opgericht toen hij acht jaar geleden, na de oorlog in Korea, net uit de marine kwam. Is begonnen met een paar routinecontractjes voor de marine, ging toen uitbreiden en is sindsdien niet meer te stuiten. Een opmerkelijk iemand. Hij beult zijn mensen af, dat is zeker, maar hij beult zichzelf erger af dan ik ooit van iemand heb meegemaakt. Geef hem nog twee of drie jaar en hij heeft het bekendste ingenieursbureau van Los Angeles, zo niet van heel Californië.'

'Schitterend,' zei Jill. 'En hij is nog jóng?'

'Achtendertig; dat is tamelijk jong voor een bedrijf als dit.'

'Ik mag dat wel,' zei Jill hartgrondig terwijl ze haar ogen dicht-kneep. 'Een man die alles op alles zet om te krijgen wat hij hebben wil.'

En Woody Starr staarde met een glimlachje vol zelfverachting in zijn cocktail alsof hij heel goed wist dat híj nooit alles op alles had gezet om te krijgen wat hij hebben wilde en dan ook weinig bezat – een sloom souvenirwinkeltje op Hollywood Boulevard, dat was alles.

'Is hij getrouwd?' informeerde Jill voorzichtig.

'O ja, heel aardige vrouw; geen kinderen. Ze wonen in een mooi huis in Pacific Palisades.'

'Waarom breng je ze niet eens mee? Zouden ze dat leuk vinden, denk je? Het lijkt me echt énig om ze te leren kennen.'

'Ja, natuurlijk,' zei Ralph, hoewel zijn gezicht een sprankje on-behagen verried. 'Dat zouden ze vast wel leuk vinden.'

Daarna schakelde het gesprek over op andere dingen – of ver-zonk liever gezegd minstens een uur in grappen en grollen over helemaal niets, toespelingen voor ingewijden over vrolijke tijden van vroeger, geintjes die Jack niet kon volgen. Hij was voortdu-rend gespitst op een kans om Sally weg te krijgen, maar ze vond het kennelijk zo gezellig en lachte zo met iedereen mee dat hem niets anders overbleef dan met op elkaar geklemde kaken glim-lachend zijn geduld te bewijzen.

'Jíll?' vroeg Kicker vanuit de deuropening naar de eetkamer, en het viel Jack voor het eerst op dat de jongen zijn moeder bij haar voornaam noemde. 'Gaan we nou nog een keer eten?'

'Begin jij maar vast, Kick,' zei ze tegen hem. 'Vraag maar of Nippy een bord voor je klaarmaakt. Wij komen zo.'

'...En die wezenloze act over het eten voeren ze nou élke avond op,' zei Sally later, toen Jack en zij op weg naar het strand samen in zijn auto zaten. 'Kicker zegt altijd: "Gaan we nou nog een keer eten?" en zij geeft altijd precies datzelfde antwoord, alsof ze alle-bei de schijn willen ophouden dat het niet altijd zo gaat. Soms is het half elf of elf uur voor ze trek krijgt en is het eten volledig ver-ziekt, maar tegen die tijd is iedereen zo dronken dat het ze koud laat. Je zou de prachtige stukken vlees eens moeten zien die daar in de keuken teloorgaan. God, waarom kan ze niet een beetje meer... ik weet het niet. Ik wou maar dat ze... nou ja, laat maar. Ik wou zo veel.'

'Weet ik,' zei hij, en hij legde één hand om haar gespannen dijbeen. 'Ik ook.'

Ze reden naar hun gevoel een hele tijd zwijgend verder; toen zei ze: 'Nee, maar, vond je Ralph aardig?'

'Ik weet het niet; ik heb nauwelijks de kans gehad met hem te praten.'

'Nou ja, ik hoop dat je hem beter zult leren kennen. Ralph en ik zijn al jaren bevriend. Hij is een echte... een echte lieverd.'

Jack kromp in het donker in elkaar. Hij had haar die uitdrukking nog niet horen gebruiken, noch een van de snoeperige showbusinessvarianten ervan – 'een echte schat', 'een echte flinkerd'. Maar nou ja, ze was geboren en getogen aan de periferie van Hollywood; ze werkte al jaren bij een literair agent en hoorde daar de hele dag Hollywooders Hollywoods praten. Was het dan verwonderlijk dat er iets van hun taal in de hare was doorgesijpeld?

'Ralph komt uit Hawaï,' zei ze. 'Hij was een studievriend van die andere jongen over wie ik je verteld heb, die bij Jill woonde toen ik bij haar introk. En ik denk dat Jill medelijden met hem had, zo'n verschrikkelijk verlegen knul uit Hawaï die nooit eens plezier leek te hebben. Toen bleek dat hij ergens een kamer zocht, dus mocht hij van haar in het grote appartement op de begane grond van het hoofd-bijgebouw... je weet wel dat met al die openslaande deuren? Met uitzicht op het zwembad? Wow, over plezier gesproken. Het veranderde zijn leven. Hij zei een keer tegen me... dat was jaren later, toen hij daar al niet meer woonde... hij zei: "Het was meestal hard werken om een meisje überhaupt zover te krijgen dat ze met me uitging, en dat zit er natuurlijk dik in als je een raar uitziend kereltje bent en het foute soort kleren draagt, maar als ze dan zag waar ik woonde, als ze dat huis zag, werd bij toverslag alles anders." Hij zei: "Ik liet ze eerst twee of drie cocktails drinken en daarna gingen ze zonder uitzondering met me naaktzwemmen. En daarna," zei hij, "was de rest een peulenschil."' En Sally's stem verdween in een warm klinkend wulps lachbuitje.

'Da's mooi,' zei Jack. 'Een mooi verhaal.'

'Daarna,' vervolgde Sally, 'daarna zei hij tegen me: "Ik wist al die tijd dat het nep was. Ik wist dat het wonen bij Jill één grote nep was. Maar ik hield mezelf altijd voor: als je dan toch nep bent, Ralph, wees dan ook échte nep." Schattig, toch? Ik bedoel, is dat op een onbeholpen grappige manier niet schattig gezegd?'

'Ja. Zeg dat wel.'

Maar toen hij later die nacht wakker lag terwijl Sally sliep en hij naar het heftig samenkomen, het gestamp en gerommel en gesis van elke golf luisterde die op het strand sloeg, en dat steeds en steeds weer, vroeg hij zich af of Sheilah Graham iemand ooit 'een echte lieverd' had genoemd. Misschien wel, of misschien had ze een ander Hollywoodtaaltje gebruikt, dat in haar tijd populair was, en Fitzgerald had dat vast niet erg gevonden. Hij wist dat ze nooit Zelda zou zijn; het was een van die dingen waardoor hij besefte dat hij van haar hield. Hij moest elke dag dat hij zich om harentwille beheerste, dat hij smachtte naar alcohol maar ervan afbleef, dat hij zijn schaarse energie in de schetsmatige eerste hoofdstukken van *The Last Tycoon* stopte, deemoedig dankbaar zijn geweest dat hij haar zelfs maar bij zich had.

Ze waren wekenlang zo huiselijk als een getrouwd stel. Buiten haar kantoortijden waren ze altijd samen in zijn huis. Ze maakten lange wandelingen over het strand en vonden nieuwe strandpaviljoens waar ze als ze moe waren iets konden drinken. Ze deden uren niets dan praten – 'Ik zou me bij jou onmógelijk kunnen vervelen,' zei ze, waarna zijn longen hem dieper leken dan in jaren het geval was geweest – en hij merkte dat het werk aan het scenario nu veel sneller ging. Als hij na het eten opkeek van zijn manuscript kon hij haar in het lamplicht met opgetrokken benen op de kunstleren bank zien zitten breien – ze breide een dikke trui voor Kickers verjaardag – en die aanblik deed zijn gevoel voor orde en rust altijd weer goed.

Maar het was niet voor eeuwig. Op een avond, voor de zomer half voorbij was, merkte hij geschrokken dat ze hem op een trieste manier, met een scherpe, glanzende blik, in zich opnam.

'Wat is er?'

'Ik kan hier niet meer blijven, Jack, da's alles. Ik meen het. Het is nu zover dat ik het hier absoluut niet meer kan uithouden. Het is hier benauwd en donker en vochtig... jezus, het is hier niet vochtig, het is nát.'

'In déze kamer is het altijd droog,' zei hij verdedigend, 'en het is hier overdag ook altijd licht. Het is soms zo fel dat ik de...'

'Ja, maar deze kamer is zo ongeveer drie vierkante méter,' zei ze, en ze stond op om haar woorden kracht bij te zetten, 'en de rest is een rottige oude graftombe. Weet je wat ik vanmorgen op de grond van het douchehok vond? Een afschuwelijk bleek, door-zichtig wormpje, een soort slakje maar dan zonder huis, en ik was er al zo'n vier keer per ongeluk op gaan staan voor ik besefte wat ik deed! Gatver!' Ze huiverde hartgrondig en liet haar breiwerk in een ruige grijze klont op de grond vallen terwijl ze haar armen allebei stijf om zich heen klemde, en Jack moest aan zijn dochter denken, in dat andere weerzinwekkende douchehok daar in New York.

'En de slaapkamer!' zei Sally. 'Die matras is zo ongeveer hon-derd jaar oud en hij is helemaal ranzig en stinkt naar de schimmel. En waar ik mijn kleren ook hang, als ik ze 's ochtends aantrek zijn ze altijd klam. Ik ben het hier zat, dát is het. Ik wil nooit meer in natte kleren waarin ik me de hele dag in bochten moet wringen om me te krábben naar kantoor, punt uit.'

En uit de manier waarop ze na die toespraak bedrijvig haar spullen bij elkaar zocht en de Mexicaanse tas en ook nog een kof-fertje pakte was duidelijk dat ze zelfs die nacht niet meer wilde blijven. Jack zat op zijn lip te bijten om te proberen iets te verzin-nen dat hij zeggen kon; even later ging hij staan want dat leek be-ter dan blijven zitten.

'Ik ga naar huis, Jack,' zei ze. 'Van mij mag je mee, ik zou ei-genlijk graag hebben dat je meeging, maar dat moet je helemaal zelf weten.'

Zijn besluit was snel genomen. In het belang van zijn snel slin-kende zelfrespect sprak hij haar een beetje tegen en deed of hij geërgerd was, maar nog geen half uur later zat hij gespannen ach-ter het stuur van zijn auto en volgde op eerbiedige afstand haar achterlichten. Hij had zelfs de opgestapelde pagina's van zijn scenario en een nieuwe voorraad papier en potloden meegebracht, want ze had hem verzekerd dat er in Jills huis ontelbare grote, schone, goed ingerichte kamers waren waar hij de hele dag in totale afzondering kon werken, als hij daartoe mocht besluiten. 'Ik bedoel, we kunnen de rest van de tijd die we bij elkaar zijn toch veel beter in míjn appartement gaan wonen?' vroeg ze. 'Toe nou. Dat weet je best. En hoeveel tijd hebben we nog helemaal? Zeven weken of zo? Zes?'

Zo werd Jack Fields korte tijd een van de bewoners van het neoclassicistische landhuis in Beverly Hills. Hij aanvaardde dankbaarder dan hij zich voelde het gebruik van een kamer op de bovenverdieping om in te werken – er was zelfs een badkamer bij die bijna even weelderig was als die van Sally – en hun nachten samen brachten ze door in haar appartement, waar ze geen van beiden ooit nog iets over de Japanse eettafel zeiden.

Er zat niets anders op dan zich elke dag tijdens het cocktailuur aan te sluiten bij Jill Jarvis en zich, hoe ongaarne ook, in haar leven te laten opnemen, hoewel het in het begin nog wel lukte om na een glas of twee en een gewisselde knipoog te ontsnappen naar een restaurant en een avond voor hen tweeën. Maar later bleef Sally steeds vaker en tot Jacks toenemende ergernis met Jills gasten van het moment drinken en praten tot ze verstrikt zaten in het ritueel van het zeer late avondeten thuis – tot de mollige zwarte dienstbode in uniform die Nippy heette in de deuropening verscheen en zei: 'Miz Jarvis? Als jullie 't nou niet gauw komen opeten is er straks niks meer van dat vlees over.'

Dronken heen en weer wiebelend en nauwelijks in staat hun blik op hun bord te houden, kieskauwde het gezelschap daarna op aangebrande biefstuk en geslonken verschrompelde groente tot ze – alsof ze een gemeenschappelijke weerzin erkenden – het grootste deel van hun eten onaangeroerd lieten staan en weer in de studeerkamer aan de drank gingen. En het ergste was nog dat tegen die tijd ook Jack geen groter verlangen had dan nog meer whisky. Als ze sommige van die avonden de wankelende trap bestegen, waren Sally en hij te dronken om nog iets anders te doen dan slapen; hij kroop alleen in haar bed en verloor het bewustzijn en als hij dan vele uren later wakker werd lag hij naar haar raspende ademhaling te luisteren en ontdekte meer dan eens dat die uit het andere tweepersoonsbed kwam.

Hij had ontdekt dat hij Sally niet zo erg mocht als ze dronk. Dan gingen haar ogen schrikwekkend stralen, haar bovenlip werd slap en zwol op en ze lachte met de schelheid van een niet populair schoolmeisje om dingen die hij helemaal niet leuk vond.

Op een namiddag kwam de jonge Hawaïaan Ralph weer binnenvallen, maar deze keer was hij – ondanks de vrolijke begroetings- en welkomstkreten van de vrouwen – en terwijl hij het zich in een leren stoel gemakkelijk maakte, een ernstige brenger van gruwelijk nieuws.

'Weet je nog het hoofd van mijn firma over wie ik jullie verteld heb?' vroeg hij. 'Cliff Myers? Vanmorgen is zijn vrouw gestorven. Hartaanval. In de badkamer in elkaar gezakt. Vijfendertig jaar was ze.' En terwijl hij zijn ogen neersloeg nipte hij aarzelend aan zijn Schotse whisky alsof het een sacrament voor de gestorvenen was.

Jill en Sally bogen zich aandacht vragend in hun stoelkussens voorover, ze staarden hem aan, hun ogen rond en hun mond al in de vorm van de 'O!' die unisono uit hen losbarstte. Toen zei Sally: 'Mijn God!' en Jill zei, terwijl ze zwakjes met één pols tegen haar beeldschone voorhoofd vooroverzakte: 'Vijfendertig. O, die arme man. Die arme man.'

Jack en Woody Starr hadden nog niet met de droefheid meegedaan, maar nadat ze elkaar een snelle onbehaaglijke blik hadden toegeworpen konden ze het opbrengen iets toepasselijks te mompelen.

'Had ze óóit éérder last van haar hart gehad?' wilde Sally weten.

'Nee,' verzekerde Ralph haar. 'Helemaal nooit.'

En nu hadden ze dan één keer op deze ontelbare cocktailuurtjes echt iets om over te praten. Cliff Myers was onverwoestbaar, vertelde Ralph. Als hij dat in zijn loopbaan nog niet bewezen had – en God wist dat dit zo was – dan toch vanmorgen. Eerst had hij geprobeerd haar op de grond van de badkamer met mond-op-mondbeademing te reanimeren maar dat was niet gelukt; toen had hij zijn vrouw in een deken gewikkeld, haar naar de auto gedragen en naar het ziekenhuis gereden terwijl hij wist dat ze waarschijnlijk de hele weg al dood was. Nadat de dokters hem dat voorzichtig hadden verteld, wilden ze hem een kalmerend middel geven, maar je gaf iemand als Cliff Myers niet zomaar even een kalmerend middel. Hij was alleen naar huis gereden en tegen kwart over negen – kwart over negen! – had hij het kantoor gebeld om uit te leggen waarom hij vandaag niet op zijn werk kwam.

'O!' huilde Sally. 'O, God, ik kan dit niet meer aanhoren. Ik kan dit níét meer aanhoren' – en ze stond op en holde in tranen de kamer uit.

Jack liep snel achter haar aan naar de woonkamer maar ze wilde niet dat hij zijn armen om haar heen sloeg en hij besefte onmiddellijk dat hij die weigering niet zo erg vond.

'Hé, toe nou, Sally,' zei hij, met zijn handen in zijn zakken een meter bij haar vandaan terwijl zij huilde, of leek te huilen. 'Toe nou. Rustig nou maar.'

'Maar ik trek me dat soort dingen gewoon zo áán; ik kan er niets aan doen. Ik ben gewoon gevóélig.'

'Ja, nou ja, oké; oké.'

'Een jonge vrouw met álles om voor te leven,' zei ze met trillende stem, 'en haar hele leven komt zomaar – in één klap – ten einde en *whoeps* ligt ze op de badkamervloer; o, God. O, God.'

'Hoor nou eens,' zei hij. 'Vind je niet dat je een beetje overdrijft? Ik bedoel, je kende die vrouw niet eens en je kent die man ook niet, dus is het eigenlijk net of je het in de krant hebt gelezen. En het punt is dat je dit soort dingen elke dag bij je boterham met kipsalade in de krant kúnt lezen, maar dat betekent niet per se dat je...'

'Jézus... boterham met kipsalade,' zei ze vol walging, terwijl ze terugdeinsde en hem nors van top tot teen opnam. 'God wat ben jij een harteloze rotzak. Weet je... Weet je waar ik zo'n beetje achter begin te komen? Dat je een harteloze, hardvochtige klootzak bent en dat de hele wereld je koud laat behalve jezelf en je waardeloze genotzuchtige schrijverij, dus geen wónder dat je vrouw je niet kon uitstaan.'

En ze was al halverwege de trap naar boven toen hij besloot dat geen antwoord geven nu het beste antwoord was. Hij ging terug naar de studeerkamer om zijn glas leeg te drinken en de dingen op een rijtje te zetten, en daar was hij net mee bezig toen Kicker met een bultige, slecht opgerolde slaapzak over zijn schouder de kamer in kwam.

'Hé, Woody?' vroeg de jongen. 'Ben je zover?'

'Oké, Kick.' Woody kwam snel overeind, sloeg zijn whisky achterover en ze liepen samen de deur uit. Jill, met Ralph bij elkaar gekropen in een emotioneel gesprek over Cliff Myers' tragedie, keek amper op om ze welterusten te wensen.

Na korte tijd ging Jack naar boven, hij liep aanstellerig op zijn tenen langs Sally's gesloten deur een aangrenzend gangetje in om het scenario en andere persoonlijke bezittingen op te halen die zich in 'zijn' kamer hadden opgehoopt; daarna ging hij weer naar beneden en verliet zenuwachtig het huis, langs Jill en Ralph, die niet op hem letten.

Hij zou een paar dagen wachten voor hij Sally op kantoor belde. Als ze het konden bijleggen, was dat mooi, hoewel waarschijnlijk nooit meer zoals daarvoor. En indien niet, wat dan nog, dan waren er toch zeker zat andere vrouwen in Los Angeles? Dartelden op het zand voor zijn raam niet elke dag meisjes in schitterend schaarse badkleding rond die veel jonger waren dan Sally? Of anders kon hij Carl Oppenheimer toch vragen hem voor te stellen aan een van de vele, vele meisjes die Carl Oppenheimer leek te kennen? Bovendien duurde het nog maar een paar weken of hij had het scenario af en was weer terug in New York, dus wat kon 't hem ook verdommen?

Maar terwijl zijn auto zoemend door het donker naar Malibu reed wist hij al dat die redenering geen hout sneed. Dronken en dwaas of niet, met grijs haar of niet, Sally Baldwin was de enige vrouw ter wereld.

Hij bleef die nacht tot een uur voor zonsopgang in zijn kille vochtige slaapkamer whisky drinken, luisterde naar de branding, ademde de schimmel in van zijn honderdjarige matras en gaf toe aan de gedachte dat hij misschien toch een zelfdestructieve persoonlijkheidsstructuur had. Wat hem redde, hem in staat stelde te gaan liggen en zich eindelijk toe te dekken met de slaap, was de wetenschap dat massa's hypocrietelingen eensgezind F. Scott Fitzgerald datzelfde sombere en afschuwelijke etiket hadden opgeplakt.

Twee dagen later belde Sally en vroeg, verlegen en voorzichtig: 'Nog steeds kwaad?'

En hij verzekerde haar dat hij niet kwaad meer was, terwijl zijn rechterhand de hoorn vastklemde alsof zijn leven ervan afhing en zijn linker weidse nonchalante gebaren in het niets maakte om te bewijzen dat hij het meende.

'Nou ja, oké, ik ben blij toe,' zei ze. 'En het spijt me, Jack. Echt. Ik weet dat ik te veel drink en zo. En ik voel me afschuwelijk sinds je weg bent en ik mis je verschrikkelijk. Dus moet je horen: denk je dat je vanmiddag hier naartoe zou kunnen komen en dat we elkaar dan treffen in de bar van het Beverly Wilshire? Je weet wel? Waar we ik weet niet hoe lang geleden voor het eerst samen iets hebben gedronken?'

En de hele weg naar die bar, die hij zich zo goed herinnerde, maakte hij hartgrondig gemeende plannen voor het soort verzoening dat hen allebei het gevoel zou kunnen geven weer jong en sterk te zijn. Als hij het met zijn werk kon regelen, zouden ze samen een reisje kunnen maken – naar San Francisco of naar het zuiden, naar Mexico – of hij kon verhuizen, weg uit dat verdomde strandhuis, en iets beters zoeken waar hij met haar in de stad kon wonen.

Maar toen Sally bij hem kwam zitten, toen hun handen even stevig in elkaar geklemd op het tafelblad lagen als die andere keer, bleek bijna meteen dat Sally andere ideeën had.

'Ik ben razend op Jill,' begon ze. 'Absoluut razend. Het is het ene krankzinnige gedoe na het andere. Om te beginnen gingen we gisteren naar de kapper – we gaan altijd samen naar de kapper – en op weg naar huis zei ze dat het beter was om niet meer samen naar dingen toe te gaan. Ik vroeg: "Hoe bedoel je? Waar heb je het over, Jill?" En ze zei: "Volgens mij denken de mensen dat we lesbisch zijn." Het idee alleen al, het maakte me doodziek. Gewoon doodziek.

En toen belde ze gisteravond Ralph of hij – en dat op zo'n heel zachte, veelbetekenende toon – Cliff Myers wilde meevragen vanavond bij ons te komen eten. Niet te geloven, toch? Ik zei: "Jill, dat is smakeloos." Ik zei: "Hoor eens, over een maand of twee is dat misschien een attent gebaar, maar die man z'n vrouw is pas twee dágen dood. Begrijp je dan niet hoe... hoe smakeloos dit is?" En ze zei: "Kan mij wat schelen." Ze zei: "Ik móét die man leren kennen. Ik voel me onweerstaanbaar aangetrokken tot alles wat die man vertegenwoordigt."

En het ergste komt nog. Woody Starr heeft een rottig kamertje achter zijn atelier, moet je weten. Waar hij woonde voor hij bij Jill introk. En volgens mij is het tegen de wet... ik bedoel, er is geloof ik een gemeenteverordening dat winkeliers niet in hun zaak mogen slapen... maar hoe dan ook, soms neemt hij Kicker mee daar naartoe om er een nacht of twee te gaan pitten en dan maken ze hun eigen ontbijt en zo; het is een soort kamperen, denk ik. De afgelopen paar nachten waren ze daar ook en vandaag belde Jill me in een soort giechelstuip op kantoor op – het leek wel of ze ongeveer zestien was – om te vragen: "Raad eens wat ik heb gedaan? Ik heb Woody daarnet overgehaald om Kicker nog een nacht in de winkel te laten blijven. Prima toch?" Ik vroeg: "Hoe bedoel je?" En ze zei: "O, doe niet zo duf, Sally. Dan zijn ze niet in huis om alles te bederven als Cliff Myers komt." Ik vroeg: "Om te beginnen, Jill, waarom denk je eigenlijk dat hij echt kómt?" en ze zei: "Heb ik dat nog niet gezegd? Ralph belde vanmorgen om het te bevestigen. Hij komt om zes uur met Cliff Myers hier naartoe."'

'O,' zei Jack.

'En moet je horen, Jack. Het wordt vast afschuwelijk om te zien hoe ze die arme man probeert te verleiden, maar kom je – kom je met me mee naar huis? Want ik wil dat niet in m'n eentje doormaken.'

'Waarom zou je het moeten doormaken? We kunnen ergens een kamer nemen – jezus, we kunnen híér een kamer nemen, als je wilt.'

'En 's ochtends niet eens schone kleren hebben?' vroeg ze. 'In deze zelfde afschuwelijke jurk weer naar mijn werk gaan? Nee, dank je.'

'Dat slaat nergens op, Sally. Je rijdt vlug even naar huis, haalt je kleren en komt weer terug en dan nemen we...'

'Hoor eens, Jack. Als je niet met me mee wilt, van mij hóéft het niet, maar ik ga in ieder geval. Ik bedoel, het kan best zijn dat het daar in huis een pervers en ontaard zootje is, of hoe je het ook noemen wilt, maar ik ben er thúís.'

'Onzin, dat weet je wel beter. Hoe bedoel je dat in jezusnaam, "ik ben er thuis"? In die verdomde menagerie kan iemand onmogelijk thuis zijn.'

Ze keek hem op een beledigde, weloverwogen humorloze manier aan, als iemand wier godsdienst zojuist belachelijk is gemaakt. 'Het is het enige soort thuis dat ik heb, Jack,' zei ze rustig.

'Gelúl!' Verscheidene mensen aan tafeltjes in de buurt keken nu met een geschrokken gezicht snel op of naar hem om. 'Ik wil godverdomme maar zo zeggen, Sally,' zei hij, en hij probeerde zachter te praten maar het lukte hem niet, 'als jij er in je luie stoel een soort pervers genoegen aan ontleent dat die klote Jill Jarvis haar verloedering door je leven voorbij laat trekken, moet je daarmee naar de een of andere klotepsychiater en niet bij mij komen.'

'Meneer,' zei een kelner vlak naast hem, 'ik moet u verzoeken zachter te praten en niet te vloeken. Men kan u hier overal horen.'

'Komt in orde,' zei Sally tegen de kelner. 'We gaan weg.'

Op weg naar buiten liep Jack stijfjes en met hangend hoofd zwijgend door de bar, in tweestrijd tussen nog meer onberaden geschreeuw en vernederende verontschuldigingen omdat hij geschreeuwd had.

'Tja,' zei ze, toen ze in de verblindende namiddagzon bij haar geparkeerde auto kwamen. 'Je was me de attractie wel, moet ik zeggen. Je gaf een gedenkwaardige voorstelling weg, moet ik zeggen. Hoe kan ik daar ooit nog komen zonder dat de kelners en iedereen me raar aankijken?'

'Nou, dat kun je dan later allemaal in je memoires schrijven.'

'Da's dan mooi. Dat wordt dan een fijn dík boek. Daar zal ik genoegen aan beleven als ik zestig ben. Moet je horen, Jack. Ga je mee of blijf je hier?'

'Ik rij achter je aan,' zei hij, en terwijl hij wegliep naar zijn auto vroeg hij zich meteen al af waarom hij niet het lef had gehad 'ik blijf hier' te zeggen.

Even later reed hij tussen de slanke palmen van de eerste flauwe helling van Beverly Hills achter haar aan en nog even later kwamen ze tot stilstand op Jills enorme oprijlaan, waar de auto's van de twee andere bezoekers al geparkeerd stonden. Sally smeet het portier van haar auto net iets harder dicht dan nodig was en bleef op hem staan wachten, gereed om een glimlachende toespraak af te steken die ze waarschijnlijk tijdens de korte rit vanaf het hotel had voorbereid en gerepeteerd.

'Nou ja,' zei ze, 'dit zou toch op z'n minst interessant moeten worden. Ik bedoel welke vrouw wil niet een man als Cliff Myers leren kennen? Hij is jong, hij is rijk, hij zal het ver schoppen, en hij is vrij. Zou het niet grappig zijn om hem van Jill af te jatten voor ze zelfs maar de hánd op hem heeft gelegd?'

'Hè, toe nou, Sally.'

'Hoe bedoel je "toe nou"? Wat heb jíj daarover te zeggen? Je beschouwt wel een verdomde hoop als je goed recht, weet je dat?' Ze waren nu op het terras bij het zwembad en naderden de grote openslaande deuren van de studeerkamer. 'Ik wil maar zeggen, over vier weken ben je terug naar waar je verdomme ergens vandaan kwam, dus wat verwacht je eigenlijk intussen van me? Verwacht je nu echt dat ik hier ga zitten breien terwijl alle een béétje fatsoenlijke kerels aan mijn neus voorbijgaan?'

'Sally en Jack,' zei Jill plechtig vanaf een leren bank, 'mag ik jullie voorstellen: Cliff Myers.' En Cliff Myers stond op van de zitplaats vlak naast haar om voorgesteld te worden. Hij was groot en dik en droeg een gekreukt pak en zijn korte haar stond over-eind in de blonde borstel van een crew cut die hem het uiterlijk van een dikke, bolwangige jongen gaf. Sally liep het eerst naar hem toe en betuigde haar leedwezen over de dood van zijn vrouw, en Jack hoopte dat de doodernstige manier waarop hij hem een hand gaf een dergelijke boodschap zou overbrengen.

'Nou ja, zoals ik daarnet al tegen Jill zei,' zei Cliff Myers toen ze allemaal zaten, 'heb ik een verdomde hoop sympathiepunten binnengehaald. Toen ik gisteren op kantoor kwam begon daar een stelletje secretaresses te huilen; dat soort dingen. Ging vandaag met een klant lunchen en dacht dat de gerant ook al voor mijn neus in huilen zou uitbarsten. En de kelner ook al. Raar gedoe, al dat medeleven. Jammer dat je er niks voor koopt, maar ja. En 't duurt natuurlijk niet eeuwig, dus zal ik er maar van genieten zolang het kan, waar of niet? Hé, Jill? Goed als ik mezelf nog een Old Grand Dad inschenk?'

Ze zei dat hij moest blijven zitten en maakte van het inschenken en aanbieden van zijn whisky een kleine ceremonie van onbaatzuchtige bewondering. Toen hij de eerste slok nam keek ze nauwlettend toe of het echt precies was zoals hij het graag dronk.

Even later kwam op elastieken benen Ralph de kamer binnen wankelen, op een koddige manier het gewicht van een lading brandhout overdrijvend die hij tegen zijn borst hield. 'Hé, zal ik eens wat zeggen, Cliff?' zei hij. 'Dit herinnert me weer helemaal aan vroeger. Ik moest me van Jill het lazarus werken toen ik hier woonde,' legde hij uit terwijl hij op zijn hurken zakte en het hout op een keurige stapel op de haardplaat legde. 'Zo betaalde ik de huur. En bij God, je hebt geen idee hoeveel er in een huis als dit te doen is.'

'Dat kan ik me voorstellen,' zei Cliff Myers. ''t Is een knoert... een knoert van een huis.'

Ralph ging rechtop staan om stukjes boomschors van zijn zijden ripsdas en chique overhemd te vegen, en erna van de revers en mouwen van zijn goed zittende jasje van grof geweven stof. Hij mocht dan nog altijd een raar uitziend kereltje zijn, maar hij droeg niet meer het foute soort kleren. Terwijl hij het stof van zijn handen klopte, glimlachte hij verlegen naar zijn werkgever. 'Maar alleraardigst, vind je niet, Cliff?' vroeg hij. 'Ik wist wel dat je het hier prettig zou vinden.'

En Cliff Myers verzekerde hem dat het alleraardigst, ja, prima in orde was.

'Het lijkt misschien gek om in de zomer de open haard aan te steken,' zei Jill, 'maar het wordt hier 's avonds echt wel kil.'

'Zo is het,' zei Cliff. 'We hadden bij ons in de Palisades elke avond, het hele jaar door, de open haard aan. Mijn vrouw vond dat prettig, zo.' En Jill gaf hem opvallend een kneepje in zijn vlezige hand.

Ze aten die avond op tijd, maar Jack Fields at haast niets. Hij nam een vol whiskyglas mee aan tafel en ging nog twee of drie keer terug om het bij te vullen, en na de ongewoon uitgebreide maaltijd verdween hij meteen naar een schaduwhoek van de studeerkamer, op flinke afstand van het gezelschap, om daar verder te drinken. Hij besefte dat dit zijn derde of vierde achtereenvolgende avond in beschonken toestand was, maar dat waren zorgen voor een andere keer. Hij kon Sally's woorden: 'Hij is jong, hij is rijk, hij zal het ver brengen en hij is vrij,' niet van zich afzetten en elke keer dat hij nu opkeek zag hij het profiel van haar mooie hoofd, op haar elegante hals, stralen in de vuurgloed terwijl het glimlachte of lachte of 'O ja? Wat énig', antwoordde op elke domme, domme opmerking die deze weduwnaar geworden vreemdeling, deze klootzak Cliff Myers, zojuist had gemaakt.

Even later bleek hij zelfs niet meer naar haar te kunnen kijken, want zijn gezichtsveld was van alle vier kanten ingesloten door een dikke donkere mist waarvan zijn hoofd slap ging hangen tot hij geen ander uitzicht had – en hij zag het met de afschuwelijke duidelijkheid van de zelfhaat – dan zijn eigen linkerschoen op het tapijt.

'...Hé, Jack?'

'Hhm?'

'Ik zei kan je even helpen?' Het was Ralphs stem. 'Kom op.'

'Hhm. Hhm. Mmm... moment. Oké.' En met een vlaag energie uit het niets, of uit de wanhopige laatste reserves van de schaamte, dwong hij zich op te staan en snel achter Ralph aan de keuken in en, bijna vallend, de keldertrap af te lopen, tot ze bij een berg brandhout kwamen die tegen de keldermuur gestapeld was. Apart ernaast lag een op haardlengte gezaagd stuk hout dat zo'n zestig centimeter dik moest zijn: het was zo te zien een afgezaagd stuk telefoonpaal en torste nu het volle gewicht van Jacks dronken onderzoekende blik. 'Godsammeliefhebbe,' zei hij.

'Wat is er?'

'Zo'n zwaar kreng heb ik van m'n leven nog niet gezien.'

'Ja, nou ja, maak je geen zorgen,' zei Ralph. 'We hebben alleen klein spul nodig.' En ze liepen met een dubbele vracht tot hun kin gestapelde kleine houtblokken in hun armen weer naar boven, helemaal naar de eerste verdieping, de hoge brede leegte van Jills, oftewel Jill-en-Woody-Starrs slaapkamer in, die Jack nog nooit had gezien. Helemaal aan het einde van de kamer, ver weg van de open haard, waar Ralph nu op zijn hurken het hout neerlegde, hingen aan het plafond vele meters witte stof die gedeeltelijk zo om de rand van een reusachtig 'Hollywoodbed' gedrapeerd waren dat ze een prieel vormden waarvan een tiener zich had kunnen dromen dat dit het nieuwste was op het gebied van luxe en romantiek.

'Oké,' zei Ralph. 'Zo moet 't kunnen.' En hoewel hij duidelijk zelf ook dronken was en wankelend op zijn hurken zat, begon hij aan het nauwgezette karwei om tussen de gepoetste koperen haardijzers een vuur aan te leggen en dat aan te steken.

Jack deed zijn best om snel de kamer uit te lopen maar koerste steeds opzij tegen de dichtstbijzijnde muur; toen bedacht hij dat hij die muur misschien als steun en richtsnoer kon gebruiken en gleed er zwaar met één schouder langs vooruit terwijl hij zijn hele aandacht richtte op het optillen en neerzetten van zijn voeten in hun gang over het hoogpolige champagnekleurige tapijt. Hij was zich er vaag van bewust dat het werk bij de open haard gedaan was en Ralph met een slingerbeweging 'Kom op' mompelend langs hem heen was weggelopen, de gang in, om hem alleen in deze verraderlijk onstabiele maar gelukkig open kamer achter te laten; hij zag nu ook dat de verlicht afgetekende deuropening heel dichtbij was – nog maar een paar stappen – maar zijn knieën begonnen nu te verslappen en het te begeven. Hij dacht dat hij zijn schouder eerder langs de muur naar beneden voelde glijden dan vooruit; even later kwam het hellende gele tapijt langzaam dichterbij tot het zich aanbood als een logisch, noodzakelijk steunvlak voor zijn handen en de zijkant van zijn gezicht.

Een tijdje later werd hij gewekt door het geluid van stemmen en gelach. Hij lag naar de open deur te staren en berekende of hij ernaar toe zou kunnen rennen, want het drong ineens tot hem door dat op ditzelfde tapijt, vier of vijf meter achter zijn hoofd, Jill Jarvis en Cliff Myers bij elkaar gekropen voor de open haard zaten.

'Wat is dat voor iemand, daar op de grond?' informeerde Cliff Myers. 'Woont-ie hier ook?'

'Zo'n beetje,' zei Jill, 'maar hij is onschadelijk. Hij is van Sally. Ze komt hem zo wel halen, of anders komt Ralph, of anders zorgt hij zelf wel dat hij buiten komt. Maak je geen zorgen.'

'Ik maak me nergens zorgen over. Ik vroeg me alleen af hoe ik zonder m'n klauwen te branden dat houtblok erin moet krijgen. Leun even achterover. Zo. Zo gaat-ie.'

En Jack hoorde met dronken, minachtende belangstelling dat Cliff Myers 'klauwen' zei in plaats van handen. Dat zou alleen een stomme klootzak zo zeggen, zelfs als hij zich beklemd voelde door de verlegenheid van de flirt, zelfs als hij nog geschokt was door de dood van zijn vrouw.

'Zal ik je eens wat zeggen?' vroeg Jill vertrouwelijk. 'Je bent me d'r eentje, Cliff.'

'O ja? Nou. Jij bent me d'r ook eentje.'

Daarna begonnen de vochtige kusgeluidjes en het vergenoegd spinnende gekreun dat erop duidde dat hij haar betastte. Een ritssluiting ging razendsnel open (De achterkant van haar jurk? De voorkant van zijn broek?) en dat was het laatste dat Jack Fields hoorde terwijl hij overeind klauterde en zorgde dat hij als de weerlicht de kamer uitkwam en de deur achter zich dichtdeed.

Hij was nog niet zo goed in vorm dat hij de weg naar Sally's kamer kon vinden; hij kwam niet verder dan met zijn hoofd in zijn handen boven aan de trap zitten wachten tot hij zijn evenwicht hervond. Een paar minuten later voelde hij de hele trap sidderen en riep Ralphs stem: 'Even passeren! Even passeren, alstublieft!' De stevige kleine man uit Hawaï kwam opvallend snel en behendig de trap op. Zijn zwoegende gezicht glom van plezier en in zijn armen hield hij het reuzenhoutblok uit de kelder. 'Even passeren, alstublieft!' riep hij weer terwijl Jack voor hem opzijging, duwde toen zonder kloppen met zijn schouder de slaapkamerdeur open en stormde naar binnen. Er was net genoeg licht om te kunnen zien dat Jill Jarvis en Cliff Myers niet meer bij de open haard zaten; ze lagen klaarblijkelijk in bed. 'Sorry, juffie!' riep Ralph, terwijl hij zich met zijn last naar de haard haastte. 'Sorry, luitenant! Met de complimenten van de compagniescommandant!' En hij liet het reusachtige houtblok met zo'n enorme dreun op het vuur vallen dat de haardijzers ervan weergalmden en er een massa oranje vonken opsteeg.

'Ralph, idióót die je bent!' riep Jill vanuit haar prieel. 'En nu wégwezen!'

Maar Ralph liep alweer even snel als hij gekomen was de kamer uit, bij zichzelf giechelend dat de aanblik vast heel grappig was geweest en gevolgd door een warm en hartelijk baritongeschater vanuit het bed – de lach van een man die binnenkort wellicht het bekendste ingenieursbureau van heel Californië zou hebben en er prat op ging te weten hoe hij bij de jongens die hij op de loonlijst zette het echte talent eruit moest pikken.

'Nou ja, ik neem aan dat we allebei niet bepaald op ons best waren,' zei Sally, toen ze de volgende ochtend voor de spiegel van haar toilettafel iets aan haar haar probeerde te doen. Het was zaterdag: ze hoefde niet naar haar werk, maar ze zei dat ze niet wist wat ze dan wilde.

Jack lag nog in bed en vroeg zich af of het niet verstandiger zou zijn de rest van zijn leven alleen nog, en dan met mate, bier te drinken. 'Ik denk dat ik maar weer naar het strand ga,' zei hij. 'Probeer wat te werken.'

'Oké.' Ze stond op en dwaalde doelloos naar een van haar vele hoge openslaande ramen. 'Jezus, moet je eens komen kijken,' zei ze. 'Nee echt. Kom eens kijken.' En hij kwam met moeite uit bed om bij haar voor het raam te gaan staan, dat uitkeek op het zwembad. Cliff Myers dreef op zijn rug in het water, hij droeg een kastanjebruine zwembroek die ongetwijfeld van Woody Starr was. Jill stond in een verbluffend kleine bikini op de rand van het zwembad, ze riep kennelijk iets naar hem en stak daarbij in elke hand een felgekleurd cocktailglas uit.

'Brandy Alexanders,' legde Sally uit. 'Toen ik beneden in de keuken koffie ging halen vroeg Nippy me met zo'n zwaar verontruste blik: "Sally? Weet jij hoe je een brandy Alexander moet maken?" Ze zei: "Miz Jarvis zei dat ik er een hele lading van moest maken maar het probleem is dat ik niet weet hóé. Hebben we daar ergens een boek over?"' En Sally zuchtte. 'Nou ja, het is allemaal op z'n pootjes terechtgekomen zullen we maar zeggen. Hier ziet u mr. Myers en mrs. Jarvis die naast het zwembad met smaak een ontbijtcocktail drinken op de derde ochtend na de dood van wijlen mrs. Myers.' Na een stilte zei ze: 'Maar ach, ik denk maar zo: dit is voor Jills doen toch nog iets gezonder dan de manier waarop ze sinds ik haar ken al haar ándere ochtenden doorbrengt – tot twaalf uur in bed met haar koffie en haar sigaretten en haar eeuwige, stompzinnige, rottige kruiswoordraadsels.'

'Moet je horen, Sally. Zin om met me mee te gaan naar huis?'

En ze antwoordde zonder haar blik van het raam af te wenden: 'Ik weet het niet; ik denk het niet. Dan gaan we alleen maar weer ruziemaken. Ik bel je wel, Jack, oké?'

'Oké.'

'Bovendien moet ik hier zijn als Woody en Kicker thuiskomen,' zei ze. 'Ik denk dat ik misschien tot steun kan zijn. Nee, niet voor Woody natuurlijk, maar voor Kicker. Ik bedoel Kicker houdt van me – vroeger tenminste wel. Hij noemde me vroeger wel eens zijn "moeder bij volmacht".'

Ze bleef een hele tijd zwijgend bij het raam staan treuzelen, ze zag er afgemat uit, haar bovenlip begon net zo te verslappen als wanneer ze dronken was. 'Heb je enig idee,' vroeg ze, 'wat het voor een vrouw betekent om geen kind te kunnen krijgen? Zelfs als je er niet eens zo nodig eentje wilt hebben is het een afschuwelijke ontdekking dat het niet kan; en soms... mijn God, ik weet het niet. Soms denk ik dat een kind het enige is dat ik al mijn hele leven echt hebben wil.'

Jack liep op zijn wankele weg naar buiten de keuken in en vroeg: 'Uh, Nippy? Denk je dat je een biertje voor me kunt opduikelen?'

'Ik geloof wel dat dat geregeld kan worden, mr. Fields,' zei de dienstbode. 'Ga hier maar aan tafel zitten.' Toen hij goed en wel met het bier aan tafel zat, kwam ze tegenover hem zitten en zei: 'Ziet u die mixer? Leeg, oké? Nou, twintig minuten geleden zat die mixer boordevol brandy Alexanders. En volgens mij is dat niet zo verstandig, of wel soms? Een man op z'n nuchtere maag al die drank ingieten als hij toch al zo in de war is omdat z'n vrouw nog maar drie dagen dood is. Ik vind een beetje terughoudendheid meer pas geven.'

'Ik ook.'

'Maar ja, je kan het met miz Jarvis nooit zeggen,' zei Nippy. 'Ze is erg... mondain, als u begrijpt wat ik bedoel? Erg eh' – ze wapperde met de dikke vingers van één hand om het juiste woord te vinden – 'onconventioneel, dus. Maar het zal me een zorg zijn wat de mensen zeggen... en ik heb een hoop mensen een hoop dingen horen zeggen... ik heb een hoge pet op van die vrouw, en zo is het. Ik zou álles voor d'r doen. Ze heeft mijn man in de loop der jaren al twee keer aan werk geholpen in tijden dat we het echt moeilijk hadden, en weet u wat ze voor míj heeft gedaan en wat ik nooit vergeten zal? Ze heeft gezorgd dat ik contacten kreeg.'

Toen hij bevreemd opkeek wees Nippy verheugd met twee wijsvingers op haar buitenste ooghoeken en knipperde. En hij wist zeker dat als hij haar op dat moment niet begrepen zou hebben – 'Aha, contáctlenzen' – ze zich gebukt had, een ooglid opgetild en een van die vochtige, bijna onzichtbare dingen in haar handpalm had laten vallen om hem als verklaring en bewijs voor te houden.

Terug in het strandhuis werkte Jack de hele dag zo hard alsof hij probeerde het scenario in een week af te krijgen. Hij had de afgelopen maand het gevoel gekregen dat het nog niet zo slecht was; het zou best goed worden; het zou een heel aardige film opleveren. In de namiddag belde hij Carl Oppenheimer om de aanpak van een lastige scène te bespreken; het was niet echt nodig om erover op te bellen, maar hij wilde wel eens een andere stem horen dan die in het huis van Jill Jarvis.

'Waarom kom je nooit eens langs, Jack?' wilde Oppenheimer weten. 'Ellie zou het verdomd leuk vinden als je kwam, en ik ook.'

'Ik heb het nogal druk gehad, vandaar.'

'Heb je een vriendin?'

'Zoiets. Ik bedoel ja, ja ik heb een vriendin, maar ze...'

'Breng haar mee!'

'Dat is aardig van je, Carl, dat zal ik doen. Ik bel binnenkort wel weer. Maar op het moment hebben we geloof ik zo'n beetje vakantie van elkaar. Het ligt erg... het ligt nogal ingewikkeld.'

'Jézus... schrijvers,' zei Oppenheimer geërgerd. 'Wat mankeert jullie verdomme toch. Waarom kunnen jullie je niet gewoon als ieder ander laten neuken?'

'Wat zal ik zeggen...,' begon Sally toen ze hem een paar dagen later belde, en hij wist dat hij nu nog een uur aan de telefoon zou zitten. 'Toen Woody en Kicker die ochtend terugkwamen liep Jill ze buiten op het terras tegemoet. Ze stuurde Kicker naar binnen om zich te gaan wassen en daarna zei ze tegen Woody: "Hoor eens. Ik wil dat je een week verdwijnt. Alsjeblieft geen vragen stellen; gewoon gaan. Ik leg het later wel uit." Toch onvoorstelbaar, dat een vrouw zoiets zegt tegen een man met wie ze al drie jaar samenwoont?'

'Ja.'

'Vond ik ook, maar dat zei ze. Ik bedoel dat zei ze tegen míj dat ze gezegd had. En ze zei: "Ik laat dit door niets en niemand verknoeien, wat ik nu heb." Ze zei: "Cliff en ik hebben iets bijzonders samen, Sally. Dit is echt. We hebben echt een verhouding en we..." '

Het kwam in Jack op dat als hij de telefoon een flink eind van zijn hoofd hield, Sally's stem zou verflauwen en vervlakken en opgaan in blikkerig gebazel, als de stem van een achterlijke lilliputter. Zonder lichaam, beroofd van samenhang en dus ook van alle nijd en zelfmedelijden en eigendunk, zou de stem een kleine maar gestage, irriterende factor zijn die geen ander doel diende dan langs zijn zenuwen te schuren en te zorgen dat het werk van die dag niet afkwam. Hij probeerde de telefoon vijf of tien tellen zo te houden en kromp bij de pijn van dit heimelijke verraad ineen, maar hij liet het experiment net op tijd varen om haar te horen zeggen: '... dus, moet je horen, Jack. Als we afspreken niet te veel te drinken, en we zijn in alle opzichten heel voorzichtig met elkaar, denk je dat je dan misschien... je weet wel... denk je dat je dan misschien terug zou kunnen komen? Het punt is namelijk... ik bedoel het punt is namelijk dat ik van je hou en dat ik je nodig heb.'

Ze had de afgelopen maanden hij wist niet hoeveel liefs tegen hem gezegd, maar nooit dat ze hem 'nodig had'. En het gevolg was dat hij nu, nu hij net besloten had nooit meer naar Beverly Hills te gaan, van gedachten veranderde.

'...O mijn God,' zei ze een half uur later in de deuropening van haar kamer. 'Mijn god, ik ben blij dat je er bent.' En ze smolt weg in zijn armen. 'Ik zal niet meer zo afschuwelijk tegen je doen, Jack,' zei ze. 'Ik beloof het, ik beloof het. Want er is nog maar zó weinig tijd en daarin kunnen we toch ten mínste aardig tegen elkaar zijn, zo is het toch?'

'Zo is het.'

Met haar deur op slot tegen elke mogelijkheid van achteloos binnenlopende indringers, bleven ze die hele middag zo aardig tegen elkaar als elk van hen ooit had geleerd. Pas toen Sally's lange rij westelijke vensters van goud naar rood naar donkerblauw was verkleurd kwamen ze eindelijk overeind om te douchen en hun kleren aan te trekken.

Daarna duurde het niet lang of Sally kwam terug op haar onuitputtelijke gespreksthema, Jills gedrag. Ze ijsbeerde onder het praten op slanke kousenvoeten over het tapijt en was naar Jacks idee knapper dan ooit. Maar hij liet het grootste deel van wat ze zei aan zijn oren voorbijgaan en knikte met toepasselijk lijkende tussenpozen 'ja' of schudde 'nee', gewoonlijk nadat ze zich snel had omgedraaid en ze hem strak aankeek in een zwijgende smeekbede om haar ontzetting te bevestigen. Hij ging ertoe over alleen nog op te letten als ze ging vertellen wat ze 'nog het ergste' noemde.

'...Want ik wil maar zeggen, Jack, het ergste van alles is nog het effect op Kick. Jill denkt dat hij niet weet wat er aan de hand is, maar ze is gek. Hij weet het best. Hij loopt de hele dag door het huis te kniezen en ziet bleek en kijkt ongelukkig alsof hij op het punt staat... ik weet het niet. En hij wil niet dat ik zelfs maar met hem práát. Hij wil niet door me getroost worden of vriendjes zijn of wat dan ook. En weet je wat hij de afgelopen twee nachten gedaan heeft? Hij is er in z'n eentje op de fiets tussenuit geknepen en de hele nacht bij Woody in zijn atelier gebleven. Ik geloof dat Jill niet eens gemerkt heeft dat hij weg was, niet één keer.'

'Tja, dat is... heel beroerd.'

'En hij haat Cliff. Hij háát hem gewoon. Als Cliff iets tegen hem zegt, verstijft hij... en ik geef hem geen ongelijk. Want zal ik je nog eens iets zeggen, Jack? Jij had van het begin af aan gelijk over Cliff en ik had het mis, zo zit dat. Hij is enkel een grote dikke domme... hij is stomvervelend.'

Nippy had de jongen op bevel van Jill minstens een uur eerder te eten gegeven dan het diner voor de volwassenen werd opgediend. En ze had een set van twee zilveren kandelaars op de grote eetkamertafel gezet, met in elk drie nieuwe kaarsen, en ze had het licht uitgedaan, zodat alles baadde in de flakkerende glans van de idylle.

'Gezellig, hè?' informeerde Jill. 'Dat vergeet ik nou altijd: die kaarsen. We zouden eigenlijk elke avond kaarsen moeten neerzetten.' En zoals ze gekleed was deed denken aan nog meer vergeten dingen die het herinneren best waard waren, misschien haar eigen losbandige en zorgeloze jeugd als bevoorrechte dochter van de zuidelijke staten van Amerika. Ze droeg een eenvoudig, duur uitziend zwart jurkje met een halslijn die laag genoeg was om de aanzet van haar kleine stevige borsten te laten zien, en een enkel snoer parels dat ze met haar vrije hand zenuwachtig ter hoogte van haar hals ronddraaide terwijl ze zo'n beetje met haar eten knoeide.

Cliff Myers was rood aangelopen en joviaal van de Old Grand Dad. Hij vertelde de ene glimlachende, zichzelf verheerlijkende anekdote over zijn ingenieursbureau na de andere terwijl Jill op haar beurt elk verhaal tot 'schitterend' bestempelde; toen zei hij: 'Nog zoiets, moet je horen, Jill. Dit móét je horen. Om te beginnen: ik blijk dus mijn beste denkwerk te doen als ik over de autoweg naar mijn werk rij. Ik weet niet waarom, maar ik heb geleerd erop te vertrouwen. Dus. Weet je wat ik vanmorgen bedacht heb?' Hij sneed efficiënt zijn gepofte aardappel open en boog zich eroverheen om te genieten van de opstijgende warmte, zodat zijn toehoorders moesten wachten. Hij deed er overvloedig boter en zout in, bracht met zijn vork een plak lamskotelet naar zijn mond en keek onder het kauwen tevreden mijmerend voor zich uit; toen zei hij, terwijl hij langs het vlees heen praatte: 'Als ik hier nou eens mee begon?' En hij slikte. 'We hebben op het lab van die hoogwaardige industriële lijm. Niet te geloven. Je smeert dat spul op een metalen oppervlak, raakt het met je hand aan en ik zweer bij God dat je hem niet meer los krijgt. Probeer het met water en zeep, probeer het met alle soorten schoonmaakmiddel, probeer het met alcohol, noem maar op. Hij komt niet meer los. Dus moet je horen.' Er verdween ongeveer een halve kotelet in zijn mond maar hij kon bijna niet kauwen omdat hij begon te lachen. 'Moet je horen: stel ik neem zo'n kleine bestelwagen.' Hij hield op met praten, slap van de lach, terwijl hij met één hand zijn voorhoofd bedekte en intussen uit alle macht probeerde zijn kalmte te herwinnen. Van zijn drie toehoorders glimlachte alleen Jill.

'Dus,' zei Cliff Myers ten slotte, zijn mond was nu kennelijk vrij. 'Stel ik neem een van de bestelwagens van de zaak. Stel ik verkleed me in het uniform van een van onze chauffeurs... ze dragen van die soortement crème overalls met ons logo op de borstzak en de naam van de zaak voluit op de rug geschreven, weet je wel? Met van die petten met een zonneklep? En op de bestelwagen staat natuurlijk ook de naam van de zaak, voel je waar ik heen wil? "Myers"? Ik kom hier dus aanrijden met een aluminium emmer vol rozen... veertig of vijftig American Beauties, van de beste soort... en als ik ze uit de wagen haal zorg ik natuurlijk verdomd goed dat ik die emmer aan het droge stuk vastpak, zodat ík geen lijm aan m'n klauwen krijg; dan komt je vriendje Woody het terras op om te kijken wat er aan de hand is en ik zeg: "Mr. Starr?" En dan douw ik hem die glibberige, met lijm ingesmeerde emmer in z'n handen en zeg: "Alstublieft. Bloemen voor mrs. Jarvis. Met de groeten van Cliff Myers." En dan stap ik weer in de bestelwagen en rij weg, of misschien blijf ik net lang genoeg om hem zo'n soortement knipoog te geven, en dan krijgt Starr van Hollywood 'm dus dóór. Dan krijgt-ie 'm dóór. Voel je wat ik bedoel? Het kost hem misschien een halve minuut om uit te vogelen dat-ie aan het kreng vástgekleefd zit en misschien vijf of tien minuten voor hij beseft dat iemand hem te grazen genomen heeft, een poets gebakken, vernacheld, en ik zweer bij God, Jill, ik wil er wat onder verwedden... ik wil er wat onder verwédden dat die kleine rotzak je daarna nooit meer lastigvalt.'

Jill had met een verrukt gezicht naar het laatste deel van zijn relaas geluisterd; nu gaf ze hem met haar twee handen een kneepje in zijn hand op tafel en zei: 'Schitterend. Echt schitterend, Cliff,' en ze lachten samen en namen elkaar met stralende blikken van hoofd tot voeten op.

'Jill,' zei Sally na een tijdje vanaf de overkant van de tafel. 'Dit is toch zeker maar een grap, neem ik aan.'

'Ja, maar natúúrlijk,' zei Jill ongeduldig, alsof ze een beetje een dom kind terechtwees. 'Het is een absoluut briljant idee om een

grap uit te halen. Het personeel bij Cliff op de zaak haalt voortdurend grappen met elkaar uit... het is een verrukkelijke manier om
alles wat in het leven saai en vervelend is te overleven, vind je ook
niet?'

'Ja, maar ik bedoel, je zou het toch zeker niet goedvinden dat
hij zoiets ook echt doet?'

'Och, ik weet het niet,' zei Jill, met een hoge plagerige stem.
'Misschien wel, misschien niet. Maar vind je het niet een verrukkelijk gemeen idee?'

'Volgens mij ben je helemaal gek,' zei Sally tegen haar.

'Ja, dat denk ik ook,' zei ze, terwijl ze haar neus aantrekkelijk in
rimpeltjes trok. 'En Cliff is net zo gek, denk ik. Maar wat is verliefd zijn ánders?'

Toen Jack en Sally later op de avond alleen waren, zei ze. 'Ik
wil er niet eens over práten. Ik wil er niet over praten of over nadenken of wat dan ook, oké?'

En dat was best. Als Sally geen zin had om over Jill Jarvis te
praten of na te denken vond Jack dat te allen tijde allang best.

De avond erna ging hij met haar in een restaurant eten, en die
daarna op bezoek bij Carl Oppenheimer.

'Pff,' zei ze toen ze over de kustweg naar het betere deel van
Malibu reden, 'ik zie er best tegenop om hem te ontmoeten, weet
je dat?'

'Waarom?'

'Nou ja, om wie hij ís. Hij is een van de weinig echt belangrijke...'

'Toe nou, zeg. Die man heeft niets "echt belangrijks" over zich.
Het is gewoon een filmregisseur en hij is pas tweeëndertig.'

'Ben je helemaal gek? Hij is geniaal. Hij is een van de twee of
drie topregisseurs in de hele branche. Heb je enig idee hoe je boft,
dat je met hem sámenwerkt?'

'Oké, maar je kunt het ook zo zeggen: heeft hij enig idee hoe hij
boft dat ik met hém samenwerk?'

'Mijn God,' zei ze. 'Je hebt een ego dat is niet te gelóven. Vertel
eens: als je zo fantastisch bent, waarom vallen de kleren dan van je
lijf? En waarom zitten er slakken in je douchehok? Hmm? En
waarom stinkt je bed naar lijken?'

'Jack!' riep Carl Oppenheimer vanuit de stralend lichte deuropening van zijn huis nadat ze, vanaf de plek waar ze de auto hadden neergezet, over het lange door bladeren dichtbeschaduwde pad waren gelopen. 'En jij bent Sally,' zei hij, met een serieuze frons. 'Verdomd leuk je te leren kennen.'

Ze zei dat het absoluut een eer was om ook hem te leren kennen en ze gingen naar binnen waar het meisje Ellis glimlachend in een lange jurk klaarstond om hen welkom te heten. Ze zag er beeldschoon uit en ze ging op haar tenen staan om Jack de snelle enthousiaste kus van oude bekenden te geven, hetgeen Sally zou opvallen, hoopte hij; toen, terwijl ze aangenaam babbelend de grote kamer met uitzicht op de oceaan in liepen, waar de drank stond, wendde ze zich weer tot Sally en zei: 'Wat een prachtig haar heb je. Is dat je eigen kleur of laat je het...'

'Nee, het is mijn eigen kleur,' zei Sally. 'Ik laat er alleen strepen in maken.'

'Ga zitten, ga zitten!' beval Oppenheimer, maar hij besloot zelf te blijven staan of liever gezegd te blijven wandelen en liep met langzame stappen door zijn ruime en meer dan mooie kamer, een zwaar glas bourbon tinkelend in zijn ene hand terwijl de andere weidse gebaren maakte ter begeleiding van wat hij zei. Hij vertelde over zijn frustraties van de afgelopen weken om een film af te krijgen die al flink op schema achter lag en hoe 'onmogelijk' het werken met de hoofdrol was – een acteur die zo beroemd was dat je door het noemen van zijn naam alleen al punten haalde in elk gesprek.

'...En toen moest vandaag alles,' zei hij, 'alles op de set plotseling worden stopgezet... camera's, geluid, alles... terwijl hij me meetroonde om ergens in een hoek over iets te gaan zitten praten dat hij "toneeltheorie" noemde, en hij vroeg of ik bekend was met het werk van een toneelschrijver die George Bernard Shaw heette. Het is toch niet te geloven? Denken jullie dat iemand in Amerika zou geloven hoe stom die klootzak is? Christus, dit jaar heeft hij Shaw ontdekt; over drie jaar ontdekt hij de Communistische Partij!'

Na een tijdje leek Oppenheimer genoeg van zijn monoloog te krijgen; hij kwam met een plof in een diepe sofa tot rust en sloeg één arm om Ellis heen, die dicht tegen hem aan kroop; toen vroeg hij aan Sally of ze ook filmster was.

'Nee, nee,' zei ze snel, terwijl ze onzichtbare flintertjes sigarettenas van haar schoot veegde, 'maar bedankt voor het compliment! Ik doe niet echt iets... ik ben maar... ik ben secretaresse. Ik werk voor Edgar Todd, de agent.'

'Ach wat, da's mij ook best,' zei Carl Oppenheimer hartelijk. 'Sommige van mijn beste vriendinnen zijn secretaresse.' En alsof hij zich ervan bewust was dat die laatste zin misschien niet zo geslaagd was, vroeg hij haastig hoe lang ze al voor Edgar werkte, en of ze het een leuke baan vond, en waar ze woonde.

'Ik woon in Beverly,' vertelde ze. 'Ik heb een appartement in het huis van een vriendin; het is heel mooi.'

'Juist ja, da's dan... mooi,' zei hij. 'Het is heel mooi in Beverly wil ik maar zeggen.'

Het laatste uur, of iets korter of langer, van die avond in Oppenheimers huis zat Jack tot zijn verrassing knus met Ellis op twee van de hoge leren krukken aan de bar die de ene kant van de kamer besloeg. Ze vertelde hem uitvoerig over haar kindertijd in Pennsylvania, over het zomerrepertoiregezelschap dat voor haar eerste echte 'theaterervaring' had gezorgd en over de wonderbaarlijk gelukkige reeks gebeurtenissen die ertoe geleid had dat ze Carl had leren kennen. En Jack was zo ingenomen met haar jeugd en bekoorlijke verschijning en zo gestreeld door haar aandacht dat hij maar vaag besefte het hele verhaal al eens eerder te hebben gehoord, in de tijd dat hij daar logeerde.

Aan de andere kant van de kamer waren Sally en Carl verzonken in een doorlopend en levendig gesprek. Jack kon er, de paar keer dat hij probeerde te luisteren, niet veel meer van horen dan de onophoudelijke doodernstige dreun van Carls stem, hoewel hij een keer meende Sally te horen zeggen: 'O, nee, ik heb er erg van genoten. Echt. Ik heb er van het begin tot het einde erg van genoten.'

'Hé, dit was echt geweldig,' zei Carl Oppenheimer toen het tijd was om op te stappen. 'Sally. Fantastisch je te leren kennen; fijn met je gepraat te hebben. Jack: we spreken elkaar nog.'

En daarna volgde de lange, benevelde rit terug naar de stad.

Het bleef zo'n twintig minuten, leek het, stil in de auto tot Sally zei: 'Ze hebben zo'n beetje... ze hebben echt alles. Ik bedoel ze zijn jong, ze zijn verliefd, en iedereen weet dat hij geniaal is dus maakt het niet echt uit of zij wel of niet talent heeft want ze is ook zonder dat een schattig seksbommetje. In zo'n huis kan toch niets fout gaan?'

'Ik weet het niet; ik kan me best een paar dingen voorstellen die fout zouden kunnen gaan.'

'Maar weet je wat ik vervelend aan hem vond?' vroeg ze. 'Zoals hij steeds maar vroeg wat ik van zijn films vond. Dan noemde hij de ene film na de andere en vroeg of ik die gezien had, en dan zei hij: "En, wat vond je ervan? Vond je hem goed?" Of hij zei: "Vond je niet dat hij in de tweede helft zo'n beetje inzakte?" Of: "Vond je die-en-die niet slecht gecast voor de rol van het meisje?" En echt, Jack. Is dat niet een beetje overdreven?'

'Hoezo?'

'Nou, wie bén ik helemaal?' Ze draaide haar raampje half open en schoot met duim en wijsvinger haar sigaret in de wind weg. 'Ik, bedoel, jézus, wie ben ik tenslotte helemaal?'

'Hoe bedoel je, wie ben je helemaal?' vroeg hij. Ik weet wie je bent, en dat weet Oppenheimer ook, en jij ook. Je bent Sally Baldwin.'

'Ja, ja,' zei ze rustig, met haar gezicht naar het zwarte raam. 'Ja, ja, ja, ja.'

Toen ze het huis in Beverly Hills binnengingen zag Jack ineens met een schok Woody Starr bij Jill zitten in plaats van Cliff Meyers, tot hij zich herinnerde van Sally gehoord te hebben dat Cliff Myers een paar nachten zou wegblijven opdat Jill zich op een verstandige manier definitief van Woody zou kunnen losmaken. En de manier waarop Woody keek nu hij van de bank opstond om hen te begroeten – verstrakt, beschaamd, met een gezicht alsof hij zich verontschuldigde dat hij er zelfs maar was – maakte duidelijk dat Jill het hem verteld had.

'Hé, Sally,' zei hij. 'Hallo, Jack. We praatten net zo'n beetje over... kan ik iets voor jullie inschenken?'

'Nee, dank je,' zei Sally. 'Maar fijn je te zien, Woody. Hoe gaat 't?'

234

'O, ik mag niet klagen. De zaken in het atelier gaan niet zo best, maar afgezien daarvan – je weet wel – laveer ik overal tussendoor.'

'Mooi zo,' zei ze. 'We zien je nog wel, Woody.' En ze ging Jack glimlachend voor tussen groepjes leren meubels en vandaar de woonkamer in en de weidse trap op. Pas toen ze haar deur achter zich had dichtgetrokken en op slot gedaan stond ze zich toe weer iets te zeggen. 'Mijn God,' zei ze. 'Zag je zijn gezicht?'

'Tja, hij zag er niet erg...'

'Hij zag er uitgeblust uit,' zei ze. 'Hij zag eruit als een man in wie geen sprankje leven meer over is.'

'Oké, maar hoor eens: dit gebeurt voortdurend. Vrouwen worden mannen zat; mannen worden vrouwen zat. Je kunt niet voortdurend om alle verliezers ach en wee roepen.'

'Je bent vanavond wél in een zachtmoedige, filosofische bui!' zei ze, terwijl ze zich vooroverboog om met twee handen achter zich de haakjes van haar jurk los te maken. 'Heel volwassen, heel verstandig... is zeker over je gekomen toen je met Ellis hoe-heet-ze bij Oppenheimer aan de bar zat te kroelen.'

Maar nog geen uur later, nadat ze haar liefde voor hem had uitgeschreeuwd en nadat ze uit elkaar waren gerold en lagen te wachten op de slaap, was haar stem heel kleintjes en verlegen. 'Jack? Hoe lang nog? Twee weken? Minder?'

'Ik weet het niet, lieverd. Maar misschien blijf ik wel wat langer, gewoon voor...'

'Voor wát?' En al haar bitterheid kwam terug. 'Voor mij? O nee, als je dat maar laat. Je dacht toch niet dat ik een gúnst van je wil?'

Toen ze de volgende ochtend vroeg hun koffie boven bracht kon ze bijna niet wachten tot ze het dienblad op tafel had gezet om te vertellen wat ze beneden in de studeerkamer had aangetroffen. Woody Starr was er nog, hij lag met zijn kleren aan op de bank te slapen. Hij had niet eens een kussen of een deken. Was dat niet te gek voor woorden?'

'Waarom?'

'Waarom? Waarom is hij in godsnaam niet meteen gisteravond weggegaan?'

'Misschien wil hij nog afscheid nemen van de jongen.'

'O,' zei ze. 'Ja, je zult wel gelijk hebben. Dat zal wel. Het zal wel om Kick zijn.'

Toen ze op weg naar beneden een glimp van Woody en Kicker opvingen die stilletjes samen zaten te praten, trokken ze zich snel in de keuken terug om een babbeltje met Nippy te maken en zich schuil te houden tot het Kickers schooltijd werd. Ze wisten niet, en Jill Jarvis zou het zich pas later herinneren, dat er die dag geen school was.

'Jézus, Nip,' zei Sally, terwijl ze lusteloos op een keukenstoel hing. 'Ik heb vandaag geen enkele zin om naar m'n werk te gaan.'

'Ga dan níét,' zei Nippy. 'Weet je, Sally? Zo lang ik hier ben, heb ik je nog nooit een dag vrij zien nemen. Dat kantoor kan zo nu en dan best zónder jou, hoor. Waarom gaan mr. Fields en jij vandaag niet iets leuks doen? Ga tussen de middag leuk ergens eten, ga naar een goeie film of zo. Of ga een eind rijden; het is buiten prachtig weer. Jullie zouden naar San Juan Capistrano of zoiets kunnen, iets leuks. Je weet toch wat ze in dat liedje zeggen, over als de zwaluwen terugkomen naar Capistrano? Nou, het is net de tijd van het jaar als ik me niet vergis. Jullie zouden kunnen gaan kijken hoe de zwaluwen terugkomen; da's toch leuk?'

'Eh, ik weet het niet,' zei Sally. 'Het zou leuk zijn, maar ik moet denk ik toch éven mijn gezicht op kantoor laten zien, anders raakt Edgar in alle staten. En ik ben toch al bijna een kwartier te laat.'

Toen ze ten slotte de keuken verlieten, toen ze zich volgens Sally 'veilig' in de studeerkamer konden vertonen, merkten ze tot hun opluchting daar de enigen te zijn. En Jack zag in het voorbijgaan bovendien dat het clownsschilderij op zwart fluweel van de muur boven de open haard was gehaald. Maar toen zagen ze door de zonnige ruiten van de openslaande tuindeuren Woody en Kicker die, dicht bij elkaar, buiten op het zwembadterras nog steeds stonden te praten.

'Waarom gaat hij niet gewoon wég?' vroeg Sally. 'Hoe lang dóét iemand daarover, over afscheid nemen?'

Woody Starrs bagage stond opgestapeld naast hem op het terras: een oude plunjezak die hij waarschijnlijk nog bij de koopvaardij had gebruikt, een koffer en een stel goedgevulde papieren boodschappenzakken in de felle reclamekleuren van warenhuizen en zwaar verstevigd met bruine twijn. Hij bukte zich om het gewicht te verdelen en Kicker en hij droegen alles van het terras naar zijn auto en stouwden de spullen erin. Toen kwamen ze weer terug – Woody met één arm om de schouders van de jongen – en liepen door tot vlak bij het huis voor hun definitieve afscheid.

Jack en Sally trokken zich een flink stuk in de studeerkamer terug zodat de twee anderen niet zouden zien dat ze keken; en ze keken. Ze zagen hoe Woody Starr zijn beide armen om de jongen heen sloeg en hem in een abrupte, stevige, vastklemmende omhelzing naar zich toe trok. Daarna maakte Woody aanstalten om weg te gaan en liep Kicker naar het huis – maar Kicker bleef staan en draaide zich om, en toen zagen ze wat zijn aandacht trok: een crèmekleurige bestelwagen met op de zijkant in bruine letters MYERS geschilderd reed snel de oprijlaan op.

'O, ik kan dit niet aanzien,' zei Sally, terwijl haar lichaam verslapte en ze haar gezicht in Jacks overhemd drukte. 'Ik kan dit niet aanzien.'

De bestelwagen kwam een paar meter voor het punt waar Woody op het terras bleef wachten tot stilstand en Cliff Myers stapte met een rood gezicht en een verlegen glimlachje uit de cabine het zonlicht in. Hij liep in zijn overall, die hem een paar maten te klein was, haastig naar de achterkant van de bestelwagen, pakte een glinsterende metalen emmer met dicht opeen wiebelende hoofdjes van massa's rozen, liep ermee naar Woody Starr en duwde hem de emmer in zijn handen. Hij leek te praten terwijl hij die dingen deed – leek eigenlijk sinds zijn komst onafgebroken en misschien ook wel gedachteloos te praten, alsof hij door een onverwachte aanval van gêne daartoe werd gedwongen – maar toen de emmer rozen eenmaal in Woody's bezit was, kon hij zwijgen. Hij rechtte overdreven zijn rug, raakte met twee vingers de elegante klep van zijn pet aan en ontsnapte met stijve benen naar de bestelwagen, in een looppas die vrijwel zeker sneller en oneleganter was dan hij van plan was geweest.

Er was Kicker niets van ontgaan. Hij liep over het terras terug naar Woody, die op zijn hurken was gezakt om de emmer neer te zetten, en nu zaten ze er ernstig beraadslagend diep overheen gebogen.

'Je kunt weer kijken, lieverd,' zei Jack in Sally's haar. 'Je kunt weer kijken. Hij is weg.'

'Weet ik,' zei ze. 'Ik heb het allemaal gezien.'

'Moet je horen, denk je dat we hier in huis misschien iets kunnen vinden voor zijn handen? Denk je dat Nippy misschien iets heeft?'

'Wat dan? Een soort schoonmaakmiddel, of oplosmiddel, of wát?

Maar ze hoefden niet in huis te gaan zoeken. Na een minuut of twee liepen Woody en Kicker samen weg, met de felgekleurde rozen tussen hen in en Jack Fields op de afstand van een vreemde erachteraan. Ze liepen de schaduw van de grote garage in, waar Kicker voorzichtig uit een twintigliterblik benzine over de zijkant van de emmer en Woody's handen goot tot Woody ze los kon krijgen. Meer was er niet voor nodig. Daarna gaf Kicker de emmer met de hak van zijn schoen een schrapende zet over de garagevloer en hard tegen de muur, waar hij nog zou liggen nadat de lijm allang tot onschadelijkheid was opgedroogd en de rozen dood waren.

Alan B. (Kicker) Jarvis gaf zich op voor wat zijn moeder omschreef als de beste jongenskostschool in het westen van Amerika en ging bijna meteen het huis uit om er te gaan wonen.

Later die week vertrokken Jill en Cliff naar Las Vegas om er te trouwen – ze had altijd al in een van die 'schattige' trouwkapelletjes daar willen trouwen, zei ze. Hun plannen voor de huwelijksreis waren op het moment dat ze uit Los Angeles vertrokken nog onduidelijk: ze hadden nog niet besloten of ze een maand naar Palm Springs, een maand naar de Maagdeneilanden of een maand naar Frankrijk en Italië zouden gaan. 'Of misschien,' vertelde ze Sally in vertrouwen, 'misschien zeggen we wat kan 't ons verdommen, we nemen drie maanden vrij en gaan naar allemáál.'

Jack Fields' scenario was af en werd goedgekeurd en bekritiseerd en was weer af en werd goedgekeurd; erna schudde Carl Oppenheimer hem enthousiast de hand. 'Volgens mij hebben we een film, Jack,' zei hij. 'Volgens mij hebben we een film.' En Ellis ging op haar tenen staan om hem een snelle lieve kus te geven.

Hij had een lang en opgewekt telefoongesprek met zijn dochters over de leuke dingen die ze binnenkort in New York zouden gaan doen, en hij trok er een dag voor uit om cadeautjes voor hen te kopen. En hij kocht met Sally's raadgevende hulp bij Brooks Brothers in Los Angeles twee nieuwe pakken om naar huis te kunnen gaan met het uiterlijk van een geslaagd man. En hij kocht op Sally's aanraden, stiekem huiverend van de prijs, literflessen cognac, bourbon, scotch en wodka en liet die allemaal in geschenkpapier in een geschenkkist verpakt, met een kort, zorgvuldig gesteld briefje over 'gastvrijheid' bij Jill thuisbezorgen.

Toen hij de huur van het strandhuis had opgezegd reden Sally en hij voor een lang weekend van vier dagen naar een motel aan de kust bij San Diego waar het volgens Sally 'heerlijk' was. Hij had graag willen weten wanneer en met wie ze gemerkt had dat het er zo heerlijk was, maar nu ze nog zo weinig tijd over hadden was hij zo verstandig dat niet te vragen.

Op de terugweg naar Los Angeles stopten ze bij de missiepost San Juan Capistrano en liepen er tussen vele andere rondslenterende toeristen, en met elk een handvol toeristenfolders, langzaam om- en doorheen, maar er was geen zwaluw te bekennen.

'Zo te zien zijn ze dit jaar weggetrokken,' zei Sally, 'in plaats van teruggekomen.'

Het bracht Jack op een idee dat hem heel grappig leek, en toen ze weer bij de auto waren liep hij als een cabaretier lichtvoetig achteruit tot in het onkruid aan de kant van de weg. Hij wist dat hij er in zijn nieuwe kleren goed uitzag en hij had altijd al een beetje kunnen zingen, of dan toch het geluid van zingen kunnen nadoen. 'Hé, moet je horen,' zei hij. 'Hoe vind je die?' En in de kaarsrechte houding van een smartlappenzanger, terwijl hij zijn armen met de handpalmen naar buiten een klein stukje langs zijn zij ophief om oprechtheid uit te drukken, zong hij:

'Als de zwaluwen wegtrekken uit Capistrano,
Nadert de dag dat ik je verlaat...'

'Schítterend,' zei Sally voor hij zelfs maar door kon gaan met de volgende regel. 'Dit is echt súper, Jack. Je hebt een reusachtig gevoel voor humor, weet je dat?'

Op hun laatste avond, aan een tafeltje in wat Edgar Todd hun plechtig verzekerd had het voortreffelijkste restaurant van Los Angeles was, zag ze er ontroostbaar uit terwijl ze met kleine hapjes van haar krabsoufflé at. 'Dit is wel een beetje achterlijk, vind je niet?' vroeg ze. 'Al dat geld uitgeven als je over een paar uur toch in het vliegtuig zit?'

'Nee, dat vind ik niet; het leek me eigenlijk wel leuk.' En bovendien had hij gedacht dat F. Scott Fitzgerald op een ogenblik als dit net zoiets zou hebben gedaan, maar dat hield hij voor zich. Hij had jarenlang zijn best gedaan niemand te laten ontdekken hoe ver zijn preoccupatie met F. Scott Fitzgerald ging, maar desondanks had een meisje in New York die een keer, met een niet-aflatende reeks gekscherende plagerige vragen waarna hij niets meer te verbergen had, een keer aan het licht gebracht.

'Oké,' zei Sally. 'Dan gaan we hier toch samen elegant en geestig en triest zitten zijn en roken elk ongeveer vijfenveertig sigaretten?' Maar haar sarcasme was niet echt overtuigend; want ze was hem die middag op kantoor tegemoetgekomen in een nieuwe, duur uitziende blauwe jurk waarvan hij had kunnen zweren dat ze hem gekocht had in de hoop dat hij haar zou meenemen naar het soort restaurant als dit.

'Ik blijf vol bewondering voor je jurk,' zei hij tegen haar. 'Het is ongeveer de mooiste jurk die ik ooit heb gezien, geloof ik.'

'Dank je,' zei ze. 'En ik ben blij dat ik hem gekocht heb. Zou z'n nut kunnen hebben om de vólgende imitatie van F. Scott Fitzgerald te strikken die naar Filmland gestrompeld komt.'

Toen hij haar naar huis, naar Beverly Hills reed, waagde hij het een paar keer haar kant op te kijken en zag met genoegen dat haar gezicht rustig en bedachtzaam stond.

'Ik heb als je erover nadenkt altijd nogal passief en doelloos geleefd,' zei ze na een tijdje. 'Gewerkt om mijn studie te betalen en er dan nooit iets mee gedaan, nooit iets waar ik trots op kon zijn of zelfs maar plezier in kon hebben; niet eens een kind geadopteerd, toen dat nog mogelijk was.'

En er gingen een paar kilometer verlichte stad voorbij voor ze dicht naar hem toe schoof en met allebei haar handen zijn arm aanraakte. 'Jack?' vroeg ze verlegen. 'Dat was toch geen geintje of

240

zo, hè? Dat we elkaar een hele hoop brieven kunnen schrijven en eens een keertje opbellen om met elkaar te praten?'

'Gatver, Sally. Waarom zou ik daar een geintje over maken?'

Hij bracht haar met de auto tot aan het begin van de lage treden naar het zwembadterras en ze stapten uit om afscheid te nemen; ze gingen samen op de onderste trede zitten en kusten elkaar verlegen als kinderen.

'Oké dan,' zei ze. 'Tot ziens. Weet je wat het rare is? We zijn eigenlijk al die tijd al bezig met afscheid nemen, vanaf de eerste keer dat ik met je uitging. Ik bedoel we wisten immers meteen dat er niet veel tijd meer was, dus hadden we van het begin af aan een soort afscheidsverhouding, ja toch?'

'Dat zal wel. Hoe dan ook, hoor eens: pas goed op jezelf, lieverd.'

Ze stonden snel op, een al verwarring, en hij keek hoe ze het terras op liep – een lange, soepele jonge vrouw met eigenaardig grijs haar en de mooiste jurk die hij ooit gezien had.

Hij begon net terug te lopen naar de auto toen hij haar hoorde roepen: 'Jack! Jack!'

En ze liep klikklakkend de terrastreden weer af en rechtstreeks zijn armen in. 'Wacht even,' zei ze buiten adem, 'moet je horen. Ik had je nog iets willen zeggen. Weet je nog die dikke trui die ik al de hele zomer voor Kicker aan 't breien ben? Nou, dat was gelogen... maar ik weet vrijwel zeker dat het de enige leugen is die ik je ooit verteld heb. Dat ding is nooit voor Kicker geweest; hij is voor jou. Ik heb de maat genomen van de enige sjofele trui die ik bij je thuis vinden kon en ik was van plan hem af te hebben voor je wegging, maar nu is het te laat. Maar ik maak hem af, Jack, ik zweer het. Ik zal er elke dag aan werken en dan stuur ik hem per post, oké?'

Hij omarmde haar met wat al zijn kracht leek, voelde haar beven, en zei in haar haar dat hij er heel heel blij mee zou zijn.

'Jezus, ik hoop maar dat hij past,' zei ze. 'Draag hem... draag hem in gezondheid, oké?'

En ze liep haastig weer in de richting van de deur, waar ze zich omdraaide om te zwaaien en met haar vrije hand snel over haar ene en toen over haar andere oog wreef.

Hij bleef staan kijken tot ze binnen was, tot de hoge ramen van de ene kamer na de andere hun abrupte licht in de duisternis wierpen. Toen gingen er nog meer lichten aan en nog meer, van de ene kamer na de andere naarmate Sally zich verder naar binnen waagde in wat ze altijd zo'n zalig huis gevonden had en wel altijd zou blijven vinden – en dat ze nu voor het eerst, tenminste voor kort tijd, helemaal voor zich alleen had.

Het kanaal

'Wacht eens... was dat niet dezelfde divisie waar jij in zat, Lew?'
Betty Miller keerde zich naar haar man, zodat ze haar cocktail
bijna over de rand liet klotsen, haar ogen wijd open in het vooruitzicht van een onbetaalbaar toeval. Ze was Tom Brace halverwege
een verhaal in de rede gevallen en nu moesten ze allemaal wachten
tot Lew Miller zou antwoorden.

'Nee, lieverd,' zei hij. 'Sorry, maar het was nogal een groot leger.' Hij legde zijn arm om haar slanke taille en voelde in antwoord het prettige gebaar van haar hand die om de zijne glipte.
Godbewaarme, wat een vervelend feest was dit; ze stonden hier al
bijna een uur klem in gezelschap van de Braces, die ze maar oppervlakkig kenden – Tom Brace was verantwoordelijk voor de relaties met de vaste klanten van het reclamebureau waar Miller co-
pywriter was – en er leek geen ontsnappen aan. De achterkanten
van Millers benen waren pijn gaan doen van het staan en hij wilde
naar huis. 'Vertel verder, Tom,' zei hij.

'Ja,' zei Betty. 'Sorry, Tom, vertel verder alsjeblieft. Je zou net
een kanaal oversteken, deze week zeven jaar geleden.'

Tom Brace lachte en knipoogde, vol vergeving dat ze hem in de
rede was gevallen, vol begrip over vrouwen en hun dwaze vragen.
'Nee, maar in ernst, Lew,' zei hij, 'in welke zat je dan wél?' Miller
vertelde het, en terwijl Betty 'O ja, natuurlijk' zei, staarde Brace
naar het plafond terwijl hij de cijfers herhaalde. Toen zei hij: 'Mijn
God, Lew! Jullie opereerden links van ons bij die actie waarover ik
net vertel – dat kanaal waar we overheen moesten, weet je wel?
Maart 1945. Ik herinner het me nog heel duidelijk.'

Miller had al die tijd al vaag gevreesd dat Tom Braces kanaal
hetzelfde zou blijken als het zijne, en nu kon hij alleen nog maar
toegeven dat ja, om de waarheid te zeggen, zo was het: maart
1945.

'O, wat énig,' zei Nancy Brace, terwijl ze met een elegante wijsvinger haar parels in een kronkel draaide.

Brace liep rood aan van opwinding. 'Ik herinner het me nog
heel duidelijk,' zei hij, 'jullie staken een stuk verder naar het noor-
den over dan wij, links van ons, en daarna gingen we met een
boog terug en kwamen elkaar een paar dagen later in een soort
tangbeweging weer tegen. Weet je nog? Jézus, jongens, hier moet
op gedronken worden.' Hij gaf iedereen een nieuwe cocktail terwijl het dienstmeisje van de gastvrouw hun het presenteerblad
voorhield. Miller pakte de martini dankbaar aan en nam een veel
te grote eerste slok. De twee mannen moesten nu absoluut even
met z'n tweeën apart gaan staan om de details van het terrein en
het moment van de aanval door te nemen, terwijl de vrouwen het
er samen over eens werden dat dit echt énig was.

Terwijl hij Brace belangstellend aankeek en knikte maar naar de
vrouwen luisterde, hoorde hij Nancy Brace zeggen: 'Ik begrijp
eerlijk niet hoe ze 't overlééfd hebben... ál die dingen,' en ze huiverde. 'Maar ik krijg nooit genoeg van Toms oorlogsverhalen; hij
wekt het op de een of andere manier allemaal tot léven voor me...
ik heb soms het gevoel dat ik er zelf geweest ben.'

'Ik benijd je,' zei Betty Miller zachtjes, op een toon die naar
Miller wist berekend was op theatraal effect, 'Lew heeft het nóóit
over de oorlog.' En Miller realiseerde zich vol onbehagen dat er
voor Betty een speciaal soort damesbladenromantiek in zat om een
man te hebben die nóóit over de oorlog praatte – een vaag tragische, gevoelige man wellicht, of toch tenminste op een charmante
manier bescheiden – zodat het niet echt uitmaakte dat de man van
Nancy Brace inderdáád knapper was, een degelijker type zo in zijn
pak van Brooks Brothers, en vroeger ook eleganter, in zijn goed-
zittende luitenantsuniform. Het was belachelijk en het ergste was
dat Betty beter wist. Ze wist heel goed dat hij vergeleken met een
man als Brace nauwelijks iets van de oorlog gezien had, dat hij het
grootste deel van zijn diensttijd achter een public-relationsbureau
in Noord-Carolina gezeten had tot ze hem in 1944 naar de infanterie overplaatsten. Hij vond het natuurlijk heimelijk best leuk
– het betekende alleen maar dat ze van hem hield – maar hij moest
haar als ze straks alleen waren toch eens zeggen dat hij graag wilde

dat ze niet steeds een held van hem maakte als iemand iets over de oorlog zei. Het drong plotseling tot hem door dat Brace hem iets gevraagd had. 'Hoe zei je, Tom?'

'Ik vroeg, hadden jullie 't zwaar, toen je overstak? Wat voor tegenstand boden ze?'

'Artillerievuur,' zei Miller. 'Bijna geen lichte wapens; we hadden dekking gehad van een tamelijk zwaar spervuur van de onzen, snap je wel, en ik denk dat de Duitse infanterie die er geweest was al bij de oever van het kanaal was teruggedreven voor wij begonnen. Maar hun artillerie deed het nog en daar kwamen we in terecht, en niet zo'n beetje ook. Achtentachtigers.'

'Geen rij machinegeweren op de tegenoverliggende oever?' Brace betastte met een vinger van zijn vrije hand zijn keurige windsorknoop en gaf met een omhoog-voorwaartse kinbeweging zijn hals een paar centimeter extra ruimte.

'Nee,' zei Miller, 'niet dat ik me herinner.'

'Als ze er geweest waren zou je 't je herinneren,' verzekerde Brace hem, en hij knipoogde macaber. 'Dat was van meet af aan ónze ellende. Weet je nog hoe dat kanaal eruitzag? Waarschijnlijk nog geen vijftig meter breed, nietwaar? En vanaf het moment dat we in die verdomde rotbootjes stapten hielden op de tegenoverliggende oever twee moffen met machinegeweren ons onder schot, nog geen honderd meter uit elkaar. Ze hielden zich in tot we halverwege waren – ik zat in de eerste boot – en toen schoten ze erop los.'

'Lieve God,' zei Betty Miller. 'En dat in een bóót. Was je niet pánisch?'

Het gezicht van Tom Brace opende zich in een verlegen, jongensachtige grijns. 'Ben van m'n leven niet zo bang geweest,' zei hij zachtjes.

'Moest jij ook in een boot, schat?' vroeg Betty.

'Nee. Dat wilde ik net zeggen, Tom, waar wij waren hadden we geen boten nodig. Er lag daar een voetgangersbruggetje dat maar gedeeltelijk was opgeblazen, dus hebben we dat maar gebruikt en zijn verder door het water gegaan.'

'Een brug?' vroeg Brace. 'Jézus, dat was mazzel hebben. Konden jullie er ook met je rollend materieel en zo overheen?'

'Néé,' zei Miller, 'zo'n brug was het niet; het was maar een houten voetgangersbruggetje en zoals ik al zei lag het gedeeltelijk in het water. Er was die dag al een oversteekpoging gedaan, moet je weten, en de brug was gedeeltelijk vernield. De brug zelf herinner ik me in feite maar heel vaag... nu ik eraan denk, misschien was het een brug die onze genie had proberen te bouwen, hoewel dat niet erg waarschijnlijk lijkt.' Hij glimlachte. 'Het is lang geleden en ik herinner het me gewoon niet, zo zit dat. Ik heb eerlijk gezegd niet zo'n best geheugen.'

Eerlijk gezegd – als hij eerlijk was, dacht Miller, zou hij nu moeten zeggen: Niks geen slecht geheugen. Ik ben alleen vergeten wat me een rotzorg was, ik had die nacht maar één zorg en dat was door het donker rennen, eerst over een betonnen wegdek, toen aarde, toen planken die onder mijn voeten trilden, schuin omlaag gingen, en toen het water. Daarna waren we aan de overkant en had je ladders waar we tegenop moesten klimmen. Er was een hoop herrie. Nou en of ik me dat herinner.

'Ach ja,' zei Tom Brace, 'als het nacht was en je lag onder artillerievuur had je je aandacht natuurlijk niet bij die verdomde brug; dat kan ik je niet kwalijk nemen.'

Maar Miller wist dat hij het hem wel degelijk kwalijk nam; het was onvergeeflijk om zich dat van die brug niet te herinneren. Tom Brace zou zoiets nooit vergeten hebben omdat er te veel van afhing dat hij het wist. Er had een plastic hoes met een landkaart in het jack van zijn gevechtspak gezeten, onder het vuile weefsel van de banden, en als de soldaten in zijn peloton ademloze vragen stelden was hij, zelfverzekerd en zonder opwinding, van de hele tactische situatie op de hoogte geweest.

'Bij wat voor onderdeel zat je, Lew?'

'Infanterie.'

'Wat had je, een peloton? Het was Braces manier om te vragen of hij officier was geweest.

'Nee,' zei Miller. 'Ik had geen enkele rang.'

'Ja hoor, wel waar,' zei Betty Miller. 'Je was een soort sergeant.'

Miller glimlachte. 'Ik had in de US een specialistenrang gehad,' legde hij Brace uit, 'bij public relations, maar toen ze me in een gevechtseenheid stopten had dat niets meer te betekenen.

Ik ging naar Europa als plaatsvervangend infanterist, soldaat eerste klas.'

'Dat was pech hebben,' zei Brace. 'Maar hoe dan ook...'

'Is zo'n specialistenrang dan niet hetzelfde als sergeant?' vroeg Betty.

'Niet precies, lieverd,' zei Miller. 'Dat heb ik je allemaal al eens uitgelegd.'

'Hoe dan ook,' zei Brace, 'je zei dat een andere eenheid die dag al had geprobeerd dat kanaal over te steken en was teruggeslagen? En toen moesten jullie die nacht een tweede poging wagen? Dat moet goed waardeloos zijn geweest.'

'Ja,' zei Miller. 'Vooral omdat we die avond net weer bij de regimentsreserve waren gezet, ons bataljon zou een paar dagen rust krijgen, en net toen we ongeveer onze slaapzakken uitrolden kwam er bevel dat we weer naar het front moesten.'

'Jézus,' zei Brace. 'Dat gebeurde ons ook voortdurend. Wat een rotstreek. Dus was het moreel van de manschappen al naar de knoppen voor jullie zelfs maar begonnen.'

'Ach,' zei Miller, 'ik geloof dat het moreel bij ons toch al niet zo best was. Zo'n soort compagnie was het niet.' Als hij echt eerlijk was zou hij nu zeggen dat een incident over het verliezen van een regenjas het ergste van die hele middag was geweest. Kavic, de sectiecommandant, broodmager, uiterst competent, negentien jaar, had 'Oké,' gezegd, 'en nou iedereen z'n uitrusting controleren. Ik wil niet hebben dat er wat achterblijft', en Miller had met vermoeide ogen en vingers zijn uitrusting gecontroleerd. Maar later, onderweg, werd hij op zijn schouderblad getikt door Wilson, de plaatsvervangend sectiecommandant, een welgedane boer uit Arkansas. 'Zie geen regenjas aan je gordel hangen, Miller. Verloren?'

En na het kortstondig bekloppen van zijn patroongordel en voelen van de leegte kon hij niets anders zeggen dan: 'Ja, dat moet wel.'

Kavic trad rechtsomkeert uit het hoofd van de colonne. 'Moeilijkheden daar achterin?'

'Miller is zijn regenjas kwijt.'

En Kavic bleef razend van woede op de weg staan wachten tot

Miller op gelijke hoogte was. 'Godverdomme, Miller, kan je dan helemaal níks bij je houden?'

'Spijt me, sergeant, dacht dat ik hem had.'

'Natuurlijk heb je spijt, godverdomme. En de volgende keer dat 't regent heb je spijt als de pest. Je wéét godverdomme toch hoe de bevoorradingssituatie is... waarom kan je nooit eens wat bíj je houden?'

En er zat niet anders op dan met een beschaamd gezicht door te lopen, een gezicht dat eraan gewend geraakt was om zich te schamen. Dat was eerlijk gezegd nog het ergste van die hele middag geweest.

'Waar is verdomme dat dienstmeisje gebleven?' vroeg Tom Brace. 'Zie jij d'r ergens, schat?'

'Ik denk dat ze in de keuken is,' zei zijn vrouw. 'Ik ga haar wel even opduikelen,' en ze liep met grote stappen weg terwijl haar heupen alleraardigst trilden onder een dure cocktailjurk.

'Zeg dat we allemaal sterven van de dorst,' riep Brace haar achterna. Toen wendde hij zich weer tot Miller. 'Dus, hoe zat dat bij jullie? Verdomd interessant voor me, om te weten te komen wat er die nacht in jullie sector gebeurd is. Heeft jullie compagnie toen de aanval ingezet, of hoe zat dat?'

'Nee, een van de andere compagnieën stak eerst over,' zei Miller, 'maar dat maakte voor mijn sectie niet uit, ik bedoel de sectie waar ik inzat; we waren die nacht uitbesteed om voor de bataljonsverbindingsdienst telegraaf- en telefoonkabel over het kanaal te sjouwen; we volgden vlak na de eerste compagnie.'

'Juist ja,' zei Brace.

'Het was eigenlijk zo kwaad nog niet, we hoefden alleen maar te zorgen dat we die kabel aan de overkant kregen en niet in de problemen raakten, en daarna, toen we waren overgestoken, konden we een tijdje blijven rondhangen terwijl de commandopost werd opgebouwd. We voerden de hele volgende dag geen bal uit, tot we weer teruggingen naar onze compagnie.'

'Wacht even, je loopt op het verhaal vooruit,' zei Brace. 'Ik wil horen hoe dat ging met het oversteken van het kanaal. Je zei dat jullie onder artillerievuur lagen toen je overstak?'

'Het was al begonnen voor we overstaken,' zei Miller. Hij kon er nu niet meer onderuit. 'Zoals ik het me herinner kwamen we al onder artillerievuur te liggen toen we nog een paar honderd meter van het kanaal verwijderd waren, op de weg ernaartoe.'

'Was dat 's nachts?' vroeg Betty.

'Klopt.'

'En dat waren achtentachtigers?' vroeg Brace.

'Klopt.' En nu was het allemaal terug. De zeven jaar losten op en het was allemaal terug – de donkergrijze weg met zwarte bomen erlangs, de schuifelende colonnes soldaten aan elke kant van de weg. De vertrouwde pijn van bandeliers en geweven banden omklemde zijn schouders en hals en er was een nieuwe pijn die in het vlees van zijn hand sneed: een tot een lus geknoopt stuk telefoonkabel waaraan zwaar een grote stalen spoel hing. Sommige spoelen hadden een handvat, maar Miller had er een geloot die dat niet had, en het ding was niet te dragen zonder dat hij in je hand sneed. 'Bij elkaar blijven,' benadrukte Wilson hees fluisterend, 'iedereen bij elkaar blijven.' De enige manier om in het donker met vijf passen tussenruimte bij elkaar te blijven was je op de vage vlek van de rug van de man voor je te concentreren, die van Shane. Shanes rug was kort en vierkant, de helm stond laag boven zijn schouders. Als die rug te vaag werd, werkte Miller haastig met een paar stappen de achterstand weg, als hij te dichtbij leek, hield hij in om te proberen steeds vijf passen afstand te bewaren. Een snelle fladderende luchtstroom en een – *Knal!* – ergens aan de andere kant van de weg. Beide colonnes lieten zich als grote omtuimelende duizendpoten in de greppels rollen. Miller liet zich plat op zijn buik vallen – het was een mooie, diepe greppel – en de spoel knalde op zijn nieren. Toen weer een fladderende luchtstroom en weer een – *Knal!* – deze keer dichterbij, en in de geschokte stilte voor de volgende klonken de onvermijdelijke stemmen: 'Achtentachtigers' en 'Doorlopen, mannen, doorlopen.' Miller had zijn hoofd net genoeg opgetild om, wijd uit elkaar voor zich in de aarde, Shanes hoge schoenen te zien en die met zijn vingers aan te raken. Als de schoenen doorliepen, zou hij ook doorlopen. De volgende was veel harder – *Knal!* – en Miller voelde iets op zijn helm kletteren en over zijn rug spatten. Van de overkant van de weg kwam een onvaste, bijna verontschuldigende stem: 'Hospik? Hospik?'

'Waar? Waar ben je?'
'Hier, hier is-tie.'
'Doorlopen, mannen.'

Shanes schoenen kwamen in beweging en Miller volgde, krab-belde overeind, rende diep in elkaar gedoken, geweer in zijn ene hand en spoel in de andere. Bij de volgende fladderende luchtstroom lieten Shane en Miller zich allebei op tijd in de aarde vallen – *Knal!* – en stonden toen vlug weer op en renden verder. Iedereen rende nu. Aan de overkant van de weg sloeg een stem plotseling over van bariton in wilde falset: 'O-o-o! O! O! Het bloed komt eruit het komt eruit het komt eruit *het komt eruit!*

'Rustig!'
'Zorg dat die klootzak z'n bek houdt!'
''t Komt eruit! 't Komt er*UIT!*'
'Waar? Waar bén je?'
'Doorlopen, mannen, doorlopen.'

Shanes rug rende in het donker verder, zwenkte naar rechts, weer het kale wegdek op en ging toen rechtdoor, sneller. Miller raakte hem kwijt, rende harder en vond hem. Maar was het dezelf-de rug? Was deze niet te lang? Een volgende fladderende lucht-stroom, de rug viel breeduit op de weg en Miller liet zich ernaast vallen – *Knal!* – en greep de man toen bij zijn schouder. 'Shane?'
'Verkeerde te pakken, joh.'

Miller begon weer te rennen. Bij de volgende luchtstroom dook hij zonder zijn tempo te veranderen verkrampt in elkaar – *Knal!* – en rende door. 'Shane? Shane?' Hij ging langzamer lopen om ge-lijke tred te houden met een kleine gestalte – een luitenant, zag hij aan de witte veeg op de helm – die doorholde terwijl hij over zijn schouder 'Doorlopen, mannen,' riep. Hij vroeg absurd beleefd: 'Excuseer, luitenant, maar kunt u me vertellen waar het kabelde-tachement zich bevindt?' 'Ik ben bang van niet, soldaat. Het spijt me wel.' Ook de luitenant was toch ten minste zo bang dat hij ab-surd beleefd bleef. 'Doorlopen, mannen.'

Miller ging voor hem lopen, stak toen de weg over. Midden op de rijbaan weer een fladderende luchtstroom en hij dook, als een honkbalspeler naar de thuisplaat, met een sliding naar de overkant van de weg, net op tijd – *Knal!* In de greppel lag voorover een ge-

stalte. 'Hé, heb je 't kabeldetachement gezien? Er kwam geen antwoord. 'Hé...' Nog steeds geen antwoord; misschien dood, of misschien gewoon doodsbang. Miller rende verder, en pas veel later
dacht hij: of misschien gewond. Mijn God, ik had moeten blijven
om zijn pols te voelen.... een hospik te roepen. Maar hij rende,
weer terug de weg over, bukte nu alleen nog voor de granaten
– *Knal!* – en soms bukte hij niet eens en dacht: mijn God, ik ben
dapper... moet je mij zien, ik blijf overeind en alle anderen laten
zich vallen. Hij wist zeker dat hij nog nooit van zijn leven zo hard
gelopen had. De weg hield op – ging met een bocht naar rechts of
zoiets – en hij rende net als iedereen rechtdoor, over een brede
helling met modderige aarde naar beneden. Het spervuur was nu
grotendeels achter hem, of leek dat toch. Daarna was er de brug,
waarop soldaten samendromden en zich verdrongen – 'Rustig aan,
jongens... rústig aan' – en toen plotseling de koude schok van op-
stijgend water tegen zijn benen. Vlak voor hem viel een man met
een grote plons languit voorover en twee of drie anderen bleven
staan om hem overeind te helpen. De oever was eerst net als de
andere, een modderhelling, maar erna kwam een waterkeringsmuur, van steen of beton, in het donker zo'n vijf of zes meter
hoog. Iemand mompelde: 'Ladders... ladders,' en Miller vond op
de tast de donkere houten sporten tegen de muur. Hij hing zijn
geweer over zijn schouder en stak onhandig zijn andere arm door
de draaglus van de spoel om allebei zijn handen vrij te hebben, en
toen begon hij te klimmen, zich vaag bewust van andere ladders
aan weerszijden en andere soldaten die ertegen naar boven klom-
men. Een laars trapte op zijn vingers en hij voelde het gewriemel
van andere vingers onder zijn eigen laars. De sporten eindigden
een stuk onder de bovenkant van de muur en er was een kort moment van wild wankelen zonder houvast totdat twee armen omlaag
werden gestoken om hem naar boven te helpen. 'Bedankt,' zei hij,
terwijl hij op de rand van de kademuur knielde, en de man rende
weg. Miller draaide zich om en stak zijn handen omlaag om die
van de volgende te pakken, en de volgende zei: 'Bedankt.' De hele
lengte van de muur was één getater van stemmen, opgewonden,
buiten adem: 'deze kant op...' 'wélke?...' 'hier zo...' 'waar moeten
we verdomme naartóe?...' Ze bevonden zich op een geploegde

251

akker; de ongelijke aarde gaf als een zachte spons mee onder Millers laarzen. Hij volgde de geluiden en schaduwen, de akker op, nu weer rennend, terwijl de granaten over zijn hoofd joegen om ruim achter hem – *Knal ... Knal ... Knal ...* – aan de overkant van het kanaal te exploderen. En daar op die akker zei de stem van Wilson: 'Miller? Ben jij dat?'

'Wilson? Jézus, godzijdank!'

'Waar wás je verdomme?'

'Waarík was, mijn God... ik zocht me al die tijd de pleuris naar júllie!'

'Zachtjes een beetje. Heb je je spoel?'

'Ja natúúrlijk.'

'Niet loslaten, dat ding. En blijf deze keer in jezusnaam bij ons. Kom mee.'

'Wat gebeurde er toen,' vroeg Tom Brace, 'toen jullie aan de overkant waren?'

Miller sloot zijn ogen en streek er met zijn hand overheen. 'Tja,' zei hij, 'toen we tegen die waterkeringsmuur waren geklommen stonden we op een geploegde akker.'

'Waterkeringsmuur? Je bedoelt dat jullie tegen een godverdomde múúr moesten klimmen? Meer naar het zuiden, waar wij waren, hád je zo'n ding helemaal niet.'

''t Viel wel mee,' zei Miller, 'want er stonden die ladders tegenaan.'

Brace fronste, stelde het zich voor. 'Ladders? Gek idee dat de moffen die niet zouden hebben afgebroken, vind je ook niet? Vroeg hij. 'Kan het zijn dat jullie eigen mensen die hadden neergezet?'

'Ja, zou best eens kunnen, nu ik eraan denk,' zei Miller. 'Ik ben bang dat ik het gewoon niet meer weet.' Onzeker over de brug; onzeker over de ladders – dit was me de avond van de onzekerheden wel. 'Hoe dan ook,' vervolgde hij, 'we liepen over een grote geploegde akker en zoals ik het me herinner stuitten we pas weer op moeilijkheden bij het dorpje dat we die avond moesten bereiken, aan de overkant van de akker. Er werd met lichte wapens geschoten, een soort achterhoedegevecht, denk ik.'

'Juist ja,' zei Brace.

'Maar zoals ik al zei waren die kabelspoelen de enige zorg van onze sectie; daarna hoefden we alleen nog een goeie plek te vinden om niks te doen.'

Ze zaten in het eerste zwakke blauwe daglicht, onder beschutting van een muur, ineengedoken naar het gestotter van de machinegeweren verderop in de straat te luisteren en te wachten tot het kabeldetachement mocht inrukken. En op dat moment zei Wilson: 'De sergeant wil je spreken, Miller,' en Miller stoof weg naar de plek waar Kavic tegen de muur zat te wachten, zijn gezicht uitgemergeld van vermoeidheid, zijn helm zwierig schuin op zijn smalle schedel.

'Miller, waar blééf je daar bij dat kanaal, godverdomme?'

'Ik had tijdens de beschieting Shane uit 't oog verloren.'

'Waarom kan je ons in jézusnaam niet gewoon bíjhouden?'

'Het was geen kwestie van bíjhouden, sergeant, ik...'

'Goed, laat maar zitten, Miller. Laat ik het zo zeggen: je bezorgt me godverdomme meer last dan de hele rest van deze sectie bij elkaar. Meer last dan je waard bent. Heb je daar een verklaring voor?'

'Zoals ik het me herinner,' vertelde hij Tom Brace, 'vonden we ergens een leeg huis en gingen daar slapen. We sliepen ongeveer een etmaal aan één stuk, behalve dan dat we om beurten wachtliepen, en toen we wakker werden was het dorp volledig schoongeveegd. De bataljonscommandopost was er gevestigd en onze compagnie lag een paar kilometer verderop.

'Juist ja,' zei Brace.

'Alstublieft, heren,' riep Nancy. 'Van het huis.' Ze had een dienblad met vier martini's bij zich.

'Mooi werk,' zei Brace. 'Dank je, schat.'

Miller dronk gulzig, in de hoop het beeld van Kavic terug te zetten waar het hoorde.

'Heb ik het mooiste deel van het verhaal gemist?' vroeg Nancy.

'O, het was een verhaal van niks, zoals meestal,' zei Betty. 'Het schijnt dat mijn man een etmaal aan één stuk heeft geslapen.' Ze zette haar mooie lippen aan het glas en nam een slokje. Toen zei ze vrolijk: 'Maar wat heb jij op dat kanaal beleefd, Tom? Het laatste dat we hoorden was dat je in een boot ronddobberde terwijl er op je geschoten werd. Zeg nou niet dat jij óók in slaap gevallen bent.'

'Wat zal ik zeggen,' zei Brace, 'nog niet direct. Het was een beroerde nacht. We lagen niet onder artillerievuur, daarin hadden we meer geluk dan jullie, Lew, en we hoefden ook niet tegen muren op te klimmen, maar zoals ik al zei lagen er twee moffen met machinegeweren op de tegenoverliggende oever en dat leek op dat moment al rottigheid zat. Hoe het lukte de overkant te halen zal ik nooit weten. Eén ding is zeker: ik had een verdomd goeie BAR-schutter. Hij had die ouwe BAR op de kop af in ongeveer een seconde aan de gang, daar op die boot. Zodat niemand paniekerig reageerde, hoewel twee, nee, drie van de jongens geraakt werden, van wie twee dood. In de boot achter ons raakten ze allemaal in paniek en sprongen overboord, met hun hele verdomde uitrusting op hun rug gebonden en al. Sommigen verdronken en de rest was toen ze de oever bereikten nergens meer toe in staat. De derde boot had het wat minder zwaar omdat ze tegen die tijd op onze eigen oever ook een stel machinegeweren in actie hadden en voor enige dekking konden zorgen. Maar ik zal jullie zeggen, toen we eindelijk aan de overkant kwamen was het daar verdomd eenzaam.'

'Wat hebben jullie tóén in godsnaam gedaan?' vroeg Betty.

'Ik moest zien dat ik die moffen met hun verdomde machinegeweren daar weg kreeg,' zei Brace. 'Wat we daarvoor moesten hebben was mortiervuur, maar ik kon er niet om vragen omdat verdomme onze radio defect was, of anders was de radiotelegrafist te bang om hem behoorlijk te bedienen. Ik nam natuurlijk aan dat de mensen achter ons, aan de overkant, het benul zouden hebben ook zonder dat het gevraagd werd mortiervuur neer te leggen, maar waar wij zaten, en dan ook nog onbeschut, hadden we weinig zin af te wachten tot ze een besluit genomen hadden.' Brace zweeg en zette zijn lege glas op het lage tafeltje achter zich. Hij haalde een pakje sigaretten tevoorschijn, schudde er eentje uit en stak die tussen zijn lippen terwijl hij zich licht vooroverboog om van zijn vrouw een vuurtje te accepteren. 'Het was zo'n moment,' zei hij, 'dat je volkomen onnadenkend iets verdomd stoms moet doen, gewoon zodat je manschappen niet echt helemáál de kluts kwijtra-

254

ken. Het punt is dat je moet dóén alsof je de situatie onder controle hebt. Dus wat ik deed: we zaten vlak bij zo'n mof met een machinegeweer en ik kon door onze lichtspoorammunitie zien dat hij het behoorlijk druk had met zich verdedigen tegen het vuur van de overkant, dus liet ik die BAR-schutter waarover ik jullie vertelde dat andere machinegeweer, dat het verste weg stond, onder vuur houden – daar was weinig overredingskracht voor nodig; die vent was echt verdomde goed – en kroop ik zelf tot een meter of vijftien naar het dichtstbijzijnde machinegeweer en begon daar met granaten te smijten. Geluk? Ik wil je wel zeggen, ik heb van m'n leven niet zo'n geluk gehad. Dat machinegeweer hield na de tweede granaat op en toen we die twee moffen later vonden waren ze morsdood. Ongeveer op datzelfde moment begonnen onze mortieren met de beschieting van dat andere machinegeweer en hoefden we ons alleen nog maar gedeisd te houden en bij te komen tot de rest van de onzen ook aan de overkant was.'

'Godbewáárme,' zei Betty.

'Dat was toch waarvoor je een *Silver Star* gekregen hebt, lieverd?' vroeg Nancy Brace.

Brace lachte, hij gaf Miller een knipoog. 'Echt weer iets voor een vrouw,' zei hij. 'Dat lintje is het enige van het verhaal dat haar interesseert.'

'Godbewaarme,' zei Betty, 'als ik het zo hoor had je er een lintjesrégen voor moeten krijgen.'

'Hoe zit dat,' vroeg de gastvrouw, die plotseling door sluiers sigarettenrook verscheen, 'wordt de oorlog weer helemaal opnieuw uitgevochten? Of maken jullie plannen voor de volgende?'

'We zijn nog met de vorige bezig,' zei Nancy Brace, 'maar nu is het 8 mei 1945 en tijd om naar huis te gaan.' Ze haakte met gerinkel van armbanden haar arm door die van haar man en glimlachte naar hem op. 'Wat dacht je ervan, luitenant?'

'Maar je mag nog niet weg,' zei de gastvrouw. 'Jullie moeten nog plannen maken voor de volgende. Wat zal je de vorige oorlog uitvechten als je geen plannen blijft maken voor de volgende?' Ze had wat te veel van haar eigen martini's gedronken.

'Dan zal dit wel een strategische terugtocht heten,' zei Brace. 'Zo is 't toch? Nee echt, moet je horen, het was een geweldige

avond maar we moeten nu weg. Ik ga even de jassen halen, schatje.'

'Moet je zien hoe láát het is,' zei Betty. 'Ik denk dat wij ook
maar eens zo'n beetje weg moesten. Pak jij onze spullen even, lieverd?'

'Je wilt toch niet zeggen dat jullie allemáál weggaan?' vroeg de
gastvrouw. 'Maar wie blijft me dan helpen om plannen te maken
voor de volgende oorlog?'

Miller knikte en glimlachte en liep achteruit weg, draaide zich
toen om en volgde Brace een donkere slaapkamer in waar de jassen van de gasten in een kluwen op het bed lagen. Brace had zijn
eigen jas al aan en de bontjas van zijn vrouw over zijn arm, en toen
Miller de kamer in kwam richtte hij zich net op van het bed en
draaide zich om. 'Deze van jou, Lew?' vroeg hij, terwijl hij Millers
gabardine overjas ophield. Het ding maakte op de een of andere
manier een troosteloze, gekreukte en niet helemaal schone indruk,
zoals hij daar aan Braces hand hing.

'Ja,' zei Miller, 'dat is 'm. Dat daarnaast is mijn hoed, en dat
daar is Betty's jas, vlak bij het voeteneinde. Die daar, dáár. Dank
je, Tom.'

Toen ze de kamer uitkwamen stonden de twee echtgenotes bij
de voordeur te wachten. 'Alle beleefdheden zijn gezegd,' vertelde
Nancy Brace, 'dus hoeven we alleen nog te maken dat we wegkomen.'

'Braaf zo,' zei Brace.

Ze gingen de deur uit en via keurige, gestoffeerde trappen naar
de straat. 'Bah, het regent,' kreunde Betty Miller toen ze op een
kluitje in de deuropening stonden. 'Er is vast nérgens een taxi te
krijgen.'

Tom Brace draafde de drie natte treden naar het trottoir op,
sloeg de kraag van zijn jas op en tuurde links en rechts de glimmend donkere straat af. 'Daar is er een,' zei hij. 'Táxi!'

'Je bent geweldig, Tom,' zei Betty Miller.

Toen de taxi naar de stoeprand zwenkte, sprong Brace op het
portier af, rukte het open en riep: 'Nemen jullie deze, Lew. Dan
ren ik de hoek om en pak daar een taxi voor ons.'

'Nee nee,' zei Miller, 'dat hoeft echt niet, ik eh...' Maar Brace was al weg en sprintte met de moeiteloze gratie van een atleet door de straat. 'Welterusten,' riep hij achterom. Miller richtte zich nu tot Nancy Brace. 'Hoor nou, er is geen enkele reden waarom jullie niet...'

'Doe niet zo mal,' zei ze. 'Ga nou maar, schiet op.'

Betty zat al in de taxi. 'Kom je nou nog, Lew,' zei ze, 'alsjeblíéft.'

'Ik neem aan dat er verder niets is dat ik...' Hij lachte dom. 'Welterusten.' Daarna rende hij over het trottoir, stapte snel in de taxi en deed het portier dicht. Hij gaf het adres en leunde naast zijn vrouw achterover terwijl de taxi in beweging kwam.

'Godbewaarme,' zei Betty vermoeid, 'ik ben op aardig wat saaie feestjes geweest, maar dít! Dit slaat álles!' Ze zuchtte en liet zich met haar ogen dicht tegen de kussens zakken.

'Wat zijn die Braces toch verdomd verwaand. Waarom laat je je in het gesprek toch door zo'n klootzak in een hóék drukken?' Haar hoofd rustte nu niet meer tegen de kussens, haar blik was in het donker boos en onbeweeglijk op hem gericht. 'Ik zie het altijd weer. Je staat daar maar en zegt geen boe of bah en laat ons door een opschepper als Tom Brace allebei de mond snoeren. Waarom laat je je toch zo door die mensen in een hóék drukken?'

'Betty,' zei Miller. 'Doe me een lol, wil je?' En hij keek hoe in het licht van een passerende straatlantaarn haar frons overging in gekrenktheid. 'Kan je nu je bek houden? Kan je in godsnaam alsjeblieft je bek houden?'

Een ziekenhuisromance

De nieuwe patiënt was een grote kerel met een brede borstkas, een jaar of drieëntwintig, en als je hem zo zag zou je niet zeggen dat hij ziek was. Maar toen hij op een middag in juni tijdens het rustuur op zijn tenen de opnamezaal binnen kwam en op weg ging naar het bed naast Frank Garvey zag die meteen dat dit een heropname was. Patiënten die voor het eerst werden opgenomen maakten een verlegen indruk als ze in hun ziekenhuispyjama de lange hoge zaal binnen kwamen, of ze nu liepen of gereden werden. Ze wierpen slecht op hun gemak een blik langs de rijen liggende mannen onder verfomfaaide lakens – de sputumbakjes en tissuedozen en foto's van echtgenotes – voor ze zich althans voorlopig overgaven aan het pas opgemaakte bed dat van hen zou zijn, en meestal gingen ze dan meteen vragen stellen ('Hoe lang ben jíj hier al? Anderhalf jáár? Nee, ik bedoel eigenlijk hoe lang moet je hier nou gemíddeld kuren?').

Maar deze is hier bekend; een stel oudgedienden achter in de zaal zwaaiden naar hem en grijnsden, dat was het bewijs. Hij legde met inachtneming van de regels van het rustuur zijn opgevouwen kleren in het nachtkastje en zorgde er omzichtig voor zo weinig mogelijk geluid te maken. Toen hij zag dat Garvey wakker was, gaf hij hem over de ruimte tussen hun bedden heen een hand. 'Wachten tot we officieel worden voorgesteld heeft geen zin,' zei hij fluisterend, met een jongensglimlach die de strakke Ierse ruigheid van zijn gezicht verbrak. 'Ik ben Tom Lynch.'

'Frank Garvey; prettig kennis te maken. Hier al eerder geweest?'

'De eerste keer een jaar en drie maanden; toen werd ik het zat en ben vertrokken. Dat was vijf maanden geleden.' Hij glimlachte weer. 'Ik heb vijf maanden vakantie gehad.'

Zuster Baldrigde, de hoofdverpleegster, maakte vanuit de deuropening een einde aan het gesprek met een snerpend bevel waarvan verscheidene andere patiënten met een schok wakker werden.
'Oké, Lynch, ophouden met praten en je nest in. Je weet wel béter
dan hier voor drieën te gaan zitten kletsen en lawaai te maken.'
Lynch draaide verbolgen zijn kolossale lijf met een zwaai naar
haar om. 'We maakten helemaal geen...' Ze legde hem met een
driftig 'St-st-st!' het zwijgen op, marcheerde de zaal in en richtte
haar stramme vinger op zijn bed. 'En nu erín!'
Hij schoof langzaam zijn pantoffels uit en klom onder het laken. Zuster Baldridge bleef met haar handen op haar heupen naar
hem staan kijken, klaar voor de ultieme kreet – 'Je gaat op rapport!' – bij het eerstvolgende teken van impertinentie. Ze was
vroeger majoor bij de landmacht geweest, gehecht aan gediscipli-
neerd verplegen en had aanmerkingen op iedereen van het huidige
verplegend personeel – met name op een knap jong blondje dat
zuster Kovarsky heette – die de patiënten met meneer aansprak of
ook maar langer dan een seconde naar hun klachten luisterde, en
vandaag was ze in topvorm. Vanmorgen hadden op haar bevel de
radio's moeten zwijgen terwijl zij over het middenpad ijsbeerde
om tegen alle ruim twintig patiënten in de opnamezaal een preek
over geluk hebben af te steken. Als je dan toch tb moest krijgen,
vond ze, mocht je van geluk spreken dat je onder de veteranenzorg
viel, en van nog meer geluk dat je hier in dit speciale ziekenhuis
lag, met zijn uitmuntende medische staf en zo dicht bij New York.
Dus, had ze naar voren gebracht, haar kleine oogjes triomfantelijk
boven de rand van het reglementair voorgeschreven linnen mondmasker, kon je toch op z'n minst mééwerken, nietwaar? Garvey,
die leraar Engels was geweest en het grootste deel van zijn tijd
lezend doorbracht, was er op twee punten van beschuldiging uit-
gepikt – de onordelijke stapel boeken op zijn vensterbank (hij
mocht van geluk spreken dat hij boeken mocht hébben) en de sigarettenas op de grond naast zijn bed (hij mocht van geluk spreken dat hij roken mocht; in de meeste sanatoria was dat verboden).
En hoewel Garvey er weinig voor voelde berouw te tonen, voelde
hij er even weinig voor beteuterd naar haar te glimlachen of zijn
geduld te verliezen, dat zou het allebei alleen maar erger hebben

gemaakt. Er was geen verdediging mogelijk, had hij bars besloten, net zomin als die mogelijk was voor deze kolossale, gemoedelijke onbekende in het bed naast hem die beter wist dan hier voor drieën te gaan zitten kletsen en die zich nu zwetend op zijn rug lag te beheersen. Het enige geluid was ademhaling en achter dichtgetrokken jaloezieën het geluid van insecten die de vensterruiten bestormden en er razend van frustratie zoemend tegenop botsten voor ze wegsuisden.

Zuster Baldridge draaide voldaan op een rubberzool rechtsomkeert en ging op weg naar de deur.

'Morgen op deze zender,' zei aan de overkant van het middenpad een zachte stem op de stroperige toon van een radio-omroeper, 'de volgende hartverwarmende episode uit het leven van... Pru Baldridge van het vrouwenkorps van de landmacht.' Haar afgemeten vertrek haperde maar een onderdeel van een seconde, hoewel lang genoeg om duidelijk te maken dat ze gegriefd was, maar toen liet ze haar opwelling om aan te vallen varen ten gunste van een snelle aftocht en deed of ze niets gehoord had. Naarmate ze de deur naderde werd de stem luider, nu vergezeld van een slecht onderdrukte lachbui uit de hele zaal: 'Kan een vrouwelijke soldaat in een veteranenziekenhuis het geluk vinden?' Het was Costello, ex-handelsreiziger en boordschutter bij de luchtmacht, en zijn overwinning was compleet, verpletterend. Het gelach steeg juichend om hem heen op – hij ging rechtop in bed zitten om een parodie weg te geven van het in ontvangst nemen van applaus.

'Bedankt,' riep Lynch luid fluisterend naar de overkant van het middenpad.

'Dat zit wel goed,' zei Costello. Hij was een tengere donkere man van dertig wiens gezicht voortijdig gerimpeld was van het lachen. Hoewel hij hier pas een paar maanden was, had hij wegens weglopen of weggestuurd worden uit het ene ziekenhuis na het andere een staat van dienst die terugging tot het einde van de oorlog.

Coyne, een grote puisterige jongen wiens bed naast dat van Costello stond en die Costello's grappen altijd leuk vond of ze het nu waren of niet, stikte deze keer bijna van het lachen, zijn gezicht zo rood als een kroot terwijl zijn bed stond te beven. Toen zuster

Baldridge om drie uur terugkwam om het einde van het rustuur aan te kondigen, grijnsde hij nog steeds. 'Hé... zuster Baldridge,' vroeg hij, 'kan een vrouwelijke soldaat in een veteranenziekenhuis het geluk vinden?'

'O, Coyne,' zei ze, 'word toch in godsnaam eens volwassen.' En ze begon met een snel gebaar de jaloezieën open te trekken om het felle licht van de namiddag binnen te laten. Ze werd gevolgd door een chagrijnige broeder die aan elke patiënt een thermometer uitdeelde en zuster Kovarsky liep gracieus van het ene bed naar het andere en voelde iedereen de pols.

'Hoe gaat het vandaag met u, mr. Garvey?' De stem van zuster Kovarsky klonk zacht, haar vingers lagen klein en koel op Garveys pols.

'Prima, dank u.'

Ze glimlachte tegen hem, of haar ogen versmalden zich dan toch boven het witte mondmasker, en liep toen door naar het bed van Lynch.

Even later stonden weer de radio's aan met verslagen van diverse honkbalwedstrijden en werd het hoesten, lachen en praten in de zaal hervat. Het grootste deel van de middag draaide om Lynch; degenen die hem kenden moesten hem nodig weer welkom heten en degenen die hem niet kenden moesten hem in de groep opnemen. Eerst kwamen de oudgedienden om hem heen staan, oudere mannen die al jaren in de opnamezaal verbleven en herinneringen hadden die ver teruggingen. Nadat ze hem, grinnikend en zich met zwakke vingers krabbend, hadden bijgepraat over de ziekenhuisroddel en terwijl een van hen, de oude mr. Mueller, wegschuifelde om het bericht van zijn terugkeer ook in de andere afdelingen te verspreiden, wisselde Lynch namen en informatie uit met Costello, Coyne en nog een paar van de jongere patiënten die er na zijn tijd bij gekomen waren. Daarna kwam mr. Mueller terug met een enthousiaste groep ambulante patiënten, voor Garvey onbekenden, van wie sommigen het convalescentenuniform van groen katoenen gabardine droegen. Ze zeiden het allemaal jammer te vinden Lynch weer te zien en dat het rot moest zijn weer hier in de opnamezaal te liggen, terug waar hij begonnen was, en erna zetten ze een boom op over vroeger tijden, bierfeestjes in de toiletruimte en stiekeme bezoekjes (de ziekenzalen waren op de begane grond en de toiletruimtes hadden een nooduitgang) aan bars in de buurt. Ze hadden het over talloze prima kerels die eruit gesmeten waren, of het goed of slecht maakten, of nog even gek waren als altijd, of 'nu op chirurgie lagen', en over een paar prima kerels die gestorven waren. Garvey zette zijn bril op en begon te lezen.

Zuster Baldridge joeg de groep vlak voor het avondeten uit elkaar. 'Oké, terug naar waar je hoort,' zei ze. 'En dat geldt voor iédereen.' Toen ze weg waren schudde Lynch een sigaret uit een pakje en hield het toen Garvey voor.

'Hoe lang lig jij hier al, Frank?'

Er werden in de opnamezaal bijna nooit voornamen gebruikt en Garvey voelde zich bij de vriendelijkheid van de jongen verbazend warm worden van genoegen. 'Drie maanden,' zei hij, 'ik begin nog maar net.'

'Dan heb je het ergste gehad,' verzekerde Lynch hem. 'Ik weet dat die drie maanden voor mij het ergste waren. Daarna gaat de tijd sneller. Je raakt aan dit leven gewend; je leert sommige kerels beter kennen.'

'Enig idee hoe lang je deze keer moet blijven? Hebben ze je nog iets gezegd?'

'Ze zeiden dat ik een nieuw gat had en weer positief was en dat betekent dat ze er het mes in willen zetten. Laten me hier vermoedelijk twee of drie maanden bedrust houden en brengen me dan naar chirurgie. Daarna valt er niets van te zeggen. Een jaar; misschien langer.'

Het mes erin zetten betekende een lobectomie, het weghalen van een deel van de long en de ribben eromheen; meer wist Garvey er ook niet van, behalve dan dat je er meestal een gedeeltelijk ingeklapte borst en een voortdurend ietwat opgetrokken schouder van overhield, en dat zich erna vaak complicaties voordeden. Het was niet uitgesloten dat ook in Garveys geval een operatie nodig zou blijken, maar daar dacht hij niet graag over na. 'Tja,' zei hij, 'ik hoop voor je dat het allemaal een beetje vlug gaat. Hoe was je voornaam ook weer, zei je?'

'Tom.'

Ze praatten tijdens het avondeten en de rest van de avond; als de tijd sneller ging als je sommige kerels beter leerde kennen, besloot Garvey, was het misschien raadzaam ze te leren kennen. Ze wisselden verhalen uit over het ziekenhuispersoneel en waren het erover eens dat zuster Baldrigde een moeilijk mens was maar dat de meeste andere verpleegsters en broeders wel aardig waren, hoewel Lynch aanstoot nam aan een van de nachtbroeders, een klein gemeen verwijfd kereltje dat Cianci heette en een keer geprobeerd had hem te versieren, zei hij. 'Ik zeg tegen hem: "Hoor eens, makker, als je spelletjes wil spelen heb je de verkeerde voor, begrepen? Ik zou maar liever uit m'n buurt blijven als ik jou was."' Ze praatten over de wereld buiten het ziekenhuis en Lynch vertelde over zijn vader die gepensioneerd brandweerman was en zijn jongere broer die profbokser wilde worden in het middengewicht. Hij vroeg Garvey hoe het was om leraar te zijn en zei dat hij zelf altijd graag dat soort werk had willen doen; hij had er als kind over gedacht bij de jezuïeten te gaan, en later om een erkende onderwijsbevoegdheid te halen, maar nu was het natuurlijk te laat. Wat hij had moeten doen, zei hij, was na de marine met zijn veteranenbeurs gaan studeren en niet zoals hij gedaan had wat aanrommelen, in een supermarkt werken en op zaterdag semi-profvoetbal spelen tot de ziekte hem inhaalde.

Maar naarmate Lynch steeds meer op het onderwerp aanstuurde, het even aanstipte, verlegen zweeg om zijn sigaret te bestuderen, werd steeds duidelijker dat zijn meisje eigenlijk het enige was waarover hij wilde praten. 'Ik begon pas echt met haar om te gaan toen ik deze keer thuis was,' zei hij, nadat Garvey hem op weg had geholpen. 'Het werd tamelijk serieus. Ik weet dat het afgezaagd klinkt, maar ik heb nooit geweten dat ik zo gek op een meisje kon worden. Ze is het enige waar ik aan denk, de hele tijd door. Ik weet niet, ze is...' Hij streek voorzichtig met zijn handpalm het laken glad, misschien omdat hij ontdekte dat woorden niet subtiel genoeg waren voor wat hij zeggen wilde. Toen grinnikte hij. 'Hoe dan ook, het enige wat ik nog wil is trouwen. Zodra ik hier uitkom zoals 't hoort, als de ziekte gestabiliseerd is, ga ik dat pensioen innen, misschien neem ik wel 't een of andere makkelijke parttimebaantje, en dan trouw ik. Jij bent toch getrouwd, Frank?'

Garvey zei ja, en dat hij twee kinderen had.

'Jongens?'

'Een jongen en een meisje.'

'Leuk, een jongen en een meisje. Komen ze je hier opzoeken?'

'Mijn vrouw; kinderen worden hier niet toegelaten. Ze komt morgen,' voegde hij eraan toe. 'Dan kunnen jullie kennismaken. En misschien leer ik dan ook je meisje kennen.'

Lynch keek snel op. 'Nee,' zei hij, 'die komt niet hierheen. Dat kan echt niet.'

'Te ver?'

'Nee, ze woont hier vlakbij in New Jersey, daar gaat het niet om. Het kan gewoon niet, dat is nou eenmaal zo.' Er viel een verlegen stilte. 'Moet je horen, ik probeer niet geheimzinnig te doen of zo, begrijp me niet verkeerd. Ik leg het je een andere keer wel uit.'

Ze praatten een tijdje slecht op hun gemak over andere dingen en daarna haalde Lynch zijn doos postpapier tevoorschijn en ging een brief schrijven. Hij was er nog aan bezig, verscheurde velletjes papier en begon opnieuw, toen om tien uur het licht uitging en hij een lucifer moest aansteken om het wegbergen van zijn schrijfspullen bij te lichten. En het moet na middernacht zijn geweest dat Garvey wakker werd van een schor, herhaald, eigenaardig gedempt geluid; in zijn droom was het een hond geweest, die in de verte blafte. Hij deed zijn ogen open en luisterde. Het was het geluid van iemand die huilt, wanhopig gesmoord als in een kussen, en het kwam uit het bed van Lynch.

Ongeveer een week later, op een avond dat de sfeer tussen hen geschikt leek voor het uitwisselen van vertrouwelijkheden, mocht Garvey deelgenoot worden van het geheim over het meisje. En daarna, tijdens de rest van die lange zomer dat Lynch moest wachten op zijn operatie, plaatste het gedeelde geheim Garvey in een positie van speciale verwantschap, gaf hem een speciale verantwoordelijkheid.

Hij had het al tijdens het hele avondeten zien aankomen. Nadat de dienbladen waren weggeruimd kwam Lynch op de stoel tussen hun bedden zitten, en toen kwam het hoge woord eruit. 'Moet je horen, Frank, dit is tussen jou en mij, afgesproken? Ik móét het tegen iemand vertellen, anders word ik volgens mij gek.' Hij trok de stoel dichterbij. 'Dat meisje waarover ik je verteld heb. Dat is Kovarsky.'

'Wie?'

'Zuster Kovarsky. De verpleegster, je weet wel.'

''t Is bij God niet waar,' zei Garvey. 'Gefeliciteerd, man.'

'Maar hoor eens, je vertelt het niet verder, onder geen voorwaarde, oké?'

'Tjezus nee, maak je geen zorgen; ik begrijp het wel.'

'Ik heb pas omgang met haar gezocht toen ik al thuis was,' vervolgde Lynch op zijn halve fluistertoon. 'Ik heb nooit hier met haar gerotzooid of zo. Punt is dat ze hier een soort verordening hebben dat verpleegsters geen privé-contacten met patiënten mogen hebben, snap je wel, en die ouwe Baldridge heeft toch al de pik op Mary. Als ze niet oppast zit ze straks zonder baan. Jézus, ik wilde het tegen iedereen vertellen. Ik was er eigenlijk best trots op, als je begrijpt wat ik bedoel?'

Garvey begon te praten, maar Lynch zei: 'Ssst,' want Costello slenterde over het middenpad, gevolgd door Coyne.

'Hé, Lynch, ouwe zondaar,' zei Costello. 'We hebben een broek nodig. Deze knul heeft als een gehoorzame jongen zijn kleren ingeleverd en nu moet hij een broek hebben. Jij hebt je pak toch nog in je nachtkastje?'

'Coyne?' vroeg Lynch. 'Jezuschristus, Coyne, je bedoelt dat jíj uitgaat?' Ook Garvey was verbaasd. Bij Costello was dit oud nieuws, maar Coyne had tot nu toe plichtsgetrouw gekuurd.

'Enkel een paar biertjes pakken,' zei Coyne. 'We zijn voor de bedcontrole van elf uur terug.'

'Hoor eens, Coyne, die broek kan je krijgen,' zei Lynch, 'het hele pak, als je wilt, maar als ik jou was zou ik over dat gezeik van uitgaan en zo nog eens goed nadenken. Ik bedoel, als je vanavond uitgaat, wil je morgen weer, en voor je het weet...'

'Voor je het weet ben je net als ik,' viel Costello hem in de rede. 'Zo is 't toch, Lynch? Eén voet in het graf en de andere op een bananenschil.' Hij sloeg Lynch op zijn schouder en lachte. Coyne, verlegen, lachte met hem mee en ook Lynch lachte, en hij schudde zijn hoofd. 'Maak je niet ongerust, Lynch, ik zal goed op hem passen. Ik breng hem als nieuw terug, en da's beloofd. Professor Garvey hier is getuige. Waar of niet, professor?'

Daarna waren ze naar de toiletruimte gegaan, Coyne met Lynch' blauwe broek heimelijk onder zijn arm gekneld. Lynch schudde weer zijn hoofd. 'Ik zal wel een oud wijf lijken, dat ik zo zit te preken, maar 't zit me dwars. Ik bedoel, als iemand vrijgezel is, nou ja, laat maar zelfmoord plegen als hij daar zin in heeft, maar Coyne is getrouwd en heeft zo een paar verantwoordelijkheden. Ik kan het niet uitstaan. En dat geldt ook voor jou, vuile smiecht. Al ik je betrap dat je er de kantjes afloopt, terwijl je toch zo'n knappe vrouw hebt, sla ik je je hersens in.' Hij lachte. 'Hoe vind je dat... en ik ben die vent die hier altijd rotzooi trapte, voortdurend op rapport. Maar snap je? Dat is allemaal Mary's werk. Het is net of ik al met haar getrouwd ben.'

'Dat is mooi,' zei Garvey, 'behalve dan dat je het geheim moet houden. Moet verdomd moeilijk voor je zijn, want ze loopt hier toch maar elke dag rond, bedoel ik.'

'Dat valt wel mee. Ten eerste is ze hier niet elke dag; ze werkt de halve tijd op andere afdelingen. En als ze hier is knipogen we zo'n beetje tegen elkaar en fluisteren eens wat... als ze me afsponst of zo. En we schrijven een hoop brieven en als ze thuis is bel ik haar. Niet met dat draagbare kreng hier op de zaal; daarmee heb je geen enkele privacy. Ik gebruik de telefooncel achter in de gang. Die eigenlijk voor het personeel is weet je wel? Ik wacht tot er niemand in de buurt is en dan duik ik die telefooncel in. Maar soms is het inderdaad stomvervelend. Zoals van de week, ze heeft de nachtdienst van twaalf tot acht, weet je. Dus bedacht ik een paar nachten geleden om een uur of een dat ik maar eens naar de zusterpost moest, dan sprak ik haar misschien eens alleen. Jezus, er kwamen veertien verschillende kerels slaappillen en aspirientjes halen; we kregen geen schijn van kans.'

'Ga je het nog eens proberen?'

'Ach, wat zal ik. Dat wordt dan hetzelfde verhaal. Bovendien hoor ik niet na middernacht rond te zwerven. Ik ga deze keer echt kuren, en na vannacht heeft ze trouwens weer dagdienst.' Hij geeuwde en rekte zijn forse armen en leunde toen bedachtzaam kijkend in de kussens achterover.' Het enige dat me echt dwarszit is zoals sommige van die wijsneuzen over haar praten. Je weet wel, mannen over verpleegsters – "Man, díé klit wil ik wel es kammen..." – dat soort praat. Soms wil ik opstaan en "Hé, klootzakken, kap daarmee," zeggen, "ze is van mij." Je begrijpt wat ik bedoel?'

Ook toen het licht uit was bleef hij fluisteren over zijn meisje en hun vijf maanden samen. Het was meteen gebleken dat ze uren gewoon maar bij een paar biertjes konden zitten praten en zich dan fantastisch amuseren, en dat had hij nog nooit zo met een meisje gehad. En er waren momenten geweest, zoals lange middagen op een zandduin en avonden in de aangename donkere heimelijkheid van haar geparkeerde auto, dat Lynch zich bijna misselijk voelde omdat hij wist dat hij nog nooit zo gelukkig was geweest. Maar hij had het niet 'echt' met haar gedaan. 'Had ik gekund,' zei hij, 'ik had het bij twintig verschillende gelegenheden met haar kunnen doen, we deden het zó bijna dat... dat zeg ik niet om op te scheppen of zo. Ik bedoel alleen dat ik het zonder meer... maar ik heb het niet gedaan, en volgens mij was dat een van de dingen waarom ze me gelijk al aardig vond. Ik denk dat alle andere kerels waarmee ze uit was geweest alle registers hadden opengetrokken om haar plat te krijgen, en dat ze dat gedoe zat was. Ik zei: "Ik kan wachten, schattebout. Ik wéét wanneer iets 't wachten waard is," en ik geloof dat ze dat prettig vond.'

Coyne en Costello waren niet voor de bedcontrole van elf uur terug, maar gelukkig waren er op dat moment nog meer lege bedden en veel stemmen in de toiletruimte, dus liet de verpleegster van vijf-tot-elf, zuster Fosdick, het bij de vertrouwde kreet door de deur van de toiletruimte: 'En nu iedereen binnen vijf minuten wégwezen.' Maar toen ze, vlak voor haar dienst afliep, een uur later terugkwam liet ze het er niet bij zitten. Deze keer scheen haar zaklantaarn recht op het lege bed van Coyne, en Lynch probeerde hem te dekken. 'Coyne is in de toiletruimte, zuster Fosdick.'

'O ja? En Costello?'

'Die is daar volgens mij ook.'

'Dat hoop ik voor ze,' zei ze, en de zaklantaarn vertrok. Zuster Fosdick was een gedrongen weduwe van middelbare leeftijd die haar werk precies zo deed als zuster Baldridge het graag wilde en iedereen zei dat als zuster Baldrigde terugging naar de landmacht, zij de volgende hoofdverpleegster werd. 'Coyne?' riep ze. 'Costello? Zijn jullie daar binnen?'

Er klonken gedempte kreten 'Ja' en 'Natuurlijk,' en even later liepen ze allebei giechelend en slingerend door de donkere ziekenzaal naar hun bed. 'Jezus, dat scheelde niet veel,' fluisterde Coyne naar Lynch terwijl hij op zijn tenen over het middenpad liep. 'We waren er nog maar net, we deden net onze kleren uit, toen ze daar aan de deur kwam schreeuwen. Jézus, ik ben straalbezopen.' Hij ging op het voeteneinde van Garveys bed zitten en vertelde er alles over terwijl hij giechelend de lucht vulde met zijn doordringende adem. Ze hadden de bus genomen naar de een of andere kroeg zo'n anderhalve kilometer verderop en eerst hadden ze bier gedronken, maar toen maakten ze kennis met twee grietjes – een beetje oud, zei hij, maar niet slecht – en begon Costello voor alle vier whisky-puur te bestellen. 'Hij stelde zich voor als Costello en ik was Abbott,' zei Coyne. 'Die vent is om je te bescheuren als hij halflazarus is. Nou ja, hoe dan ook, we zitten daar glazen whisky te drinken en hebben de grootste lol, en ineens zie ik dat het elf uur is. Ik zeg: "Jézus, Costello, we kunnen beter afnokken." "Maak je niet druk," zegt hij. Nou ja, hoe dan ook, ik krijg hem daar eindelijk weg en hij vertelt die grietjes dat we om half één weer terug zijn.'

'Dus jullie gaan weer weg?' vroeg Lynch.

'Da's zeker, zodra de dienst van dat Poolse zustertje begint, hoe heet ze ook weer. Kovarsky. Costello zegt dat hij 't wel met haar kan regelen.' Hij stond op en tuurde naar de overkant van het donkere middenpad.

'Zal nou wel op de zusterpost een ernstig gesprek met haar hebben. Jézuschristus, wat een avond.' Toen liep hij met lange stappen naar zijn bed en ging liggen wachten, en Garvey probeerde te slapen. Maar een half uur later hoorde hij in de buurt van Lynch' bed weer iemand rondstrompelen. 'Lynch,' zei Coyne, 'ben je wakker?'

'Ja.'

'Hier is je broek. We zullen denk ik wel hier blijven.'

'Wat is er gebeurd?'

'Wat een figuur, die Costello. Nou is hij weer niet uit de zústerpost weg te slaan. Hij zit daar nou al een uur, hij heeft zijn arm zo'n soort half om haar heen en als ik bij de deur kom geeft hij me een grote knipoog en maakt een teken dat ik ze niet moet storen. Hij gaat er geloof ik hard tegenaan.'

'O ja?' vroeg Lynch, met wat Garvey precies de juiste mate van desinteresse leek. 'En, vordert hij nogal?'

'Ach, ben je gek,' zei Coyne. 'Volgens mij krijgt hij geen poot aan de grond.'

Lynch borg de broek op, draaide zich om en ging in slaaphouding liggen.

De daaropvolgende middag kwam hij grijnzend van zelfvertrouwen terug van een bezoek aan de verboden telefooncel. 'Heb net alles over Costello gisteravond gehoord,' vertelde hij Garvey. 'Ze zei dat hij pas tegen tweeën eens een keer wilde opdonderen. Hij bleef maar proberen een afspraak voor zichzelf te versieren.' Hij zette één voet schuin op een stoel en legde een onderarm op zijn vlezige knie. 'Ik heb de neiging hem apart te nemen om te zeggen dat hij zijn tijd verspilt.'

'Waarom doe je dat niet?'

'Ik probeer dit geheim te houden, weet je nog?' De voet kwam omlaag en hij rechtte zijn rug om zijn pyjamabroek op te hijsen. 'Ten eerste gelooft hij me toch niet en ten tweede komt hij er gauw genoeg achter als hij zo doorgaat. Als het niet anders kan vertelt ze 't hem.'

Ongeveer een week later leek zijn zelfvertrouwen ernstig geschokt. De draagbare telefoon op de ziekenzaal, een munttoestel op een verrijdbaar tafeltje dat naast de bedden kon worden aangesloten, was een voortdurende bron van patiëntenruzies; de gebruikers van het moment werden er steeds weer van beschuldigd zich het ding toe te eigenen. Costello begon het zich vaker toe te eigenen dan alle anderen, maar nadat er een paar keer ruzie over was geweest werd het een vast onderwerp van spot voor de hele zaal, vooral aan zijn kant van het middenpad, waar ze hem 'onze Adonis' gingen noemen. Hij lag vaak een uur in bed heel zacht in de telefoonhoorn te praten en schermde soms het mondstuk met zijn hand af.

'Je weet toch wel met wie hij praat, Frank?' vroeg Lynch op een avond zo'n beetje glimlachend maar met een geërgerde blik. 'Je weet toch wie hij de hele tijd belt?'

'Toe nou,' zei Garvey. 'Dat kan je toch niet zeker weten? 't Kan wel iedere avond een ander zijn.'

'Moet je horen; toen ik haar gisteravond wilde bellen bleef de lijn bezet tot híj daar zo ongeveer z'n mond hield. Dus heb ik eens heel goed geluisterd toen hij vanavond ging bellen. Hij gaf háár nummer op.'

'Enkel van het geluid van de kiesschijf bedoel je? Daar kun je niets uit opmaken.'

'Je draait voor New Jersey niet zelf, je geeft het nummer op aan de telefoniste. En hij gaf háár nummer, tot en met de *j* aan het einde toe.'

Ze keken allebei hoe Costello mompelend en grijnzend in de telefoonhoorn praatte. 'Nou ja,' zei Garvey, 'zoals je ziet is alleen híj aan het woord.'

'Ja natuurlijk, dat weet ik ook wel. Ik weet best dat hij er niets mee beréíkt of zo, begrijp me niet verkeerd. Het maakt me gewoon een beetje pissig, da's alles. Ik vraag me af waar hij het al die tijd over hééft.'

Zodra Costello had opgehangen liep Lynch naar de telefooncel. Toen hij terugkwam ging hij een tijdje naar de radio liggen luisteren. Toen zette hij het toestel plotseling met een klik uit en kwam naar Garveys bed. 'Zal ik je eens iets geks zeggen, Frank? Toen ik haar opbelde zei ik... gewoon een beetje sarcastisch, weet je wel, niet boos of zo... ik zei: 'Zo... heb jij 't even druk.' Ik wilde niet meteen zeggen dat ik wist dat het Costello was. Begrijp je wat ik bedoel? Dat zou misschien klinken of ik jaloers ben. En ik dacht dat ze het me toch wel zou vertellen, net als de vorige keer, maar ze vertelde niets. Zei dat haar zús de telefoon gebruikt had. Dus wat kon ik zeggen? Dat ze lóóg? Ik weet verdomme niet wat ik ervan denken moet.'

'Ik zou me er geen zorgen over maken,' zei Garvey. 'Ze zei het waarschijnlijk gewoon uit angst dat je misschíén jaloers zou worden... misschien overstuur zou raken om niets.'

'Tja,' zei Lynch bedenkelijk, 'dat zal dan wel.' Hij wilde er niet meer over praten, en lag de hele volgende ochtend stilletjes te piekeren tot de post kwam. Maar toen hij de brief las die hij kreeg, en zo te zien las hij hem een paar keer, leek hij opgelucht en tevreden.

Garvey trok zijn aandacht. 'Ze houdt nog van je?'

Lynch glimlachte, half gegeneerd en half trots, en zei ja, hij dacht van wel. En toen Mary Kovarsky die middag na het rustuur iedereen de pols voelde, schonk ze Lynch een blik waarvan de rode blos overduidelijk opsteeg in zijn stevige nek. Het was, zelfs met een mondmasker dat de helft van haar gezicht bedekte, een blik die alle geruststelling ter wereld uitdrukte.

Alles leek toen in orde. Het kostte Lynch nooit meer moeite om verbinding te krijgen en Costello pikte niet langer de draagbare telefoon in; hij had het kennelijk opgegeven. Een maand later werd elk spoor van twijfel uitgewist toen duidelijk werd dat Costello van bil ging met iets in de buurt, zoals Coyne het uitdrukte, misschien een van de meisjes die ze die avond in die bar hadden leren kennen, toen Costello om je te bescheuren was geweest. Een teken hiervoor – voor Coyne het bewijs – was dat hij tegenwoordig drie of vier keer per week uitging, soms nam hij Coyne mee maar liet hem dan altijd na de eerste paar biertjes achter om er in z'n eentje tussenuit te knijpen. Het duurde niet lang of hij nam Coyne helemaal niet meer mee, en er werd meer dan eens verteld hoe koplampen tot minder dan honderd meter de nooduitgang van de wasruimte naderden, waar Costello dan kennelijk werd opgepikt en de auto met hem wegreed. Op een keer gaf hij een wit overhemd terug dat hij van de ouwe Mueller had geleend, die het tragikomisch omhooghield om te laten zien dat er lippenstift op zat. 'Dat rothemd ligt al twee jaar in mijn nachtkastje,' jammerde hij, omringd door gelach, 'en bij míj komt er enkel stóf op.' En Coyne, die Costello's naakte rug bestudeerde toen die in de hitte van diezelfde namiddag zijn bovenlijf ontblootte, zwoer dat hij schrammen zag, het bewijs dat opgewonden vingers hem hadden gekrabd. 'Jézus, man,' zei hij, 'die moet goed tekeer zijn gegaan.'

Het was nu nazomer, benauwd en heet in de ziekenzaal, en de patiënten lagen met uitzondering van het bezoekuur half naakt op half afgehaalde bedden, te warm om te lezen of te schrijven of te kaarten, terwijl de radio's ronkten ('...slaat een hoge, zéér hoge bal diep in het linksveld; Woodling staat eronder... en hij... eh... jááá... vangt hem uit. Wil je na het scheren een gezicht dat zacht en soepel en superglad aanvoelt?...'). Er waren hoog aan weerskanten van de zaal elektrische ventilators neergezet, maar hun lui bewegende draadgezichten brachten de lucht in de ziekenzaal amper in beweging, tilden amper de bungelende hoek van een laken op en lieten die weer los. Om de middag te kunnen overleven was de belofte van een beloning in de avond bijna onontbeerlijk, dus waren bierfeestjes in de toiletruimte nu een regelmatiger verschijnsel en werden georganiseerd door een telefoontje naar een plaatselijke comestibleszaak met een bezorger die de vaste opdracht had bij de nooduitgang te blijven wachten tot een patiënt naar buiten glipte om de bestelling in ontvangst te nemen. Het was op zo'n dag, waarop een feestje was gepland, dat Lynch met de middagpost zijn beslissende brief kreeg. Hij kwam naar Garveys bed met het eigenaardige, ongerijmde glimlachje dat om de lippen van de zeer schroomvalligen speelt als ze iemands dood bekendmaken. 'Het is voorbij, Frank. Ze wil het uitmaken.'

'Jézus, Tom, hoe bedoel je? Zomaar ineens? Totaal onverwacht?'

'Nee, niet helemaal,' zei hij. 'Dat lijkt nu zo, maar ik denk dat ik eigenlijk al een paar weken weet dat ze zich een beetje raar gedraagt...' Hij hield zijn mond, als verbijsterd, verre van tevreden met wat hij gezegd had. 'Tja, ik weet het niet, ik weet het niet, er is iets raars aan. Wil je hem lezen?'

'Alleen als jij dat wilt.'

'Ga je gang.'

'Weet je 't zeker?'

'Natuurlijk weet ik 't zeker. Ga je gang... lees of er volgens jou ook iets raars aan is.'

Mary Kovarsky's handschrift was een mengsel van levenloos gelijkmatige voortgezetonderwijsschrijfletters en meisjesachtige aanstellerij. Op sommige van haar *i*'s stond een kringetje bij wijze van punt.

Beste Tom,

Ik probeer je deze brief al een hele tijd te schrijven maar ik durfde het denk ik niet. Ik ben in een hoop dingen niet zo dapper als jij. Maar er zal wel niets anders opzitten dan hem te schrijven, zodat ik het achter de rug heb. Als we op deze manier doorgaan wordt onvermijdelijk een van ons gekwetst.

Ik wil niet dat je me nog opbelt of brieven schrijft, Tom. Ik heb er zo vaak over nagedacht dat ik nu denk dat ik gek zal worden of zoiets als ik er nog langer over nadenk, dus moet het maar zo. Als ik ooit met iemand had willen trouwen was het met jou, Tom, maar ik denk dat ik gewoon niet wil trouwen. Nog niet in elk geval. Ik voel me niet zeker genoeg van mezelf.

Vanaf morgen word ik overgeplaatst naar een van de zalen Alg. Heelk., dus zul je me niet meer zien en ik denk dat het daardoor gemakkelijker wordt. Ik zal je je brieven en je foto terugsturen want die wil je denk ik wel hebben. Je kunt de mijne weggooien als je dat wilt. Ik wens je veel geluk met vlug beter worden.

Met vriendelijke groet,
Mary

Het feestje kwam om een uur of negen op gang. Er waren twee dozen bier besteld en toen Garvey en Lynch zich bij de groep in de wasruimte voegden was de bezorger net geweest. Coyne bracht de eerste doos door de nooduitgang binnen en de ouwe Mueller werkte zich daarna in het zweet om de tweede binnen te halen, zijn broodmagere rug pijnlijk gebogen. Costello hielp hem een handje en ze stouwden allebei de dozen in het douchehok, waar ze uit het zicht zouden zijn als een boze zuster de deur opende of een onvriendelijke broeder een snelle ronde door de wasruimte deed. De feestjes begonnen altijd op dezelfde manier; nadat ze het bier hadden verstopt en blikopeners hadden gezocht werd het eerste rondje blikjes met angstvallige geruisloosheid doorgeprikt en gingen ze op hun gemak zitten praten, eerst heel rustig, over de zusters die die avond dienst hadden – of het fidele meiden waren, of dat het vaststond dat ze moeilijk gingen doen. Het was een grote lelijke ruimte met geelbruine tegels, door twee grote bollen aan het plafond schrikwekkend verlicht. De enige plekken waar je kon zitten waren de open toiletpotten die in rijen tegenover elkaar langs twee van de muren stonden, twee of drie ijzeren stoelen uit de ziekenzaal die hier bij vroegere feestjes waren achtergelaten, en een omgekeerde prullenmand.

Een relatief fidele meid, ene zuster Berger, had de dienst tot middernacht, zo bleek uit het gesprek van die avond, maar daarna moesten ze oppassen want die ouwe Fosdick had de nachtdienst van twaalf tot acht. Coyne was het meest aan het woord, zijn stoel achterover gekanteld tegen de tegels en zijn pyjamabroek tot aan zijn knieën opgetrokken terwijl hij aan een wit been krabde. 'Ik geloof niet dat we ons over die ouwe Fosdick zorgen hoeven te maken, als we ons een beetje rustig houen dan. Ze is de laatste tijd best aardig.'

'Maar hou d'r in de gaten,' zei Costello. 'Zo lang ze denkt dat je bang voor haar bent gaat ze wel, maar als je van je afbijt, pakt ze je.'

'Nou,' zei Coyne, met een grijns naar Garvey en Lynch, 'daar is onze vriend Costello anders dé expert in. Godverjezus! Als iemand van ons zo'n stampei maakte als hij gingen we vijf keer per week op rapport. Costello grinnikte vergenoegd en liet het bier in zijn halfvolle blikje rondspoelen. 'Een kwestie van weten hoe je 't moet aanpakken, jong. Sommige dingen kan je niet leren, da's alles.'

Lynch leek volstrekt alleen, hij zat in zijn verschoten pyjama kromgebogen op een van de toiletpotten naar de grond te staren. Hij had bijna niets van zijn avondeten gegeten, hij had zijn koffie opgedronken en kleine hapjes van de taart genomen die ze als dessert hadden, dat was zo ongeveer alles. Garvey probeerde iets te bedenken om te zeggen, probeerde hem aan het praten te krijgen.

'Wat is er met die ouwe Lynch aan de hand?' wilde Coyne weten. 'Is-ie ziek of zo? Last van een beetje tb of zo?'

'Volgens mij moet hij nog een biertje hebben,' zei Garvey. 'Dat is zijn enige probleem.'

'Bij God, professor,' zei Costello, 'dat probleem heb ik nou ook.' En hij liep naar het douchehok.

Tegen dat de eerste doos op was had het feestje zich opgesplitst in twee groepen; Mueller en een paar andere oudgedienden aan één kant van de toiletruimte wisselden herinneringen uit aan alle ziekenhuizen waarmee ze bekend waren, en Lynch, Garvey, Coyne en Costello aan de andere kant hadden het over homoseksualiteit. Garvey wist niet hoe het onderwerp ter sprake was gekomen; hij had niet naar alles geluisterd. Het bier had zijn zintuigen afgestompt en hij had al een paar keer zijn bril afgezet en schoongemaakt voor het tot hem doordrong dat de glazen niet echt beslagen waren; hij was bezig dronken te worden.

'...Dus toen hij dat zei,' vertelde Coyne, 'of ik mee naar boven, naar zijn kamer ging, dacht ik "o-ho, hier wil ik niks mee te maken hebben," dus heb ik nee dank je gezegd, ik moet weg, en ik ervandoor. Maar het was gek, als je hem zag zou je nooit denken dat hij anders was dan jij en ik.' Het was het einde van een lang verhaal, Coynes bijdrage aan de avond.

'Ja natuurlijk,' zei Costello. 'Zo zijn er veel. Zien er net zo uit en doen net als ieder ander.'

'Voor dat soort moet je juist oppassen,' zei Lynch. 'Ik hááat die gluiperds.' Hij doorboorde met een krachtige duw op de blikopener een nieuw blikje bier, en het schuim klotste over zijn vingers op de grond.

'Geen reden om ze te haten,' zei Costello schouderophalend.

'O nee?' Lynch keek hem woedend aan. Hij zag eruit als een keiharde zoals hij daar zat – zijn pyjamajasje over de lengte van zijn borstkas open en een piepkleine religieuze medaille aan een vochtige zilveren ketting tussen de haren schommelend. 'Nou, ik haat ze. Ik haat ze als de pest, stuk voor stuk. Neem nou die schoft van een Cianci, die broeder. Weet je nog, Frank? Ik heb je over hem verteld. Sluipt als ik 's nachts een douche neem door de wasruimte, begint erover dat de jongens zich hier zeker wel eenzaam voelen, nietwaar, en kijkt me dan met die godverdomde glimlach van hem aan. "Voel jij je eenzaam, Lynch?" vraagt hij. Ik zeg tegen hem: "Hoor eens, makker... als je spelletjes wil spelen heb je de verkeerde voor. Ik zou maar liever uit m'n buurt blijven als ik jou was." Da's de enige manier waarop je tegen die schoften kan praten. Ik hááat ze.'

'Ach wat,' zei Costello. 'Ze zijn gewoon een beetje geschift, da's alles.'

'O ja?' vroeg Lynch. 'O ja? Als je ze zo verdomde aardig vindt, regel ik Cianci wel voor je.'

Costello lachte zacht. 'Jezus, is 't geen rotzak als hij dronken is? Ik wist niet dat je zo'n slechte dronk had, Lynch.'

'En nu iedereen binnen vijf minuten wégwezen,' riep zuster Fosdick door de deur.

'Oké, zuster,' riep Costello terug. 'We waren net bezig er een einde aan te maken.' De oudgedienden liepen op hun tenen naar het douchehok om er hun lege blikjes te deponeren.

'Verdomme,' fluisterde Coyne. 'Die ene doos is nog halfvol.'

'Nou en,' zei Costello, terwijl hij geeuwend opstond. 'Dan ga je toch een half uurtje liggen en daarna kom je terug en drink je de rest, als je dat wilt. Maar ík ga slapen.'

'Jézus, we kunnen 't toch niet verloren laten gaan?' zei Coyne. Wat vind jij, Garvey?'

'Ik heb ook wel genoeg gehad, geloof ik.'

'Lynch?'

'Hè?'

'Zin om nog terug te komen?'

'Wat heet,' zei Lynch. 'Ik begin net.'

Ze gingen achter elkaar de toiletruimte uit en op de tast in het donker naar bed. Garvey ging dankbaar liggen en sloot zijn ogen, maar deed ze snel open toen hij plotseling alles voelde draaien. Er zat een hele tijd niets anders op dan met het kussen stevig opgevouwen onder zijn nek te blijven liggen en zich te concentreren op de vage witte omtrek van het voeteneinde van zijn bed. Als hij zijn ogen dichtdeed of de omtrek uit het oog verloor, kwam de weeë draaierigheid terug. Hij was zo intens geconcentreerd dat hij nauwelijks merkte dat Lynch opstond, iets tegen Coyne fluisterde en ze met z'n tweeën teruggingen naar de toiletruimte. De slaap daalde in onbehaaglijke, grillige golven over hem neer, elke golf zwaarder dan de vorige. Eerst bood hij weerstand en gaf zich toen gewonnen, als iemand die verdrinkt.

'...Garvey. Garvey.' Het was Coynes stem, zacht en dringend. 'Garvey.' Er boorde zich iets in zijn schouder; Coynes hand. Het opgevouwen kussen was een pijnlijke knobbel onder zijn schedel en over zijn ogen lag een pijnstreep. 'Garvey.' Zijn mond voelde gezwollen, te droog om te praten. 'Hoe laat is het?' vroeg hij ten slotte.

'Jezus, weet ik veel.' Er zat een scherpe whiskylucht aan Coynes stem. 'Een uur of vier, denk ik.'

'Vier?' vroeg hij, in een poging het betekenis te geven.

Moet je horen, Lynch is er beroerd aan toe. We zijn een paar kroegen langsgeweest en hij is stomdronken. Zit in de toiletruimte, wil zijn kleren niet uitdoen. Kom je even helpen?'

'Oké,' zei Garvey. Hij was nu klaarwakker en likte met zijn tong langs zijn lippen. 'Ik kom eraan.' Coyne haastte zich weg en Garvey, gepijnigd zijn hoofd vasthoudend, ging rechtop zitten. Hij vond op het nachtkastje zijn bril en tastte op de grond met zijn voeten naar zijn pantoffels.

Zijn ogen schrokken van de lampen in de toiletruimte, maar even later onderscheidde hij Lynch, in elkaar gezakt in zijn blauwe pak op een van de stoelen en Coyne over hem heen gebogen. Lynch zag er vreselijk uit. Zijn gezicht glansde knalrood, zijn mond was slap en nat en zijn ogen waren wazig. 'Kom op, joh,' zei Coyne. 'Dan za'k je jas uitdoen.'

'Lame met rust, lame met rust, wil je?' Lynch gooide zijn hoofd in zijn nek en duwde Coynes hand van zijn schouder. 'Daar heb je Frank ook. Wat vin jij, Frank? Hoor es, Frank, zeg tegen die klootzak hier dat-ie me met rust laat, wil je?'

'Oké, Tom,' zei Garvey. 'Wind je niet op.'

Coyne pakte de ene kant van Lynch' jaskraag en Garvey de andere, maar Lynch spande zijn armen. 'Lame govverdomme met rust! Lame met rust, klootzakken die jullie zijn!'

'Niet zo hard, Tom,' zei Garvey. Het was ze gelukt de jas tot zijn ellebogen omlaag te stropen toen hij plotseling ophield zich te verzetten, zijn blik strak glinsterend op de deur van de toiletruimte gericht. Garvey keek op. Cianci, de nachtbroeder, was binnengekomen, knipperend onder het licht van de lampen. Het linnen masker bungelde onder zijn kin, zodat een kinderlijke mond zichtbaar werd.

'Kijk es aan,' zei Lynch. 'Als je over de duvel spreekt...'

'Ging het over mij?' vroeg Cianci met gespeelde bezorgdheid en glimlachte toen veelbetekenend naar Garvey. 'Hebben de heren nog hulp nodig?'

'Nee, bedankt,' zei Garvey. 'We kunnen 't wel alleen af.'

Lynch keek dreigend naar de broeder. 'Dacht da'k gezegd had om bij me uit de buurt te blijven.'

'Godbewaarde, is die effe lam,' zei Cianci glimlachend. Hij leek in zijn witte uniform van ongekeperd linnen heel klein, heel blond en bleek.

'Dacht da'k gezegd had om bij me uit de búúrt te blijven.'

Coyne zei tegen Lynch dat hij zich rustig moest houden en Garvey zei: 'Ga maar liever weg, Cianci,' maar Cianci verroerde geen vin.

Lynch' ogen waren spleetjes. 'Veeg die godverdomde glimlach van je smoel en rot óp! Rot óp, vuile rótflikker!'

'Kom kom, Lynch,' zei Cianci, terwijl hij een stap naar voren deed, 'dat meen je niet.'

Lynch rukte zich uit zijn jasmouwen los voor ze hem bij zijn armen konden vastgrijpen, nam een sprong naar de overkant van de toiletruimte en boorde zijn rechtervuist in Cianci's hals, vlak onder diens oor. Cianci zakte als een zoutzak in elkaar, maar Lynch' linker raakte hem nog op zijn gezicht voor hij languit op de grond viel. Coyne had nu een van Lynch' armen te pakken en Garvey greep de andere en trok die uit alle macht naar achteren. Garveys armen en schouders tintelden bij de ongewone schok van de inspanning; de spieren trilden in zijn magere invalidenbenen. Lynch' stem was een hoog kinderlijk gejengel: 'Lame los, lame lós... ik sla 'm dood, ik sla 'm dood...'

Cianci, met één hand aan zijn roodgevlekte gezicht, krabbelde net op de tast overeind toen het bloed uit zijn neus begon te stromen en op zijn uniform sijpelde. 'Ga in godsnaam wég!' schreeuwde Garvey, maar Cianci bleef dwaas door het bloed heen glimlachend staan en zei: 'Laat hem los. 't Is wel goed.' Het was onwaarschijnlijk dat hij wilde vechten – het was bijna of hij pijn gedaan wilde worden. Lynch naderde hem met schrikwekkende, worstelende traagheid, vastgeklemd tegen Garvey en Coyne maar hen niettemin meetrekkend terwijl Garveys pantoffels graaiend weggleden op de tegels.

'Laat hem los,' zei Cianci weer.

Lynch ontsnapte het eerst aan Garvey, hij bevrijdde zijn arm met een zwaai waarvan Garveys bril door de lucht vloog, daarna wrong hij zich los van Coyne. Hij greep jengelend en naar adem snikkend Cianci's arm, draaide die om, zwaaide Cianci als een dorsvlegel rond en smeet hem met een dreun tegen de muur. Daarna liet hij zich op hem vallen, begroef een knie in zijn buik en allebei zijn stompe duimen in zijn strot. Ze hadden hem er net af gehesen toen met een verbaasde blik zuster Fosdick binnenstormde en vroeg: 'Wat is híér aan de hand?'

Heel even verstijfden ze allemaal onder haar geschokte blik, Cianci half overeind tegen de tegelmuur, Lynch, gehurkt, zijn armen en benen wijd, vastgehouden door Garvey en Coyne. Toen ging Coyne zitten, Garvey raapte zijn kapotte bril op en Lynch strompelde naar een van de wc's en begon over te geven. 'Ik moet hier een dokter bij hebben,' zei Cianci met verstrakte, afgeknepen stem. 'Ik heb geloof ik een arm gebroken.'

Daarna was het allemaal voorbij. De rest van de nacht, of ochtend, verviel in de onvermijdelijke volgorde van de nasleep: de broeders die Cianci naar de spoedopname brachten; zuster Fosdick, met haar zaklantaarn, die stampend rondliep, bevel gaf naar bed te gaan en daarna haastig terugliep om het allemaal in het rapport te zetten; de uren dat ze daar in het donker lagen – Lynch, die met een Kleenex om zijn ontvelde knokkels rustig op bed lag en het rode kooltje van een sigaret dat zijn ogen verlichtte: 'Sorry van die bril, Frank,' – en ten slotte om zeven uur de lichten in de ziekenzaal die aangingen en Costello die zijn ogen uitwreef en met een slaperige grijns om zich heen keek: 'Jezuschristus, wat moest al die opschudding vannacht?' Ontbijt, toen, en de pas gesteven stijfheid, de vroegeochtendefficiëntie van zuster Baldridge: 'Lynch, dat was de weerzinwekkendste vertoning waarvan ik ooit gehoord heb. Ik zou maar vast gaan pakken als ik jou was, want je kunt er donder op zeggen dat de dokter je hier vóór de middag weg wil hebben, op de bus naar huis.'

Maar Lynch werd tot ieders verrassing niet het ziekenhuis uit geschopt. De dokter gaf hem een flinke uitbrander, dat was alles, en ging toen in bespreking met de andere dokters, waarna Lynch van de zaal werd overgebracht naar een van de isoleerkamers – kamertjes met één bed bestemd voor zwaar zieken – om daar nog de paar weken te blijven tot hij geopereerd zou worden. Zuster Baldrigde wist duidelijk niet hoe ze het had en verzekerde iedereen dat Lynch buitensporig geluk had gehad, en wel enkel en alleen omdat hij voor de chirurgen een uitzonderlijk interessant geval was, en dat zou best eens kunnen. Er gingen nog dagen tegenstrijdige geruchten wat er van Cianci geworden was, met als meest gezaghebbende dat zijn arm verstuikt was, niet gebroken, en dat hij na behandeling was overgeplaatst naar een andere afdeling om daar weer aan het werk te gaan. Coyne en Garvey werden uit het rapport geschrapt als gevolg van Lynch' verklaring dat ze allebei pas na het begin van de moeilijkheden naar de toiletruimte waren gekomen, hoewel Coyne ervoor zorgde dat iedereen bij hen op zaal het ware verhaal kende, en dat nog met graagte vertelde toen de anderen er allang niet meer naar vroegen.

Het duurde niet lang of alles op zaal leek ongeveer net als vroeger, behalve dan dat Lynch er niet meer was. Tenminste, zo beschreef Garvey het tegenover Lynch als hij in de isoleerkamer op bezoek ging.

'Hoe gaat 't op zaal?' vroeg Lynch dan, heel plat en stil op zijn rug. Zo leek hij daar uren in zijn piepkleine kamertje te liggen, las niets, keek naar niets, praatte buiten deze korte, pijnlijke bezoekjes met niemand. Spelen met het koord van de jaloezie, dat naast zijn bed bungelde, was kennelijk het enige dat hij deed; het was zweterig grijs gekleurd van zijn aanrakingen.

'Gewoon z'n gangetje, Tom,' zei Garvey dan. 'Vervelend als altijd. Ligt een nieuwe in je bed, iemand op leeftijd. Coyne gaat de laatste tijd veel uit; van de week al drie avonden.'

'En Costello? Heeft hij nog steeds wat met die slet van 'm? Komt die auto hem nog steeds de hele tijd ophalen?'

'Zo te merken wel. Er is eigenlijk niet echt iets veranderd sinds je weg bent.'

En dat was in grote lijnen waar, omdat Garvey immers de enige was die een verband kon zien tussen Lynch' vertrek en het feit dat Costello zich weer de draagbare telefoon ging toe-eigenen. Alleen Garvey, die aan de overkant van het middenpad lag te luisteren, kon er iets achter zoeken dat elk gesprek begon met het opnoemen van een telefoonnummer in New Jersey dat eindigde op een

J, en dat zijn helft van het erop volgende gesprek, onvoorzichtiger en vrijmoediger dan vroeger, zinnetjes bevatte in de trant van 'Kom je vanavond nog, lieverd?' en 'Ja natuurlijk, schat; dat weet je toch?' 'Onze Adonis,' noemden ze hem.

Kerkklokken in de morgen

Eerst waren het groteske vormen, dat was alles. Toen werden het druppels zuur die door het schuim van zijn dikke droomloze slaap sneden. Ten slotte wist hij dat het woorden waren, maar ze hadden geen betekenis.

'Cramer,' zei Murphy. 'Kom op, Cramer, wakker worden. Kom op, Cramer.'

Vanachter slaperig plaksel in zijn mond vloekte hij op Murphy. Meteen sloeg de wind toe – blauwkoud toen Murphy de regenjas van zijn gezicht en borst trok.

'Jezus jong, wat ben jij een slaapkop.' Murphy keek hem op zijn vaag spottende manier aan.

Cramer was wakker, hij bevochtigde met zijn tong zijn verhemelte. 'Oké,' zei hij. 'Oké, het gaat alweer.' Hij kronkelde zich tegen de aarden wand van het schuttersputje omhoog, langzaam als een oude man. Zijn koude benen uitgespreid, verkrampt in een broek die stijf stond van de modder. Hij drukte op zijn ogen, lichtte toen zijn helm op en krabde over zijn schedel, en de wortels van zijn geklitte haar deden pijn. Alles was blauw en grijs. Cramer zocht in zijn zak naar een sigaret, beschaamd dat hij weer zo moeilijk wakker te krijgen was geweest. 'Zie dat je nog wat slaap krijgt, Murphy,' zei hij. 'Ik ben nu wakker.'

'Nee, ik blijf ook wakker,' zei Murphy. 'Zes uur. Licht.'

Cramer wilde eigenlijk zeggen: 'Oké, dan blijf jij wakker en ga ik weer slapen.' In plaats ervan gaf hij met een rillend geluid uiting aan zijn gebibber en zei: 'Jezuschristus, wat is 't koud.'

Het was in Duitsland, in het Roergebied. Het was lente en net warm genoeg om 's middags te lopen zweten, maar 's nachts en 's ochtends vroeg was het nog koud. Nog te koud voor een regenjas in een schuttersputje.

282

Ze staarden naar de plek waar de vijand zou moeten zijn. Niets te bekennen; een stuk donker dat een geploegde akker was en erachter een stuk licht dat de mist was, meer niet.

'Ze hebben een half uur geleden of zo nog een paar van die jongens neergelegd,' zei Murphy. 'Een heel eind naar links, daar ergens. De onze kwamen voortdurend over; ik weet niet waarom ze er nu mee opgehouden zijn. Je sliep er dwars doorheen.' Toen zei hij: 'Maak je dat ding nooit schoon?' En hij keek in het bleke licht naar Cramers geweer. 'Straks weigert het kreng.'

Cramer zei dat hij het zou schoonmaken en hij had bijna 'Zeik verdomme niet zo' gezegd. Maar dat kon hij beter niet doen, want dan zou Murphy iets teruggezegd hebben in de trant van 'Ik wil je alleen maar te helpen, jong'. En Murphy had trouwens gelijk.

'We kunnen eigenlijk net zo goed koffie maken,' zei Murphy terwijl hij zijn vuile handen in zijn zakken propte. 'Je ziet in deze mist toch geen rook.'

Cramer vond een blikje poederkoffie en ze prutsten allebei onhandig aan hun klamme koppel om hun mok en veldfles eraf te krijgen. Murphy schraapte een kuiltje in de aarde tussen zijn laarzen en zette daarin de doos van een noodrantsoen. Hij stak hem aan en ze hielden hun kroes boven de langzame, voortkruipende vlam.

Even later zaten ze behaaglijk koffie te drinken en te roken en huiverden toen de stralen van het eerste gele zonlicht over hun schouders en hals streelden. Het grijs was nu verdwenen; de dingen hadden kleur. Bomen waren potloodtekeningen op de lavendelblauwe mist. Murphy zei dat hij hoopte dat ze niet meteen weer weg hoefden en Cramer was het met hem eens. Toen hoorden ze de klokken, kerkklokken, ijl en vrouwelijk van klank, vibrerend met het draaien van de wind. Een kilometer of twee, misschien drie achter hen.

'Moet je horen,' zei Murphy stilletjes. 'Klinkt vriendelijk, vind je niet?' Dat was het woord. Vriendelijk. Murphy's gezicht, rond en vuil, stond nu ontspannen. Op zijn boven- en onderlip zaten evenwijdige zwarte strepen die aangaven waar zijn mond dicht was als Murphy er een vastberaden uitdrukking aan gaf. Tussen die strepen was de huid roze en vochtig en het was Cramer opgevallen dat dit binnengedeelte van de lippen het enige was dat in een gezicht altijd schoon bleef. Op de ogen na.

'Mijn broer en ik luidden vroeger bij ons elke zondag de klokken,' zei Murphy. 'Toen we kinderen waren dan. Kregen er elk een halve dollar voor. Ik mag de tering krijgen als deze niet net zo klinken.'

Ze bleven zitten luisteren, en ze glimlachten verlegen tegen elkaar. Kerkklokken op een mistige ochtend waren dingen die je soms vergat, net als breekbare porseleinen kopjes en vrouwenhanden. Als je aan die dingen dacht glimlachte je verlegen, voornamelijk omdat je niet wist wat je anders moest.

'Is vast in dat dorp waar we gisteren doorkwamen,' zei Cramer. 'Raar, om daar nu de klokken te luiden.'

Murphy zei dat het raar was. En toen gebeurde het. Zijn ogen werden groot, en toen zijn stem kwam was die kleintjes, emotioneel, heel anders dan anders. 'Zou de oorlog afgelopen zijn?' Er dwarrelde iets langs Cramers ruggengraat. 'Jézus, Murphy. Jézus, dat moet wel. Ja, dan zouden ze... dat móét wel.'

'Ja, verdomd,' zei Murphy, en ze staarden elkaar met open mond aan en begonnen te grijnzen; maar wilden lachen en schreeuwen en uit het putje klimmen en wegrennen.

'Krijg de tering,' zei Murphy.

Cramer hoorde zijn eigen stem, hoog en rad pratend: 'Misschien is dáárom de artillerie stilgevallen.'

Zou het zo eenvoudig kunnen zijn? Zou dit de manier kunnen zijn waarop zoiets gebeurde? Zou er bericht van het hoofdkwartier komen? Zou het bataljon het van het regiment horen? Zou Francetti, de pelotonskoerier, struikelend met het bericht over de geploegde akker komen rennen? Zou Francetti, zwaaiend met zijn korte dikke armen, 'Hé!' schreeuwen. 'Hé jongens, terugkomen! Het is voorbij! De oorlog is voorbij!' Krankzinnig. Krankzinnig. Maar waarom niet?

'Jézus, Murphy, denk je echt?'

'Kijk of je vuurpijlen ziet,' zei Murphy. 'Misschien schieten ze vuurpijlen af.'

'Ja, da's een idee. Misschien schieten ze vuurpijlen af.'

Ze zagen niets, hoorden niets, alleen de zwakke, zilverige monotonie van de klokken. Prent dit in je herinnering. Prent elke seconde in je herinnering. Murphy's gezicht en dit schuttersputje en de veldflessen en de mist. Houd dit allemaal in herinnering.

Kijk of je vuurpijlen ziet.

Prent de datum in je herinnering. De zoveelste maart. Nee, april. De zoveelste april 1945. Wat had Meyers laatst ook weer gezegd? Eergisteren? Toen had Meyers gezegd welke datum het was. Hij had gezegd: 'Asjemenou, 't is vandaag Goeie...'

Cramer slikte, keek toen vlug naar Murphy. 'Wacht even, wacht nou even. We hebben 't mis.' Terwijl hij het vertelde zag hij Murphy's glimlach verslappen. 'Meyers. Weet je nog wat Meyers eergisteren over Goeie Vrijdag zei? Het is vandaag paaszondag, Murph.'

Murphy liet zich langzaam weer tegen de wand van het schuttersputje zakken. 'O ja,' zei hij. 'O ja, dat is zo. Da's waar ook.'

Cramer slikte weer en zei: 'Die moffen daar gaan zeker naar de kerk.'

Murphy's lippen raakten elkaar in één zwarte streep, en hij was even stil. Toen doofde hij zijn sigaret in de aarde en zei: 'Krijg de tering. Paaszondag.'

Dieven

'Talent,' zei Robert Blaine op zijn trage invalidentoon, 'is gewoon een kwestie van hoe je het brengt.' Hij leunde ontspannen achterover in zijn kussen, zijn ogen glansden en hij verlegde zijn magere benen onder het laken. 'Dat het antwoord op je vraag?'

'Hé hé, Bob, niet zo vlug,' zei Jones. Zijn rolstoel stond eerbiedig aangeschoven naast het bed en hij keek geboeid maar niet tevredengesteld: 'Sorry hoor, maar daar ben ik het niet mee eens. Ik zou talent niet willen definiëren als "een kwestie van hoe je het brengt". Niet echt. Ik bedoel, dat hangt toch voor een groot deel af van het sóórt waar je het over hebt, het soort vakgebied?'

'Rot op met je vakgebied,' zei Blaine. 'Talent is talent.'

Zo begon die avond het gesprek aan Blaines bed. Als de dienbladen van het avondeten waren weggereden, als het zonlicht lange gele strepen trok over de vloer onder de ramen op het westen en op zijn weg de zilveren spaken van de rolstoelen verblindde, was het op de tuberculoseafdeling altijd korte tijd rustig, zo'n moment waarop de dertig mannen die hier op zaal lagen grotendeels in groepjes bij elkaar gingen zitten praten of kaarten. Jones kwam meestal naar Blaines bed. Hij vond Blaine de best onderlegde en interessantste prater van het hele paviljoen en als Jones ergens van hield was het van een goeie boom opzetten, zei hij altijd. Vanavond kwam de jonge O'Grady er ook bij zitten, een stoere nieuwkomer op deze afdeling, die ineengedoken op het voeteneinde van Blaines bed zat terwijl zijn blik van de ene spreker naar de andere schoot. Wat was talent? Blaine had het woord gebruikt, Jones had een definitie verlangd en nu waren de scheidslijnen getrokken – even duidelijk als altijd, zo niet duidelijker.

'Beste definitie die ik voor je heb,' zei Blaine. 'Meer zijn er niet. Talent is een kwestie van hoe je het brengt. En het toppunt van talent is genie, en dat maakt van een Louis Armstrong onder de trompettisten en een Dostojevski onder de schrijvers een klasse op zich. Er zijn er zat die meer van muziek weten dan Armstrong, maar hij brengt het goed, dat is het verschil. Hetzelfde geldt voor tophonkballers of topdokters of een geschiedschrijver als Gibbon. Heel eenvoudig.'

'Zo is het,' zei O'Grady ernstig. 'Neem nou iemand als Branch Rickey, die weet alles wat er van honkbal te weten valt maar dat wil niet zeggen dat hij een topspeler had kunnen worden.'

'Juist,' zei Blaine, 'dat bedoel ik dus.' En O'Grady knikte vergenoegd.

'Oho, Bob, niet zo vlug...' Jones wiebelde ongeduldig in zijn rolstoel heen en weer – geladen met de slimmigheid waarin hij wilde losbranden. 'Daar heb ik je toch te pakken. Branch Rickey heeft erg veel talent... maar als honkbalofficial. Dat is zíjn talent; daar hoeft hij geen honkballer voor te zijn.'

'Jones!' Blaines gezicht vertrok van ergernis. 'Ga in godsnaam weer in bed die stripboekjes van je lezen.'

Jones joelde triomfantelijk en sloeg zich giechelend op zijn dij en O'Grady leek even niet te kunnen kiezen wie hij zou uitlachen, Jones of Blaine. Hij koos Jones, en Jones' glimlach verzuurde onder de aanval. 'Ik wou alleen maar zeggen dat Branch Rickey nou niet bepaald een geschikt voorbeeld is van...'

'Ik zeg niet dat iemand een voorbeeld is van wat dan ook,' zei Blaine. 'Als je eens zou lúísteren in plaats van steeds zo stom te zitten kletsen kwam je er misschien een keer achter waar we het over hebben.' Hij wendde vol afschuw zijn hoofd af en O'Grady staarde, nog steeds glimlachend, naar zijn dikke handen. Jones bond in en mompelde iets onduidelijks dat 'oké' had kunnen zijn, of 'sorry'.

Ten slotte draaide Blaine zich weer om. 'Ik wou alleen maar zeggen,' begon hij, met het omstandige geduld van iemand die zichzelf weer in de hand heeft, 'dat sommige mensen doodgewoon de gave hebben meegekregen om iets te kunnen bréngen, en dat we die gave talent noemen, en dat de kennis die iemand heeft verzameld daar helemaal niets mee te maken hoeft te hebben, en dat de overgrote meerderheid van de mensen die gave mist. Is het nu dan duidelijk?' Zijn ogen puilden uit, zodat de rest van zijn gezicht nog erger ingevallen leek dan gewoonlijk. Hij stak een magere hand uit, de palm omhoog, de vingers gekromd in een gekweld beroep op gezond verstand.

'Oké,' zei Jones, 'dat wil ik dan in het belang van de discussie wel aannemen.'

Blaines hand viel krachteloos op de beddensprei. 'Maakt niet uit of je het aanneemt of niet, idioot. Het ís gewoon zo. Mensen met talent laten zogezegd gebéúren wat er gebeurt. Mensen zonder talent laten het over zich heen komen. Talent, begrijp je wel? Gaat dwars door alle obstakels van de conventie, door alle verrekte burgermansmoraal. Iemand met talent krijgt alles voor elkaar, komt overal mee weg. Vraag het aan iedereen die voor zijn vak anderen moet inschatten... elke afgestudeerde psycholoog, voor mijn part elke oplichter of pokerspeler... iedereen die zijn hersens redelijk bij elkaar heeft en met mensen werkt. Ze zullen je allemaal hetzelfde zeggen. Er zijn er die het hebben en anderen hebben het niet, punt uit. Oké, ik zal je een voorbeeld geven. Ken je die dure herenmodezaken in de buurt van Madison Avenue, in New York?' Ze schudden allebei hun hoofd. 'Maakt ook niet uit. Het punt is, het zijn de beste zaken van New York. Erg conservatief, prima Engels kleermakerswerk. Waarschijnlijk de beste herenmodezaken van Amerika.'

'Ja ja,' zei O'Grady, 'ik geloof dat ik wel weet waar het is.' Maar Jones giechelde: 'Ik ken alleen Macy's en Gimbel's.'

'Hoe dan ook,' ging Blaine verder, 'op een dag, ik woonde toen net in New York, loop ik bij een van die zaken binnen... dat moet in negenendertig of veertig zijn geweest.'

Alle verhalen waaruit Robert Blaine tevoorschijn moest komen als doorgewinterde man van de wereld speelden in 1939 of 1940, toen hij net in New York woonde, zoals de verhalen waarin hij werd opgevoerd als een niet te stuiten jonge knul gesitueerd waren in Chicago, 'nog in de crisisjaren'. Er waren zelden verhalen bij over de landmacht, waar hij een saai kantoorbaantje had gehad, of over de reeks veteranenziekenhuizen als dit waaruit zijn leven sinds de oorlog bestond.

'Ik kwam er gewoon toevallig langs... ik weet niet; ik zal wel onderweg geweest zijn naar een blond mokkel, en ik zag in de etalage een jas, mooie jas, Engelse import. Ik besloot direct dat ik hem hebben wilde, ik besloot waarschijnlijk zelfs dat ik hem nódig had; zo deed ik dat toen. Dus liep ik die winkel in en zei tegen de verkoper dat ik hem wilde passen. Maar die jas zát dus niet lekker, te krap in de schouders of zo, en die man vroeg of ik niet een betere kwaliteit wilde passen. Hij had net weer een paar jassen uit Engeland binnen, zei hij. Mij best, zei ik, en hij komt terug met een echt héle mooie jas...' Het woord 'jas' ging bijna verloren in een plotseling opkomende hoestaanval die hem met één hand naar de plek van zijn vorige operatie deed grijpen terwijl de andere rondtastte naar een sputumbakje. O'Grady keek tijdens de aanval snel met een bezorgde blik naar Jones, maar uiteindelijk hield Blaines verschrompelde borst onder zijn pyjama dan toch op met hijgen en slonk de gezwollen ader op zijn slaap. Hij liet zich achteroverzakken om op adem te komen. Je kon je onmogelijk voorstellen dat hij op weg naar een blondje zwierig over Madison Avenue zou hebben gelopen; het was onvoorstelbaar dat een jas hem ooit te krap in de schouders kon zijn geweest. Toen hij weer iets zei was het langzaam en met zwaar geforceerde stem.

'Hij kwam terug met een echt héle mooie jas. Je weet wel, zo eentje die nooit uit de mode raakt, lang, mooi van snit, vakwerk, chique stof. Ik trok hem aan en die jas was meteen van mij, en dat was dat. Zat goed, paste goed bij het pak dat ik aanhad. Ik zei al dat ik hem nam voor ik zelfs maar op het prijskaartje had gekeken. Hij was ergens over de tweehonderd dollar geloof ik; als het vijfhonderd was geweest had ik hem waarschijnlijk ook genomen. Maar goed, ik trok net het prijskaartje eraf toen ik bedacht dat ik mijn chequeboek niet bij me had.'

'Jezus,' zei Jones.

'Maar tegen die tijd kletsten die vent en ik een eind weg over kleren en zo – je weet wel; dikke vrienden – dus besloot ik te doen of m'n neus bloedde. Ik liep met die jas aan naar de deur toen hij zei: 'O, eh, meneer Blaine, wilt u misschien zo vriendelijk zijn uw adres te noteren?' En ik zei: 'Hé, ja; stom van me,' en ik lachte... je weet wel... en hij lachte ook, en ik schreef de naam op van het hotel waar ik toen zat en we kletsten nog wat. Hij zei: 'Komt u

nog eens langs, meneer Blaine,' en weg was ik. Volgende dag
kreeg ik per post de rekening en heb ik hem een cheque gestuurd.
Met andere woorden: hij wist niet wie ik was... ik had hem een
vals adres kunnen geven of wat ook. Maar hij dacht gewoon door
het soort kleren dat ik droeg, zoals ik daar rondliep en doordat ik
pas naar het prijskaartje keek toen ik al gezegd had dat ik die jas
nam, dat het wel vertrouwd zou zijn.'

Jones en O'Grady schudden bewonderend hun hoofd en
O'Grady zei: 'Verrèk.'

Robert Blaine ging zwaar ademend achteroverliggen, om zijn
droge lippen zweefde een glimlach. Het verhaal had hem uitgeput.

'Zo zie je wat je allemaal kan flikken, als je maar achteloos je
gang gaat,' zei Jones. Zoals toen ik klein was en we in de bazaar bij
ons in de buurt dingen gingen jatten. Ik durf te wedden dat we die
tent...' hij glimlachte en zijn lippen bewogen terwijl hij koortsach-
tig probeerde een geloofwaardig bedrag te bedenken, '...nou ja,
met z'n allen in elk geval een hoop geld lichter hebben gemaakt.'

Blaine opende zijn mond om uit te leggen dat Jones er niets van
begreep – hij had het niet over wínkeldiefstal gehad, godbetert –
maar deed hem toen zonder iets te zeggen weer dicht, onwillig
zijn adem te verspillen. Jones iets uitleggen was onbegonnen werk
en bovendien ging Jones er nu in zijn rolstoel echt voor zitten: hij
trok zijn mond scheef en snoof hard door één neusgat, hetgeen
erop duidde dat hij nu zelf ook een verhaal ging vertellen.

'Ik weet nog een keer toen ik een jaar of vijftien was – nee, ik
moet zestien zijn geweest, want het was het jaar voor ik bij de marine ging. Hoe dan ook, de andere jongens en ik hadden die tech-
niek van achteloos je gang gaan aardig geperfectioneerd en op een
keer, toen ik een goeie dag had, kwam ik tot de slotsom dat die
bazaar me te tam was. Ik besloot dat ik het eens in de grote Mont-
gomery Ward bij ons in de stad zou proberen, wat natuurlijk een
stuk moeilijker was. Het leek me beter om alleen te gaan, eens
kijken of het me lukte, dan had ik later iets om over op te scheppen... je weet hoe kinderen zijn. Dus ging ik die zaak in, haastte
me niet, liep wat over de afdelingen...' Zijn stem kabbelde verder,
bijna verwijfd van onberispelijkheid nu zijn Tennessee-accent door
de tien jaar die hij van huis was (vijf bij de marine, zei hij altijd en

stak vijf vingers op, en vijf in het ziekenhuis) bijna volledig was verbleekt. Eén keer zweeg hij om uit te hoesten in een netjes opgevouwen Kleenex, die hij in Blaines afvalzak weggooide. Alle verpleegsters waren het erover eens dat Jones de ideale patiënt was; hij klaagde nooit, hield zich aan de regels en had zijn spullen altijd tiptop in orde.

'Ik herinner me als de dag van gisteren elk artikel dat ik daar heb meegenomen,' zei hij, en hij spreidde zijn vingers om ze af te tellen. 'Een kleine schroefsleutel; een vijfduims knipmes; drie of misschien vier doosjes punt 22 munitie; twee 16 mm filmpjes van Mickey Mouse – vraag me niet waarom – en een roestvrijstalen hangslot. Maar ze hadden daar een winkeldetective, en die zag me dat hangslot pakken. Liet me helemaal naar de uitgang lopen en kwam me toen arresteren. Nam me met al die spullen nog in mijn jas- en broekzakken mee naar boven naar het kantoor van de bedrijfsleider. Bang? Man, ik stierf zowat. Maar het punt was: hij had me alleen dat hángslot zien pakken, en de bedrijfsleider en hij kwamen niet op het idee dat ik nog iets anders zou kunnen hebben. Die bedrijfsleider pakte het hangslot aan en ging me een minuut of tien zitten uitkafferen, hij schreef mijn moeders naam en adres en alles op terwijl ik me al die tijd stond af te vragen of ze me zouden fouilleren voor ik weg mocht en daarbij die kogels en andere spullen zouden vinden. Maar nee; ik liep met alles in mijn zakken de zaak uit en ging naar huis. En mijn moeder heeft ook nooit wat van die bedrijfsleider gehoord. Maar godbewaarme, het was wel de laatste keer dat ik dáár iets heb uitgehaald!'

'Ja maar, jij hebt het over stélen,' zei Robert Blaine. 'Ik had het over...'

Maar O'Grady viel hem in de rede, en zijn stem was krachtiger dan die van Blaine. 'Doet me denken aan een keer dat ik in dienst was, toen we Le Havre aandeden.' O'Grady kruiste zijn dikke armen over zijn badjas. Hij praatte graag over zijn diensttijd. 'Wel eens in Le Havre geweest, jullie? Nou, je kan het iedereen vragen die er geweest is: het was een klerestad. Om te beginnen was de hele zaak aan gort gebombardeerd en wat er nog stond was voor ons grotendeels verboden terrein, maar het ergste was hoe die mensen tegen je déden. Ik bedoel, ze hadden gewoon de pest aan

GI's, al was je nog zo aardig tegen ze. Maar goed, ga ik dus met drie kameraden naar zo'n soort kroegje, een krot eigenlijk, en jezuschristus, we komen net van de boot; weten wij veel wat dat voor mensen zijn? Dus bestellen we een paar cognacjes en die barman kijkt ons ontzettend vuil aan, zó...' en O'Grady trok een lelijk gezicht. O'Grady was een jaar na de oorlog in Le Havre aangekomen, onderweg naar het bezettingsleger, en dit was zijn eerste avond in Europa geweest, een potige puber met de vechtpet schuin tot op zijn wenkbrauwen, die alle buitenlanders met samengeknepen ogen bekeek. (De oorlog was dan misschien voorbij, maar stond hun niet geheid in Duitsland gedonder te wachten met de Russen? Had de kapitein niet gezegd: 'Jullie zijn nog altijd, in elke betekenis van het woord, soldaten'?)

'Afijn, hij brengt de glazen, zet ze neer, graait onze centen van tafel en loopt terug naar het einde van de bar waar nog meer van die Fransozen zitten. Dus, jezus, wat zal ik zeggen, we krijgen zo'n soort de pest in. We laten ons toch niet door zo'n verdomde fransozenbarman afzeiken, als je begrijpt wat ik bedoel? Dus die kameraad van me, Sitko heette hij, die zegt: "Hier komen, Jack."' O'Grady's blik verkilde toen hij zich Sitko's gezicht voor de geest haalde. 'Hij zegt: "Jij comprie Engels?" Zegt die gozer ja, een beetje, en Sitko vraagt: "Wat heb je tegen Amerikanen?" Die gozer zegt dat ie het niet begrijpt, je weet wel, "niet comprie" of zoiets... en Sitko zegt: "Je begrijpt het best, makker, hou je rotsmoesjes maar voor je. Wat heb je tegen Amerikanen?" En die gozer blijft beweren dat hij het niet begrijpt, en Sitko begint grondig de pest in te krijgen, maar wij zeggen: "Laat maar, joh. Die gozer snapt het niet, laat maar gaan." Dus blijven we daar zitten, nemen nog een paar rondjes, en Sitko zegt niks, maar hij wordt steeds kwaaier. Hoe meer hij drinkt, hoe kwaaier hij wordt. Ten slotte willen we terug, en Sitko zegt laten we een fles kopen voor in het kamp. Dus roepen we die barman terug en vragen hoeveel een fles kost. Hij schudt z'n hoofd, nee zegt hij, hij mag geen flessen verkopen. Nou ja, dat deed dus bij Sitko de deur dicht. Hij wacht tot de barman weer weggaat en dan duikt hij onder de bar... ze hebben daar boven in de bar een soort klapluik zitten, snap je wel, net waar wij staan... en hij graait een fles uit het schap, geeft die aan een vent die Hawkins heette, die er ook bij was, en zegt: "Hou effe voor me vast, Hawk." Dan geeft hij mij d'r ook eentje en komt met een fles in elke hand weer onder de bar vandaan... liep gesmeerd; die Fransozen hadden het niet eens in de gaten. Dus toen hadden we een fles de man... eh, jezus, ik weet niet meer wat; cognac, da's zeker, en hoe heet dat spul ook weer. Calvados... dat hadden we ook, en ook nog ander spul. Dus stoppen we die flessen onder het jack van ons veldtenue en zijn net op weg naar buiten, bijna bij de deur, als een van die Fransozen het in de gaten krijgt. Hij begint te schreeuwen en wijst, en even later komen ze allemaal achter ons aan, maar tegen die tijd zijn wij al op straat en gaan er als de bliksem vandoor.'

Jones giechelde, wreef zich in zijn handen en perste ze tussen zijn dijen. 'En zijn jullie ontsnapt?'

'O ja, we zijn ontsnapt... uiteindelijk wel.' Je zag aan O'Grady's gezicht dat hij ineens besloot het verhaal een betere wending te geven – omdat zo'n complete aftocht eerloos lijkt als je het vertelt, of gewoon om het langer te maken. 'Maar toen liet ik buiten vlak voor de deur die verrekte fles vallen... hij brak niet, hij viel gewoon op de stoep en ik moest stil blijven staan om hem op te rapen.'

'Jezus,' zei Jones.

'Ik raapte net voorovergebogen die verrekte fles op toen er zo'n grote Fransoos achter me aankwam. Ik kwam overeind en draaide me in enen om, die fles omgekeerd in m'n hand, en gaf hem een zwieperd opzij tegen zijn hoofd. Hij brak nog steeds niet... vraag me niet wat die schoft z'n hoofd voor schade opliep, maar volgens mij ging hij gestrekt... en ik smeerde 'm weer. Heb van m'n leven niet zo hard gelopen.'

'Godallejezus,' zei Jones. 'Jullie zullen die avond aardig wat afgezopen hebben!'

'Dat kan je zeggen,' zei O'Grady.

Robert Blaine had gedurende het hele verhaal nijdig liggen woelen, hij was duidelijk geërgerd. Hij hees zich nu op één elleboog en keek hen woedend aan. 'Jullie hebben het stomweg over stelen. En als jullie het dan toch over stelen willen hebben, dat is een heel ander verhaal. Dat zal ik jullie vertellen. Ik zal jullie vertellen wat dat is: stelen. Het was in Chicago, nog in de crisisjaren. Ik raakte net voor Kerstmis mijn baan bij de *Tribune* kwijt. Het vrouwtje zat thuis met de kleine... ik was toen getrouwd, snap je wel. Niet dat ik er hard aan werkte, maar ik was getrouwd; ik had een kind van een jaar of drie, vier... en daar stond ik dan, met Kerstmis zonder baan. Ik ben een dag of vier aan het zuipen gegaan en op een dag werd ik wakker in een hotel, samen met een fotomodel waar ik toen iets mee had, Irene heette ze. Mooie meid. Lang, hoog op de poten, een stuk vanjewelste.'

O'Grady glimlachte ongelovig en zijn blik ging snel even naar Jones, maar Jones luisterde aandachtig, en Blaine onderbrak zijn monotone woordenstroom niet lang genoeg om het op te merken. Het was bijna alsof hij niet kon ophouden, alsof het praten een soort uitbarsting was, een bloeding zonder bloed.

'Ze zei: "Robert, kom tot jezelf; weet je wat voor dag het vandaag is?" Blijkt het de dag voor Kerstmis te zijn. Ik zei: "Maak je geen zorgen, schatje." Ik zei: "Kom op, we moeten nog inkopen doen." We vertrokken uit het hotel... zij moest de rekening betalen; ik was tegen die tijd totaal blut... ik hield een taxi aan en ging met haar naar Marshall Field's. "Ik begrijp het niet. Wat móéten we daar nou, Robert?" vroeg ze maar steeds. We kwamen bij Marshall Field's; ik ging met haar naar binnen en begon met een rondje over de afdeling modeaccessoires, ik trok Irene aan haar hand mee. We zagen een aardige handtas... ik weet niet, van hagedis of zoiets, zo'n vijfentwintig dollar. Ik vroeg Irene: "Zou het vrouwtje daar blij mee zijn denk je?" "Ja, natuurlijk," zei ze, "maar zoiets kan jij niet betalen." Ik zei: "Hier, hou vast." En ik gaf haar die tas en trok haar mee, de drukte in. We gingen naar de speelgoedafdeling, ik nam een grote teddybeer uit het rek en ik zei: "Irene, zou Bobby die mooi vinden, denk je?" Ze zei: "Dat kan je niet dóén, Robert." En ik: "Hoezo niet? Ik dóé het toch?" Ik gaf haar die teddybeer en wij weer verder. Die teddybeer was net nog klein genoeg om onder haar jas te kunnen, snap je wel, ze had zo'n wijde bontjas aan... en zo gingen we de hele winkel door. Ik pakte nog wat dingetjes voor de kleine en toen zei ze: "We moeten hier wegwezen, Robert." Ik zei: "Maar eerst moeten we iets voor jou kopen, schatje." Ik ging met haar naar de afdeling

blouses, ik pakte een prachtige zuiver zijden blouse van de toonbank, precies haar maat, en toen liepen we de voordeur uit en
stapten in een taxi. Ik bracht Irene terug naar huis, leende een
paar dollar van haar om de taxi te betalen en reed toen naar mijn
huis. Irene had het niet meer. "Jij bent de enige die zoiets voor
elkaar krijgt, Robert," zei ze steeds maar.' Hij begon geluidloos te
lachen, zijn ogen glansden.

'Zo zie je maar,' zei Jones grinnikend, en hij draaide zijn vingers
om elkaar, 'wat je allemaal ongestraft kan doen.'

'Maar Blaine was nog niet uitgepraat. 'Plichtsgetrouwe echtge-
noot en vader,' zei hij, 'komt de dag voor Kerstmis thuis met cadeautjes. In een taxi...' Hij lachte weer en het kostte hem moeite
zijn lippen over de grijns van zijn gele tanden te trekken zodat hij
iets kon zeggen. 'Zo deed ik dat toen.' Hij liet zich weer in zijn
kussen zakken en zei niets meer, hij ademde zwaar terwijl Jones en
O'Grady iets probeerden te bedenken om te zeggen.

Ten slotte zei O'Grady: 'Nou...'

Blaine viel hem in de rede. 'Maar dat is niet alles wat ik stal,' zei
hij. 'Dat is niet alles. Ik stal in die tijd bijna alles wat ik verdomme
bezat.' Zijn gezicht stond nu weer beheerst, zijn blik was glazig, en
terwijl hij praatte kropen zijn vingers onder zijn pyjamasje om de
littekens te betasten. 'Jezus, ik had zelfs Irene gestolen! Haar man
verdiende meer dan vijftigduizend dollar per jaar; ze ging er met
mij vandoor en daarna hebben we in New York een half jaar van
zijn geld geleefd. Ik had niets. Maar voor haar hád ik het gewoon,
had ik alles. Vindt ze waarschijnlijk nog steeds. Ze nam z'n poen
en ging met me mee naar New York. Ik had niets. Maar voor haar
hád ik het, had ik alles. Ze vond me geniaal. Ze dacht dat ik de
volgende Sherwood Anderson zou worden. Denkt ze waarschijnlijk nog steeds.'

'Tja, zo gaan die dingen,' zei Jones vaag, maar even later merkten zowel O'Grady als hij dat Blaine het zwaar had. Zijn ogen waren nu dicht en hij deed niets dan slikken – dat konden ze zien aan
het op- en neerwippen van zijn puntige adamsappel – en ze zagen
het flanel van zijn pyjamasje bij elke hartslag bewegen. Hij
ademde oppervlakkig en onregelmatig.

O'Grady bleef hem een tijdje met grote ogen aanstaren, maar

toen reed Jones ten teken dat het tijd werd om te gaan zijn rolstoel achteruit en keerde. O'Grady liet zich, blij dat hij weg kon, van het bed glijden en liep naar Jones om hem te duwen.

'Tot straks,' riep Jones, terwijl ze wegreden, maar Blaine gaf geen antwoord. Hij deed niet eens zijn ogen open.

'Jezuschristus,' zei O'Grady met zachte stem, zodra ze bij het bed vandaan waren. 'Wat is er met hém aan de hand?'

'Zenuwen,' zei Jones deskundig. 'Heeft hij wel vaker. Duw me even naar de zusterpost, wil je? Ik zal het tegen haar zeggen; misschien moet ze even zijn pols voelen en zo.'

'Oké,' zei O'Grady. 'Hoe bedóél je precies, zenuwen?'

'Je weet wel. Hij is nerveus aangelegd.'

Die avond had zuster Berger dienst en toen ze stilhielden bij de deur van het kantoortje was ze net bezig de medicijnen klaar te leggen. Ze keek geërgerd op. 'Wat is er, Jones?'

'Ik wilde even zeggen dat Bob Blaine zich niet lekker voelt, zuster. Misschien moet u even bij hem gaan kijken.'

'Bij wie?'

'Bij Blaine. Weer een beetje last van zijn zenuwen. U weet wel.'

Ze schudde boven het dienblad met medicijnen haar hoofd en klakte met haar tong. 'Blaine weer. Met zijn zénuwen. Hemeltjelief. Een groot kind, dat is het.'

'Ik vond dat ik het toch maar even moest zeggen.'

'Ja, ja, het is goed,' zei ze, zonder op te kijken. 'Ik kan nu niet komen. Hij moet maar even wachten.'

Jones en O'Grady haalden eendrachtig hun schouders op en O'Grady zette de rolstoel weer in beweging.

'Waar wou je naartoe?'

'Ik weet het niet,' zei Jones. 'Misschien ga ik wel even liggen, beetje ontspannen. Hoe laat is de film vanavond?'

Een herstellend ego

'Je zou als ik weg ben die nieuwe theekopjes kunnen omspoelen, om maar iets te noemen,' zei Jean. 'Bill, hoor je wat ik zég?'

Haar man keek op van zijn tijdschrift. 'Natuurlijk hoor ik wat je zegt. De theekopjes afwassen.' En toen ze zich bukte om het jack van kleine Mike dicht te ritsen zag hij aan de vorm van haar schouders en rug dat dit een van haar dagen was waarop ze zich overwerkt en ondergewaardeerd voelde. 'Nog iets dat ik moet doen?' vroeg hij.

Ze richtte zich op en draaide zich om en veegde intussen met een vermoeide hand het haar uit haar gezicht. 'Nee nee, Bill, dat lijkt me niet. Blijf jij maar lekker eh... rusten, of wat je dan ook doet.'

'Park!' eiste Mike. 'Park, park!'

'Ja, lieverd, we gaan zó naar het park. Eens even kijken,' zei ze vaag voor zich heen, 'heb ik alles? Sleutels, geld, boodschappen-lijstje... ja. Oké, kom maar mee, Mike. Zeg maar "Dág pappa".'

'Dág pappa,' zei het jongetje, en ze nam hem aan zijn hand mee het appartement uit en sloeg de deur met een klap dicht.

Bill liet zich op de bank achteroverzakken en pakte weer zijn tijdschrift op, maar de knagende herinnering aan haar woorden maakte hem het lezen onmogelijk. 'Rusten, of wat je dan ook doet.' Wat verwáchtte ze eigenlijk van hem, na twee weken uit het ziekenhuis? Hij rustte toch zeker op dóktersvoorschrift? Hij sloeg het tijdschrift boos dicht en smeet het in de richting van de salon-tafel. Het kwam ernaast terecht, viel open op het kleed en vestigde zijn aandacht op de hoeveelheid sigarettenas – de zijne – die op diezelfde plek gevallen was. Tja, misschien was ze écht overwerkt, maar wat had ze eigenlijk gedacht? Ze had geluk dat ze geen we-duwe was, toch, na zo'n operatie? Hij schraapte met het tijdschrift bij wijze van blik het grootste deel van de as op, gooide die in een asbak en wreef erna met zijn pantoffel de rest in het vloerkleed. Pas toen hij in de keuken een glas melk ging halen (hij dronk op doktersvoorschrift ook een heleboel melk) dacht hij weer aan de theekopjes. Ze had ze naast de gootsteen op een rijtje gezet om af te wassen – vier effen kopjes en schoteltjes waarmee ze gisteravond was thuisgekomen. 'Ik kon ze niet weerstaan, Bill,' had ze gezegd, 'en we hebben tóch nieuwe kopjes nodig. Je vindt het niet vreselijk verkwistend, hè?' Hij glimlachte terwijl hij de afwasborstel over de zeep wreef tot die schuimde. Dat was tegenwoordig haar idee van verkwistend – vier kopjes – terwijl ze die vorig jaar zonder zich een seconde te bedenken op de lopende rekening zou hebben gezet. Een langdurige ziekte veranderde je opvattingen over geld niet zo'n beetje. Maar over een maand was hij weer op de been en bracht elke salarisdag een flinke cheque thuis, en vanaf dát moment zou zij zich kunnen ontspannen. Dan konden ze het soort dingen gaan doen waarvan ze bijna vergeten waren hoe het was – kleren kopen die ze niet nodig hadden en naar het theater gaan en feestjes geven en laat opblijven als ze daar zin in hadden. Dan raakte ze misschien over die sombere neiging heen om elke cent om te draaien. Dan zou ze misschien... Ineens klonk er een doordringend geluid en in de gootsteen lag een rommeltje gebroken porselein. Het was allemaal zo snel voorbij dat hij al een volle minuut met trillende handen stond voor hij doorkreeg wat er gebeurd was. Het porseleinen zeepbakje had het onder de druk van zijn afwasborstel begeven, was van de muur gekomen en kapotgevallen en had in zijn val de kop en schotel gebroken die hij zojuist had afgewassen. Hij raapte het kapotte zeepbakje op en bekeek kritisch de plek waar het van de muur gevallen was, en zijn eerstvolgende gedachte was: ik kon er écht niks aan doen. Dat stomme ding had daar aan twee verroeste haakjes gehangen – het zou onder bijna elk gewicht kapot zijn gegaan en het enig merkwaardige was dat het al niet lang geleden gebeurd was. Ik kon er écht niks aan doen, hield hij zich weer voor. Hij verzamelde alle stukjes en deed ze bij het keukenafval. Daarna waste hij heel voorzichtig de andere kopjes en schoteltjes, droogde ze af en zette ze weg. Maar zijn handen trilden nog toen hij de theedoek ophing en zijn knieën waren slap toen hij weer naar de woonkamer liep. Hij ging zitten, stak een sigaret op en formuleerde in gedachten steeds weer, met steeds minder overtuiging, hetzelfde opstandige zinnetje – 'k kon er niks aan doen, 'k kon er niks aan doen. Dit soort dingen gebeurde sinds hij uit het ziekenhuis was bijna elke dag. Eerst was er de ontdekking geweest dat hij zijn zilveren vulpen in het kastje naast zijn bed had laten liggen en moest Jean speciaal terug naar het ziekenhuis om die bij de verpleging op te halen. Toen, de tweede of derde dag, had hij absoluut met het huishouden willen helpen en de zwabber zo hard buiten het raam uitgeschud dat het zwabberhout vijf verdiepingen lager op de binnenplaats viel terwijl hij als een dwaas nog steeds de kale steel over de vensterbank uitschudde. En er was die keer geweest dat hij de badkamerwastafel liet overlopen, en die keer dat hij de zijkant van Mikes vrachtauto gapend liet openbarsten toen hij probeerde een wiel weer op z'n plaats te spijkeren, en die afschuwelijke ochtend dat hij niet alleen aan de losrakende strip van een koffiekan zijn duim sneed, maar ook nog eens alle koffie over de grond liet lopen. Jean had er aanvankelijk om gelachen ('Arme jij, je bent gewoon niet meer bij de ménsen!') maar de laatste tijd wisselden haar reacties tussen omstandige vriendelijkheid en straklippig zwijgen, en hij wist niet wat erger was. Hoe, precies, moest hij haar dit straks vertellen? Van een vriendelijke korte verontschuldiging was geen sprake; het was uitgesloten dat hij 'Sorry, lieverd, ik heb een van de kopjes gebroken', kon zeggen en hopen zelfs maar een greintje waardigheid over te houden. Maar wat viel er anders te zeggen?

Zweet prikte op zijn hoofdhuid en zijn vingers trommelden krampachtig op het tafelblad. Hij drukte resoluut zijn sigaret uit, streek zijn haar glad en dwong zich ontspannen achterover te leunen. Je kon jezelf tot waanzin drijven als je kleinigheden zo zwaar opnam; hij zou zich moeten beheersen. Het zeepbakje had niet goed vastgezeten; het had iedereen kunnen gebeuren; er was niets om zich voor te verontschuldigen. En het had geen enkele zin om het haar meteen, zodra ze thuiskwam, te willen vertellen. De enige, de aangewezen manier was om het haar zelf te laten ontdekken en haar dan, als ze ernaar vroeg, redelijk en kalm alles uit te leggen. Hij zag het voor zich.

Ze zou met haar vracht boodschappen binnenkomen en Mike zou natuurlijk weer jengelen. Hij zou opstaan van de bank om de volle zakken van haar over te nemen, dat sprak vanzelf, maar ze zou zeggen: 'Nee hoor, 't gaat best. Blijf jij maar rustig zitten, Bill. En Mike, nu stíl jij.' Hij zou proberen de zakken toch van haar over te nemen en zij zou zeggen: 'Nee, Bill, doe niet zo dwaas. Wil je soms weer ziek worden?' Dus zou hij weer gaan zitten om te kijken hoe ze met Mike in haar kielzog de keuken in liep. Misschien zou ze het meteen ontdekken, maar de kans was groter dat ze het daar eerst te druk voor zou hebben. Dat zou pas gebeuren als ze de etenswaren had opgeborgen en voor Mike had gezorgd, misschien pas als ze iets voor de lunch ging maken. Er zou een abrupte stilte uit de keuken komen en hij zou haar beleefde, ondervragende stem horen: 'Bill?'

'Ja, schatje?'

'Waar is het zeepbakje gebleven?'

'Het was niet goed opgehangen.'

'Het was wát?'

'Ik kan niet schreeuwen,' zou hij vol waardigheid zeggen. 'Als je me wilt horen zul je naar de kamer moeten komen.' En als ze dan met een gezicht vol zwaar beproefd geduld in de keukendeur kwam staan zou hij oordeelkundig zeggen: 'Het zeepbakje was niet goed opgehangen, Jean. Is je dat nooit opgevallen? Ik begrijp het niet, zoiets móét je toch opvallen? Het hing enkel aan die twee verroeste haakjes en...'

'Je wilt zeggen dat je het gebroken hebt?'

'Néé, ik heb het niet gebroken. Ik bedoel, 'k kon er niks aan doen. Hoor eens, wil je nog horen wat er gebeurd is of niet?'

Ze zou zuchten, misschien zelfs haar ogen ten hemel slaan en dan met groot vertoon van aandacht gaan zitten. 'Nou,' zou hij beginnen, 'ik waste de kopjes af, snap je wel, en toen ik de afwasborstel over de zeep wreef om schuim te krijgen... ik gebruikte het zeepbakje gewoon waarvoor het bedóéld is... bezweken die twee verroeste haakjes en viel het hele ding in de gootsteen. En daar stonden die kop en schotel die ik net had afgewassen, snap je wel, en...'

'O nee,' zou ze zeggen terwijl ze haar ogen dichtdeed. 'Heb je ook een van de nieuwe kopjes gebroken, Bill?'

'Ik héb het niet gebroken! Het was een ongelukje, begrijp je dat dan niet? Ik heb het net zo min gebroken als jij!'

'Schreeuw niet!'

'Ik schrééuw niet!' En intussen was Mike natuurlijk weer eens in tranen.

Bill sprong van de bank en begon met stijve passen door de kamer te lopen terwijl hij de ceintuur van zijn badjas tot boze knopen wrong. Dat zou precies de verkéérde manier zijn om het aan te pakken. Waarom moest hij zich altijd als een dwaas gedragen? Waarom moest hij zich altijd dit soort kleine vernederingen op de hals halen? O, en ze zou van elke seconde genieten, daar kon je zeker van zijn, met die eeuwige houding van haar dat ze haar lot met een glimlach droeg. Hij had het daar nu wel ongeveer mee gehad – net als met die grapjes van haar dat hij 'rustte'. Het werd tijd dat ze voor eens en altijd ontdekte wie hier in huis eigenlijk de broek aanhad, badjas of geen badjas.

Hij bleef plotseling ademloos staan, balancerend op de rand van een nieuw idee. Hij rukte met een brede glimlach zijn badjas uit en liep met lange passen naar de badkamer om zich te gaan scheren. Het idee was eerst alleen een roekeloze vage plek in zijn gedachten, maar tijdens de langzame handeling van het scheren ontwikkelde hij het tot een ordelijk, perfect plan de campagne. Als hij klaar was met scheren zou hij zich helemaal aankleden, echte kleren aandoen, en naar buiten gaan. Het zou nog zeker een uur duren voor ze terug kon zijn, zodat hij ruim de tijd had. Hij zou een taxi nemen naar de zaak waar ze de kopjes gekocht had (hij wist gelukkig waar dat was) en een kop en schotel kopen om de kapotte te vervangen. Dan zou hij een zeepbakje met een behoorlijke, solide muurbevestiging kopen en op weg naar huis zou hij ergens een dozijn langstelige rozen aanschaffen – en een fles wijn. Hij glimlachte toen het bijkomende idee van de wijn hem in gedachten schoot. Dat zou helemaal klasse zijn – een fles werkelijk goede wijn, misschien zelfs champagne, om het te vieren. Daarna zou hij haastig naar huis gaan om alles op tijd klaar te hebben, en dit is wat er dan gebeuren zou.

Ze zou moe thuiskomen, beladen met boodschappen, terwijl

Mike brullend van het huilen aan haar rok trok. 'Mike, hou óp!' zou ze zeggen, en terwijl ze zich bukte om haar benen van Mike te bevrijden zouden er waarschijnlijk een paar grapefruits uit een veel te volle zak tuimelen. 'O...' zou ze zeggen, maar voor ze nog een woord kon uitbrengen zouden de volle zakken al uit haar armen worden gerukt, de wegrollende grapefruits van de grond gegraaid. 'Bill!' zou ze verbluft vragen, 'wat doe je nóú?'

'Dat lijkt me duidelijk,' zou hij glimlachend zeggen, misschien zelfs met een buiging, terwijl hij alle boodschappenzakken in de greep van één arm hield en met de andere Mike van haar lostrok. 'Kom binnen.' Daarna zou hij zich tot Mike wenden. 'Ga naar je kamer, joh, en hou op met dat gesnotter. Ik wil het niet hebben.' De ogen van de jongen zouden groot worden van respect terwijl hij schuchter naar zijn kamer ging. 'Schiet op!' zou Bill bevelen, en Mike zou verdwijnen. 'Zo,' zou hij tegen zijn vrouw zeggen, 'als je me nu even wilt excuseren, lieverd? Ga jij maar lekker zitten.'

'Bill, je bent áángekleed.'

Hij zou op weg naar de keuken blijven staan, zich omdraaien en nog een buiginkje maken. 'Da's duidelijk.' Hij zou maar heel even in de keuken blijven, net lang genoeg om er de volle zakken neer te zetten, daarna zou hij terugkomen met de theewagen waarop hij al eerder de doos rozen, de fles champagne in de ijsemmer, twee wijnglazen op een hoge voet en misschien een bakje zoute noten had klaargezet.

'Bill,' zou ze zeggen, 'ben je nou helemáál gek geworden?'

'Integendeel, lieverd.' Hij zou zacht lachen. 'Je zou zelfs kunnen zeggen dat ik weer normaal geworden ben. O, alsjeblieft... die zijn voor jou.' En als hij haar dan zover had dat ze met de rozen op schoot en een glas in haar hand op de bank zat, zou hij met een zwierig gebaar de fles afdrogen, die met een knal ontkurken, en inschenken. 'Zo,' zou hij zeggen. 'Mag ik een dronk uitbrengen? Op de prachtige herinnering aan je moed en opofferingen tijdens mijn hele ziekte; op het vieren van mijn volledige herstel, dat vandaag heeft plaatsgevonden; en op het voortduren van mijn uitstekende gezondheid' – hier zou hij innemend glimlachen – 'en de jouwe.'

Maar voor ze dronk zou ze vast en zeker, met angst in haar stem vragen: 'Bill, hoeveel heeft dit allemaal gekóst?'

'Gekost?' zou hij vragen. 'Gekost? Doe niet zo belachelijk, lieverd. Dat is nu allemaal voorbij. Drink!'

Hij gaf opgetogen met het scheermes een laatste haal over zijn wang en sneed zich gemeen, vlak boven zijn lip. Zijn gedachten werden onderbroken door het gedoe van zeep wegwassen en een stukje Kleenex op de wond plakken en toen hij weer bij het plan terugkeerde had dat veel van zijn glans verloren. Maar hij hield niettemin koppig vol, als iemand die probeert weer in slaap te vallen om zijn droom ten einde te kunnen dromen.

'Ik zal het je allemaal van A-Z uitleggen,' zou hij tegen haar zeggen, 'maar pas als je hiervan gedronken hebt.'

Ze zou verbluft, achterdochtig, een klein slokje nemen.

'Zo. Toen je vanmorgen de deur uit ging werd ik deze stomme herstelperiode – dit "rusten" zoals je het zo toepasselijk wilde noemen – volledig zat. Zo zat, dat ik ging lopen stuntelen en al meteen een van je nieuwe kopjes brak. Wat heet! Finaal aan stukken, en als je nu kwaad op me bent zou ik je dat absoluut niet kwalijk nemen. Maar moet je horen. Dat ik dat kopje brak had een merkwaardige, therapeutische uitwerking op me. Bracht me met een schok tot het besef dat als ik nog veel langer zo doorging, ik écht ziek zou worden. Ja, en jij zou er ook doodziek van worden, om met zo'n man te leven. Dus besloot ik de hele zaak met ingang van vandaag als afgehandeld te beschouwen. Weer aan het werk te gaan en zo. En ik voelde me meteen het haantje. Ik ben van mijn leven nog niet zo gezond geweest. Drink!'

'Hé, rustig aan,' zou ze zeggen. 'Bedaar een beetje wil je en laat me...'

'Ik bén rustig.'

'Goed. Even de feiten op een rijtje zetten. Je hebt een kopje gebroken en dus ben je weggesjeesd om al die idiote dingen te kopen... heb je meer geld uitgegeven dan ik de afgelopen twee weken aan eten. Zo is 't toch?'

'Lieverd,' zou hij zeggen. 'Dat heb ik morgen om deze tijd allemaal weer terugverdiend. Een halve dag op kantoor is genoeg voor alles en ik ben vast van plan van nu af aan alle dagen – volledige werkdagen – op kantoor door te brengen.'

'Doe niet zo idioot. Je weet heel goed dat je de eerste maand nog niet mag werken.'

'Ik weet nergens van. Ik weet alleen...'

'En ík weet alleen,' zou ze zeggen, 'dat ik thuiskom en mijn budget voor de komende twee weken een puinhoop blijkt, jij als een dolleman tekeergaat én een van de nieuwe kopjes kapot is.'

'Over dat kopje,' zou hij ijzig zeggen, 'hoef je je niet druk meer te maken. Dat is vervangen. Nét als het zeepbakje.'

'O nee,' zou ze zeggen terwijl ze haar ogen dichtdeed. 'Wil je zeggen dat je het zeepbakje óók gebroken hebt?'

'Moet je horen,' zou hij zeggen, of ongetwijfeld schreeuwen. 'Ik ga morgen naar kantoor, is dat duidelijk?'

'Jij gaat naar bed,' zou ze zeggen terwijl ze opstond. 'Is dat duidelijk? En ik ga de lunch klaarmaken en daarna ga ik naar de bloemist om te vragen of hij die rozen terugneemt. Dat dekt dan toch een deel van de schade. En ik denk dat ik straks ook maar de dokter bel voor een controlebezoek. Je hebt je gezondheid vanmorgen ongetwijfeld een hoop schade toegebracht. Je bent hysterisch, Bill.'

Toen de scène in zijn gedachten ten einde gekomen was stond hij kwaadaardig in de spiegel te staren, zwaar ademend. Zo zou ze winnen, goed, zo gemakkelijk als wat. Ze won altijd. En ook als hij morgenochtend naar zijn werk zou gaan, sloeg dat toch nergens meer op, was het hele effect naar de knoppen. Hij kon geen kant meer op. Hij ging met afzakkende schouders de badkamer uit en begon terwijl hij over het tapijt liep afwezig zijn badjas aan te trekken. Maar wacht eens even, dacht hij, terwijl hij ter plekke bleef staan. Als hij nu eens niet híer was, als ze thuiskwam? Als hij nu eens naar kantoor ging, voor ze de kans had hem tegen te houden? Het was nog maar even over elven – hij kon nu weggaan, een halve dag werken en daarná thuiskomen met het nieuwe kopje en het zeepbakje, de bloemen en de champagne. Wat kon ze daarop te zeggen hebben? Hoe kon het tot een woordenwisseling komen als hij haar confronteerde met het voldongen feit? De prachtige logica ervan was plotseling duidelijk, en hij lachte bijna toen hij voor de tweede keer snel de badjas uittrok en koers zette naar de commode. Hij rukte de spelden uit een schoon overhemd en begon zich met kwieke doelmatigheid aan te kleden – aan te kleden om net als elke normale man naar zijn werk te gaan, zoals hij dat ooit elke ochtend van zijn leven gedaan had. Het leek of er nooit zoiets als ziekte, ziekenhuis, operatie of herstelperiode had bestaan. Alles leek voor het eerst in vele maanden in orde. Hij was nog een beetje slap in zijn knieën, maar dat zou verdwijnen zodra hij fatsoenlijk geluncht had. Toen hij zich oprichtte van het strikken van zijn schoenveters, raakte hij in een vlaag van duizeligheid bijna buiten westen. Hij knipperde met zijn ogen en ging hoofdschuddend op het bed zitten. Hij had zich natuurlijk een beetje te veel opgewonden; hij zou zich moeten beheersen zodat hij er fit en uitgerust uitzag als hij op kantoor kwam. Hij zag hun gezichten al voor zich als hij uit de lift stapte. 'Bill!' zou zijn baas zeggen, met een blik alsof hij een spookverschijning zag, en Bill zou breed naar hem glimlachen en hem een hand geven – 'Hi, George' – en achteloos op de rand van zijn bureau gaan zitten.

'Maar je vrouw zei dat je nog mínstens de eerste maand niet terugkwam.'

'Ach wat,' zou hij zeggen, 'je weet hoe vrouwen zijn. Jean overdrijft alles. Hoe dan ook, hier ben ik. Sigaret, George?'

'Nou ja, fijn je te zien, joh, da's zeker, maar hoe voel je je?'

'Weer helemaal het haantje, George. Ben van mijn leven niet zo gezond geweest. Hoe staan de zaken hier?' Zo eenvoudig zou het zijn. En zodra hij dan zijn bureau had opgeruimd en iedereen een hand had gegeven en al hun vragen had beantwoord, zou hij weer bedrijfsklaar zijn; zijn werk doen en op de loonlijst staan.

Maar nu moest hij opschieten, als hij weg wilde zijn voor ze thuiskwam. Hij strikte voor de spiegel zijn das, hij bedacht het briefje dat hij voor haar zou achterlaten: iets korts en krachtigs. 'Besloten niet meer rond te lummelen. Ben naar kantoor. Voel me fantastisch. Tot straks. Welke champagne vind je lekker?' Of misschien kon hij die champagne beter achter de hand houden voor als hij zegevierend terugkwam. Hij liep haastig naar zijn bureau om het te schrijven en liet dat over die champagne weg, zodat het allemaal heel terloops leek. Hij eindigde, geïnspireerd, met 'PS – Kopje + zeepbakje gebroken. Spijt me. Zal vanavond op weg naar

huis nieuwe kopen.' Toen zette hij het op de salontafel ergens tegenaan, waar ze het niet over het hoofd kon zien, en grinnikte.

Ze zou beladen met onhandig volle zakken thuiskomen, uitgeput, terwijl Mike jammerend en vuil aan haar rok hing. 'Mike, hou
óp! Hou onmíddellijk op! Bill?' Zou ze klaaglijk roepen, 'zou je
alsjeblieft éven kunnen opstaan om me te helpen? Bill, hóór je
me?' En ze zou razend van woede, wankelend de woonkamer in
komen, Mike met zich mee slepend terwijl ze de helft van haar
boodschappen over de rand van de zakken liet vallen. 'Hoor eens,
Bill, ik vind het héél akelig om je zo weg te rukken uit je...' Maar
dan zou ze verbaasd zwijgen als bleek dat hijzelf weg en het appartement leeg was en op de tafel het briefje stond.

Ze zou natuurlijk het eerste uur of zo niets kunnen doen, pas
nadat ze voor Mike eten had gemaakt en hem in bed had gestopt
voor zijn middagslaapje, maar onmiddellijk erna zou ze hem ver-
woed gaan bellen. Hij zou achter zijn bureau gezeten de telefoon
opnemen, achterovergeleund in zijn draaistoel terwijl hij zich kordaat en zakelijk meldde.

'Bill?' zou ze vragen. 'Ben jíj dat?'

Hij zou verbazing veinzen. 'Ha, lieveling. Wat is er?'

'Bíll, ben je gék geworden? Je voelt je toch wel goed?'

'Beter dan ooit, schatje. Hé, het spijt me van dat kopje en dat
andere ding, dat zeepbakje. Belde je daarover?'

'Moet je horen, Bill. Ik weet niet wat hier achter zit, maar je
stapt nu meteen op de bus en je komt naar huis. Hoor je me? Nee,
neem liever een taxi. Nu onmiddellijk. Hoor je me?'

'Maar líéverd,' zou hij zeggen, 'je weet toch dat ik niet halverwege de dag van mijn werk kan weglopen. Wil je dat ik ontslagen
word?'

Hij moest hardop lachen – die over dat ontslagen worden was
een goeie. Hij kon nu zo de deur uit, op het stukje Kleenex op zijn
lip na. Hij trok het er voorzichtig af, maar de snee was nog vers en
begon weer te bloeden. Hij bette het wondje vloekend met een
zakdoek en bleef bij de deur staan wachten tot het dichtging. Wat
zou ze daarna zeggen, na dat zinnetje over ontslagen worden?
Waarschijnlijk zoiets als: 'Hoor eens. Wat moet dit allemaal bewijzen? Zou je me dat willen vertellen?'

'Natuurlijk,' zou hij zeggen. 'Het bewijst dat ik gezond ben, da's alles. Het gaat niet aan dat een gezonde vent de hele dag thuis rondhangt en zijn vrouw werk bezorgt. Hij hoort ergens zijn brood te verdienen, haar een beetje gevoel van geborgenheid te geven. Is daar iets mis mee?'

'Nee hoor, daar is niks mis mee,' zou ze zeggen. 'Dat is héérlijk. Blijf jij maar fijn daar en word ziek en als je dan vanavond thuiskomt stort je in elkaar en ga je morgen weer naar je werk en kom je thuis in een ambulánce. Dat is toch prima? Goh, wat zal me dát een gevoel van geborgenheid geven.'

'Toe nou, schatje, je windt je op over niets. Je hebt je gewoon in je koppige hoofd gezet dat ik...' Maar natuurlijk zou dan net George zijn kamer komen binnen lopen, zoals hij altijd gedaan had als Jean aan de telefoon was. 'Zeg moet je horen, hier zijn wat rapporten die je misschien... o, sorry.' En dan zou hij, ruim binnen gehoorsafstand, gaan zitten wachten tot Bill vrij was.

'Oké, Bill,' zou Jeans stem koeltje in de telefoonhoorn zeggen. 'Laat ik het zo stellen; of je komt nu onmiddellijk naar huis...'

'Ja, da's best,' zou hij opgewekt zeggen, in een poging door valse vrolijkheid over te brengen dat hij niet meer alleen was, 'da's best, liever, dan zie ik je om zes uur.'

'Of je komt nu onmiddellijk naar huis...'

'Goed dan. Zes uur.'

'...Of je moet niet denken dat ik hier ben als je wél thuiskomt. Dan zit ik in de trein naar mijn moeder, en Mike ook. Want jouw soort geborgenheid zit me zo ongeveer tot híér. En daarna een droog klikje terwijl ze de hoorn op de haak legde.

Bill wreef zich zwetend over zijn hoofd, zijn blik op het briefje. Hij had zich van zijn leven nog niet zo grondig verslagen gevoeld. Hij liep naar de tafel, verfrommelde het briefje en gooide het in de prullenmand. Dat was dat. En plotseling kon het hem allemaal niets meer schelen. Ze mocht zeggen of doen wat ze wilde. Er mocht gebeuren wat er gebeurde. Hij had het gehad. Hij gaf zich over. Hij wilde alleen nog maar weg, in een bar een glas whisky gaan drinken. Of twee of drie. Hij graaide zijn hoed uit de gangkast, rukte de voordeur open en bleef ter plekke staan. Daar was ze, ze kwam net thuis, op het punt haar sleutel in het slot te steken van de deur die hij had opengesmeten, en ze keek geschrokken naar hem op. Ze droeg alleen een paar lichte pakjes en Mike huilde niet en trok haar evenmin aan haar rok – nee, ze glimlachte breed en at een appel.

'Zo!' zei ze. 'Waar ga jíj naartoe?'

Hij plantte zijn hoed op zijn hoofd en liep rakelings langs hen heen. 'Ergens iets drinken.'

'Zo? Met bungelende bretels?'

Eén misselijkmakende blik bevestigde het: zijn bretels hingen in lussen langs zijn broekspijpen. Hij draaide zich snel om en keek haar woedend aan, toen liep hij met langzame dreigende pas naar haar terug. 'Hoor eens. Het is maar goed dat je terugkwam voor ik weg was, want ik moet je een paar dingen zeggen.'

'Moet je dat ook tegen de buren zeggen?' informeerde ze.

Terwijl hij zich met inspanning van al zijn krachten beheerste, volgde hij haar weer naar binnen, zette zijn hoed af en liep achter haar aan terwijl ze zich ontdeed van haar boodschappen en Mike naar zijn kamer joeg. Toen kwam ze met een nuffige glimlach tegenover hem staan. 'En?'

Hij zette zijn vuisten in zijn heupen, leunde een paar keer achterover op zijn hielen en grijnsde haar gemeen toe. 'Weet je wel dat zeepbakje? Nou, dat is kapot.'

'O.' Even een sprankje ergernis op haar gezicht; toen hernam ze haar flauwe glimlach. 'Dus dát is het.'

'Hoezo dát is het? Er is nog iets. Weet je wel die nieuwe kopjes? Daarvan is er ook eentje kapot. En het schóteltje ook!'

Ze sloot heel even haar ogen en zuchtte. 'Tja,' zei ze. 'Daar kunnen we denk ik het zwijgen toe doen. Het spijt je vast al genoeg.'

'Spíjt me? Spíjt me? Waarom zou het me spíjten? Ik kon er niks aan dóén!'

'O,' zei ze.

'Wat héb je, gelóóf je me niet, hm? Néé, natúúrlijk geloof je me niet. Je lijkt wel een communistische réchtbank. Iedereen is schuldig tot het tegendeel bewezen is, ja toch? O nee, niet iedereen, dat vergat ik. Alleen ik, ja toch? Alleen die stomme Bill die de godganse dag as op het tapijt morst, ja toch? Die altijd "rust", ja toch? Die doet alsof hij ziek is terwijl jij je lot met een glimlach draagt, ja toch? En volgens mij vind je het lékker, weet je dat? Volgens mij geniet je van elke seconde, weet je dat? Zo is 't toch?'

'Ik néém dit niet, Bill,' zei ze met vlammende ogen. 'Ik néém 't niet dat je...'

'O néé? O néé? Want er zijn een paar dingen die ík niet meer neem, en die kun je maar beter gelijk even in je oren knopen. Ik néém die rotgrapjes van je over "rusten" niet meer, begrepen? Dat is één. En ik néém het niet meer dat je...' Zijn stem begaf het; hij was buiten adem. 'Nou ja, laat ook maar,' zei hij ten slotte. 'Je zou het toch niet begrijpen.' Hij deed zijn jasje uit, smeet het op de bank en begon zijn bretels op te hijsen; toen liet hij ze met een gebaar van afschuw weer vallen, duwde zijn handen diep in zijn zakken en staarde uit het raam. Hij had niet eens meer trek in die whisky. Hij wilde alleen maar hier uit het raam blijven kijken en wachten tot de storm was overgewaaid.

'Nee, ik zou het absolúút niet begrijpen,' zei ze. 'En ik vrees dat ik óók niet begrijp waarom alles kapot moet zijn als ik thuiskom en ik dan ook nog eens al deze woedende schimpscheuten over me heen krijg. Echt, Bill, je verlangt wel veel van me.'

Er zat niets anders op dan te blijven staan tot ze het er allemaal uitgegooid had. Hij was nu uitgeput, kon niet terugslaan of zich zelfs maar verdedigen, een bokser die groggy in de touwen hangt.

'Wat gaat er eigenlijk in dat hoofd van je om?' wilde ze weten. 'Je lijkt wel een kind! Een groot, verwend, koppig kind...'

Er kwam geen einde aan, maar haar stem klonk niet schril en vitterig zoals hij verwacht had – eerder gekwetst en bijna huilerig, en dat was erger. Het stukje van zijn hersens dat helder bleef kwam tot de barse conclusie dat dit waarschijnlijk een lange ruzie zou worden, zo eentje die twee of drie dagen duurde. Het schreeuwen en de verwijten zouden snel ten einde komen, maar er zou een lange tussentijd zijn van kille stilte, beleefde korte vragen en antwoorden bij de maaltijden, slapen gaan zonder zelfs maar welterusten te wensen, vóór hij fatsoenshalve de belangrijke, eenvoudige woorden tegen haar zou kunnen zeggen waardoor het misschien nooit zover gekomen zou zijn: 'Het spijt me, lieverd.'

Haar tirade kwam ten einde en hij hoorde haar wegstormen

naar de keuken. Daarna een reeks kortaangebonden, efficiënte keukengeluiden – de koelkast ging open en dicht, vaatwerk rammelde, er werden wortels geschrapt – en niet lang erna kwam ze terug en begon vlak achter hem kordaat een meubelhoes glad te strijken. Wat zou ze doen, vroeg hij zich gespannen af, als ik me omdraaide en het nu meteen al zei?

Maar op dat moment gebeurde er achter zijn rug iets ongewoons. Haar vingers pakten de bungelende bretels, hesen ze op en schoven ze behendig over zijn schouders, en haar stem – een nieuwe stem met een lach erin – zei: 'Zal ik je bretellen voor je ophijsen, m'neer?' Daarna gingen haar armen om hem heen en knelden hem stevig vast, en haar gezicht drukte warm tussen zijn schouderbladen. 'O Bill, ik gedraag me echt afschúwelijk sinds je thuis bent. Ik heb het zo druk met moe en dapper zijn dat ik je niet eens de káns geef om beter te worden... ik heb je niet eens gezegd hoe verschrikkelijk blij ik ben om je terúg te hebben. O Bill, je zou ál het vaatwerk hier op mijn stomme hersens kapot moeten slaan.'

Hij vertrouwde zich niet om iets te zeggen; maar hij draaide zich om en nam haar in zijn armen en er was niets zieks en niets vermoeids aan zoals ze elkaar kusten. Dit was het enige waarop hij in al zijn plannen niet had gerekend – de enige geringe kans die hij volledig over het hoofd had gezien.

Nawoord

Richard Yates kreeg tijdens zijn leven niet de algemene bekendheid die hij verdiende, niet omdat zijn werk niet goed was, of de schrijver niet begaafd, maar omdat zijn fictie te dicht bij de werkelijkheid bleef. In zijn romans en verhalen gaan menselijke tekortkomingen schuil onder de trieste schijn van cocktails en whisky, maar worden tegelijk zo geraffineerd aan de kaak gesteld dat de lezer er niet onderuit komt ze op zichzelf te betrekken. Het werk van Richard Yates krast aan je ziel, en dat is niet waar een lezer op zit te wachten, nietwaar, die wil geamuseerd worden, een *happy end* en, als het dan triest moet zijn, graag een ver-van-m'n-bed-show. Dat gold niet alleen voor Richard Yates' Amerikaanse tijdgenoten, maar ook voor Europa, dat bezig was met de naoorlogse wederopbouw en voor Yates' fatalisme geen begrip kon opbrengen.

Bij het maken van de selectie voor deze bundel ben ik uitgegaan van zowel de kwaliteit van de verhalen als een overzicht van Yates' ontwikkeling als schrijver. Mijn keuze is subjectief, dat kan niet anders, het is een selectie gebaseerd op mijn persoonlijke smaak en literaire oordeel.

Het eerste deel van de selectie komt uit de bundel *Eleven Kinds of Loneliness*, gepubliceerd in 1962, hoewel sommige verhalen al geschreven werden tijdens zijn verblijf in Europa, van 1951-1953. Richard Yates moet zelfs toen al een misantropische instelling hebben gehad, want ook in deze vroege verhalen komt al de genadeloze herkenbaarheid naar voren waardoor zijn werk blijft boeien: onze ontoereikendheid en het zelfbedrog waarmee we ons falen voor onszelf verborgen houden. In dit eerste deel steekt ook een ander thema van Yates al voorzichtig de kop op: waar halen we de pretentie vandaan om zo veel van het leven te verwachten? Hoewel, ook Yates zelf was niet zonder pretentie. Als rechtstreekse afstammeling van Governor William Bradford of Plymouth was hij toch minstens een *gentleman* en dat, gevoegd bij een schrijftalent als het zijne, gaf hem naar zijn diepe overtuiging recht op een high-societyleven als zijn grote held en voorbeeld F. Scott Fitzgerald. Zijn verwachtingen gingen echter in rook op: het toneel van zijn alcoholverslaving was niet de bar van een chic hotel en zijn roem bleef beperkt tot een kleine kring bewonderaars.

Uit de bundel *Liars in Love*, gepubliceerd in 1981, komen de lange verhalen 'O, Jozef, ik ben zo moe', 'Leugens in de liefde' en 'Afscheid nemen van Sally'. Het thema van de ongegronde pretentie is niet veranderd, maar de mislukking die eruit voortvloeit is nu onafwendbaar en onherstelbaar.

Hoewel geschreven in de alwetende derde persoon, komt in deze verhalen de autobiografische inslag van Yates' werk sterk naar voren. In 'O, Jozef, ik ben zo moe' speelt Yates' moeder een grote rol. Omdat zijzelf zich volledig wilde wijden aan de kunst, dwong ze haar zoon na terugkeer uit de Tweede Wereldoorlog een baantje te nemen bij de *York Gazette and Daily*, het eerste in een lange reeks van schrijvende bijbaantjes die hij haatte en hem afhielden van zijn eigen werk, maar die hem wel het materiaal verschaften voor datzelfde werk. Na in een Veteranenziekenhuis behandeld te zijn voor de tuberculose die hij in de oorlog had opgelopen, ontsnapte hij aan de moederlijke tirannie door met zijn tijdelijke oorlogsuitkering naar Europa te gaan. Hij vertrok in een hoopvolle stemming, samen met zijn jonge vrouw Sheila en zijn oudste dochtertje, naar Parijs en Juan-les-Pins en later naar het appartement van Sheila's tante in Londen. Een beschrijving van hun leven daar en het mislukken van het huwelijk is terug te vinden in 'Leugens in de liefde'. En ook zijn schrijverscarrière leek in die tijd te mislukken, hoewel hij inmiddels een uitstekende agente had die in hem geloofde en alle tijdschriften en literaire bijlagen bleef bestoken. Maar de ene weigering volgde na de andere: 'prachtig geschreven, maar net iets te voorspelbaar, te verward, te somber; wie wil er nu lezen over middelmatige mensen die hun ellende over ons uitstorten?'

Acht jaar na zijn terugkeer in Amerika krijg Yates het aanbod een filmscenario te schrijven van de roman *Lie down in darkness* van William Styron. Zijn leven lijkt op te vrolijken, zijn roman *Revolutionary Road* is zeer goed ontvangen en nu deze goedbetaalde bewerking van een door hem zeer bewonderd boek. Uit het verhaal 'Afscheid nemen van Sally' komt de man die Yates toen was herkenbaar naar voren. Een veelbelovend schrijver, een goed uitziende dertiger in Hollywood, charmant en geestig, die een huisje huurt aan het strand van Malibu. Maar zelfs nu kijkt ook de sombere kant van zijn persoonlijkheid weer om de hoek: 'Hij besefte pas toen hij er al woonde – en toen hij het verlangde huurvoorschot van drie maanden al had betaald – dat het er bijna even mistroostig en vochtig was als in zijn kelderwoning in New York. Erna begon hij zich volgens een al lange tijd vertrouwd patroon zorgen over zichzelf te maken: misschien was hij niet in staat om licht en ruimte in de wereld te vinden; misschien zou hij, met zijn karakter, altijd het duister en de beperking en het verval zoeken. Misschien – en dit was een uitdrukking die op dat moment in tijdschriften in heel Amerika populair was – had hij een zelfdestructieve persoonlijkheidsstructuur.' De film wordt nooit geproduceerd.

Het derde deel van de selectie bevat enkele verhalen uit het begin van zijn schrijverschap, die echter steeds weer werden afgewezen omdat er geen publiek voor zou zijn. Zoals *Esquire* het formuleerde: 'Yates heeft veel talent, maar we plaatsen nu eenmaal weinig fictie waarin de Tweede Wereldoorlog ter sprake komt.' Pretentie en pogingen het eigen ideaalbeeld te realiseren zijn ook in deze verhalen al dikwijls het thema. De hoofdpersoon in 'Dieven' is hiervan een mooi voorbeeld. 'Alle verhalen waaruit Robert Blaine tevoorschijn moest komen als doorgewinterde man van de wereld speelden in 1939 of 1940, toen hij net in New York woonde, zoals de verhalen waarin hij werd opgevoerd als een niet te stuiten jonge knul gesitueerd waren in Chicago, "nog in de crisisjaren". Er waren zelden verhalen bij over de landmacht, waar hij een saai kantoorbaantje had gehad, of over de reeks veteranenziekenhuizen als dit waaruit zijn leven sinds de oorlog bestond.' Het soort ziekenhuizen waarin ook Yates een groot deel van zijn leven doorbracht. Eerst om te kuren voor tuberculose, later voor zijn ontelbare psychische inzinkingen die steeds heviger werden en met steeds kortere tussenpozen optraden. Eenmaal uit het ziekenhuis begon hij dan weer te drinken, hield op met eten en leefde op koffie, sigaretten, alcohol en door diverse psychiaters voorgeschreven pillen tot hij ziek werd en volledig gedesoriënteerd raakte.

Yates was geen type voor compromissen. Hij schreef zoals hij vond dat het moest. Eén keer is hij echter bezweken en heeft zijn behoefte aan succes het gewonnen van zijn integriteit. Het resultaat is 'Een herstellend ego', waarin zijn ziekte en wankelende huwelijk dienen als materiaal voor een klucht met een zoetelijk einde. Hoewel geschreven om te voldoen aan de amusementsbehoefte van de lezer, bleek het verhaal toch te somber voor de populaire tijdschriften. Het werd door alle redacties afgewezen. Vergeleken met de rest van Yates' oeuvre is het echter zo curieus dat ik het in deze selectie heb opgenomen.

De zeer strenge literaire normen die Yates hanteerde leidden ertoe dat hij langzaam schreef. Hij schreef en herschreef, verbeterde met potlood en herschreef dan weer. Het resultaat is een vanzelfsprekend, bondig Engels van grote perfectie waarin heel precies elke nuance wordt weergegeven. Zijn grammatica is onberispelijk als de kleding van Brooks Brothers die hij onveranderlijk tot zijn dood bleef dragen: een tweed jasje, een blauw button-down overhemd, een grijze flannel of kaki broek, halfhoge schoenen en als het koud was een kreukelige regenjas. Hij haatte het dat hij niet gestudeerd had, hij had immers voor zijn moeder moeten zorgen, en deze adoptie van het toenmalige uniform van studenten aan de universiteiten in het noordoosten van de Verenigde Staten was zijn manier van compenseren. 'Kleren maken de man' had hij op kostschool geleerd, en daar hield hij zich aan, ook in zijn taal.

Aandacht voor elk detail van een tekst, weten waarom wat waar staat en uit welke overwegingen de schrijver het zo heeft gedaan en er dan voor zorgen dat al die stukjes in het Nederlands op hun plaats komen, is kort samengevat het proces bij elke vertaling die ik maak. Dus ging ik ervan uit dat ik er ook nu met passen en meten wel zou komen. Maar het Brooks-Brothersidioom, te vergelijken met de kleding en taal van keurige Nederlandse studenten in de jaren zestig, bleek in 2003 in vertaling te leiden tot een Nederlands dat allesbehalve vanzelfsprekend was en resulteerde in haperend lezen; hetgeen Yates tot een woede-uitbarsting en vele potloodverbeteringen zou hebben gebracht. De verhalen verloren hun vaart, ze moesten een wedstrijd lopen op een hobbelige kortebaan. Omdat ik Yates' stijl wilde overbrengen zoals hij in zijn eigen tijd bij de lezer overkwam, besloot ik tot het gladstrijken van hobbels die immers door de auteur niet bewust waren aangebracht maar ontstaan door ouderdom. Ik heb daarmee mijn trouw aan de schrijver zover doorgevoerd dat ik hem hier en daar een beetje ontrouw ben. Naar de letter ontrouw, maar naar de geest loyaal, heb ik gestreefd naar een hedendaags, vanzelfsprekend, soepel lopend Nederlands, met een idioom dat niet opvallend modern is maar wel sterk aanwezig, eigentijds zonder uitschieters, want ook Yates bleef in zijn taalgebruik binnen de perken.

Een tweede moeilijkheid bij het vertalen lag in de nu al verouderde dagelijkse omstandigheden, vooral in verhalen die rond 1940 en '50 spelen. Het dagelijks leven is sindsdien zo snel en zo ingrijpend veranderd dat naar ik vreesde sommige korte aanduidingen van dagelijkse handelingen tot onbegrip en hapering in het leesproces zouden leiden. Ook dat kan niet Yates' bedoeling zijn geweest. Als Yates in 'Een herstellend ego' schrijft: 'Het porseleinen zeepbakje had het onder de druk van zijn afwasborstel begeven...' begrijpt dezer dagen een lezer van onder de vijftig niet onmiddellijk waarom die man met zijn borstel op het zeepbakje stond te duwen. Dus laat ik hem tien regels erboven tijdens de afwas glimlachen 'terwijl hij de afwasborstel over de zeep wreef tot die schuimde' waar in het Engels alleen staat: 'He smiled as he lathered up the sinkbrush.' Misschien zien sommige lezers er dan het stuk sunlight-zeep bij en andere niet, maar dat is minder belangrijk. En waar in 'Nergens last van' een jonge vrouw 'looked [...] leggy in her 1945 skirt' breid ik dat uit met een 'korte rok naar de mode van 1945'. En zo zijn er in de tekst meer dingen die net iets verduidelijkt zijn, maar niet zo dat het afbreuk doet aan het tempo van de tekst. Het is en blijft Richard Yates, zoals ik meen dat hij in mijn taal en in deze tijd klinkt.

Marijke Emeis
2004

Revolutionary Road

Eind jaren vijftig, Amerika floreert. Frank en April Wheeler zijn een jong, aantrekkelijk en veelbelovend stel. Ze hebben twee leuke kinderen en wonen in een welvarende buitenwijk ergens in Connecticut. Maar gelukkig of zelfs maar tevreden zijn ze niet. Frank heeft een saaie kantoorbaan, April treurt om een gefnuikte carrière als actrice. Ze waren toch voorbestemd om anders te zijn, beter?

In een uiterste poging aan hun gezapige burgerbestaan te ontsnappen besluiten ze naar Frankrijk te gaan. In Europa zullen hun bijzondere gaven zich kunnen ontwikkelen, ver van de oppervlakkige consumptiemaatschappij die Amerika in hun ogen is. Maar met ontzetting ziet de lezer toe hoe hun relatie verzandt in eindeloos gekibbel en jaloezie. Een drama lijkt onafwendbaar.

Yates' verhaal is geestig, scherp en genadeloos. Hij schetst een fraai tijdsbeeld, maar werpt, zo blijkt ruim veertig jaar na verschijning, een akelig precieze blik vooruit op de manier waarop we nu leven. De stille wanhoop en gefnuikte dromen van de Wheelers zijn vandaag net zo actueel als in 1961 toen het boek voor het eerst verscheen. *Revolutionary Road* is een roman die je wanneer je er eenmaal aan begonnen bent, niet meer loslaat, nooit meer.